JAN REHNER

Engel der Rache

Buch

Für Amanda Martin scheint der Alptraum vieler Frauen wahr zu werden: Auf dem Heimweg von einer Bar wird sie nachts in einer dunklen Seitenstraße Torontos von einem Mann überfallen, der sie zu Boden reißt und vergewaltigen will – bevor es jedoch dazu kommen kann, taucht wie aus dem Nichts eine Frau auf, die den Vergewaltiger mit einer Pistole bedroht und Amanda die Flucht ermöglicht. Alles, was sie noch hört, ist ein einzelner Schuss in der Nacht.
Am nächsten Morgen findet die Polizei die Leiche des wegen Vergewaltigung vorbestraften und gerade aus der Haft entlassenen Roger Mahoney. Als die Pressefotografin Lily Ross auf diesen Mordfall stößt, beginnt sie zu ermitteln. Aber je tiefer sie vordringt, desto mehr ungeklärte Rätsel tun sich auf: Lily entdeckt ein geheimes Frauennetzwerk, das misshandelten Frauen und Kindern hilft, vor ihren gewalttätigen Ehemännern und Partnern zu fliehen und mit einer neuen Identität ein neues Leben zu beginnen. Auch das Ehepaar Forrest unterstützt diese Frauen, indem es sie über die Grenze von Kanada in die USA schmuggelt. Lily besucht die Forrests und wird dabei Zeugin, als Marie Forrest von einem »Jäger«, einem Mann der um jeden Preis seine Freundin zurückhaben will, umgebracht wird. Jetzt gerät Lily selbst ins Visier dieses Psychopathen, Paul Abbott. Er schreckt auch vor Mord nicht zurück, und so muss Lily sich entscheiden, ob sie dem Netzwerk vertrauen will. Können die Frauen sie schützen und Abbott unschädlich machen oder soll sie zur Polizei gehen und damit die Organisation, die so vielen Frauen zu einem neuen Leben verholfen hat, aufdecken und zerstören? Als Lily sich für das Netzwerk entscheidet, gerät sie nicht nur selbst in große Gefahr, sondern ihr Freund Ben, ein Fotojournalist, kommt ums Leben. Bevor die Falle zuschnappt, die Paul Abbott vernichten soll, wird Lilys Vertrauen in die »Engel der Rache« auf eine harte Probe gestellt.

Autorin

Jan Rehner lebt in Toronto und unterrichtet Creative Writing an der York Universität. Sie hat bisher zahlreiche Sachbücher und Gedichte veröffentlicht. »Engel der Rache« ist ihr erster Roman und wurde 2004 von der Canadian Crime Writers Association mit dem Preis für den besten Erstlingskrimi ausgezeichnet.

Jan Rehner

Engel der Rache

Roman

Aus dem Amerikanischen
von Doris Heinemann

GOLDMANN

Die Originalausgabe erschien 2003
unter dem Titel »Just Murder«
bei Sumach Press, Toronto

Umwelthinweis:
Alle bedruckten Materialien dieses Taschenbuches
sind chlorfrei und umweltschonend.

1. Auflage
Deutsche Erstausgabe Juni 2006

Umschlaggestaltung: Design Team München
Umschlagfoto: corbis/Mauro Magliani
Redaktion: Vera Thielenhaus
KC · Herstellung: Str.
Satz: Uhl + Massopust, Aalen
Druck und Bindung: GGP Media GmbH, Pößneck
Printed in Germany
ISBN-10: 3-442-46157-X
ISBN-13: 978-3-442-46157-8

www.goldmann-verlag.de

Für meine Mutter,
Margaret Rea

Prolog

Toronto, Samstag, 12. Dezember

Der Mann neben ihr versprach zu viel und hörte zu wenig zu. Amanda Martin hielt den Kopf zwar höflich in seine Richtung geneigt, sann aber bereits auf Flucht. Sobald die Freunde weg sind, dachte sie, wird eine Bar ganz schnell zum einsamsten Ort der Welt.

»Tut mir Leid«, unterbrach sie ihn, »vielleicht ein andermal.«

Sein Draufgängertum schien einen Dämpfer bekommen zu haben, er lächelte nicht mehr ganz so unbekümmert, startete aber dennoch einen letzten Versuch: »Sie hätten nicht vielleicht Lust zu tanzen?«

»Doch, eigentlich schon, aber morgen muss ich früh raus. Trotzdem danke.«

»Lassen Sie mich Ihnen wenigstens noch etwas zu trinken bestellen. Heute ist Samstag, und Weihnachten steht vor der Tür. Das sollten wir feiern.«

Amanda zögerte, nur für einen Augenblick. Er hatte ihr Schwanken bemerkt, beugte sich zu ihr hinüber und legte seine Hand auf ihre. »Ich wette, Sie tanzen wunderbar«, flüsterte er.

Das banale Kompliment war nicht weiter schlimm, doch auf den Don-Juan-Tonfall hätte er besser verzichtet. Amanda befreite ihre Hand und griff nach ihrer Umhängetasche.

»Gute Nacht. Wirklich. Ich bin sicher, Sie finden noch jemand anders, mit dem Sie feiern können.«

Sie war schon einen Schritt entfernt, als sie die nur halb hingemurmelten Worte hörte. Voller Befremden wandte sie sich langsam zu ihm um und hob eine ihrer dunklen Brauen. »Wie bitte?«

»Du hast mich schon verstanden. Zuerst aufgeilen und dann 'nen Rückzieher machen. Lässt sich von mir zu einem Drink einladen, zieht mich ins Gespräch, und geht dann einfach weg.«

»O, Verzeihung.« Amanda zuckte die Achseln. »Ich dachte, Sie wären schon erwachsen.« Der Sarkasmus war nicht zu überhören. Sie fischte einen Zwanziger aus ihrer Tasche und warf ihn auf die Theke. Dann lächelte sie ihr strahlendstes Lächeln und wandte sich gelassen ab.

Draußen wölbte sich der Himmel einer klaren, kalten Winternacht über das Netz der Straßenbahnoberleitungen. Amanda fröstelte und zog sich die pelzverbrämte Kapuze ihres langen schwarzen Mantels über den Kopf. Trotz der eisigen Kälte hob sich ihre Stimmung mit jedem Schritt, der sie weiter von dem unangenehmen Auftritt in der Bar wegbrachte. Die Innenstadt hatte etwas Festliches mit all den geschäftigen Leuten und den Lichterketten, die sich um Baumstämme und kahle Äste wanden.

Unter ihrem Kapuzenrand hervor hielt sie Ausschau nach einem Taxi, war aber eigentlich nicht besonders enttäuscht darüber, dass nirgends eins zu entdecken war. Sie war recht sportlich und ging gern und oft zu Fuß, zudem war sie – wenn sie die Abkürzung nahm – nur zwei oder drei Meilen von zu Hause entfernt. Also lenkte sie ihre Schritte heimwärts und erfreute sich am Schauspiel ihres in der Luft gefrierenden Atems.

Ganz versunken in ihre Pläne für die Feiertage, lief sie die College Street entlang und lauschte den Fetzen vertrauter

Weihnachtslieder, die in die Nacht wehten, wenn sich die Türen von Platten- und Computerläden öffneten. Sie kam an der alten Feuerwache mit ihrem Glockenturm vorbei und an dem grauen Sandsteingebäude von St.-Stephen-in-the-Fields. Die Fenster der Cafés, Coffeeshops und portugiesischen, italienischen und taiwanesischen Restaurants, die sich hier aneinander reihten, waren mit farbigen Lichtern und Weihnachtsbäumchen geschmückt. Vor dem Gebäude der Heilsarmee blieb sie kurz stehen, um drei Trompetern zuzuhören, die in ihren schwarzen und roten Uniformen Geld für ihre obdachlosen Schützlinge sammelten. Doch es war zu kalt für längeres Herumstehen. Also entrichtete sie ihren Obolus und ging weiter.

Als Amanda den Parkplatz zwischen dem gelb verklinkerten Employment Resource Centre und der Glasfassade des Ontario Hydro Building erreichte, bog sie nach rechts ab und ging um die Autos herum auf die Gasse dahinter zu. Wie still die Nacht geworden war, fiel ihr erst auf, als sie oben an der Murray Street angekommen war.

Sie blieb stehen und blickte auf die lange gepflasterte Strecke, die vor ihr lag. Alle Lichter und Menschen waren wie verschluckt.

Die Straße, an deren einem Ende sich das Mount Sinai Hospital erhob, wirkte enger, als sie sie in Erinnerung hatte. In der Nacht schien sie regelrecht geschrumpft, und das Parkhaus gegenüber dem Krankenhaus glich einer unheimlichen Höhle. Die meisten Felder in den vielen Fensterreihen der Klinik waren dunkel, die wenigen, in denen Licht brannte, warfen eine Art Schachbrettmuster aufs Pflaster.

Was half's? Die Kälte trieb sie vorwärts. Sie drückte das Kinn in den Mantelkragen und beschleunigte, den Blick zu Boden gesenkt, den Schritt. Ihre Füße bewegten sich von den dunklen zu den hellen Rechtecken, ihre Schritte hallten auf dem Pflaster. Da war das Parkhaus, und gleich würde sie aus der Dunkelheit heraus sein, würde die University Avenue erreicht haben und wäre dann inmitten von Menschen, Lärm und Verkehr.

Fast hatte sie es geschafft, begann sich schon zu entspannen, wie hypnotisiert vom Rhythmus ihrer Schritte.

Doch dann ließ etwas wie ein Knistern, wie ein leises Knallen sie erstarren. Hastig sah sie sich um, hellwach jetzt. Nichts und niemand, nur ein loses Zeitungsblatt wurde von einer eisigen Windbö herumgewirbelt. Bis zur Ecke waren es nur noch ein paar Meter.

Erst eine Sekunde bevor ihr linkes Knie und ihr rechter Arm aufs Pflaster aufschlugen, sah sie den Schatten. Von hinten legte sich eine unerbittliche Hand über ihren Mund, als sie voller Angst und Schrecken nach Luft ringen wollte. Sie schluckte hilflos. Ihre Seele schrie und schrie, doch was sie hörte, war nur die raue Stimme, die ihr »Hure, Hure, Hure« ins Ohr sang. Speicheltröpfchen trafen ihr Gesicht.

Amanda versuchte eine Adrenalinwoge zu nutzen und ihren Angreifer wegzustoßen, spannte ihren Rücken zu einem Bogen, stieß mit den Knien zu und warf den Kopf hin und her. Nichts half. Sie hörte ein leises Lachen, und sein auf ihr lastendes Gewicht verlagerte sich. Er war über ihr, lachte und summte. Der beißende Whiskydunst seines Atems stieg ihr in die Nase.

Sieh ihn an!, schrie es in Amanda. *Sieh dir sein Gesicht an.*

Er war es. Der Mann aus der Bar, die weichen Züge jetzt bedrohlich verzerrt. Mit einem Mal erschlaffte Amanda und wie Blut aus einer Wunde floss die Hoffnung aus ihrem Körper. Nur undeutlich nahm sie das Reißen ihrer Kleidung wahr, die Hand, die über ihre nackte Haut tastete.

Er packte eine dicke Strähne ihres schwarzen Haars und begann ihren Kopf auf das Pflaster zu schlagen. Die Nacht verschwamm vor ihren Augen. Sie schloss sie. *Lass mich ohnmächtig werden*, dachte Amanda. *Lass es vorbei sein.*

»Lass sie los. Sofort.«

Amanda spürte, wie er auf ihr erstarrte.

»Lass sie los, hab ich gesagt.« Die Stimme war sanft, fast traurig. Eine Frauenstimme.

Er wich zurück, sein Gewicht lastete nicht länger auf ihr. Schmerz durchflutete Amandas Körper, als die Hand von ihrem Mund über ihr Kinn glitt. Sie stöhnte und öffnete die Augen.

Über ihr stand eine Gestalt, eine junge Frau in Jeans und schwarzer Lederjacke, die einen Pistolenlauf an die Schläfe des Mannes presste. Der verharrte noch auf den Knien, den Kopf vornübergebeugt. Wie durch einen Nebel hörte Amanda wieder die Stimme.

»Sind Sie in Ordnung? Können Sie sich bewegen?«

Vorsichtig streckte Amanda Arme und Beine. Sie betastete Gesicht und Hinterkopf, konnte eine Schwellung fühlen, aber nichts Klebriges. Kein Blut. Sie fühlte sich benommen, aber stark, *jetzt* fühlte sie sich stark. *Jetzt* wollte sie wegrennen.

Amanda rappelte sich auf. Unwillkürlich raffte sie den Mantel über ihrer zerrissenen Kleidung zusammen. Sie konnte stehen. Sie konnte weggehen.

Für den Mann hatte sie nicht einmal mehr einen Blick übrig, stattdessen starrte sie die andere Frau an. Wer war sie? Amanda betrachtete ihr Gesicht, ein blasses Oval in dem schwachen Licht. Sie hatte sie nie zuvor gesehen. Sie öffnete den Mund, wollte ihr danken, brachte aber kein Wort heraus. Stumm und erschüttert, hatte sie nur einen Wunsch: Flucht.

»Ja«, beantwortete die Frau Amandas unausgesprochene Frage. »Gehen Sie, wenn Sie sich bewegen können. Gehen Sie schnell weg. Sehen Sie sich nicht um.«

Sie streckte die Hand aus und berührte Amanda leicht an der Schulter. Dann gab sie ihr einen winzigen Schubs, als wollte sie den Blickkontakt zwischen ihnen unterbrechen. Amanda wandte sich ab und rannte los.

In wenigen Sekunden war sie am Ende der Gasse und dann auf der University Avenue, wo sie einem Taxi winkte. Als sie einstieg, glaubte sie den harten Knall eines Schusses zu hören. Doch da der Taxifahrer nur gelassen nach dem Fahrtziel fragte, schlug sie die Tür hinter sich zu und fuhr diesem Alptraum davon, ohne sich noch ein einziges Mal umzusehen.

New York, Donnerstag, 24. Juni

Niemand bemerkte sie, als sie sich geräuschlos durch den Raum bewegte. In dem einfachen, gestärkten schwarzen Kleid und den schwarzen Strümpfen war sie genauso unsichtbar wie jeder andere Dienstbote, ein Teil der Kulisse, ein stummer Einrichtungsgegenstand. Das Dienstmädchen Rosa.

Ihr Teint war dunkel, das kräftige schwarze Haar streng zurückgekämmt und im Nacken zusammengebunden, ihr Gesicht nett, aber ausdruckslos. Obwohl sie ein wenig füllig um die Taille und um die Hüften herum war, bewegte sie sich leicht und behände. Sie schenkte nach, räumte Gläser weg, leerte Aschenbecher. Auch wenn sie den Blick gesenkt hielt, entging ihr nichts, erriet sie die Wünsche ihres Dienstherrn im Voraus. Sie beobachtete und sie hörte zu.

Im Wohnzimmer von Peter Dexters Brownstone-Haus in Greenwich Village saßen sieben Männer. Rosa hatte sie alle schon vorher gesehen – Dexters Anwälte und Geschäftspartner. Sie waren einbestellt worden, um einen Erfolg zu feiern.

»Hey, wie nennt man hundert Staatsanwälte auf dem Meeresgrund?« Peter Dexters Stimme war heiser, seine Aussprache schon etwas undeutlich. »Einen guten Anfang! Vier Monate hatten diese Bastarde Zeit und konnten mir nichts anhängen.«

Auch die Anwälte lachten, allerdings ein bisschen weniger herzlich als die Geschäftspartner. Rosa war klar, dass sie Dexter nicht besonders mochten. Er war oft laut und peinlich vulgär, aber er zahlte gut, und Geld hat keinen Charakter.

»Auf das amerikanische Rechtssystem!« Dexter lachte hämisch. »Rosa, mehr Scotch.«

Sie ging mit der Karaffe durch den Raum, während Dexter von seinem nächsten Filmprojekt zu erzählen anfing. Ein weiterer primitiver Plot: ein Lehrerpaar, Mann und Frau, das einer Gruppe zwölfjähriger Mädchen Sexualkundeunterricht erteilen sollte. Rosa wurde leicht übel, doch ihr Gesicht blieb ausdruckslos, die Hände ruhig. Sie konnte es sich nicht leisten, ihn zu verstimmen. Sie konnte es sich nicht leisten, nicht zuzuhören.

»Ich hab da eine heiße Bewerberin«, prahlte Dexter. »Ein süßer kleiner Appetithappen. Vielleicht seh ich mir heute Abend noch an, wie sie spielt. Sie wissen schon, um meine künstlerische Freiheit zu feiern.«

Einige der Männer lachten. Andere starrten in ihr Scotchglas, wollten von den schmutzigeren Details aus Dexters lukrativer Pornofilmproduktion lieber nicht so viel wissen. Solange er nicht gegen den Buchstaben des Gesetzes verstieß, war ihnen ziemlich egal, was Dexter trieb. Schließlich waren die Mädchen in seinen Filmen vorgeblich nie jünger als sechzehn – allerdings fragte niemand allzu genau nach. Die meisten waren Straßenkinder, in Dexters Fänge gelockt und in die seiner Partner, die in Rosas Augen nichts Besseres waren als Zuhälter. Sie richteten die Mädchen her und kauften ihnen hübsche Kleider, in denen sie aussahen wie Jungfrauen – der reine Hohn, wenn Dexter mit ihnen fertig war. Im Laufe der ergebnislosen polizeilichen Untersuchung von Dexters Geschäften hatte es Gerüchte über Einschüchterung und Drogen gegeben. Doch die wenigen Mädchen, die man nach ihrer Entlassung aus seinen Diensten hatte aufspüren können, wollten nicht gegen ihn aussagen. So blieb nichts hängen.

Gegen sechs begann sich die Gesellschaft aufzulösen. Keiner der Männer hatte auf seinem Weg zur Tür einen Abschiedsgruß oder auch nur einen Blick für Rosa übrig, was ihr nichts ausmachte. Sie war sogar darauf angewiesen, dass niemand auf sie achtete. Daher traf es sie völlig unvorbereitet, als einer der neueren Anwälte vor der Tür neben ihr stehen blieb.

»Wie ertragen Sie ihn nur?«, flüsterte er.

Ein einziges Mal verriet Rosa ihren Abscheu. »Genauso wie Sie, vermute ich. Er zahlt gut.«

Der Mann wurde rot und wandte sich rasch ab. Die Bemerkung hatte getroffen.

Aus dem Salon brüllte Dexter nach Rosa, sie solle aufräumen, also holte sie tief Luft, ließ die Maske wieder über ihr Gesicht fallen und schloss leise die Tür.

In den letzten fünf Monaten war ihre Disziplin bis aufs Äußerste auf die Probe gestellt worden – fünf Monate hatte sie bei Dexter gewohnt, für ihn gekocht und sauber gemacht und dabei kein einziges Mal ihre Wut und ihre Verachtung gezeigt. Anfangs hatte sie die Ermittlungen gegen ihn gespannt und voller Hoffnung verfolgt, doch aus Hoffnung war schließlich Resignation geworden. Die Durchsuchungsbefehle für Dexters erlesenes Heim und sein schäbiges Brooklyner Studio hatten nichts ergeben. Zeugen verschwanden. Und manchmal musste Rosa in die Gesichter der jungen Mädchen sehen, die kaum den Kinderschuhen entwachsen waren. Und das war das Schlimmste. Ihre Augen verfolgten Rosa. Einige gaben sich hart gesotten und von der Straße gestählt, als wüssten sie, wie ihnen geschah, als hätten sie noch die Kontrolle über ihr Leben. Andere waren gebannt vom schönen Schein des Glamour und vom leicht verdienten Geld. Am traurigsten war das Schicksal der wenigen, die glaubten, jemanden gefunden zu haben, dem wirklich an ihnen lag.

Jetzt, da die Ermittlungen wieder ohne Ergebnis eingestellt werden würden, war es für Rosa an der Zeit, in Aktion zu treten. Sie verspürte Erleichterung, platzte fast vor angestauter Energie.

Verstohlen und vorsichtig hatte sie ihre eigenen Pläne geschmiedet, hatte drei Monate gebraucht, um eine Mitverschwörerin zu finden, eine Frau, die noch den Mut und die Fähigkeit hatte zu vertrauen. Rosa hatte Dexters Telefongespräche so lange belauscht, bis sie eine Frauenstimme, einen Nachnamen hatte sagen hören, der sie überraschte denn er gehörte zu einer bekannten New Yorker Familie. Immer wieder war sie Dexter in einem Taxi gefolgt und hatte schließlich die Adresse dieser Frau herausgefunden. Sie hatte den Hausverwalter in ein Gespräch verwickelt und erfahren, dass Dexter ihre Miete zahlte, und zwar bar. Zunächst hatte sich Rosa keinen Grund dafür denken können, denn das Klischee von der heimlichen Geliebten passte nicht so recht: Dexter war definitiv nicht leidenschaftlich genug und die Frau schon Anfang zwanzig – in Dexters Welt bereits verbraucht. Dennoch zahlte er die Wohnung und kaufte ihr gelegentlich extravagante Geschenke.

Rosa hielt sich unterwürfig und unaufdringlich im Hintergrund, lauschte an halb offenen Türen und sichtete Unterlagen und Akten. Von öffentlichen Telefonzellen aus hatte sie jemanden in Toronto kontaktiert und viel über die Vergangenheit dieser Frau erfahren, ein rebellierendes Kind aus reichem Hause.

Als bei den Hausdurchsuchungen nichts Belastenderes gefunden worden war als ein Haufen geschmackloser Videos, war es Rosa plötzlich klar geworden: Die Wohnung dieser Frau musste der Ort sein, an dem Dexter die illegalen Videos aufbewahrte und bestimmt auch die Drogen, die er wie Bonbons an die Minderjährigen verteilte. Vermutlich erpresste Dexter die Frau, erpresste nicht Geld von ihr, sondern Schweigen, und das ganz sicher mit einem Filmausschnitt, auf dem ihr eigener nackter Körper über den eines Mannes glitt. Diese Frau war die perfekte Tarnung für ihn, kein Ermittler würde je auf eine solche Verbindung kommen.

Jetzt musste Rosa dieses Band finden – ihr würde es weitaus nützlicher sein als Dexter. Sowohl Dexters Haus als auch sein Studio schloss sie von Anfang an aus ihren Überlegungen aus – Dexter würde es niemals riskieren, dass die Polizei das Band bei ihm fände. Mehrere Wochen lang grübelte sie über dieses Problem nach, und als sie die Lösung endlich gefunden hatte, schien sie klar auf der Hand zu liegen. Sie kannte Dexter. Sie kannte seine Gewohnheiten, seine Arroganz, seine kleinen grausamen Tricks.

Sie hatte alles auf den nächsten Schritt gesetzt, hatte gewartet, bis Dexter übers Wochenende die Stadt verlassen hatte, war zur Wohnung der Frau gegangen und hatte ihr alles erzählt, was sie wusste, vermutete und hoffte.

»Das Band ist hier«, hatte Rosa versichert. »Er hätte es nie woanders gelassen.«

»Das ist verrückt. Glaubt er denn, ich wäre blöd?«

»Ja.«

»Glaubt der denn, ich würde noch nicht mal nachsehen?«

»Ja.«

»Unten im Keller sind die Videos, im Vorratsraum. Sie schienen ihm nicht einmal besonders wichtig zu sein.«

»Und die Drogen?«

»Hinter einem Brett im Bücherregal.«

»Zuerst helfe ich Ihnen bei der Suche nach diesem Band.«

Sie hatten etwa zwei Stunden gebraucht, bis sie auf das richtige Band gestoßen waren, zwei Stunden betäubender Obszönität, in denen sie kaum ein Wort gewechselt, sich kaum gerührt hatten. Endlich nahm die Frau das Band aus dem Recorder.

»Wenn Sie wüssten«, flüsterte sie. »Wenn Sie wüssten, wie laut ich damals geschrien habe in meinem Kopf. Niemals –«

»Still. Nicht mehr daran denken. Zerstören Sie es. Löschen Sie auch die anderen, wenn Sie Zeit genug haben.«

»Zeit genug?«

»Wir werden beide von der Bildfläche verschwinden. Bald. Vielleicht in einer Woche, vielleicht schon eher. Können Sie bis dahin fertig sein? Gibt es einen Ort, an dem Dexter Sie nicht finden kann?«

»Jetzt ja. Jetzt, wo ich das Band habe. Aber worauf warten wir noch? Verschwinden wir doch gleich.«

»Zuerst die Drogen. Ich möchte nicht, dass die Polizei sie hier findet. Ich kenne Dexter und sein Anwaltsheer. Sie würden es fertig bringen, sich da herauszuwinden. Ich muss mir ein Versteck einfallen lassen, das bei der ersten Durchsuchung übersehen werden könnte, aber bei der nächsten gefunden wird. Wenn es fertig ist und die Luft rein, rufe ich Sie an. Wenn Dexter in der Zwischenzeit Kontakt zu Ihnen aufnimmt, müssen Sie Ihre Rolle weiterspielen. Können Sie das?«

»Ich werde eine bessere Schauspielerin sein als jemals zuvor. Das verspreche ich.«

»Und jetzt zeigen Sie mir das Versteck.«

Die Frauen räumten die Bücher aus einem Fach und entfernten die falsche Rückwand. Das meiste war Kokain, außerdem gab es ein paar Beutelchen mit Pillen für exotische Cocktails. Rosa lächelte.

»Warten Sie«, sagte die Frau. »Ich habe noch mehr für Sie.«

Sie reichte Rosa ein schlichtes schwarzes Notizbuch. »Ich habe Buch geführt. Daten, Telefonnummern, Treffpunkte. Und alle Namen, die ich mitbekommen habe. Ganz so blöd, wie er dachte, bin ich eben doch nicht.«

Das war vor acht Tagen gewesen. Rosa hatte einen geeigneten Schreiner aufgetrieben, ihn zu passenden Zeiten in Dexters Haus herein- und hinausgeschmuggelt und ihn üppig bezahlt. Doch gegen Dexter lag nichts mehr vor. Die Ermittlungen waren gerade wegen Mangels an Beweisen eingestellt worden, und schon überlegte er, wie sich das nächste Straßenkind verführen ließ.

Der Zeitpunkt zum Handeln war gekommen.

Rosa beseitigte die Spuren des Nachmittags und wartete auf weitere Anweisungen. Sie kannte die Routine. Nach ein paar Anrufen würde Dexter zum Duschen nach oben gehen. Wenn es nach ihren Wünschen lief, würde er sich noch ein wenig hinlegen wollen, bevor er sich zum Ausgehen anzog. Und vor dem Schläfchen ließ er sich immer einen Scotch bringen. Rosa war glücklich.

Sie wartete in der Küche, bis sie hörte, wie Dexter das Wasser abdrehte. Dann nahm sie ein Röhrchen Schlaftabletten aus dem Schrank, löste zwei in dem frisch eingeschenkten Whisky auf und trug ihn nach oben in Dexters Schlafzimmer.

»Ihr Drink, Sir.«

»Ah, braves Mädchen. Gerade dachte ich, ich leg mich kurz aufs Ohr.«

Dexter leerte das Glas, gab es ihr zurück und entließ sie mit einer Handbewegung.

Rosa ging in die Küche zurück, entspannte ihre verkrampfte Kiefermuskulatur, wusch das Glas aus, trocknete es ab und stellte es in den Schrank zurück. Die übrigen Schlaftabletten spülte sie den Ausguss hinunter, das leere Röhrchen ließ sie in der Tasche verschwinden.

Dann ging sie zur Treppe, legte den Kopf schief und lauschte. Aus Dexters Schlafzimmer kam kein Laut.

Sie nahm den Telefonhörer ab und wählte.

»Es ist so weit. Wie schnell können Sie hier sein?«

»In vierzig Minuten.«

»Sie müssen danach nicht zurück in Ihre Wohnung?«

»Nein, ich habe alles gepackt. Unterwegs nehme ich mir einen Leihwagen.«

»Okay. Los geht's.«

Rosa betete, dass die Schlaftabletten stark genug waren und schnell wirkten. Bei der Dosierung hatte sie sich auf ihr Gefühl verlassen müssen: genug, um ihn unschädlich zu machen, nicht so viel, dass es gefährlich gewesen wäre oder Verdacht hätte wecken können.

Jetzt, fast am Ende ihrer Mission, fand sie das Warten fast so mühsam wie ihren ganzen Dienst bei Dexter; endlich hörte sie an der Tür ein leises Klopfen.

Die Frau lächelte und reichte ihr zwei Plastiktüten. Sie waren schwer.

»Ich weiß nicht, wie ich Ihnen danken soll, Rosa.«

»Keine Ursache. Ohne Sie hätte ich ihm nichts anhängen können. Also habe ich Ihnen zu danken, und wenn die Anklage wegen Drogenbesitzes nicht ausreicht, statten ihm vielleicht die Lieferanten, deren Namen Sie in Ihrem Notizbuch festgehalten haben, einen Besuch ab. Aber jetzt gehen Sie. Ich weiß nicht, wie lange er noch schläft.«

Ein letztes Lächeln, und schon war die Frau weg. Rosa brachte die Tüten in Dexters Arbeitszimmer und räumte die Bücher aus dem Fach, das sie kürzlich hatte umbauen lassen – ein Versteck, das in gewisser Weise für eine Art poetischer Gerechtigkeit sorgen würde.

Als die Drogen sicher verstaut waren, ging sie in ihr Zimmer im rückwärtigen Teil des Hauses und holte einen kleinen Koffer mit Schulterriemen aus dem Wandschrank. Sie warf das Tablettenröhrchen hinein und nahm drei gefütterte DIN-A5-Umschläge heraus, jeder mit einer anderen New Yorker Adresse versehen. Ein weiterer, etwas größerer Koffer war bereits mit ihren Kleidern und Toilettensachen gepackt.

Rosa setzte sich vor ihren Frisierspiegel. Sie nahm die schwarze Perücke ab, unter der ihre Kopfhaut immer unerträglich gejuckt hatte, und verteilte Fettcreme auf ihrem Gesicht, um das dunkle Make-up und die Spuren des schwarzen Augenbrauenstifts zu entfernen. Vorsichtig nahm sie mit den kleinen Fingern die getönten Kontaktlinsen aus den Augen. Dann streifte sie die Dienstmädchenuniform und die schwarze Strumpfhose ab. Als sie auch den gepolsterten Gürtel abgenommen hatte, wirkte sie sieben Kilo leichter.

Schließlich stellte Rosa sich unter die Dusche, schäumte ihr schulterlanges blondes Haar und ihren ganzen Körper ein. Wie Schlamm löste sich das Make-up von ihrem Hals, ihren Armen und Händen und wirbelte um ihre Zehen. Sie trocknete sich ab und ließ das Handtuch auf dem Badezimmerboden liegen. Jemand anders würde es wegräumen müssen.

Dann kleidete sie sich sorgfältig an. Ohne die Absätze würde sie fünf Zentimeter kleiner sein. Sie schlüpfte in einen kurzärmeligen weißen Leinenanzug und Sandalen. Unten in einer Kommodenschublade lag ein Pass auf den Namen Eva Renault, sie steckte ihn zusammen mit den drei Umschlägen in eine weiße Handtasche. Als sie fertig war, stopfte sie all die Kleidungs- und Ausstattungsstücke, denen das Dienstmädchen Rosa seine Existenz verdankt hatte, in den Koffer mit dem Schultergurt.

Einige Minuten später verließ eine Blondine mit blauen Augen, etwa 1,70 Meter groß und 55 Kilo leicht, in weißem Leinenanzug und Sandalen mit zwei Koffern und einer weißen Handtasche die Brownstone-Villa in Greenwich Village und fuhr mit einem Bus über die Madison Avenue ins Zentrum. Sie ging in ein Postamt und kaufte Briefmarken für die drei Umschläge.

»Wann kommen die Briefe voraussichtlich an?«

Der Mann am Schalter zuckte die Achseln. »In ein paar Tagen. Wollen Sie sie lieber express schicken?«

»Nein, in ein paar Tagen reicht. Aber könnten Sie bitte einen ›Bitte-nicht-knicken‹-Aufkleber draufmachen? Es sind Fotos drin.«

Ein Foto in jedem Umschlag, genauer gesagt. Mehr hatte sie nicht geschafft. Dexter hatte nur selten Mädchen mit in sein Haus gebracht, und sie musste die Schnappschüsse machen, wenn sie noch schliefen oder zu sehr unter Drogen standen, um den Fotoapparat zu bemerken. Und bei den wenigen Mädchen, die sie hatte fotografieren können, hatte sie nicht immer herausgefunden, wie es um die Familie bestellt war und ob die Familien die verlorenen Töchter überhaupt zurückwollten. Doch wenigstens bei diesen dreien hatte sie Erfolg gehabt, diese drei hatten noch Familien, die sie liebten und froh sein würden, die aktuelle Adresse ihrer Kinder zu erfahren. Diese drei hatten noch eine Chance und vielleicht, mit viel Glück, so viel Rückhalt in der wiedergefundenen Familie, dass sie gegen Dexter aussagen würden. Eine von ihnen, das wusste sie, war erst vierzehn.

Etwas später verließ sie das Postamt und nahm ein Taxi zum Flughafen La Guardia. Dort angekommen, ging sie zu einem öffentlichen Fernsprecher und rief den Polizeibeamten an, der die Durchsuchung von Dexters Haus geleitet hatte. Es war nur ein kurzes Gespräch, und sie musste anonym bleiben, aber eins war sicher, sie hatte seinen Tag vergoldet.

Laut Flugplan sollte ihr Flug nach Toronto in zwei Stunden gehen. Sie machte sich keine besonderen Sorgen wegen der Wartezeit, schließlich trug sie nichts Verdächtiges bei sich, reiste mit ihrem eigenen Pass, und ihr Ticket war auf ihren wirklichen Namen ausgestellt.

Es war Zeit, sich von Rosa zu verabschieden. Sie ging in einen Waschraum, suchte sich vor dem Spiegel einen Platz in unmittelbarer Nähe des Abfalleimers und beschäftigte sich so lange mit ihrer Frisur und ihrem Make-up, bis sie allein war. Als sie fünf Minuten später wieder herauskam, wäre einem aufmerksamen Beobachter vielleicht aufgefallen, dass sie das Köfferchen mit dem Schulterriemen nicht mehr dabei hatte. Doch niemand beobachtete sie, und Eva Renault verschwand in der Menge.

Erster Teil

Der Jäger

Toronto, Samstag, 10. Juli

Die frühe Abendsonne legte einen goldenen Glanz über die ruhige Oberfläche des Lake Ontario. Am sandigen Uferweg wurden gerade die Laternen eingeschaltet. Lily Ross liebte diesen Teil der Stadt, der unter dem Namen »The Beaches« bekannt war. In den letzten Jahren hatte sich das Viertel sehr gemacht, trendige Restaurants und Läden waren aus dem Boden geschossen, im Park hatte man eine neue überdachte Bühne für Open-Air-Konzerte gebaut, und überall wurde wie wild renoviert. Alte Häuser, die noch die ursprüngliche Cottage-Architektur erkennen ließen, schmückten sich jetzt mit Dachfenstern, modernen Sonnendecks und riesigen Panoramascheiben. Hier und da, wo noch Platz war, standen neue, nur wenige Stockwerke hohe Apartment- und Stadthäuser. Zwar herrschte viel zu viel Verkehr und das Wasser war zu schmutzig zum Schwimmen, doch die Beaches waren für Lily untrennbar mit dem Duft des Sommers, mit langen Dämmerungen und lauen Nächten verbunden.

Lily spähte durch den Sucher, um ein perfektes Bild zu komponieren. Das Model sollte im Bildausschnitt rechts stehen, dort würde das Laub der Ahornbäume, die den Bürgersteig säumten, eine Art Spitzendecke aus Schatten über ihr Gesicht werfen. Über ihre linke Schulter hinweg waren die goldenen Fluten des Sees und in der Ferne die Skyline von Toronto zu sehen.

»Okay, ich bin so weit. Wir können anfangen!«, rief Lily.

Die Fotografin und das Mannequin begannen mit ihrem langsamen Tanz: Lily umkreiste ihr Model, stellte am Objektiv immer wieder die Entfernung nach, variierte den Bildausschnitt und drückte in rascher Folge auf den Auslöser; die junge Frau veränderte laufend den Gesichtsausdruck, wandte das Gesicht der Kamera zu und kehrte es wieder ab, zog eine Schulter hoch und lachte manchmal einfach nur. Lilys Bilder wurden immer besser, sobald der Bann der Anfangspose gebrochen war und die spontanen Bewegungen einsetzten. Wenn die Fotomodelle sich ihrer selbst nicht mehr so bewusst waren und die Fotografin samt Kamera mehr als Teil eines Spiels betrachteten, das man nicht allzu ernst nehmen durfte, entstand ein ganz eigener Zauber. Lily hatte noch nie mit diesem Model gearbeitet, und die Natürlichkeit der jungen Frau gefiel ihr auf Anhieb. Zudem sah sie mit ihrer cremigen Haut und dem schwarzen Haar aus wie ein Filmstar der vierziger Jahre. Die Bilder würden wunderbar sein.

»Ich bin fast fertig, Amanda. Hättest du danach Lust auf einen Drink?«

Noch einmal starrte Amanda Martin ins Objektiv. Lily meinte etwas wie Überraschung in ihren Augen zu sehen.

»Klar, ich bin schon seit Jahrhunderten nicht mehr ausgegangen. Aber machen wir ein Abendessen draus. Ich sterbe vor Hunger.«

»Ein Fotomodell, das isst!« Lily schnappte nach Luft. »Ich fasse es nicht.«

Auf dem letzten Bild streckte Amanda der Kamera die Zunge heraus.

Eine Stunde später, an einem der auf dem Bürgersteig aufgestellten Tische eines nahe gelegenen Bistros, amüsierte sich Lily über den ungläubigen Blick des Kellners, als Amanda eine doppelte Portion *frites* zu ihrem Steak bestellte.

»Wie kannst du so viel essen und dabei so dünn bleiben?«

Amanda zog eine Braue hoch.

»Na ja, du scheinst aber auch keine großen Probleme zu haben.«

Dem musste Lily zustimmen. Sie hatte Muscheln in einer Wein-Sahne-Sauce bestellt und sich bereits über ihren Anteil des Brotkorbinhalts hergemacht.

»Ich treibe Sport.« Amanda grinste. »Und als Dessert nehme ich den Bananenbrotpudding mit Karamellsauce. Und natürlich einen Espresso.«

»Den Nachtisch lasse ich aus.« Lily lächelte dem Kellner zu. »Aber wir nehmen zusammen eine Flasche vom Haus-Merlot.«

Der Kellner verschwand eilig, und Lily ließ sich in den Genuss des milden Abends zurücksinken. Die Beaches lagen in friedvoller Dämmerung, für die Jogger und Rollerscater war es schon zu spät, für die lauten Barbesucher noch zu früh.

»Nun, Lily-die-keinen-Sport-treibt, was treibst du, wenn du nicht für eine Shampoofirma fotografierst? Du hattest eben zu viel Spaß, als dass du damit deinen Lebensunterhalt verdienen könntest. Normalerweise sind die Fotografen, mit denen ich arbeite, einfach nur noch gelangweilt.«

»Du hast Recht. Ich arbeite als Freelance-Fotografin und schreibe auch ein bisschen.« Bei diesen Worten wandte Lily unwillkürlich den Blick ab. Es war keine wirkliche Lüge, aber sie hatte schon seit Monaten nichts mehr schreiben können. Seit ihrer letzten großen Reportage, seit den verheerenden Konsequenzen daraus. Sie zuckte die Achseln. »Es ist schon okay. Mit diesen kleinen Jobs sichere ich mir meine Selbstständigkeit.«

»Ich auch. Die Leute meinen immer, alle Models würden glamourös leben und über die Laufstege von Paris und New York spazieren. Aber die meisten von uns leben und arbeiten auf weit bescheidenerem Niveau. Ich bekomme vielleicht nicht viel mit vom Luxusleben, verdiene mir aber ganz gut meinen Lebensunterhalt.«

Lily sagte nichts. Sie wusste, Amanda plauderte nur drauflos, wollte nur nett sein, doch die Anspielungen auf das so genannte Luxusleben der Mannequins, das sie in der Zeitung als ebenso gefährlich wie oberflächlich bloßgestellt hatte, verursachten ihr Unbehagen. Der Kellner rettete sie, schwungvoll setzte er ihnen die Teller vor. Amandas Redeschwall versiegte vorübergehend, während sie die ersten Bissen genoss.

»Bist du sicher, dass du nicht ein paar Fritten abhaben möchtest?«

»Die Versuchung ist groß, aber nein danke.«

»Also los, erzähl mir von deinem Leben als Freelancer«, forderte Amanda sie auf, es klang etwas undeutlich wegen des vollen Munds.

»Ich habe eine Zeit lang fest für die *Toronto Press* gearbeitet und fühlte mich zu eingeschränkt. Ich suche mir meine Storys lieber selbst aus. Alles, was mir fehlt, ist ein regelmäßiger Scheck.«

»Na dann!«, lachte Amanda. »Wenn das alles ist. Hast du je daran gedacht, selbst als Model zu arbeiten? Du hast einen prima Knochenbau.«

»Amanda, schau noch mal genauer hin. Meine Knochen lassen sich nur auf 1,65 Meter ausfahren, in deiner Welt bin ich ein Däumling. Und mein Haar ist kurz geschoren, damit nicht im unpassendsten Moment lose Strähnen vors Objektiv wehen können. Von Make-up verstehe ich rein gar nichts. Wimperntusche verschmiert den Sucher.«

Amanda schaute tatsächlich noch einmal genauer hin und fand, dass ihre neue Freundin zu bescheiden war. In dem rotblonden Haar leuchteten goldene Strähnen, und der kurze Schnitt gab Lily etwas Lausbubenhaftes, ein Eindruck, der durch die dunklen Brauen, die großen grauen Augen und die Grübchen, die bei jedem Lächeln auftauchten, noch verstärkt wurde.

»Nein, ich stehe viel lieber hinter der Kamera«, fügte Lily hinzu. »Ich bin von meiner Natur her eher eine Beobachterin als eine Darstellerin. Anders als du, du bist so natürlich, Amanda. Vielleicht sollten wir zusammenarbeiten. Wir könnten –«

Mitten im Satz brach sie ab. Amanda starrte über Lilys rechte Schulter hinweg, die Gabel wie erstarrt auf halbem Wege zum Mund. Ihre Augen waren schreckgeweitet, sie wirkte erschüttert. Lily drehte sich um, wollte sehen, was Amanda so aus der Fassung gebracht hatte. Doch da waren nur die anderen Gäste: ein junges Paar, das gerade den Innenhof des Restaurants betrat, zwei ältere Herren, die sich beim Bier entspannten, und eine blonde junge Frau, die allein an einem Tisch saß und die Speisekarte studierte. Im Hintergrund hörte man einen leisen Blues. Lily konnte nichts Ungewöhnliches sehen oder hören, nichts, was Gefahr bedeutet hätte.

»Entschuldige.« Amanda stand abrupt auf und ging zu der allein sitzenden Frau. Lily schaute ihr gerade lange genug nach, um auf dem Gesicht der Fremden ein ähnliches Erschrecken wie vorhin bei Amanda entdecken zu können. Dann wandte sie sich ab, um nicht zu stören; doch obwohl sie von dem im Flüsterton geführten Gespräch nichts verstehen konnte, war der dringliche Ton dieses Gesprächs unüberhörbar.

Einige Minuten später kehrte Amanda zum Tisch zurück, sie wirkte ernst, ihre cremeweiße Haut war fahl.

»Was ist los? Wer war das?«

»Vergiss es. Lass uns gehen.«

»Aber du siehst schrecklich aus. Geht's dir gut?«

»Vergiss es, habe ich gesagt.«

Verlegen schweigend zahlten Lily und Amanda ihre kaum angerührten Gerichte. Die unbefangene Vertrautheit, die in den zwei vorangegangenen Tagen zwischen den beiden Frauen entstanden war, schien erschüttert. Lily fühlte sich wie betäubt durch den plötzlichen Rückzug des Models. Sie war gekränkt und außerdem sehr beunruhigt über Amandas offensichtlichen Schmerz.

Als sie zu dem Parkplatz gingen, auf dem sie am Vormittag ihre Wagen geparkt hatten, empfand Lily das fröhliche Lachen der anderen Gäste und der abendlichen Spaziergänger noch als zusätzlich bedrückend. Vor ihnen, im Licht des aufgehenden Mondes, lag der Park und duftete nach frisch gemähtem Gras und sommerlichem Laub. Sie blieben stehen. Die Nacht war zu schön, als dass man sie so hätte ausklingen lassen dürfen.

»Hör zu, Amanda«, sagte Lily und lächelte. »Danke fürs Abendessen. Tut mir Leid, dass es für dich so unerfreulich endete. Ich setze mich noch ein bisschen in den Park. Wenn du magst, komm mit. Wenn nicht, auch gut, dann sehen wir uns halt bei anderer Gelegenheit wieder.«

Völlig unvermittelt brach Amanda in Tränen aus.

»Um Gottes willen, was ist denn los? Habe ich was Falsches gesagt?«

»Du bist nicht schuld. Tut mir Leid. Ich kann nicht... Ich... Vor einem halben Jahr ist mir etwas zugestoßen, und ich kann es nicht...«

Lily fasste nach Amandas Hand und führte sie zu einer Bank unter einer Blutbuche. Gleichzeitig fischte sie in ihrer Kameratasche nach Papiertaschentüchern.

»Was es auch sein mag… Möchtest du darüber reden?«

»Nein… Ja… Ich habe es noch niemandem erzählt.«

Lily saß neben ihr und wartete. In ihrem Beruf hatte sie schon genug Interviews geführt, um zu wissen, wann sie schweigen musste. Und da sie nicht die leiseste Vorstellung hatte, worum es ging, konnte sie ohnehin nicht nachfragen. Wieder dachte sie an den letzten Artikel, den sie geschrieben hatte. Wie sicher sie sich dabei ihrer selbst gewesen war. Wie sie die glamouröse Fassade niedergerissen und die wirkliche Welt der Models enthüllt hatte: Amphetamine, Bulimie und ständige Selbstkritik. An sich war das alles nicht neu gewesen, doch sie hatte Namen genannt. Sie war stolz gewesen auf ihre Arbeit, sogar ein wenig selbstgerecht, bis einer dieser Namen tot aufgefunden wurde, eine Nadel im Arm und Lilys Artikel in der Hand. Dass ihre Schuldgefühle irrational waren, machte sie nicht weniger lähmend. Lily hatte das Gefühl, Buße tun zu müssen. Das Mindeste, was sie jetzt tun konnte, war zuhören.

Nach einer sehr lange erscheinenden Weile fing Amanda an mit ihrer Geschichte. Lily schloss die Augen. Sie konnte die enge, winterliche Gasse sehen, die hässlichen Schatten zwischen den grellen Lichtfeldern und die wehrlose Amanda, die gesenkten Kopfs und achtlos, ja blind in eine grausame Falle gelaufen war. Sie konnte sie kämpfen sehen.

Ihr war, als wäre der Park rundum riesig und unnatürlich still geworden. Endlich hörte Amanda zu weinen auf.

»Wurdest du vergewaltigt?«, flüsterte Lily.

»Nein, nicht richtig. Ich… Ich kam davon. Jemand… Etwas lenkte ihn ab. Ich rannte weg.«

»Hast du ihn angezeigt?«

»Nein, ich bin einfach davongerannt. Ich weiß nicht, was passiert ist. Mein Kopf ... Als ich nach Hause kam, tat mir der Kopf weh. Ich stand unter der Dusche und rubbelte wie wild, aber mein Kopf tat immer weiter weh. Ein hämmernder Schmerz. Und ich musste mich übergeben. Ich warf alle meine Kleider weg, alles, sogar meinen Mantel. Ich rief die Notrufnummer an und sagte denen, ich sei in der Badewanne ausgerutscht. Sie brachten mich ins Krankenhaus. Ich hatte eine Gehirnerschütterung.«

»Aber Amanda, sie müssen doch etwas vermutet haben. Gab es keine anderen Spuren, Schürfungen oder Prellungen?«

»Es war ihnen von Anfang an klar. Sie schickten mir sogar eine Beraterin für Vergewaltigungsopfer vorbei. Aber ich blieb dabei, ich sei beim Duschen ausgerutscht. Es ist ja nichts passiert. Ich meine, er ist nicht in mich eingedrungen, es gab keine gynäkologische Untersuchung oder so.«

»Alles ist passiert. Du bist überfallen worden. Ich will mir kein Urteil anmaßen, ich weiß nicht, was ich selbst in einer solchen Situation tun würde, aber wenn du es nicht anzeigst, wenn du ihn jetzt nicht anzeigst, kann er immer weiter herumlaufen und anderen Frauen nachstellen.«

»Nein, das glaube ich nicht.«

Lily sah in Amandas Gesicht. Die letzten Worte hatte sie so leise gemurmelt, dass sie fast nicht zu hören gewesen waren. Die beiden Frauen blickten sich einen Augenblick lang in die Augen. Mit dem Scharfblick der geübten Fotografin bemerkte Lily eine winzige Veränderung in Amandas Ausdruck, die Offenheit verschwand, ein Schleier legte sich über ihre Augen. Amanda wandte den Blick als Erste ab.

»Dann war das die Beraterin eben?«, versuchte Lily ihr Glück.

»Was?«

»Die Frau im Restaurant, die dich so aus der Fassung gebracht hat, war sie die Beraterin aus dem Krankenhaus?«

»Ach die. Nein, sie war nur jemand, den ich zu kennen glaubte, aber ich hatte mich getäuscht.«

Lily gab das Fragen auf. Aus dem Schleier war ein eiserner Vorhang geworden. Sie wusste, dass Amanda log. Die Frau im Restaurant hatte denselben Ausdruck erschrockenen Wiedererkennens im Gesicht gehabt wie Amanda. Was immer sich zwischen den beiden zugetragen haben mochte, es war weit mehr gewesen als nur eine Verwechslung. Doch Amanda wirkte jetzt so betreten wie jeder, der impulsiv ein Geständnis abgelegt hat und sich nun fragt, ob der andere seines Vertrauens würdig war. Und das fragt sie sich mit gutem Grund, dachte Lily.

»Los komm«, sagte sie. »Es ist noch früh genug fürs Kino. Wir könnten beide ganz gut einen lustigen Film vertragen, meinst du nicht?«

Amanda war sichtlich erleichtert.

»Sehr guter Gedanke!«

Lily griff nach ihrer Fototasche, und während sie den Park verließen, überlegte Amanda schon laut, welche Filme wohl in Frage kämen. Das Praktische an so einer seichten Hollywood-Komödie ist, dass die meisten nicht viel Aufmerksamkeit erfordern, dachte Lily. Sie wollte nachdenken. Ihr war klar, dass zu Amandas Geschichte noch einiges gehörte, was sie nicht erzählen wollte. Aber hatte sie das Recht, weiter nachzubohren? Und – noch wichtiger – war Amandas Geschichte eine, die die Reporterin Lily erzählen wollte und durfte?

Toronto, Montag, 12. Juli

Fast den ganzen Sonntag über hatte sie sich selbst einzureden versucht, Amanda Martins Geschichte sei nur die einer verstörten Frau, der es widerstrebte, von einem Vergewaltigungsversuch zu sprechen. So war es ja allzu oft – das Schweigen, die Schuldgefühle am falschen Platz, die Scham der Opfer. Lily hatte Verständnis für den verzweifelten Wunsch nach dem Schutz der Privatsphäre, und etwas in ihr wollte ihn respektieren. Doch diese spontane Beichte und dieses nicht zu unterdrückende Bedürfnis, jemandem zu sagen, was geschehen war, ließen sie nicht mehr los. Was war geschehen? Diese Frage stellte Lily sich wieder und wieder. Wie hatte Amanda entkommen können? Wer war die Frau, die Amanda im Restaurant wiedererkannt hatte? Es war diese Begegnung, die der Auslöser für Amandas Geständnis gewesen war und auch für ihr Verschweigen bestimmter Einzelheiten, davon war Lily überzeugt. Und warum war Amanda so sicher, dass ihr Peiniger anderen Frauen nicht mehr nachstellen würde?

Lily war ratlos. Da der Überfall nicht angezeigt worden war, war er offiziell auch nicht passiert. Es würde keine Polizeiberichte geben, keine Meldungen in den Zeitungen, und Lily wusste noch nicht einmal, in welches Krankenhaus Amanda gebracht worden war oder wer ihr als Beraterin zu helfen versucht hatte. Für sie bestand Amandas Geschichte aus einem Datum, einer Straße und dem instinktiven Wissen, dass hier noch viel mehr herauszufinden war.

Entmutigt schenkte sich Lily die dritte Tasse Kaffee an diesem Morgen ein und starrte aus dem Fenster auf die ruhige, baumgesäumte Straße. Kurz nach dem Tod ihrer Mutter vor etwa drei Jahren hatte sie das schmale, zweistöckige

Klinkerhäuschen mit dem spitzen Giebel und der Vorderveranda gekauft. Die meisten ihrer Nachbarn waren Freiberufler oder schon im Ruhestand, und viele der zwei- oder dreistöckigen Häuser waren frisch renoviert, mit ordentlichen kleinen Rasenflächen vor der Tür, dekorativen Kübeln und schmiedeeisernen Zäunen. Trotz der Nähe zur geschäftigen Yonge Street kamen nur wenige Passanten hier durch, einmal abgesehen von den Kindern, die zur Cottingham Public School am Ende des Parks liefen. Während der Schulzeit sah sie gern zu, wie die Kleineren am Eiswagen Schlange standen oder fröhlich mit dem Baseball herumalberten. Hier war sie glücklich, meistens jedenfalls.

Sie hatte keinen Kredit aufnehmen müssen und sich daher selbstständig machen können. Jetzt konnte sie ihre Zeit frei planen und fühlte trotz aller Vorteile auch die Last dieser Freiheit. Ihre Tage waren oft sehr zerstückelt. Sie machte sich ständig Gedanken um den nächsten Job, den nächsten Auftrag. Irgendwann hatte sie sich so weit etabliert, dass sie von ihren Fotos und Zeitschriftenartikeln leben konnte, doch jetzt, da sie sich zum Schreiben nicht fähig fühlte, war das Geld knapper geworden. Dennoch ließ sie sich etwas treiben. Sie hatte kein klar erkennbares Ziel, sie fokussierte nicht – und das bei einer Fotografin. Doch seit gestern war es anders, und das lag an Amanda und ihrer Geschichte. War dies die Chance, ihre Furcht vor dem Schreiben zu überwinden und ihre früheren Fehler wieder gutzumachen?

Als sie den Gedanken an einen weiteren kalten Kaffee nicht mehr ertragen konnte, schnappte Lily sich eine ihrer Kameras, schwang sich aufs Rad und fuhr Richtung Mount Sinai Hospital. Vielleicht würde ihre Empfänglichkeit für Orte ihr beim Ordnen der Gedanken helfen und wenigstens einen Anhaltspunkt für die Wiederaufnahme des Gesprächs mit Amanda liefern.

Draußen war es heiß, einer dieser für Toronto typischen dunstigen, feuchten Julitage, an denen die Luft schwer wurde und das Pflaster zu dampfen schien. Lily war völlig ausgelaugt, als sie in der Straße hinter dem Krankenhaus ankam. Bei Tageslicht schien sie ihr eintönig, ohne den kleinsten Schatten des düsteren Dramas, das Amanda geschildert hatte. Einfach nur ein langweiliger Asphaltstreifen mit kaum einem Grashalm und gar keinem Baum. Das nördliche Ende wurde vom Hintereingang des Krankenhauses dominiert, Angestellte und Patienten rauchten hier verstohlen eine Zigarette, und die von der Hitze ermatteten Besucher gingen ein und aus. Gegenüber lag ein großes Parkhaus, eine dieser hochstrebenden architektonischen Zementbarbareien.

Lily stieg ab und schob ihr Rad zum südlichen Ende, wo Amanda überfallen worden war. Hier, wo die Gasse sich zu einer Querstraße hin öffnete, wurde sie etwas freundlicher, es gab wenigstens ein paar hübsch verklinkerte ältere Gebäude zu sehen, den spätvormittäglichen Schatten von Markisen, fröhlich bunte Hotdogverkäufer und Obst- und Gemüsestände. Sie hob die Kamera ans Auge und knipste los: erst die langweilige Zementfläche, dann die überraschende Erlösung durch eine freundlichere, lebhaftere Kulisse. Nach zwanzig Minuten hatte sie genug gesehen. Hier gab es nichts mehr für sie, und auch nichts mehr von Amandas Qualen.

Als sie zum zweiten Mal am Parkhaus vorbeikam, trat der Wächter aus seinem Glaskasten. Er schwitzte heftig und wischte sich mit einem Handtuch übers Gesicht. *Himmel*, dachte Lily, *in diesem Parkhaus muss es mindestens 40 Grad heiß sein*. Sie griff nach ihrer Wasserflasche.

»Möchten Sie etwas trinken?«, bot sie an. »Sie müssen da drin ja umkommen vor Hitze.«

Der Mann grinste und hielt sein Handtuch hoch. »Sehr nett von Ihnen, Miss. Aber Sie sehen, ich hab selber vorgesorgt.«

Lily erkannte den singenden südasiatischen Tonfall und Akzent. Sie lächelte zurück und trank selbst einen Schluck.

»Na, dann alles Gute.« Sie schwang ihr Bein über den Sattel und wollte gerade losradeln, als der Mann noch etwas zu ihr sagte.

»Sind Sie Reporterin, Miss? In dieser Straße gibt es keine Touristen, und Sie fotografieren so viel.«

»O nein, keine Reporterin. Ich war nur neugierig.«

Der Mann lachte in sich hinein. »Ja ja, nach dem Mord kommen viele neugierige Leute, aber Sie sehen ja, man sieht nichts.«

»Mord?« Das Wort ließ Lily hochschrecken. »Was für ein Mord?«

Der Mann hob sichtlich überrascht die Brauen. »Tut mir ja so Leid, Miss. Ich dachte, weil Sie doch die Fotos ... Ja, alles sehr traurig. Ein Mann ist erschossen worden, genau da.« Er deutete auf das südliche Ende der Gasse. »Etwa vier Meter vom Ende der Straße entfernt.«

»Wann?«, fragte Lily.

Ein leichter Schatten von Missbilligung legte sich über die Züge des Mannes. Höchstwahrscheinlich fand er sie jetzt doch zu neugierig. »Schon vor vielen Monaten. Im Winter. Das war nicht gut, dass das in unserer Straße passiert ist. Und so nah am Krankenhaus. Ich muss jetzt gehen.« Er wandte sich ab und kehrte in seinen Glaskasten zurück.

Lily stand noch einen Moment wie angewurzelt, ihre Gedanken rasten. Sie wusste genau, wann der Mord passiert war. Sie würde ihr Häuschen in der Birch Avenue darauf setzen, dass das betreffende Datum der 12. Dezember war.

Zwanzig Minuten später lugte Lily um die Trennwand von Ben Kelters Computerarbeitsplatz im Büro der *Toronto Press*. Nach der Fahrt zur Front Street stand ihr Haar in alle Richtungen ab und ihre Wangen waren hochrot – vielleicht nicht ganz die richtige Verfassung, um sich einem Exlover zu präsentieren.

»Hi, Ben. Hast du Zeit für einen alten Kumpel?«

»Lily! Eine Erscheinung aus dem Geisterreich!« Ben stand auf und küsste sie auf die Wange, dann hielt er sie auf Armeslänge von sich. »Eine etwas feuchte Erscheinung. Was führt dich zurück an die alten Gestade?«

Lily hatte sich vorher genau überlegt, wie sie mit Ben verfahren wollte. Sie würde ganz kühl und lässig sein, ihn vielleicht zum Lunch einladen und dann ganz sacht auf den Mord zu sprechen kommen und ihn geschickt ausfragen. Doch die ganze Strategie löste sich in Luft auf, als sie seine wirren angegrauten Locken sah, die halb heruntergerutschte Lesebrille und die zerknautschte Jeans. Und dieses Lächeln, das immer auch seine nussbraunen Augen erreichte – sie musste ihn einfach umarmen.

»O Ben! Du hast dich kein bisschen verändert. Ich brauche deine Hilfe.«

»Stimmt was nicht?«

»Doch, doch, mir geht's gut. Aber möchtest du nicht vielleicht mit mir spazieren gehen?«

»Du meinst jetzt gleich?«

Lily nickte und zog an seinem Arm. Ben lachte, drückte ein paar Tasten seines Computers und warf sich die knittrige Tweedjacke über die Schulter.

»Impulsiv wie immer. Okay, es kann losgehen, ich bin ganz der Deine. Du hast es dir nach all der Zeit nicht vielleicht doch noch überlegt, meinen Antrag anzunehmen, oder?«

»Nein… Aber ich frage mich wirklich, ob ich dich aus meinen Fängen hätte entkommen lassen sollen.«

»Du sprichst ein wahres Wort gelassen aus, liebste Lily.«

Die beiden spazierten über die Front Street, vorbei am allgegenwärtigen Starbucks, um sich in einem alten Diner an einem Tisch mit klebriger Plastiktischdecke und verstaubten künstlichen Blumen in einer ehemaligen Essigflasche niederzulassen.

»Für alte Freunde nur das Beste«, scherzte Ben. Doch für das, was Lily vorhatte, war es der perfekte Ort. Selbst jetzt zur Lunchzeit war das Lokal ausgestorben, entweder der Hitze oder der kulinarischen Zumutungen wegen. Bis die Kellnerin die Bestellungen brachte, plauderten sie über alte Zeiten. Dann biss Ben ein paar Mal in sein lappiges Käsesandwich und schob den Teller schnell beiseite.

»Du bist dran, Lily. Was ist los?«

»Ben, du hast das beste Gedächtnis, das ich je bei jemandem erlebt habe, und ich weiß, du wirst absolut verschwiegen sein.«

»Komm zur Sache, Lily.«

»Du musst mir alles erzählen, was du über einen Mord hinter dem Mount Sinai Hospital weißt, der irgendwann im Dezember passiert ist. Genauer gesagt, am 12. Dezember.«

»Ach, liest du die Zeitung nicht mehr? Ich war es, der damals die Story geschrieben hat.«

»Das denke ich mir schon. Aber im Dezember war ich in Calgary. Ich verspreche dir, die weiteren Nachforschungen allein zu übernehmen, aber du musst mir die Details liefern, die nicht in der Zeitung stehen. Tust du das, Ben? Bitte!«

»Ich geb dir, was ich habe, aber über den eigentlichen Mord ist nicht viel bekannt. Die Polizei hat die Ermittlungen noch nicht abgeschlossen. Der Tote wurde am Sonntagmorgen gegen sechs Uhr von einem Krankenpfleger gefunden, der vom Dienst kam. Man hatte dem Mann in den Kopf geschossen, eine Kugel. Er war sofort tot.«

Lily fuhr sich mit den Händen durchs Haar, als könne sie die Bilder von Amanda, die ihr durch den Kopf schossen, körperlich wegschieben. *Ist sie so davongekommen? Nein, sie kann es nicht getan haben. Wenn sie es getan hätte, hätte sie mir nie etwas davon erzählt.*

»Ist das alles?«

»Wie ich schon sagte, über den Mord ist nicht viel bekannt. Keine Zeugen, keine Hinweise. Aber das Opfer hatte eine üble Vergangenheit. Der Mann hieß Roger Mahoney und hatte zwei Jahre wegen sexueller Nötigung und Vergewaltigung im Gefängnis gesessen. Man hatte ihn auf Bewährung entlassen. Bist du sicher, dass du das alles hören willst, Lily? Momentan wirkst du eher nicht so.«

»Entschuldige, Ben. Red weiter.«

»Als ich Mahoneys Namen sah, erinnerte ich mich an die alte Geschichte. Sein Fall wirbelte damals viel Staub auf. Es war kurz nachdem du die Zeitung verlassen hast. Angeblich hatte er drei Frauen vergewaltigt und gequält, doch die Aussagen von zweien seiner Opfer wurden aus irgendwelchen verfahrensrechtlichen Gründen nicht berücksichtigt. Mahoney war Immobilienmakler und sah vor seiner Haft sehr gut aus. Er kannte diese Frauen, und bei dieser Form von Date Rape weiß man nie, wie die Gerichte entscheiden. Die Frauen gingen freiwillig mit zu ihm nach Hause, und dann missbrauchte er sie, mehrmals. Es dauerte jeweils mehrere Stunden, Lily, und war wirklich übel. Doch da nur noch eine

Frau gegen ihn aussagte, lag keine mehrfache Anklage vor. Niemand im Gerichtssaal hat Mahoney vorwerfen können, er sei Serienvergewaltiger, sogar die Polizisten holten sich eine blutige Nase. Sie wussten, wie gefährlich er war. Als er da in der Gasse mit der Kugel im Kopf gefunden wurde, haben sie nicht gerade um ihn geweint.«

»Trotzdem wurde er nur zu zwei Jahren verurteilt?«

»Ja, und wahrscheinlich hätte er noch nicht einmal die bekommen, wenn nicht die eine Frau gewesen wäre, die gegen ihn aussagte. Ich werde sie nie vergessen.«

»Kanntest du sie?«

»Nein. Aber ich saß damals im Gerichtssaal und sah sie drei Tage lang an. Sie war so – ich weiß auch nicht – würdevoll, vermute ich, sie hatte etwas Bezwingendes. Ihre Augen waren groß und dunkel, und sie sah einfach durch einen hindurch, unerschütterlich, obwohl sie so Schreckliches durchgemacht hatte.«

»Wer war sie? Was wurde nach dem Prozess aus ihr?«

»Sie hieß Jeanine Forrest. Eine amerikanische Studentin, die am Mount Sinai Hospital forschte. Etwa ein Jahr nach dem Prozess fing sie an, in Frauengruppen und Beraterteams freiwillig Vorträge über das Trauma sexueller Gewalt und des anschließenden Prozesses zu halten. Ich ging mehrmals hin, sie war erstaunlich. Ungebrochen, wenn du verstehst, was ich meine. Sie sprach viel von den Menschen, die ihr Kraft gegeben hatten, ihr Bruder, ihre Eltern. Sie war in der Nähe der Niagarafälle aufgewachsen und erzählte auch viel von ihren Kindheitserinnerungen und davon, wie sie einen heilenden Raum um einen bilden können. Über das zu sprechen, was ihr zugestoßen war, und anderen zu helfen, ihr Schweigen zu brechen, war ihrer Meinung eine Möglichkeit, das Unmenschliche erträglich zu machen. Später verließ sie das Land, um an der Sorbonne in Paris weiterzustudieren. Ihre Mutter war Französin, glaube ich.«

Lily saß ganz still da und dachte nach.

»Sie arbeitete am Mount Sinai?«

»Ja. die Polizei hat sie überprüft, als Mahoney ermordet wurde. Jeanine war tatsächlich in Frankreich. Inzwischen lebt sie dort.«

»Und die anderen beiden Frauen?«

»Da kann ich dir nicht weiterhelfen. Ihre Identität wurde geheim gehalten. Doch Jeanine wusste, wer sie waren. Sie verbrachte viel Zeit mit ihnen, lud sie sogar in ihre Familie ein. Wenn die Bullen Jeanine überprüft haben, dann sicher auch die anderen beiden.«

»Wie steht es um Mahoneys Haftzeit? Gab's im Gefängnis irgendwelche Probleme?«

»Anscheinend nicht. Ein vorbildlicher Häftling – bla, bla –, du weißt schon, dieses ganze Geleiere über die Schuld, die er an die Gesellschaft zurückgezahlt habe. Etwa sechs Wochen vor seinem Tod ist er entlassen worden. Es gab noch Ärger mit seinem früheren Arbeitgeber, die wollten ihn nicht wieder einstellen, aber das war nichts Ernstes. Er hatte immer noch genug Geld und sein Haus. Er hat nicht sehr darunter gelitten. Anscheinend ließ er sich gerade treiben und verbrachte seine Zeit mit vorgeblicher Arbeitssuche, als er umgebracht wurde.«

»Wir dürfen uns also dazu gratulieren, Roger Mahoney losgeworden zu sein?«

»So in etwa. Allerdings gab es ein Detail, das die Polizei seltsam fand.«

Lily zog fragend die Brauen hoch.

»Die Art, wie er erschossen wurde«, antwortete Ben. »Eine Kugel durch die Stirn. Geradezu professionell.«

Lily begleitete Ben ins Zeitungsgebäude zurück, froh darüber, dass er keine Fragen stellte. Sie umarmte ihn noch einmal und fing dann an, ihr Fahrrad loszuschließen.

»Danke, Ben. Du weißt, dass ich dir noch nicht alles erzählen kann. Es ist nur so ein Gefühl, aber wenn es irgendwohin führt, weihe ich dich bestimmt ein.«

»Schon in Ordnung. Hey, Lily, heißt das, du fängst vielleicht wieder an zu schreiben?«

Er wartete geduldig, obwohl sie sich viel Zeit mit der Antwort ließ, und sah ihr zu, wie sie unnötig an ihrem Rad herumfingerte.

Endlich sah sie zu ihm auf. »Vielleicht. Ich kann es noch nicht sagen.«

»Du warst nicht daran schuld. Damals, am Tod dieses Fotomodells.«

»Ja, ich weiß.«

Ben seufzte. Es war noch zu früh, sie zu drängen. »Okay. Hör zu, ich hab ein Interview mit Jeanine gemacht, über ihre Arbeit mit den Frauengruppen. Ich fax es dir, wenn du willst. Ist es noch dieselbe Nummer?«

»Ja. Bist du sicher, dass du sie noch weißt?«

»O Lily, du tust mir Unrecht!«

»Willst du damit sagen, du hast in der Zwischenzeit niemandem sonst einen Antrag gemacht?«

»Noch nicht, aber ich arbeite daran.«

Lily lachte und versprach, von sich hören zu lassen, dann machte sie sich auf den Heimweg. Sie musste so bald wie möglich mit Amanda sprechen.

Soweit überhaupt möglich, war der Tag noch heißer und feuchter geworden, die Sonne brannte. Die Auspuffgase aus der Innenstadt lagen wie Rauch in der Luft. Lily troff vor Nässe, als sie endlich ins Haus stürzte und Amandas Nummer suchte. Ihre Hände zitterten, während sie die Nummer wählte; sie wusste noch nicht einmal, was sie sagen sollte.

Das Telefon klingelte ein Mal, zwei Mal … vier Mal.

»Hi. Sie haben Amanda Martins Anrufbeantworter erreicht. Nach dem Tonsignal –«

Verdammt.

Lily legte auf und rannte hoch in ihr Arbeitszimmer. In den Akten fand sie die Nummer von Amandas Modelagentur und wählte erneut.

»Guten Tag. Model Fashion. Was kann ich für Sie tun?«

»Hi, hier ist Lily Ross. Ich habe gerade ein Layout mit Amanda Martin fertig und wüsste gern, wie ich sie erreichen kann. Ist sie zu einem Auftrag unterwegs? Bei ihr zu Hause geht niemand ans Telefon.«

Die Empfangssekretärin zögerte.

»Tut mir Leid, Ms. Ross. Normalerweise geben wir solche Informationen nicht heraus. Sie könnten eine Nachricht bei mir hinterlassen.«

»Wissen Sie, mein Problem ist, dass ich ein paar Extraaufnahmen für Amandas Mappe gemacht habe. Ich hatte sie ihr für heute Morgen versprochen, aber dann gab's Schwierigkeiten in der Dunkelkammer. Ich würde sie ihr wirklich gern heute noch bringen. Wir sind befreundet.«

»Okay, Ms. Ross. Wenn sie Ihnen ihre Privatnummer gegeben hat, dann darf ich Ihnen wohl auch ihren Terminplan geben. Könnten Sie mir nur zur Sicherheit noch einmal Ms. Martins Nummer sagen?«

Lily sagte die Nummer auf. Dann wartete sie, endlos, wie ihr schien.

»Seltsam.«

»Stimmt was nicht?«

»Doch, doch, alles in Ordnung. Aber Ms. Martin ist heute

Morgen zu einem längeren Shooting nach Mexico City abgereist. Ihre anderen Termine wurden auf andere Models unserer Agentur umgebucht.«

»Aber ... aber ich bin mir sicher, dass sie diese Fotos haben wollte. Sie hätte es mir gesagt, wenn sie vorgehabt hätte, ins Ausland zu reisen. Könnte ich nicht noch mit jemand anders sprechen, der vielleicht weiß, wie ich sie erreichen kann?«

»Nun, ich könnte Sie zu Ms. Ellis durchstellen, sie macht Amandas Termine.«

»Das wäre nett.«

Erneutes Warten.

»Dianne Ellis.«

Lily wiederholte die wesentlichen Teile ihrer Lügengeschichte.

»Sie müssen also verstehen«, kam sie zum Schluss, »Amanda und ich haben den ganzen Samstag und den größten Teil des Samstagabends miteinander verbracht, und sie hat Mexiko mit keinem Wort erwähnt. Es sieht Amanda gar nicht ähnlich, mich erst Fotos entwickeln zu lassen und sie dann nicht abzunehmen.«

»Da haben Sie völlig Recht, Ms. Ross. Aber Amanda hat erst gestern Abend sehr spät von diesem Auftrag erfahren. Wahrscheinlich war sie so aufgeregt, dass ihr die Fotos einfach entfallen sind. Und sie hatte nur sehr wenig Zeit zum Packen und für die übrigen Vorbereitungen. Sie war auf den ersten Flug nach Mexico City gebucht, heute Morgen ganz früh. Das ist eine tolle Sache für sie. Der Kunde hat ausdrücklich nach ihr verlangt.«

»Ich verstehe. Wissen Sie, wie ich sie erreichen könnte?«

»Nein, tut mir Leid. Sie wird in einem Privathaus wohnen, aber ich bin sicher, dass sie sich selbst bei Ihnen melden wird. Sie sagten doch, Sie seien befreundet.«

»J-ja. Nur so für alle Fälle: Wissen Sie, wie lange sie fortbleibt?«

»Oh, mehrere Wochen, vermute ich. Es ist wirklich eine ganz große Chance für sie.«

Lily wand sich möglichst schnell aus dem Gespräch und atmete dann tief aus.

Eine plötzliche Reise nach Mexiko? Wie praktisch. Sie glaubte nicht, dass Amanda sie so bald anrufen würde.

Und bis dahin war einiges zu recherchieren.

New York State, Montag, 12. Juli

Marie stand in ihrer Küche, in der Hand ein großes Hackmesser. Methodisch begann sie Staudensellerie, Radieschen und eine winzige Menge Schalotten für den Kartoffelsalat in kleine Würfel zu schneiden. Sie machte ihn so, wie ihre Mutter ihn mehr als vierzig Jahre zuvor in der Provence zubereitet hatte, damals, als all ihre Sommer von der Sonne durchtränkt waren, die man sogar noch im Saft der frischen, reifen Tomaten hatte schmecken können. Gemäß der Familientradition machte Marie den Salat schließlich mit einem selbstgerührten Basilikumdressing an, nicht mit einer fertigen Majonäse.

Auf dem Weg zu ihrem Kräutergarten blieb sie stehen, um den Fluss zu bewundern. Diesen sich unablässig wandelnden, trügerisch-schönen Fluss, der sich ein breites Bett zwischen den bewaldeten Felsen und dem offenen Land gegraben hatte und die Grenze zwischen Kanada und den Vereinigten Staaten bildete. Die Strömungen waren stark hier, doch ungefährlich für jene, die sich mit ihnen auskannten. Nur etwa zwanzig Meilen flussabwärts stürzte sich der freundliche Niagara River brüllend und schäumend in das schreckliche Toben der Niagarafälle. Marie hatte oft überlegt, wie sich wohl die ersten Forscher auf ihren zerbrechlichen Kanus gefühlt hatten und ob die schnelleren Strömungen und das ohrenbetäubende Donnern sie so rechtzeitig gewarnt hatten, dass sie noch um ihr Leben hatten springen können.

Marie zerrieb die Basilikumblätter zwischen ihren Fingern und sog den würzigen Duft ein, den Geruch Frankreichs, den Geruch ihrer Jugend. Das rheumatische Ziehen in ihren Händen erinnerte sie daran, wie lange das alles schon zurücklag, jene verrückten Zeiten, als sie davongelaufen war, um in Aix-en-Provence zu kellnern und sich dort in Jack Forrest verliebt hatte. Inzwischen war sie siebenundsechzig Jahre alt, und Jack einundsiebzig.

Marie sah auf ihre Uhr und dann wieder auf den Fluss, diesmal jedoch hatte ihr Blick etwas Abwägendes. Es war immer noch viel Verkehr darauf, Segelboote glitten umher wie große weiße Vögel, man sah Wasserskiläufer und die Raddampfer voller Touristen und Jazzbands. Je belebter, desto besser. Solange viel los war auf dem Fluss, waren die illegalen Überfahrten einfacher. Ein einzelnes Boot würde unter so vielen anderen keinen Verdacht erregen.

Marie hasste das Warten. Wenn alles gut ging, würde Jack in etwa einer Stunde zurück sein, und die *runners*, die Frauen und Kinder auf der Flucht, würden hungrig sein. Sie ging ins Haus, um den Salat fertig zu machen und ihn zum Durchziehen auf die Anrichte zu stellen. Obwohl sie schon so lange in Little Falls lebte, konnte sie immer noch nicht begreifen, warum die Amerikaner ihren Kartoffelsalat kalt aßen. Sie schnitt ein wenig Hühnchenpastete in Scheiben und drückte prüfend auf die Kruste des Baguettes, das sie am Morgen gebacken hatte. Die Risiken waren minimal, sagte sie sich selbst immer wieder, vor allem, wenn die *runners* sich an die Anweisungen hielten. Sie schnitt ein Stück Brie ab und füllte marinadeglänzende schwarze Oliven in ein kleines Schälchen. Die Polizei war selten ein Problem, obwohl es inzwischen heikler geworden war, die einst so durchlässige Grenze zwischen Kanada und Amerika zu überschreiten. Wirklich gefährlich werden konnten nur die *hunters*, die Jäger, Männer, die den Flüchtigen manchmal nachspürten und sie zur Strecke zu bringen versuchten. Die *hunters* waren unberechenbar.

Marie ging zum Gästehaus am Rand ihres bewaldeten Grundstücks. Sie und Jack hatten vor etwa fünf Jahren angefangen, Zimmer mit Frühstück zu vermieten. Das besserte die Rente ein wenig auf, vor allem aber war es eine gute Deckung. Die Bewohner von Little Falls achteten gar nicht mehr auf das Kommen und Gehen fremder Leute, schon gar nicht im Sommer. *The Lifeboat* hatte Jack ihr Unternehmen getauft – das Rettungsboot –, und Marie fand den Namen sehr treffend.

Sie klopfte an die Tür der Hütte, doch niemand antwortete. Die zahlenden Gäste waren zu dieser Zeit meist unterwegs und vergnügten sich auf dem Fluss oder den Wanderwegen. Also benutzte Marie ihren Schlüssel, schlug die Bettdecke zurück und stellte ein wenig Schokolade hin. Die *runners* benutzten das Fremdenzimmer nicht, für sie war alles im Haupthaus vorbereitet. Und sie blieben nie lange.

Als sie die Tür wieder abschloss, hörte sie Jacks Wagen; es fiel ihr schwer, nicht zur Einfahrt zu rennen. Sie blickte zu ihrem Mann hinüber, und als er sie anlächelte, wurde ihr ganz schwach zumute vor Erleichterung.

»Marie, wir haben Besuch.«

Sie wandte sich der Frau und dem Kind zu, die gerade aus dem Wagen stiegen. Die Frau war blass und hatte dunkle

Ringe unter ihren Augen, die von Angst und schlaflosen Nächten zeugten. Sie war hübsch – oder war es zumindest gewesen. Das Mädchen jedoch war eine richtige Schönheit. Es hatte grüne Augen, ein paar Sommersprossen auf der Nase und seidiges langes rotes Haar, das selbst unter der Spätnachmittagssonne noch leuchtete wie Feuer. *Die Leute werden sich an sie erinnern*, dachte Marie, als sie das Kind bei der Hand nahm und ihre Gäste ins Haus führte. Das Mädchen lächelte zu ihr hinauf.

»Ich bin Suzy, ich bin sechs Jahre alt, und das ist –«

»Ja, ich weiß, das ist deine Mutter. Stimmt's?«

Es war nur Aberglaube, aber Marie fühlte sich wohler, wenn sie die Namen der Flüchtigen nicht wusste. Im Haus umsorgte sie die beiden, füllte ihnen die Teller und plauderte unentwegt. Sogar Suzys Mutter konnte sie einige Male ein Lächeln abringen. Ganz langsam begann sie sich zu entspannen. Als Suzy gähnte, brachte Marie die beiden nach oben in ihr Schlafzimmer. Sie drückte das Mädchen an sich, dann nahm sie die Hand der Mutter.

»Kommen Sie zum Kaffee herunter, wenn die Kleine schläft. Gute Nacht, *chérie*.«

Marie eilte zurück zu Jack, der in der Küche Geschirr spülte. Sie stellte sich hinter ihn, nahm ihn in die Arme und legte die Wange gegen seinen Rücken.

»Es ist also alles in Ordnung? Keine *hunters*?«

Jack drehte sich zu seiner Frau um. »Nein, keine *hunters*. Aber es gab eine kleine Schwierigkeit.«

»Was ist passiert?«

»Sie kamen vor der vereinbarten Zeit am Museum am. Diese Frau ist wirklich verängstigt, Marie. Sie fuhr zu schnell. Sie fürchtete aufzufallen, wenn sie im Wagen sitzen bliebe, deshalb ist sie mit ihrer Tochter reingegangen.«

Marie ließ die Arme sinken.
»Jack, du bist doch nicht –«
»Ich musste. Ich sah den Leihwagen auf dem Parkplatz stehen, genau wie es vereinbart war, aber er war leer. Es hätte alles Mögliche mit ihnen passiert sein können. Also musste ich reingehen und nachsehen, ob sie da waren.«
Marie ging zum Schrank und holte eine Flasche Rotwein und zwei Gläser heraus. Der Plan hatte schon Dutzende Male funktioniert. Zum Parkplatz der Albright-Knox Art Gallery fahren. Den Leihwagen am amtlichen Kennzeichen erkennen. Im Leihwagen sitzen die Betreffenden. Das Zeichen geben. Sich wie alte Freunde begrüßen, gemeinsam kurz zum See schlendern, sich dann rasch in Jacks Wagen zwängen und wegfahren. Die Leute unter freiem Himmel, auf dem Parkplatz und am See waren Touristen. Sie kamen und gingen und waren meist gar nicht mehr da, um Fragen zu beantworten, die ein etwaiger Verfolger ihnen stellen würde. Doch mit den Leuten im Museum verhielt es sich völlig anders. Sie arbeiteten dort, sie langweilten sich und waren es leid, Tag für Tag dieselben Bilder anschauen zu müssen – stattdessen schauten sie die Touristen an.
»Aber warum ist sie nicht einfach ein Weilchen herumgefahren oder spazieren gegangen oder hat irgendwas anderes getan, statt hineinzugehen? Wie konnte sie so dumm sein?«
»Es … Es tut mir so Leid.«
Marie und Jack wandten sich zu der jungen Frau um, die in der Küchentür stand und sehr niedergeschlagen aussah. Mit einem Mal ließ sie sich gegen den Türrahmen sinken und brach in Tränen aus. Jack eilte zu ihr und führte sie zu einem Küchenstuhl.
»Marie, gib ihr etwas Wein.«
Maries Hände zitterten. Sie schämte sich. Wie konnte sie –

und wenn sie noch so besorgt war um Jack – vergessen, wie verängstigt, verletzlich und verstört eine flüchtende Frau sein musste, die noch dazu das Leben ihres Kindes zu retten versuchte!

Marie nahm beide Hände der jungen Frau in ihre eigenen und schloss sie um das Glas.

»Jetzt trinken Sie erst einmal. Ich bin ein nervöses altes Weib. Jack wird schon einen Plan haben.«

Schweigend nippten die beiden Frauen an ihrem Wein und hörten Jack zu.

»Ich glaube nicht, dass sehr viel Gefahr besteht. Im Museum waren wir höchstens eine Minute oder so zusammen. Es hätte gut sein können, dass wir nur einen kurzen Moment lang denselben Künstler bewunderten, außerdem sind wir nicht gleichzeitig rausgegangen. Aber wir sollten Sie bei der Grenzüberquerung vielleicht sicherheitshalber von Suzy trennen.«

»Sagen Sie mir, was ich tun soll.« Die junge Frau hob das Kinn. »Ich will Sie nicht in Gefahr bringen. Ich mache nicht noch einen Fehler.«

Früh am nächsten Morgen, als der Nebel noch über dem Fluss hing, gingen Jack und die junge Frau hinunter zum Steg und stiegen in das Motorboot der Forrests. Sie hatten Angelzeug dabei, und die junge Frau trug Wanderstiefel und einen kleinen Rucksack.

Jack war ein altvertrauter Anblick für all jene, die am Ufer des Niagara River wohnten. Jeder wusste, dass er im Sommer zwei- oder dreimal in der Woche frühmorgens angeln ging, auch wenn er nie etwas fing. Nicht, dass ihm sehr am Beutemachen gelegen war. Ihm ging es vielmehr darum, gewohnte Verhaltensmuster vorzuführen. Jeder Frühaufsteher, der bei Morgengrauen sein Boot hörte oder seine Gestalt im leichten Nebel des Flusses aufragen sah, würde das völlig normal finden. Diese Routine, diese stetigen Wiederholungen bedeuteten Sicherheit.

Der Fluss war schmal hier, zwischen dem kanadischen und dem amerikanischen Ufer lag nur eine halbe Meile. An manchen Stellen waren die hohen Ufer sandig und leer, an anderen schwangen sie sich gewellt und mit einem Bewuchs aus dichtem Gebüsch und Apfelbeerensträuchern bis hinunter zum Wasser. Hin und wieder fuhr ein Patrouillenboot den Fluss hinunter, um zumindest den Anschein von Kontrolle aufrechtzuerhalten.

Jack drosselte den Motor, warf die Angel aus und tuckerte langsam weiter, wobei er sich den überwucherten Ufern auf der kanadischen Seite immer mehr näherte. Es war ein sonniger, windstiller Morgen. Bald würde sich der Nebel in der Sonne auflösen.

»Wenn ich Sie abgesetzt habe, klettern Sie die Böschung schnurstracks nach oben«, flüsterte Jack. »Gehen Sie etwaigen frühen Joggern und Radfahrern aus dem Weg. Oben angekommen, überqueren Sie die Allee und warten am ersten Picknicktisch. Mein Sohn Marc wird Sie abholen. Er wird Sie fragen, ob Sie in der Albright-Knox Gallery waren.«

Die Frau nickte schweigend. Dann zog sie ein Foto aus ihrer Blusentasche. Sie hielt es Jack hin.

»Da. Das ist er. Nur für den Fall, dass er mir nachspürt. Er… Er ist nicht Suzys Vater. Sie und Marie sollen das wissen. Und Sie sollen wissen, wie er aussieht.«

Jack nahm das Foto und betrachtete es aufmerksam. Ein Mann Mitte dreißig lächelte zurück. Er wirkte sympathisch – regelmäßige, eckige Züge, dunkle Augen. Er sah gut aus und schien groß zu sein; auf dem Bild lehnte er an einem schwarzen Wagen, der am Rand des Fotos noch zu erkennen war. Lässig gekleidet, die Arme in die Seiten gestemmt, das Haar seitlich gescheitelt und locker über die Stirn fallend, war er ganz der freundliche Junge – oder vielmehr der Mann – von nebenan. Jack zuckte die Achseln, knüllte das Foto in seiner Faust zusammen und warf es über Bord.

Die Augen der Frau weiteten sich angstvoll. »Bitte, Jack. Sie verstehen mich nicht. Er ist besessen.«

Jack nickte. »Wir werden aufpassen. Und jetzt machen Sie sich fertig.«

Das sanfte Tuckern des Motors verstummte. Wenige Sekunden später spürten sie, wie das Boot leicht über den felsigen Untergrund des Ufers schrammte. Die Frau griff nach dem Rucksack und stieg über die Bordwand. Das Wasser schwappte ihr in die Stiefel, doch das schien sie nur aufzumuntern. Sie gab dem Boot einen Stoß, reckte Abschied nehmend den Daumen in die Höhe und machte sich an den Aufstieg.

Wieder wartete Marie, horchte teils auf Suzys munteres Geplauder und teils angestrengt auf das Motorgeräusch von Jacks Boot. Die zahlenden Gäste hatten bereits gefrühstückt, und nun schob Suzy auf ihrem Teller Toastbrotstückchen rund um einen See aus Ahornsirup. Das leuchtende Haar fiel ihr über die Schultern.

»Erzähl noch mal von dem Versteckspiel«, sagte sie.

Marie gab ihrer Stimme einen vergnügten, unternehmungslustigen Klang.

»Deine Mama ist weggegangen und hat sich bei Freunden versteckt. Wenn Jack zurückkommt, machen wir zusammen eine Flusspartie und suchen sie. Wenn du sie entdeckst, bevor sie dich entdeckt, dann hast du gewonnen.«

»Aber Mom findet mich immer zuerst.«

»Wir könnten sie überlisten.«

»Wie?«

»Wir könnten dich verkleiden.«

Suzy kicherte.

»Du meinst, wie zu Halloween?«

»Ja, so in etwa.«

»Okay. Ich möchte als Märchenprinzessin gehen.«

»Nun ja, wenn du das Spiel gewinnen willst, musst du eine Art Mimikry machen. Sonst erkennt deine Mutter dich im ersten Augenblick.«

»Was ist das… Mimi…«

»Es bedeutet, dass du nicht aus dem Rahmen fallen darfst. Du musst aussehen wie all die anderen Kinder.«

»Sind da noch andere Kinder, die mitspielen?«

»O ja, *chérie*, ganz viele. Vielleicht könnten wir dich als kleinen Jungen verkleiden?«

Suzy zog die Nase kraus.

»Ich mag keine Jungs.«

»Meinen Jungen hättest du gemocht. Jetzt ist er erwachsen, aber ich hab noch ein paar von seinen Sachen. Du willst das Spiel doch gewinnen, oder?«

»J-ja.«

»Na, dann komm. Ich zeige dir auch noch ein paar von Marcs Spielsachen, die ich aufgehoben habe.«

Wenig später durchstöberten Marie und Suzy eine große Truhe in Marcs ehemaligem Kinderzimmer. Sie fanden etwas lädierte Kipplaster und Teddybären, Jeansshorts, ein Dinosaurier-T-Shirt und eine Baseballkappe der New York Yankees. Marie beschwatzte Suzy, die Sachen anzuprobieren.

Suzy betrachtete sich im Spiegel und schüttelte den Kopf.

»Ich sehe kein bisschen wie ein Junge aus.«

»Noch nicht«, stimmte Marie ihr zu. »Aber ich habe eine Idee. Wir verstecken dein Haar.«

»Mein Haar?«

»Aber ja, natürlich!« Marie klatschte in die Hände. »Ich flechte dir Zöpfe, die stecken wir dann hoch und verstecken sie unter der Mütze. Als meine Tochter klein war, hab ich ihr immer Zöpfe geflochten, damit ihr die Haare beim Spielen nicht im Weg waren.«

»Du hast auch eine kleine Tochter?«

»Ja, *chérie*, aber die ist inzwischen eine erwachsene Frau.«

»Wo ist sie?«

»Sie lebt in Frankreich. Aber wirklich, du fragst einem ja Löcher in den Bauch. Nimm den Teddybär mit, wenn du magst, und dann fangen wir mit deinen Zöpfen an.«

Und in diesem Augenblick hörte Marie, wie das Boot wieder anlegte.

Mittags, als auf dem Fluss Hochbetrieb herrschte, unternahmen Marie, Jack und ein kleines Kind, das einen etwas ramponierten Teddybären unter dem Arm und eine tief in die Stirn gezogene Baseballkappe auf dem Kopf trug, eine Bootstour. Am Hinterkopf lugte ein wenig leuchtend rotes Haar unter der Kappe hervor, aber Marie hatte ihr Bestes getan, um Suzy weniger auffällig herzurichten. Sie machten das Boot in einem belebten Sporthafen auf der kanadischen Flussseite fest und schlenderten zu dem Spielplatz neben dem Restaurant *The Riverside*.

Suzy sah sich aufmerksam um. »Ist meine Mutter hier?«

»Noch nicht, *chérie*, aber du darfst inzwischen mit den anderen Kindern spielen. Vergiss nicht, dass du Sam heißt. Und verlier bloß deine Kappe nicht.«

Marie zwinkerte, und Suzy zwinkerte zurück.

Eine Stunde später holte Jack Suzy von der Wippe. An einem Stand kauften sie Hotdogs und Eis und gingen damit zu Marie, die an einem der Picknicktische saß. Suzy hielt immer noch Ausschau nach ihrer Mutter, konnte sie aber nirgends entdecken. Gerade als sie dachte, wie warm es doch sei unter dieser lästigen Kappe, trat ein großer dunkelhaariger Mann an den Tisch.

»Hey, Sam«, sagte er. »Dieses T-Shirt hätte ich überall erkannt. Ich bin Marc und ich weiß, wo deine Mom ist. Lass uns in den Andenkenladen da gehen und etwas für sie kaufen. Dann schleichen wir uns an sie heran, und du hast gewonnen.«

Suzy sah Marie und Jack zweifelnd an, doch die lächelten ihr aufmunternd zu. Also winkte sie ihnen kurz zu und griff dann nach Marcs ausgestreckter Hand.

Der Mann und das Kind gingen den Pfad hinunter und verschwanden in dem großen, überfüllten Andenkenladen, während Jack und Marie Arm in Arm zum Boot zurückschlenderten: ein ehrbares älteres Ehepaar, das sich einen kleinen Spaziergang am Fluss gönnte.

New York, Dienstag, 13. Juli

Als der Anruf kam, ließ Paul Abbott ihn auf seinen privaten Anschluss legen.

»Mr. Abbott? Wir haben den Wagen gefunden. Er ist –«

»Nicht am Telefon. Wir treffen uns in zwanzig Minuten am üblichen Ort.«

»Bis dahin brauch ich mindestens eine Stunde, vielleicht länger.«

»Eine Stunde, mehr nicht. Es sei denn, Sie möchten sich meine Arbeitszeit von Ihrer Rechnung abziehen lassen.«

Abbott knallte den Hörer auf. *Dieser verdammte Sloane*. Der Mann war inkompetent. Kathleen war nun schon fast dreieinhalb Tage weg. In dieser Zeit hatte alles Mögliche passieren können. Sie konnte überall sein. Sloane würde sich eine sehr gute Ausrede einfallen lassen müssen.

Immer noch zornbebend verließ Abbott sein Penthouse in der Madison Avenue und ging die wenigen Blocks zum Central Park. Alles, was er sah, erinnerte ihn an Kathleen und nährte seine Wut. Wie konnte sie den Versuch wagen, ihn jetzt zu verlassen? Niemand verließ Paul Abbott, nicht, nachdem er sie erwählt und ihr beigebracht hatte, wie sie sich verhalten und anziehen sollte. Er musste sie finden und zurückbringen. Ihr ein wenig Verstand einbläuen. Ihr und diesem Kind.

Abbott konnte Suzy nicht ausstehen, geschweige denn ihren Allerweltsnamen. Er hatte sich mit den üblichen Geschenken bei ihr einzuschmeicheln versucht, doch sie war schweigsam und zurückhaltend geblieben und hatte sich immer an ihre Mutter gehalten. Jedes Mal, wenn er sie sah, empfand Abbott Schmerz und Groll. Sie war die ständige Erinnerung an Kathleens Leben vor seiner Zeit.

Der Central Park sah herrlich aus in der Sonne. Nachdem Manhattan den Terroranschlag durchlitten hatte, schien sein grünes Herz wichtiger denn je für die Stadt. Nannys schoben ihre lautstarken Schützlinge über die Wege, eine Gruppe Jugendlicher improvisierte ein Soccermatch auf einer der Wiesen, und zwei frisch Verliebte versuchten ihre Gefühle im Schatten eines Kastanienbaums vor der Welt zu verstecken.

Abbott nahm das alles kaum wahr. Er bewegte sich wie durch eine Wüste, eine ausgedorrte, erbarmungslose Landschaft ohne den Trost Kathleens. Ohne ihren frischen Duft, ihre geschwungenen, rosigen Lippen, die hemmungslose Hingabe ihres nackten Körpers – die Erinnerungen quälten Abbott, schwebten wie grausame Trugbilder an einem unsichtbaren Horizont. Die unter fröhlichem Gelächter spielenden Kinder lachten ihn bestimmt aus. Als er an zwei Teenagern vorbeikam, wandte eins der Mädchen den Kopf, um ihn vorbeigehen zu sehen. Abbott musste seine gesamte Selbstbeherrschung aufbieten, um ihr nicht mit der Faust den Schmollmund einzuschlagen. Wie konnten sie es wagen, ihn zu verhöhnen. *Wo, zum Teufel, war Sloane?*

Vom Dachgarten des Metropolitan Museum aus sah Sloane gelassen zu, wie Abbott über den Pfad marschierte und sich auf eine Bank ganz am Rand der Wiese hinter dem Museum setzte. Er hätte es zu dem Treffen auch in zwanzig Minuten geschafft. Sogar in zehn, verdammt noch mal, aber da Abbott so ein arroganter Schnösel war, fand Sloane, ein wenig Wartezeit könne ihm nicht schaden. Der Junge hatte in der vergangenen Minute mindestens dreimal auf seine Rolex gesehen.

Sloane zog noch einmal an seiner Zigarette. *Ich kann's genauso gut hinter mich bringen*, dachte er, *Abbott wird in jedem Fall unter Dampf stehen*.

Er zog Kathleens Foto hervor und betrachtete noch einmal nachdenklich ihr Gesicht. Bei ihrer letzten Begegnung, kurz bevor sie ihm entwischt war, hatte sie nicht so ausgesehen: offen und vertrauensvoll und mit einem Lächeln, das ein ganzes Zimmer erhellen konnte. Eigentlich, sagte sich Sloane, hatte sie schon seit etwa sechs Monaten nicht mehr so ausgesehen, seit das Gericht verfügt hatte, dass Abbott sich von ihr und dem Kind fern zu halten habe.

Nicht zum ersten Mal fragte sich Sloane, warum Abbott

ihr nachspürte. Anfangs hatte er sich einzureden versucht, es handle sich einfach nur um den Krach eines Liebespaars. Aber dafür dauerte es einfach schon zu lange. Abbott hatte ein kleines Vermögen für die Überwachung gezahlt, ließ sogar ihr Telefon abhören. Wenn man reich war, dachte Sloane, konnte man sich eben in richtig großem Maßstab zum Narren machen. Wenn seine Ruby umgezogen wäre, ihren Job gewechselt hätte und sich eine neue, geheime Telefonnummer hätte geben lassen, dann wäre selbst ein so schlichtes Gemüt wie er auf den Trichter gekommen, und Abbott war alles andere als blöd. Sloane drückte seine Zigarette aus. Er war froh, dass sie sich davongemacht hatte, hoffte sogar, dass sie Abbott erpressen würde. Eins jedenfalls wusste er sicher: Abbott war verrückt.

Auf seinem Weg zur Parkbank war er davon überzeugt, dass er jetzt ausbezahlt und weggeschickt werden würde. Abbott wurde ihm sowieso allmählich unheimlich, zudem störte ihn, dass er bei jedem Räuspern seines Auftraggebers antanzen sollte wie ein dressierter Hund. Sobald Abbott in Sicht kam, beschleunigte er den Schritt und setzte sich dann keuchend neben ihn.

»Puuh. Bin so schnell gekommen, wie ich konnte. Tolles Wetter heute, nicht?«

»Kein Geschwätz, Sloane. Was haben Sie herausgefunden?«

Sloane blickte beleidigt auf und war versucht, Abbott zum Teufel zu schicken, doch beim Anblick seiner Augen änderte er seine Absicht. Sie waren undurchdringlich, wie die Augen eines Hais, dachte er.

»Ich habe den Leihwagen gefunden. Sie hat ihn auf dem Parkplatz der Albright-Knox Art Gallery in Buffalo stehen lassen.«

»Und?«

»Sonst nichts. Niemand hat sie dort gesehen. Bei allen Hotels in der Gegend Fehlanzeige. Ich bin persönlich hingefahren und hab sogar mit einigen Grenzposten an der Queen Elizabeth Bridge gesprochen, aber niemand kann sich an sie oder das Kind erinnern. Wie vom Erdboden verschwunden.«

Abbott sagte nichts. Sein Gesicht war ausdruckslos, aber Sloane sah, dass die Knöchel seiner auf der Bank liegenden linken Hand weiß wurden.

»Die Sache ist die«, redete er hastig weiter. »Ich hab die Wohnung durchgecheckt – hab 'nen Mann vom Sicherheitsdienst bestochen – und kein eindeutiges Zeichen für eine Abreise gefunden. Die Koffer sind noch da und auch ihr Pass. Sogar im Kühlschrank liegt noch was, und im Kleiderschrank sieht's auch nicht nach großen Veränderungen aus. Die Empfangssekretärin in diesem Architekturbüro sagt, sie wär in Urlaub. Vielleicht ist sie einfach so spontan aus einer Laune heraus irgendwohin gefahren. Möglicherweise ist sie in ein paar Tagen zurück.«

»Sind Sie wirklich so blöd, Sloane?«

»Nein, eigentlich nicht. Aber die Alternative wird Ihnen wohl kaum gefallen.«

»Und die wäre?«

»Dass sie, wenn sie von der Bildfläche verschwinden wollte, dieses Mal Hilfe gehabt haben muss. Überlegen Sie doch, außer ihrem Führerschein hat sie keine Papiere dabei. Mit etwas Glück kann sie mit Hilfe der Geburtsurkunden nach Kanada einreisen. Aber sie hat ihren Pass dagelassen. Deshalb wette ich, dass sie noch in den Staaten ist oder aber über die Grenze geschmuggelt wurde, wahrscheinlich irgendwo am Fluss. Sie hat ihre Kreditkarten nicht benutzt, kein Geld vom Bankkonto abgehoben und ist noch nicht einmal an einen Geldautomaten gegangen. Also versorgt irgendjemand sie mit Bargeld, vielleicht versteckt er sie sogar.«

»Und Sie haben keine Ahnung, wer das sein könnte, Sloane, obwohl Sie sie so lange observiert haben?«

»Ich kapier's einfach nicht. Auf den Tonbändern ist nichts. Kein Wort zu irgendjemandem, weder von zu Hause aus noch im Büro. Natürlich könnte sie sich von Angesicht zu Angesicht mit jemanden unterhalten haben, aber ich wüsste nicht, mit wem. Sie geht nicht aus. Scheint keine Freunde zu haben. Die ganze Zeit seit dem Umzug in die neue Wohnung – die lächerlich einfach aufzuspüren war – hat sie gelebt wie eine Nonne. Ich könnte natürlich noch mal rumfragen.«

»Nein, Sloane, das wird nicht nötig sein. Sie sind gefeuert.«

»Nun ja, ich dachte mir schon, dass wir das Ende unseres gemeinsamen Weges erreicht haben, um es mal so auszudrücken. Aber was hat sie Ihnen eigentlich getan?«

»Mir getan?« Abbott sah Sloane verachtungsvoll an. »Ich muss doch sehr bitten. Sie ist einfach nur eine Freundin, die ich vor sich selbst beschützen möchte.«

Lügner.

»Schön. Bevor ich gehe, gibt's da noch die Sache mit meinen Auslagen in letzter Zeit.«

»Aber gewiss.« Ohne mit der Wimper zu zucken, hielt ihm Abbott einen einfachen dicken Umschlag hin.

Froh, diesen unangenehmen Klienten so leicht losgeworden zu sein, stand der Detektiv auf. Eine letzte Stichelei konnte er sich allerdings nicht verkneifen.

»Eigentlich sollte sie das Geld bekommen, Mr. Abbott. Sie muss wirklich mit allen Wassern gewaschen sein, dass sie uns so durch die Finger schlüpfen kann.«

Er zwinkerte und wandte sich ab. Der gemeine Tritt ins Kreuz war so heftig, dass er auf Händen und Knien landete und sein Kinn auf den Asphalt aufschlug. Schmerz schoss durch seine Wirbelsäule. Er wollte protestieren, als er einen dünnen Blutfaden auf den Geldumschlag, den seine Hand noch umklammert hielt, tropfen sah.

Im nächsten Augenblick war Abbott neben ihm. Er half ihm auf die Beine und reichte ihm ein Taschentuch. »Also wirklich, Sloane. Da sind Sie aber bös gestolpert. Sie müssen besser aufpassen.«

Noch ganz benommen blickte Sloane zu Abbott auf. Seine Augen waren wie tote schwarze Löcher, kein Licht spiegelte sich in ihnen.

New York State, Mittwoch, 14. Juli

Seine Nächte wurden immer häufiger durch Alptraumfetzen gestört, drohend aufblitzende Gesichter, flackernde Gestalten, die sich auflösten, sobald er die Augen aufschlug. Im wachen Zustand konnte er diese Schatten so leicht wegschieben wie Spinnennetze, aber der Schlafmangel drohte seine Entschlusskraft zu schwächen. Dass er nicht wusste, wo Kathleen war, verursachte ihm körperlichen Schmerz, einen Knoten in der Brust. Es vergällte ihm alles. Was jedoch am unerträglichsten war, was seine Wut anstachelte und ihn unbeirrbar machte in seinem Willen, war nicht, dass sie ihn verlassen hatte, sondern diese wohlberechnete Hinterlist.

Was für ein Dummkopf er gewesen war, als er Sloane vertraut hatte. Der mochte ein guter Bluthund sein, ein guter Spitzel und Spion, aber für eine Frau wie Kathleen fehlte ihm die Finesse. Noch nicht einmal Abbott hätte sie einer solchen List für fähig gehalten – kein Wunder, dass sie diesen Sloane übertölpelt hatte. Damit hatte sie sich einen würdigeren Gegner verdient. Nun würde er ihr höchstpersönlich seine Aufmerksamkeit widmen.

Nachdem er sich einmal entschlossen hatte, direkte Maßnahmen zu ergreifen, erfüllte ihn tiefstes Selbstvertrauen. Nun war ihm klar, dass er genau das von Anfang an hätte tun sollen. Unfähigkeit machte ihn krank. Er ertrug es nicht, wenn man Zeit mit konfusem Denken und höflichem Zaudern verschwendete. Wenn sie in der Albright-Knox Art Gallery gewesen war, musste irgendjemand sie gesehen haben. Abbott würde sich nicht abwimmeln lassen, bevor er seine Informationen hatte.

Sloane hatte geschworen, er habe mit den Sicherheitskräften gesprochen, doch wer würde einem Kahlkopf in einem zerknitterten Anzug schon etwas über eine zauberhafte junge Frau erzählen? Abbott hingegen trat ganz anders auf: adretter Haarschnitt, erkennbar teure Freizeitkleidung und nur eine Spur seelischer Anspannung um die Mundwinkel. Mit einem leichten Beben in der Stimme hatte er Kathleens Bild herumgezeigt. Und, was noch wichtiger war, er hatte Suzys Bild gezeigt. Ein vermisstes Kind geht immer zu Herzen, die Leute graben sorgfältiger in ihren Erinnerungen. Abbott hatte untröstlich gewirkt. »Es ist schon fünf Tage her«, sorgte er sich gut hörbar. »Es gibt auch eine Belohnung.« Geld. Das wirkt immer.

Und so kam die ganze Geschichte nach und nach heraus. Ein Wachmann erinnerte sich, dass sich ein anderer Wachmann an dem betreffenden Tag krankgemeldet hatte. Und der war, wie sich ein weiterer Wachmann erinnerte, von einer Hilfskraft vertreten worden. Arbeitsberichte und Adresshefte wurden zu Rate gezogen. Della Jordan. Cherry Street Nummer 24, gerade mal eine Viertelstunde entfernt.

Abbott saß in seinem Wagen und starrte steinern auf einen Lebensstil, der ihm völlig fremd war. Die Dreizimmer-Nachkriegsbacksteinhäuschen mit ihren mickrigen Veranden reihten sich zu beiden Seiten einer Straße auf, die kein Baum, geschweige denn ein Kirschbaum überschattete. Auf vielen der gemähten Grasflecken standen dekorative Abscheulichkeiten herum – seltsame Comictiere, deren Beine sich wie Windrädchen drehten. Saubere Blumenrabatten waren mit winzigen amerikanischen Plastikflaggen abgesteckt. Überall abblätternde Farbe und lose Schindeln. Abbott war angewidert.

An einem so ordinären Ort konnte er sich Kathleen nicht vorstellen.

Jetzt musste er aus seinem in der Cherry Street völlig deplatziert wirkenden Jaguar aussteigen, die Stufen zu Della Jordans Haustür hinaufgehen und anklopfen. Doch seine Beine waren wie gelähmt, und plötzlich, beim Anblick dieser öden Umgebung, wurde ihm klar, wie groß Kathleens Verrat war. Er hätte ihr alles gegeben, jeden Luxus, jede Annehmlichkeit, und sie hatte das alles verachtet und die Cherry Street vorgezogen. Nie hatte er sich so tief gedemütigt gefühlt – und zugleich wurde ihm bewusst, dass er ihr das nicht mehr verzeihen konnte. Kathleen war seiner unwürdig geworden, sie hatte sich beschmutzt. Sie musste bestraft werden.

So in seinem Gedankenwirrwarr verloren, bemerkte Abbott die Frau gar nicht, die auf ihn zukam. Sie klopfte ans Autofenster, und er schrak auf. Eine hoch gewachsene Schwarze, mit grau werdendem krausem Haar und einem weichen, faltenlosen Mondgesicht. Ihre Lippen bewegten sich, und Abbott drückte auf den Fensterheber.

»Sind Sie der junge Mann, der nach seiner Frau sucht?

Gus hat mich eben angerufen. Er sagte, Sie würden sich durch die Gegend schleppen, als müssten Sie die ganze Welt auf Ihren Schultern tragen. Ich bin Della.«

Abbott stieg aus und streckte ihr die Hand hin. »Hoffentlich können Sie mir helfen, Ma'am. Ich bin mit meiner Weisheit am Ende.« Wehmütig seufzend gab er ihr das Bild.

Ungeduldig beobachtete er die Frau, während sie das Foto betrachtete, erst aus etwa einem halben Meter Abstand, und dann wenige Zentimeter von ihrem Gesicht entfernt.

»Wissen Sie, ein bisschen vertraut kommt mir das Gesicht schon vor. Aber sie trug ihr Haar anders und sie war völlig ungeschminkt.«

»Sie haben sie gesehen!«

»Na, na, nun springen Sie nicht gleich aus dem Hemd. Ich glaub, ich hab sie gesehen. Und zwar in dem Raum, wo das dünne Mädchen mit dem langen Hals hängt.«

»Der Modigliani?«

»Ja, kann schon sein. Sie ist so dürr, dass ich vom bloßen Angucken Hunger bekomme, aber ich weiß noch, wie ich dachte: Die hat auch rotes Haar. Genau wie das kleine Mädchen.«

»Suzy!«, rief Abbott und zog ihr Foto hervor.

»Ja, genau, Sir. Das ist sie. Ein niedliches kleines Ding, wirklich!«

»Wie ging es den beiden? Wirkten sie okay? Ich bin ganz krank vor Sorge.«

»Das sagen Sie so, Mister. Aber Ihre Frau schien mir ein wenig schreckhaft. Woher soll ich wissen, dass sie gefunden werden möchte?«

»Also, so eine Geschichte ist das nicht, wirklich nicht!«, protestierte Abbott. »Ich würde ihr nie etwas tun. Es ist ein Missverständnis, weiter nichts. Ich muss sie finden.«

»Nun ja, die Frage dürfen Sie mir trotzdem nicht übel nehmen.«

»Nein, natürlich nicht. Es ist nur ... Ich fühle mich so verloren ohne sie. Sie wissen ja, dass ihr Wagen auf dem Parkplatz des Museums gefunden wurde. Es kann sonst was passiert sein.«

»Kann, ist aber nicht. In dieser Hinsicht wenigstens kann ich Sie beruhigen. Soweit ich weiß, sind sie und die Kleine mit Jack weggegangen.«

»Jack?«

»Jack Forrest. Er und seine Frau betreiben eine kleine B-&-B-Pension in Little Falls, hier ganz in der Nähe. Mein Mann und ich haben da vor ein paar Jahren mal ein Wochenende verbracht, und wahrscheinlich sind Ihre Frau und Ihr Töchterchen jetzt bei den beiden. Jack ist wirklich ein sehr netter Mann. Er hat meinen William zum Angeln zu den Bächen oben in den Steilhängen mitgenommen, und danach hat seine Frau den Fisch für uns gekocht, das beste Fischessen meines Lebens. Ich wollte ihm noch Hallo sagen, aber er ist rein ins Museum und blitzartig wieder raus.«

Abbott konnte sein Glück kaum fassen. »Della, vielen Dank. Sie ahnen ja nicht, wie sehr Sie mir geholfen haben.«

»Schon in Ordnung. Zwischen meinem Mann und mir hat es auch einige Turbulenzen gegeben, aber wir haben es schließlich doch noch hingekriegt. Sie sehen wirklich nett aus. Hoffentlich finden Sie sie.«

Das werde ich, dachte Abbott, *ganz bestimmt*.

Marie Forrest ließ sich mit einem Brandy und einem Gartenbuch in ihrem Lieblingssessel nieder. Zufrieden seufzend streckte sie die Glieder und lauschte auf die in der Abenddämmerung zirpenden Grillen.

Der Abend war still, und sie genoss das Alleinsein umso mehr, als es gewissermaßen gestohlene Zeit war. Sicherheitshalber schlossen Jack und sie die Pension immer für einige Tage, nachdem ein *runner* da gewesen war. Jack hatte versucht, sie für ein paar Tage zu Marc zu schicken, doch sie hatte absolut daheim bleiben wollen, um sich um ihre Kräuter- und Blumenbeete kümmern zu können. Gerade jetzt wehte der schwere Duft der Kletterrosen durchs offene Fenster. Sie schloss die Augen, lehnte den ergrauten Kopf an die Lehne und sog die duftende Luft ein.

So sehr sie Jack und Marc liebte, sie war auch gern allein. Die beiden machten zu viel Aufhebens um sie. Und hier saß sie nun, eine alte Frau – ein zänkisches altes Weib, würde Jack sagen –, und wollte einfach nur mal in Ruhe durchatmen. Als Jack von Freunden gebeten worden war, sie bei einer zweitägigen Wanderung zu führen, hatte sie ihn praktisch zur Tür hinausgeschoben. In der Zwischenzeit würde Marc unter den verschiedensten Vorwänden immer mal anrufen, um sicherzugehen, dass ihr nichts fehlte.

Jedes Mal, wenn sie an ihren Sohn dachte, schwoll Maries Herz vor Stolz. Er war ein sehr guter junger Schauspieler, einfallsreich und vielseitig. Sie wurde es nicht müde, ihn im Rampenlicht immer neue Gestalten verkörpern zu sehen, einen vornehmen Liebhaber, einen Vorstadtbetrüger oder einen zungenfertigen Politiker. Er hatte überall in den Vereinigten Staaten in Repertoiretheatertruppen gespielt und sich dann mit dem Shaw-Festival in Niagara-on-the-Lake niedergelassen, als Jack und sie *The Lifeboat* aufgemacht hatten. Weil er helfen wollte. Und er hatte Jeanine so sehr unterstützt. Ihr schreckliches Erlebnis hatte sie alle verändert, am meisten aber Marc. Er sorgte sich nun mehr um die Familie und war weniger leichtfertig in seinem Umgang mit Frauen.

Ein schwaches Klopfen an der Fliegentür weckte Marie aus ihren Gedanken. Sie ging in die Küche und knipste das Licht im Eingang an. Sie hatte keinen Wagen auf dem Kies der Einfahrt gehört. Im Licht stand ein blonder Mann mit dunklen Augen. Trotz seines kräftigen Körperbaus hatte er ein etwas jungenhaftes Gesicht. Er trug ein schwarzes T-Shirt, Khakishorts und Wanderstiefel. Schüchtern lächelte er sie an.

»Mrs. Forrest? Ich wollte schauen, ob Jack zu Hause ist.«

Marie sprach durchs Fliegengitter mit ihm, bei geschlossener Tür.

»Sie kennen Jack?«

»Ich möchte ihn kennen lernen, Ma'am. Della Jordan hat früher für mich gearbeitet, und sie und ihr Mann William waren vor ein paar Jahren bei Ihnen zu Gast. Sie sagten mir, Jack könne angeln wie kein Zweiter. Ich bin noch ein Neuling und suche nach einem erfahrenen Lehrer. Mein Angelzeug ist im Wagen. Della und William haben mir übrigens Grüße für Sie aufgetragen.«

»Danke, das ist sehr nett von den beiden. Aber Jack ist nicht hier, tut mir Leid. Er kommt erst irgendwann morgen zurück.«

»Verstehe.« Der Mann blickte kurz zu Boden, offensichtlich enttäuscht, doch dann hob er den Blick. »Ob es dann wohl möglich wäre, dass ich für heute Nacht ein Zimmer bei Ihnen nehme und auf ihn warte?«

»Tut mir Leid. Wir machen erst morgen wieder auf. Hoffentlich sind Sie nicht allzu weit gefahren.«

»Den ganzen Weg von New York hierher, Ma'am.« Er lächelte und zuckte mit den Achseln. »Wie wär's mit einem anderen Tag? Tut mir Leid, dass ich Sie gestört habe. Wissen Sie zufällig jemand anderen hier in der Gegend, der Fremdenzimmer vermietet?«

Marie zögerte. Sie konnte sich an Della und William erinnern. Die beiden waren sehr nett gewesen.

»Na ja, es ist spät, und Sie haben eine lange Fahrt hinter sich. Ich denke, ich kann Ihnen das Zimmer für heute Nacht überlassen. Warten Sie einen Augenblick, ich hole die Schlüssel.«

Marie verschwand aus der Tür und Abbott lehnte sich zufrieden an den Rahmen. Er fühlte sich pudelwohl. Sein Plan funktionierte reibungslos. Er hatte das Haus schon seit mehreren Stunden heimlich beobachtet und wusste sehr gut, dass Jack nicht zu Hause war.

Kurz darauf kam Marie zurück, und Abbotts höfliche Maske saß wieder an ihrem Platz. Sie führte ihn zum Gästeapartment, das über einer mit Zedernholzschindeln verkleideten Garage eingerichtet war. Er täuschte Interesse vor, während sie ihm alles zeigte und erläuterte, war dabei jedoch ganz auf die Lage des Apartments konzentriert: am Rand eines Kiefernwäldchens und deutlich entfernt von der Landstraße. Die Fenster im zweiten Stock gingen zum Fluss und gestatteten einen freien Blick auf den rückwärtigen Teil des Grundstücks und aufs Haus. Perfekt. Er würde Jacks Kommen bemerken, lange bevor der ihn sehen würde. Abbott öffnete ein Fenster und lehnte sich hinaus, um den frischen Geruch des Flusses und den würzigen Duft der Kiefern zu genießen. In der Ferne klingelte ein Telefon.

»Ah, das ist bestimmt mein Sohn Marc. Ich gehe besser hin. Frühstück um halb neun? Ist das okay?«

»Machen Sie sich bitte keine Mühe, Mrs. Forrest. Ich werde schon bei Sonnenaufgang wandern gehen. Ich hab etwas zu essen im Rucksack und kann mir hier Kaffee kochen. Trotzdem danke für Ihre Gastfreundschaft. Gute Nacht.«

»Gute Nacht, Mr...«

»Ich heiße John. John Abbott Jones.« Er nahm ihre Hand. Sie war warm und trocken und leicht wie ein Blatt. Abbott hätte ihr ohne weiteres die Knochen zerdrücken können. Sie enteilte zu dem hartnäckig klingelnden Telefon, und er blieb am Fenster stehen und horchte, bis das Klingeln verstummte. Später am Abend würde er sich um die Telefonleitung kümmern müssen.

Marie steckte ihr Haar zu einem ordentlichen Knoten hoch und strich das gerade geschnittene Kleid glatt. Dem jahrelangen Genuss ihrer eigenen Kochkünste zum Trotz war sie schlank geblieben. Und dies war ein Tag, an dem ihre Arthritis sie nicht allzu sehr plagte. Sie lockerte ihre Finger und überlegte, ob sie nicht ein paar Eier aufschlagen und Jack zum Mittagessen ein Kräuteromelett machen sollte, es gehörte zu seinen Lieblingsgerichten. Und es würde auch für ihren Gast reichen, wenn er dann schon von seiner Vormittagswanderung zurück wäre. Dann hätte er eine Art Entschädigung dafür, dass sie ihm kein Frühstück gemacht hatte.

Marie warf einen Blick auf ihre Armbanduhr – 10.30 Uhr. Seltsam, dass Marc noch nicht angerufen und den Morgenschwatz mit ihr gehalten hatte, aber sie konnte nicht länger warten. Sie beschloss, rasch ins Gästehaus zu gehen und die Bettwäsche zu wechseln, solange John noch unterwegs war. Wenn er wirklich schon bei Sonnenaufgang aufgebrochen war, hatte er sich eine ziemlich lange Wanderung vorgenommen. Allerdings fand sie es komisch, dass sein Wagen nicht mehr in der Einfahrt stand. Normalerweise wanderten die Naturfreunde von hier aus einfach drauflos. Aber vielleicht kannte er die Gegend nicht und hatte es für sicherer gehalten, zum State Park zu fahren und von dort aus den markierten Wegen zu folgen.

Sie ging hinauf ins Gästeapartment und kümmerte sich zunächst ums Badezimmer. Die Dusche war benutzt worden, auf dem Fußboden lag ein Handtuchknäuel. Summend begann sie sauber zu machen und polierte Wanne und Becken, bis sie glänzten.

Nachdem sie mit dem Bad fertig war, ließ sie ihren Blick durchs Schlafzimmer wandern. Ein hübscher Raum, dachte sie, vor allem, wenn das Licht so durch die Fenster fällt. Komisch, dass John sie in einer so warmen Sommernacht geschlossen hatte. Die drei Flügelfenster öffneten sich wie Fensterläden nach außen. Marie schob die Riegel nach oben und ließ frische Luft ins Zimmer. Sie wandte sich zu dem Bett aus poliertem Mahagoni um und begann die Laken abzuziehen. Gerade, als sie an der Ecke eines Spannbetttuchs zupfte, fiel ihr Blick auf die Frisierkommode.

O mein Gott. Das darf nicht wahr sein.

Langsam, mit heftig schlagendem Herzen, ließ Marie den Betttuchzipfel sinken, ging hinüber zum Frisiertisch und griff nach dem gerahmten Foto. Ihre Hände zitterten.

Suzy. Suzy.

Ihr wurde eiskalt. Die leise Stimme war so nah an ihrem Ohr, dass sie aufschrie. Das Bild entglitt ihren Händen und der Rahmen zerschellte auf dem Boden.

»Sie kennen sie, nicht wahr?«, flüsterte Abbott.

Er stand so dicht hinter ihr, dass sie sich nicht umdrehen konnte. Statt dessen blickte sie starr auf sein Spiegelbild. Sein Gesicht wirkte freundlich, doch das raue Flüstern war schneidend wie eine Messerklinge. Ein erschreckender Kontrast. Sie vermochte sich nicht zu bewegen, konnte ihren Blick nicht von ihm wenden.

Er packte sie am Hals und zog sie rückwärts in einen Lehnsessel neben der Friseurkommode. Drohend beugte er sich über sie.

»Wo ist sie?«, schrie er.

Marie zuckte zusammen, als hätte er sie geschlagen.

»Ich … Ich weiß es nicht.«

Abbott lächelte. Gelassen ging er zur Tür, griff nach seinem Rucksack und nahm die Pistole heraus. Dann setzte er sich ihr gegenüber aufs Bett und zielte auf ihre Stirn.

»Mrs. Forrest, wo ist sie?«

Wie gelähmt fixierte Marie die Pistole. Hässlich war sie, ihr gedrungener Lauf erinnerte an das stumpfe Maul eines lebensgefährlichen kleinen Tieres.

»Ich weiß nicht. Ich weiß nicht, was Sie meinen.«

In einer einzigen fließenden Bewegung war Abbott neben ihr und schlug ihr den Lauf seitlich gegen den Kopf.

»Hören Sie auf, mich anzulügen. Sie wissen, wo sie ist. Sie haben ihr geholfen, Sie und Jack, nicht wahr? Er hat sie in der Albright-Knox Art Gallery abgeholt und hierher gebracht. Jack versteckt sie.«

»Nein, o nein. Sie ist doch nur ein kleines Mädchen.« Marie spürte, wie ihr Blut aus dem Ohr über die Wange lief. Ihr Kopf dröhnte von pochenden Schmerzen.

»Ach, das Kind kann mir gestohlen bleiben, Mrs. Forrest. Ich will vor allem die Mutter.«

Die Maske fiel. Einen kurzen Augenblick lang verzerrte sich sein Gesicht zu einer Grimasse, und Marie sah den krankhaften Hass in seinen Augen. Das gab ihr Kraft.

»Sie ist nicht mehr hier. Sie blieb nur einige Stunden, dann ist sie mit dem Kind wieder aufgebrochen.«

»Ich glaube Ihnen nicht.«

»Sie ist nicht hier.«

Abbott stand vom Bett auf und kehrte ihr den Rücken zu.

Dann wirbelte er herum und boxte ihr mit der ganzen Kraft seines Körpergewichts in den Magen. Marie verlor das Bewusstsein.

Als sie wieder zu sich kam, hatte sie keine Vorstellung von der Länge ihrer Ohnmacht. Ihr war übel, sie begann zu würgen. Sie versuchte über ihren Bauch zu tasten, doch ihre Hände waren gefesselt. Die Stimme erreichte sie vom anderen Ende des Zimmers aus. Er stand an der Tür und beobachtete sie.

»Fühlen Sie sich ein wenig besser, Mrs. Forrest? Möchten Sie ein Glas Wasser, Mrs. Forrest?«

Marie nickte. Abbott verschwand ins Badezimmer, kehrte mit einem Glas Wasser zurück und führte es ihr an die Lippen. Durstig trank sie, dabei rann ihr ein wenig Wasser übers Kinn und tropfte auf ihr Kleid.

Wut flammte in ihr auf. Sie dachte an Jeanine, ihre tapfere Jeanine. Nach dem Überfall auf ihre Tochter hatte das Mitgefühl sie schier zerrissen, doch erst jetzt konnte sie die Tiefe der Todesangst ermessen, die stetig wachsende Panik.

Wo war Jack? Sie musste Jack retten.

»Was haben Sie mit mir vor?«, fragte sie.

»Das hängt ganz von Jack ab, meinen Sie nicht? Ich bin zu einem Handel bereit. Er kriegt Sie für Kathleen. Wir brauchen nur abzuwarten.«

Marie ließ sich in dem Sessel nach vorn sinken und biss die Zähne zusammen, um den Schmerz niederzukämpfen. Sie wusste, es würde keinen Handel geben. Sie wusste, wie ein Jäger war. Er würde sie nicht leben lassen. Verbissen versuchte sie, nicht wieder ohnmächtig zu werden. Sie musste bei Sinnen bleiben. Sie musste eine Möglichkeit finden, Jack zu warnen.

New York State, Donnerstag, 15. Juli

Bens Artikel über Jeanine Forrest hatten Lily tief berührt. Es war ihm gelungen, in seinen schlichten Sätzen etwas von Jeanines Mut und Würde durchscheinen zu lassen. Nach ihrem gemeinsamen Mittagessen hatte Lily die Zeitungsberichte über den Überfall durchforstet, mit zunehmendem Entsetzen über die grausamen Einzelheiten. Wenn sie bloß Amanda finden könnte. Jeanines Worte wären ihr ein Trost gewesen.

Allmählich wurde ihr klar, warum es die Polizei nicht allzu sehr erschüttert hatte, Roger Mahoneys Leiche in einer kalten Dezembernacht auf einer menschenleeren Straße liegen zu sehen. Vielleicht hatte Nemesis die Dinge in die Hand genommen und dem Übeltäter seine gerechte Strafe zuteil werden lassen.

Lily war überzeugt davon, dass diese Sache für Jeanine wichtig sein würde. Nicht, um irgendwelche Rachegelüste zu befriedigen, sondern um ihres Seelenfriedens willen; sie sollte das Ende der Geschichte erfahren und wissen, wie die Lebensfäden zusammengeführt und verknotet worden waren. Nach Monaten des Schweigens und der Angst vorm Schreiben wollte Lily nun über dieses Ende der Geschichte schreiben, sie wollte herausfinden, warum Mahoney mit einer Kugel im Kopf hatte sterben müssen. Und wenn sie Amanda nicht auftreiben konnte, dann würde sie eben der erstbesten Spur folgen.

Gegen Mittag überquerte Lily die Grenze an der Peace Bridge. In Bens Unterlagen hatte sie Namen und Anschrift von Jeanines Eltern gefunden. Mit ihrem alten blauen Toyota war sie über den Highway gefahren, vorbei an der amerikanischen Seite der Niagarafälle, links und rechts Nadelbäume, Pappeln und kleine Birkengehölze, zwischen die sich hier und da landwirtschaftlich genutzte Flächen schoben. Bald schon erreichte sie die ersten kleinen Städte am Ufer des Flusses.

In Little Falls angelangt, fuhr Lily gleich zu einer Tankstelle und fragte nach dem Weg zur Pension der Forrests. Sie war durstig und kaufte eine Cola, die sie während ihres Schwatzes mit dem Tankwart trank, einem High-School-Schüler, der sie stolz an seiner Ortskenntnis teilhaben ließ. Es war ein hübsches Städtchen, und sie nahm sich Zeit für ein paar Fotos von der schmalen Hauptstraße mit ihren Fassaden aus dem 19. Jahrhundert und den altmodischen Straßenlaternen. Es gab einen angestaubt wirkenden Gemischtwarenladen, ein Geschäft für Angel- und Sportausrüstungen, einen Eissalon, an dessen Straßenverkaufsfenster sich ein paar Kinder drängten, und, am Ende der Straße, einen weinberankten, anheimelnden Pub.

Wenige Minuten später bog Lily in die Einfahrt von *The Lifeboat* ein, der Kies knirschte unter den Reifen. Sie stieg aus und sah sich um. Es schien niemand da zu sein. Nur eine Tür seitlich an einem Gebäude, das wohl das Gästehaus war, stand halb offen. Lily begann darauf zuzugehen.

Oben horchte Abbott angespannt auf jeden Laut. Der Kopf der alten Dame lag, etwas zur Seite gesackt, an der Rückenlehne des Sessels. Ihr Körper war erschlafft. Er stellte sich neben sie, die Pistole auf ihren Kopf gerichtet. *Willkommen daheim, Jack.* Er hörte, wie eine Autotür geöffnet und zugeschlagen wurde. Dann die sich nähernden Schritte auf dem Kies. Und da war er. Der erste, tastende Schritt auf der Treppe.

Plötzlich warf sich Marie mit einem lauten, warnenden Schrei nach vorn:

»Lauf, Jack! Lauf weg!«

Die Pistole zuckte in Abbotts Hand, als er ungeschickt feuerte. Die Explosion betäubte ihn.

Lily wirbelte herum und rannte zu ihrem Wagen zurück. Der Schlüssel steckte noch im Zündschloss. Sie trat aufs Gas und der Wagen schoss vor, er schlingerte im Kies. Sie rammte den Rückwärtsgang ein, die Augen fest auf die offene Tür gerichtet. Am Ende der Zufahrt, in etwa zwanzig Meter Entfernung, sah sie den Mann in der Tür auftauchen. Seine Augen weiteten sich, als er sie sah. Er hob die Waffe. Lily setzte auf die Landstraße zurück, warf den Vorwärtsgang ein und raste in die Stadt zurück. Sie dachte nichts, ihr Gehirn war so leer wie ein verdorbenes Negativ. Sie sprang aus dem Wagen und rannte in den Pub. Alle Gesichter wandten sich in ihre Richtung.

»Helfen Sie, bitte«, stöhnte sie. »Es ist etwas Schreckliches passiert. Ein Mann mit einer Pistole, ich habe ihn gesehen. Und ich habe einen Schuss gehört. Bei den Forrests.«

Ein hoch gewachsener älterer Mann schnellte hoch, sein Stuhl kippte um, als er zur Tür stürzte.

Ein Freund rannte ihm nach und versuchte ihn zurückzuhalten. »Jack, sei nicht verrückt. Warte auf die Polizei. Sie werden gleich unterwegs sein.«

Jack riss sich los, sprang draußen in seinen Wagen und raste los. Als er zu Hause ankam, war niemand zu sehen. Er rannte die Treppe zur Gästewohnung hoch. Zärtlich berührte er Maries Gesicht. Mit bebenden Händen löste er die Stricke, die sie aufrecht im Sessel hielten, und ließ sie langsam auf den Boden gleiten. Er konnte nichts mehr für sie tun. Die Kugel hatte sie in die Brust getroffen. Er weinte, als er sich neben sie kniete, um sie in die Arme zu nehmen und zu wiegen wie ein Kind.

New York State, Montag, 19. Juli

Lily stand etwas entfernt von den Trauernden an Marie Forrests Grab. Der Friedhof war alt, die Daten auf den Grabsteinen reichten mehr als ein Jahrhundert zurück, eine Zedernhecke schirmte sie von den umliegenden Wiesen ab. Riesige Nadelbäume und Kastanien warfen ihre Schatten auf den aufgebahrten Sarg und das offene Grab. Lily schaute weg, Tränen ließen ihren Blick verschwimmen.

Sie war in Little Falls geblieben, um der Beerdigung beizuwohnen und der Staatspolizei möglichst viele Fragen zu beantworten. Wieder und wieder hatte sie beschrieben, was sie gesehen und gehört hatte. Und nachts, wenn sich der Schlaf endlich einstellte, sah sie die Szene immer wieder in Zeitlupe vor sich: Maries Schrei, der Mann, der aus dem Holzhaus kam und auf sie zielte. In ihren Alpträumen begann Marie ihren Namen zu schreien, nicht mehr Jacks: *Lauf, Lily! Lauf weg!* Manchmal rief sie gar nicht, und Lily ging die Treppe immer weiter hinauf, bis sie oben ankam und die Tür aufstieß, um über die Schwelle und ihrem eigenen Tod in die Arme zu stolpern. Und wenn sie dann aufwachte, schmeckte sie das Salz der Tränen, die sie hinuntergeschluckt hatte, und sie dachte wieder an die Frau, ihre Lebensretterin, die sie nie kennen gelernt hatte.

Der Priester besprengte den Sarg mit Weihwasser. Langsam wurde er ins Grab hinuntergelassen. Lily beobachtete Jack. Er hob den Blick und ließ ihn über die dicht stehenden Verwandten und Freunde gleiten, bis er dem ihren begegnete, am äußersten Rand des Kreises. Unmerklich nickte er. Eine dünne Strähne seines weißen Haars wehte im Wind. Sein Gesicht war wettergegerbt, braun vom jahrelangen Aufenthalt im Freien und in der Sonne. Doch seine Augen waren eingesunken, und trotz seiner aufrechten Haltung wirkte er zerbrechlich.

Der junge Mann an seiner Seite nahm seinen Arm und gemeinsam traten sie ans Grab, um endgültig Adieu zu sagen. Ein Blumenregen fiel über den Rand der Grube. Die Trauergäste gerieten in Bewegung, lösten den Kreis auf und begaben sich still zu ihren Wagen.

Lily blieb auf dem Friedhof zurück, bis nur noch Jack und der junge Mann da waren. Diesen Augenblick hatte sie gefürchtet. Sie konnte das Gefühl nicht unterdrücken, dass ihre unverhoffte Ankunft in *The Lifeboat* die Tragödie irgendwie ausgelöst hatte, dass ihre Ungeschicklichkeit zum Katalysator für diese verheerende Gewalt geworden war. Unsicher näherte sie sich den beiden Männern.

»Mr. Forrest?« Sie berührte seinen Arm. »Ich bin Lily Ross. Es tut … Es tut mir so Leid.«

Das Gesicht, das er ihr zuwandte, war erfüllt von einer Güte, auf die sie nicht gefasst war.

»Gewiss. Ich weiß, wie sehr Sie der Polizei zu helfen versuchen. Das ist mein Sohn Marc.«

Lily gab ihm die Hand. Sie hatte gewusst, dass er der Sohn der Forrests sein musste. Seine Ähnlichkeit mit den Bildern von Jeanine, die sie gesehen hatte, war frappierend, sie hätten Zwillinge sein können. Sein schwarzes Haar war gewellt, ein wenig zu lang und streng aus der Stirn gekämmt. Er hatte die gleichen hohen Wangenknochen und romanischen Züge wie Jeanine, die gleiche gerade Nase und leicht oliv getönte Haut. Doch während die dunklen Augen seiner Schwester ihre klassischen Züge betonten, glichen seine Augen eher denen seines Vaters. Ein helles Nussbraun, das seltsam mit dem dunklen Teint kontrastierte.

»Hallo, Ms. Ross. Es war nett von Ihnen, dass Sie zur Beerdigung geblieben sind.« Die Worte waren einfach nur höflich, doch die Freundlichkeit, mit der er sie sagte, entwaffnete sie.

»Ich … wirklich, es tut mir so Leid.«

Lily wandte sich ab. Sie hatte mit Zorn gerechnet, mit Fragen, mit Bestürzung, mit allem Möglichen, nur nicht mit dieser Herzlichkeit. Sie errötete und fühlte Tränen in sich aufsteigen. Mit einem Mal wusste sie, dass sie auch zu ihrem eigenen Trost an dieser Beerdigung hatte teilnehmen müssen.

»Es ist nur, dass ich mich so verantwortlich fühle«, brach es aus ihr heraus. »Wäre ich nur nicht gekommen, dann wäre sie vielleicht noch …«

Jack brachte sie freundlich zum Schweigen.

»Das dürfen Sie nicht glauben, Lily. Sie hätten ihn nicht aufhalten können. Ich hätte ihn nicht aufhalten können. Marie hat uns beide gerettet. Nehmen wir es als Teil ihres Vermächtnisses.«

Lily glaubte so viel Vergebung nicht aushalten zu können, sie nicht zu verdienen. Die Familie hatte doch schon so viel durchgemacht. Bei dem Versuch, ihnen Neuigkeiten über eine alte Geschichte zu bringen, hatte sie nur noch mehr und schlimmeres Leid über sie gebracht. Jetzt wollte sie nur noch weg von hier und so tun, als wäre das alles nie geschehen. Sie versuchte ein Lächeln und musste sich dann fast dazu zwingen, angemessen langsam zum Wagen zurückzugehen und nicht zu rennen.

Sie war fast angekommen, als Marc Forrest neben ihr auftauchte.

»Ms. Ross … Lily … warten Sie. Warum sind Sie nach Little Falls gekommen?«

Damit hatte sie schon eher gerechnet. Nun würde es Fragen hageln. Vielleicht konnten die Forrests eben doch nicht alles verzeihen. Lily schaute zu Marc auf und straffte die Schultern.

»Ich wollte Ihren Eltern etwas sagen, was Jeanine meiner Meinung nach erfahren sollte. Das ist alles.«

»Sie kennen Jeanine?«

»Nein, eigentlich nicht. Ich meine, ich habe das Gefühl, sie zu kennen, aber wir sind uns nie begegnet. Es ist nur… Also… ich…« Plötzlich hatte sie das Gefühl, Roger Mahoneys Namen nicht aussprechen zu dürfen, nicht hier, an diesem geweihten Ort, nicht so nah an Maries Grab. »Es ist jetzt nicht mehr so wichtig. Es tut mir Leid. Ich hätte nicht kommen sollen.«

Marc sah sie einen Augenblick lang schweigend an, dann schien er einen Entschluss zu fassen.

»Hören Sie, die Polizei sagte uns, dass Sie in Toronto wohnen. Fahren Sie jetzt dorthin zurück?«

Lily nickte.

»Morgen fahre ich meinen Vater nach Toronto zum Flughafen. Er fliegt nach Frankreich zu Jeanine. Wollen Sie anschließend mit mir zu Abend essen? Dad und ich, wir haben beide das Gefühl, dass wir Ihnen eine Erklärung schulden.«

»*Sie mir?*«

»Glauben Sie mir, es ist eine lange Geschichte. Können wir uns an einem ruhigen Ort treffen? Ich komme auf jeden Fall nach Toronto.«

Lily wühlte in ihrer Umhängetasche, bis sie eine ihrer Visitenkarten fand, und schrieb ihre private Adresse auf die Rückseite.

»Ich kann nicht kochen«, sagte sie. »Also werde ich Sie mit irgendetwas Geliefertem füttern – aber für Ruhe kann ich garantieren. Ich glaube, mir ist jetzt nicht nach einem Restaurant.«

Marc starrte immer noch auf die Karte, die sie ihm gegeben hatte.

»Sie sind Journalistin?«

»Vor allem Fotografin. Ich schreibe… ich schrieb gelegentlich als Freie für die Zeitungen. Ist das nicht in Ordnung? Sie wirken überrascht.«

»Doch, doch. Völlig. Ich komme dann um sieben, wenn es Ihnen recht ist, Lily Ross.«

»Es ist mir recht.«

Sie sah ihm nach, während er in seinem dunklen Anzug durchs Gras zu seinem Vater zurückging und ihm den Arm um die Schultern legte. Dann wollte sie nicht länger stören und fuhr los.

Als ihr Wagen außer Sicht war, reichte Marc die Karte an seinen Vater weiter. »Sie ist Fotografin und sie schreibt gelegentlich. Meinst du immer noch, wir sollten ihr vertrauen?«

Jack starrte aufs Grab. »Ich weiß es nicht, mein Sohn. Das musst du jetzt entscheiden.«

Toronto, Dienstag, 20. Juli

Noch nie war ihr Zuhause so sehr Zuflucht gewesen. Fast hätte Lily das Parkett geküsst, als sie endlich die Haustür hinter sich schließen konnte. Ihr Haus hatte so wunderbar normal ausgesehen – ein windschiefer Haufen ungeöffneter Briefe unter dem Briefkastenschlitz, das rote Blinklicht des Anrufbeantworters und das Sonnenlicht, das durch die zum Garten gehenden Fenstertüren fiel. Den nächsten Tag hatte sie damit verbracht, ihre Erinnerungen unter der alltäglichen Routine zu begraben, sie hatte Anrufe beantwortet und einige

Fototermine verabredet – ein Toronto-Reiseführer und eine Hochzeit im August. Sie hatte beschlossen, Ben nicht zurückzurufen, noch nicht.

Methodisch ging sie ihre Post durch, und langsam füllte sich der Papierkorb mit Reklame. Fast ganz unten im Haufen stieß sie auf eine Überraschung. Eine Postkarte aus Mexico City, mit einem Wandgemälde von Diego Rivera. Sie drehte sie um.

Liebe Lily,
es gibt tolle Neuigkeiten. Man hat mir hier einen wunderbaren Vertrag angeboten, ich bleibe noch für zwei oder drei Wochen weg. Das Wetter ist fast so heiß wie das Essen scharf. Zum Team gehören noch mehrere andere Models und zwei hervorragende Fotografen. Aber ich vermisse dein Auge hinter der Linse. Es winkt noch mehr Arbeit, vielleicht in Spanien, wenn wir hier fertig sind. Wünsch mir Glück – und hab Dank fürs Zuhören.
Alles Liebe
Amanda

Ein Absender war nicht angegeben.

Lily heftete die Karte an ihre bereits übervolle Pinnwand, stützte das Kinn auf die Hände und betrachtete die Botschaft. Es freute sie, dass Amanda so froh klang, doch ihre knappe Anspielung auf geteilte Geheimnisse – *hab Dank fürs Zuhören* – bedeutete, dass auch sie nicht vergessen konnte und wollte, was sich zwischen ihnen abgespielt hatte.

Lily seufzte. Sie hätte am liebsten wirklich *alles* vergessen. Zwar war sie immer noch der Überzeugung, dass Amanda etwas gesehen oder gehört hatte, was zum Mörder führte, doch vielleicht war es für alle besser, wenn Roger Mahoney tot und begraben blieb. Sie würde Marc erzählen, was sie den Forrests hatte erzählen wollen, und würde dann einfach weiterleben. Sie hatte ohnehin keine Wahl, Amanda war einfach entwischt. Lily lachte laut auf. Hatte sie wahrhaftig geglaubt, der einfache Fototermin eines Models könne Teil einer finsteren Verschwörung sein? Es war wirklich zu lächerlich.

Sie machte eine Runde durch ihr Arbeitszimmer und sammelte alles ein, was sie über Jeanine Forrest gelesen hatte: Bens mitfühlende Artikel, Zeitungsnotizen über den Mahoney-Prozess und – unter einem späteren Datum – einen knappen Bericht über seinen Mord sowie ihre eigenen Notizen, die sie an ein Foto von Amanda geheftet hatte. Sie wusste, Wegwerfen wäre das Beste, verspürte sogar den heftigen Wunsch danach, bevor das alles noch mehr Unheil nach sich zog. Und dennoch … war sie sich selbst gegenüber nicht verpflichtet, die ganze Story zumindest zu überdenken? Hätte sie doch wenigstens ein Quäntchen von Jeanines Mut. Unentschlossen stopfte sie die Papiere in einen Aktendeckel und verstaute alles in einer Schublade ihres Schreibtischs.

Gegen zehn vor sieben war Lilys Mut schon stark gesunken. Sie wünschte bereits, Marc gar nicht zu sich eingeladen zu haben. Die Schatten, die sie den ganzen Tag über in die Ecken zu verbannen versucht hatte, würden wie Geister wiederauferstehen, sobald er die Schwelle überschritten hätte.

Zum sechsten Mal seit sechzig Minuten warf sie einen prüfenden Blick auf den gedeckten Tisch und das Essen. Das kleine Restaurant am Ende der Straße hatte ihr wieder einmal aus der Verlegenheit geholfen und kalten pochierten Lachs in einer pikanten Orangensauce, Endiviensalat mit

Roter Bete und ein Brötchensortiment gebracht. Anfangs hatte Lily diese Zusammenstellung für ideal gehalten, doch jetzt fand sie, das Essen wirke viel zu aufwändig. Genauso gut hätte sie eine Tüte Chips aufreißen und irgendeinen Dip in ein Schälchen schütten können.

Sie ging in die Küche und öffnete eine Flasche Bordeaux. *Dann kann wenigstens irgendetwas atmen*, dachte sie sarkastisch. *Reiß dich zusammen, Lily. Das schuldest du ihm.*

Und wie aufs Stichwort klingelte es an der Tür.

Sie fuhr sich mit den Händen durchs Haar und machte auf.

Marc blickte in Lilys weit aufgerissene Augen und begriff sofort, dass sie genauso nervös war wie er. Gleichzeitig bemerkte er die auffällige Farbe dieser Augen: grau mit grünen Sprenkeln. Er ließ seinen Blick über ihr Gesicht wandern. Ihre dunklen Wimpern und Brauen schienen gar nicht zu dem sonnengebleichten hellbraunen Haar zu passen, dessen widerspenstige Locken sich über ihrem Ohr kringelten.

»Hi, Lily. Danke für die Einladung.« Er rührte sich nicht von der Stelle, streckte noch nicht einmal die Hand aus.

»Ich muss Ihnen sagen, dass mir nicht klar ist, warum Sie gekommen sind.«

»Mir auch nicht.«

»O Gott. Ich bin wirklich unhöflich. Kommen Sie herein.«

Marc lächelte und schritt durch die Tür, als hätte er einen Bühnenauftritt. Tatsächlich verspürte er dasselbe mulmige Gefühl in der Magengrube – nur über seinen Text war er sich nicht im Klaren. Wie viel sollte er ihr erzählen? Wie weit konnte er ihr trauen?

Er ging in einen langen, schmalen Raum, der sich von der Vorderfront des Hauses bis zu den rückwärtigen Fenstern erstreckte, durch die die Abendsonne auf das glänzende Parkett fiel. Hier und da lagen farbenfrohe Teppiche, und die Wände waren gepflastert mit schön gerahmten Fotos und Plakaten. Vor einem Fremdenverkehrsplakat blieb er stehen: eine Reihe schmaler venezianischer Fassaden, gespiegelt in einem Kanal, das sanft schwappende Wasser löste die Pastellfarben zu abstrakten Kreiseln auf.

»Das ist schön«, sagte er. »Es fängt das Gefühl ein, das ich in Venedig immer hatte – mich in einer Stadt der Halluzinationen zu bewegen. Sind Sie schon einmal dort gewesen?«

»O ja, und ich weiß, was Sie meinen. Die Aufnahme ist von mir.«

Marc schaute sich aufmerksamer um.

»Sind das alles Ihre Bilder?«

»Nein, nur einige. Das meiste stammt von meinen Freunden, ich sammle ihre Bilder.« Lily bot ihm ein Glas an. »Haben Sie auch schon Hunger?«

Marc zögerte. Er musste irgendetwas unternehmen, was ihm dabei helfen würde, zu einem Entschluss zu kommen. Er musste versuchen, ihren Charakter zu ergründen.

»Lily, würde es Ihnen etwas ausmachen, wenn wir erst ein bisschen spazieren gingen? Ich muss Sie ein wenig besser kennen lernen, bevor ich Ihnen meine Geschichte erzähle, und ich bin furchtbar nervös.«

Lily nahm ihm das Glas Wein wieder aus der Hand.

»Dem Himmel sei Dank.« Sie grinste. »Und ich dachte schon, nur ich sei nervös.«

Mehrere Stunden später verputzte Marc das letzte Stückchen Lachs und lehnte sich auf seinem Stuhl zurück.

»Köstlich … Ich war kurz vorm Verhungern.«

Lily lachte und ging in die Küche, um den Kaffee zu holen. Sie fühlte sich jetzt wohler in Marcs Gesellschaft. Der Spaziergang hatte die gegenseitige Verlegenheit deutlich gemildert und ihnen genug Gelegenheit geboten, die gefürchteten wechselseitigen Erklärungen aufzuschieben. Marc hatte sie nach dem Haus gefragt, und Lily hatte ihm von ihrer Mutter erzählt, von dem Mut, den sie in den letzten Monaten ihrer Krankheit bewiesen hatte, von glücklicheren Zeiten, als es nur ihre Mutter und sie gegeben hatte. Die ersten Zeiten des ängstlichen Sparens, der schäbigen Wohnungen und Secondhandklamotten ließ sie aus, stattdessen schilderte sie, wie ihre Mutter sich ein neues Leben aufgebaut hatte. Wie ein Magier hatte sie Glück aus der Luft gezaubert und Tage, aus denen die einsamen Tage eines vaterlosen Einzelkindes hätten werden können, in einen Schatz schöner Erinnerungen verwandelt. Lange Spaziergänge im Park, viele Stunden gegenseitigen Vorlesens und Winterabende in Revuetheatern, wo sie alte Filme sahen und hausgemachtes Popcorn knabberten, das sie in den Vorführraum schmuggeln mussten, weil sie sich das im Theater nicht leisten konnten. Noch heute versteckte Lily Knabbereien in ihrer Handtasche, wenn sie ins Kino ging.

Ihre Erinnerungen schufen eine Atmosphäre, in der auch Marc ein wenig über Marie preisgeben konnte. Er und Jeanine hatten sie immer *Maman* genannt, nach französischer Art, und wann immer er etwas ausgefressen hatte, schimpfte sie ihn auf Französisch aus. Jetzt könne er fließend französisch schimpfen, scherzte er, doch intimere Erinnerungen behielt er für sich.

»Wie geht es Ihrem Vater, Marc? Ich hätte schon früher nach ihm fragen sollen.«

Sie trug das Tablett ins Wohnzimmer, und die beiden ließen sich in zwei einander zugewandten Sesseln nieder.

»Nicht schlecht. Dad hat sehr viel Kraft. Und das Zusammensein mit Jeanine tut ihm enorm gut. Sie erwartet ein Kind, müssen Sie wissen. Deshalb ist sie nicht zur Beerdigung gekommen. Stattdessen wird es in Frankreich einen Gedenkgottesdienst geben, mit den Freunden dort. Und dann bleibt Dad noch bis zur Geburt. Ein neues Leben, das sie feiern werden.«

»Und Sie? Könnten Sie sich am Theater nicht freimachen, um auch dabei zu sein?«

»Ach, ich werde vielleicht später ein paar Tage freinehmen und vielleicht später zu ihnen reisen. Es gibt noch einige … einige lose Enden.«

Lily nickte. Sie nahm an, er meinte die leidige Bürokratie, die Testamentsangelegenheiten und all das Unerledigte, das zu regeln ist, wenn ein Mensch den Seinen gar zu früh entrissen wird. Sie hatte dasselbe für ihre eigene Mutter tun müssen, und der seltsame Brief, der Monate nach ihrem Tod eingetroffen war, hatte sie erneut in tiefen Schmerz gestürzt.

»Ich weiß, es klingt abgedroschen, Marc, aber wenn ich etwas für Sie tun kann … Ich fühle mich immer noch mies, gewissermaßen verantwortlich. Es geht mir nicht aus dem Sinn, was Ihr Vater auf dem Friedhof zu mir sagte: Die Rettung meines Lebens sei Teil des Vermächtnisses Ihrer Mutter. Ich hoffe, ich kann mich dieses Vermächtnisses irgendwie würdig erweisen.«

Marc schwieg kurz. »Lily, was wollten Sie meinen Eltern sagen?«

»Ich … ich habe bei einem Fototermin ein Model kennen gelernt, Amanda. Sie erzählte mir, sie sei von einem Vergewaltiger überfallen worden, und ich bin sicher, es war Roger Mahoney.«

»Mahoney?« Marc war hellwach, sein Kinn fest angespannt.

»Man hatte Mahoney auf Bewährung freigelassen. Er hat sich durch die Stadt treiben lassen, auf der Suche nach Arbeit, wie allgemein angenommen wurde. In derselben Nacht, in der er Amanda überfiel, wurde er getötet. Erschossen.«

»Wie? Hat sie ihn erschossen?«

»Nein. Das glaube ich nicht. Aber ich glaube, sie weiß mehr über die Ereignisse, als sie mir erzählt hat. Na ja, als ich herumsuchte, um mehr über Mahoney herauszufinden, las ich einiges über den früheren Fall und eben auch über Jeanine und darüber, wie sie versucht hat, anderen Frauen zu helfen. Ich dachte, sie würde wissen wollen, dass er tot ist, dass er niemandem mehr etwas zuleide tun kann. Um dieses Kapitel abzuschließen.«

»Ist das alles? Ist das der einzige Grund, aus dem Sie kamen?«

Lily hob den Blick. Zu ihrer Überraschung betrachtete Marc sie aufmerksam. Hatte er etwa entdeckt, was sich zwischen den Zeilen ihres sorgsam einstudierten Textes verbarg?

»Ich weiß, das klingt nicht nach viel. Aber ich wollte etwas für Amanda tun. Ich wollte eine Story schreiben, die vielleicht jemandem helfen könnte, statt … Schauen Sie, das scheint mir jetzt alles nicht mehr wichtig. Statt zu helfen, habe ich einen noch schlimmeren Akt blinder Gewalt ausgelöst. Wenn ich bloß gehupt oder irgendetwas gerufen hätte, dann hätte Ihre Mutter gewusst, dass ich nicht Jack war. Sie hätte nicht versucht, ihn zu warnen. Und vielleicht … vielleicht wäre sie noch am Leben.«

»Glauben Sie das wirklich?«

Lily nickte, vermied dabei aber jeden Augenkontakt.

»Nun, Sie könnten sich nicht grundlegender irren. Jetzt bin ich froh, dass ich gekommen bin, Lily. Das als Erstes: Ich würde mein eigenes Leben darauf verwetten, dass Maman auch dann einen Warnruf ausgestoßen hätte, wenn sie gewusst hätte, dass der Mensch auf der Treppe nicht mein Vater war. Und was die Sache selbst angeht: Es war keine blinde Gewalt.«

»Wie meinen Sie das? Wollen Sie damit sagen, sie kannte ihren Mörder?«

»Das nicht. Aber sie wusste, was er suchte. Sie hatte das Foto gefunden.«

»Marc, Sie sprechen in Rätseln.«

Er wandte den Blick einen Augenblick von ihr ab, und Lily konnte sehen, dass er zu entscheiden versuchte, was und wie viel er ihr erzählen sollte. Als seine Augen wieder in ihre blickten, hatte sie das eigenartige Gefühl, gerade eine Art Test bestanden zu haben.

»In mancher Hinsicht ist ihr Tod das Ende einer ganz anderen Geschichte«, setzte er an. »Als Jeanine überfallen und von dieser Bestie Mahoney regelrecht gefoltert wurde, waren meine Eltern wie zerstört. Sie hatten geglaubt, ihre Liebe könne uns vor allem beschützen, vor allem vor Grausamkeit. Nicht, dass sie naiv gewesen wären – im Gegenteil. Maman wuchs im besetzten Frankreich auf. Sie war erst acht, als die Deutschen ihren Vater töteten, ein Akt der Vergeltung für den Widerstand in seinem Dorf. Danach schloss sich ihre Mutter dem Résistance-Netzwerk ›Comet‹ an, eine der erfolgreichsten Gruppierungen mit Kontakten in ganz Südfrankreich. Maman übermittelte Botschaften und beschaffte Kleidung und Essen für abgeschossene alliierte Piloten. Mehrmals wurden in ihrem Elternhaus Piloten und Juden versteckt, bevor sie von der Résistance Richtung Süden und dann über die Pyrenäen gebracht wurden.

Für Maman war es eine schreckensvolle Zeit. Damals war Klaus Barbie in Lyon stationiert; viele Menschen verschwanden in den Gestapo-Gefängnissen, nachdem der ›Schlächter von Lyon‹ sie verhört hatte. Sie vermisste ihren Vater, und sie wusste, dass ihre Mutter ständig in Gefahr war. Wenn sie nachts einzuschlafen versuchte, horchte sie auf das besorgte Flüstern der Erwachsenen und auf schwere Stiefelschritte auf der Treppe. Als sie ihre Kindheit hinter sich gelassen hatte und meinem Vater begegnete und ihn heiratete, hatte sie den verständlichen Wunsch, ihren Kindern vor allem ein Gefühl von Sicherheit zu geben.«

Marc unterbrach sich, als wäre ihm beim Erzählen dieser Geschichte noch einmal klar geworden, wie verzweifelt nutzlos Maries Bemühen um Sicherheit gewesen war. Lily ließ den Kaffee stehen und schenkte stattdessen Brandy ein. Eine Zeit lang saßen sie schweigend da und ließen den Brandy in ihren Gläsern kreisen, als enthülle dieser goldene Strudel die Vergangenheit, die Zukunft oder wenigstens den genauen Zeitpunkt, zu dem die so sorgfältig über die Abgründe gespannten Sicherheitsnetze reißen. Lily sah keinerlei Zusammenhang zwischen Maries Kindheit und ihrem Tod, doch sie wollte ihren Sohn die Geschichte nach seiner Weise erzählen lassen. Als er weitersprach, schien seine Stimme von weither zu kommen.

»Der Überfall auf Jeanine traf uns alle in sehr unterschiedlicher Weise. Ich bin drei Jahre älter als sie, aber sie war immer schon ernsthafter, zielstrebiger. Ich war der Rebell, der im Rampenlicht stehen wollte, der Komödiant. Vermutlich könnte man sagen, dass ich in dieser schrecklichen Zeit erwachsen wurde. Mir begann zu dämmern, dass das Leben nicht nur aus der Befriedigung eigener Bedürfnisse besteht. Auch meine Eltern standen unter dem Eindruck, etwas falsch gemacht zu haben, indem sie sich – und ihre Kinder – viel zu sicher geglaubt hatten, gefeit gegen jede

Art von Gewalt. Seltsamerweise war Jeanine die Stärkste von uns. Sie hat das Grauen ausgehalten und sich darüber erheben können, indem sie anderen eine helfende Hand entgegenstreckte. Und deshalb machten meine Eltern mit, als sie angesprochen wurden.«

»Angesprochen?«

»Eine Frau kam zu ihnen. Wie Sie selbst hatte sie viel über Jeanine gelesen. Meine Eltern hatten sie nie zuvor gesehen, und auch danach ist sie ihnen nie wieder begegnet. Sie erzählte ihnen von einer Art geheimem Netzwerk, das Frauen und manchmal auch ihren Kindern zur Flucht verhalf, wenn ihnen Gefahr von Männern drohte. Diese Frauen waren in keinem Fall Kriminelle oder Kidnapperinnen, aber sie waren hilflos, weil ihnen das Gesetz keinen Schutz bot. Die Männer stellten ihnen nach, belästigten und quälten sie oft grausam. Das Netzwerk verhalf ihnen zu einem neuen Leben und nötigenfalls sogar zu einer neuen Identität. Die Frau bat meine Eltern, dem Netzwerk zu helfen. Sie willigten ein.«

»Aber wie halfen sie?«

»Sie haben ja gesehen, wo meine Eltern wohnen. Sie halfen, indem sie die *runners* – Frauen, die durch die Flucht ihr Leben oder zumindest ihre körperliche und seelische Unversehrtheit retten wollten – an einem bestimmten Ort abholten und sie über die Grenze nach Kanada schmuggelten. Ich vermute, das Netzwerk schmuggelt auch Kanadierinnen in die Vereinigten Staaten, aber darum sind meine Eltern nie gebeten worden. Trotz der verstärkten Sicherheitsmaßnahmen ist es erheblich einfacher, Menschen *raus*- als reinzuschmuggeln. Meine Eltern umgingen ganz einfach die offizielle Grenze. Zwischen den beiden Ländern gibt es meilenlange unbewachte Flussabschnitte.«

»Aber es ist trotzdem schrecklich gefährlich.«

»So gefährlich nun auch wieder nicht. Illegale Grenzübertritte zwischen den beiden Ländern haben eine lange Tradition: Die Loyalisten flohen nach Kanada, als sich die Vereinigten Staaten von Großbritannien abspalteten, die Südstaatensklaven entkamen mit Hilfe eines Netzwerks namens Underground Railroad, und während des Vietnamkriegs gab es ein Fluchthelfernetz für die jungen Männer, die sich der Einberufung entzogen. Was die Frau sagte, erschien gar nicht so abwegig, vor allem nach dem, was Jeanine zugestoßen war, und schon gar nicht in den Augen Mamans, deren eigene Mutter Mitglied der Résistance gewesen ist. Die Frauen haben in keinerlei Weise gegen das Gesetz verstoßen, es handelt sich nicht um entlaufene Straftäterinnen. Sie bedeuten also für niemanden eine Gefahr, fliehen nur zu ihrem eigenen Schutz. Nein, wirklich gefährlich sind nur die *hunters* – die Jäger, Männer, die so besessen sind, dass sie nicht aufgeben können –, sie werden immer versuchen, ihre Opfer aufzuspüren.«

»Und dieser Mann, der Mann, der Marie erschoss, ist so ein Jäger?«

»Höchstwahrscheinlich. Mein Vater war ja noch vor der Ankunft der Staatspolizei bei Maman und hat dort das Foto eines kleinen Mädchens namens Suzy gefunden. Nur wenige Tage zuvor hatten wir ihr und ihrer Mutter zur Flucht über die Grenze verholfen. Er muss das Foto mitgebracht haben, vielleicht, um Maman auf die Probe zu stellen. Wir wissen außerdem, dass er die Telefonleitung durchgeschnitten hat. An jenem Morgen habe ich Maman zu erreichen versucht, kam aber nicht durch. Sie sehen also, Lily, Sie trifft keine Schuld. Vielmehr haben mein Vater und ich die Gefahr unterschätzt. Wir haben sie allein gelassen. Wir haben sie im Stich gelassen.«

Lily wusste nicht, was sie sagen sollte. Der Garten draußen war dunkel und ruhig. Sie hatte noch kein Licht eingeschaltet, ihr Wohnzimmer lag in tiefem Schatten.

»Warum sind Sie hergekommen?«, flüsterte sie.

»Anfangs dachten wir – Dad und ich –, das Netzwerk habe sie geschickt, um uns zu warnen, genauso wie die erste Frau aus dem Nichts auftauchte und um Unterstützung bat. Dann, später –«

»Später dachten Sie, ich sei vielleicht mit dem Jäger bekannt, würde ihm womöglich sogar helfen.«

»Nein. Wir wussten nur einfach nicht, wie weit wir Ihnen trauen durften. Wie viel wir Ihnen über das Netzwerk erzählen sollten.«

»Warum? Sie haben doch sicher schon alles der Polizei erzählt.«

»Das dürfen wir nicht tun, Lily. Wenn ich diese Geschichte erzähle, setze ich das Netzwerk und möglicherweise viele Menschenleben aufs Spiel. Ich darf diese Menschen nicht in Gefahr bringen. Maman ist gestorben, um sie zu schützen. Und ich könnte das Netzwerk noch nicht einmal kontaktieren, um jemanden zu warnen. Ich wüsste nicht, wie. Mit meinen Eltern verständigten sie sich per Post, nur eine Postkarte mit einem Datum und einer Uhrzeit, wenn sie einen Flüchtling auflesen sollten. Im Allgemeinen wurden die Karten in Toronto abgeschickt. Mehr weiß ich nicht. Ich vermute, das Netzwerk hat noch nichts von Mamans Tod erfahren. Wenn die Zentrale in Toronto sitzt, können sie es nicht in der Zeitung gelesen haben. Die Zeitungen dort berichten nicht von einem Mord in Little Falls.«

»Aber dieser Mann ist immer noch irgendwo. Er sucht immer noch nach der Frau und ihrem Kind.«

»Ich glaube, das ist noch nicht alles, Lily. Deshalb bin ich hergekommen. Er hat Ihr Gesicht gesehen. Ich denke, jetzt sucht er Sie.«

Boston, Samstag, 17. Juli

Eva Renault saß im hinteren Teil der Bar in einer Nische kurz vor der Damentoilette. Der Jazzclub füllte sich allmählich mit wohlhabenden Gästen in den Dreißigern. Einige Männer lächelten Eva an, und Eva lächelte zurück, aber keineswegs einladend. Immer wieder schaute sie auf die Uhr, um den Eindruck zu erwecken, sie sei mit jemandem verabredet. Sie wünschte keine Gesellschaft.

Ihr Blick auf den Mann in der entgegengesetzten Ecke des Raumes wurde ständig von Gästen verstellt, die sich an der Theke einen Drink holten, aber sie konnte ihn noch sehen. Er war mittelgroß, schmächtig und hatte eine hohe Stirn, die durch den zurückweichenden Haaransatz noch höher wirkte. Er trug eine Metallbrille mit runden Gläsern, einen dunkelblauen Blazer und eine beigefarbene, lässige Baumwollhose. Alles an ihm wirkte unverdächtig und harmlos. Auch er schaute gelegentlich auf die Uhr, doch damit konnte er Eva nicht täuschen. Sie spielten dasselbe Spiel. Welche junge Frau er auch beobachten mochte, bald würde Eva den ersten Zug machen. Sein Tisch stand nah am Eingang und am Telefon. Das konnte sie ausnutzen.

Sie winkte einem Kellner und bestellte noch einen Drink, einen reichlich verdünnten, kühlen Gin Tonic in einem hohen, schmalen Glas. Ein volles Glas war besser. Sie warf ihre langen roten Korkenzieherlocken über die Schulter und trommelte mit den Fingernägeln auf den Rand des Glases.

Dr. Butler, Bruce Butler, war Psychiater. Er mochte Rothaarige. Er hatte anfangs in Texas praktiziert, war dann nach Florida gegangen, danach nach Kalifornien, und jetzt war er hier in Boston und fing unter der Aufsicht der Ärztekammer eines neuen Staates von vorn an. Wie gewöhnlich hatte keiner der Vorwürfe gegen ihn aufrechterhalten werden können. Die Patientinnen eines Psychiaters waren leicht in Verruf zu bringen, sie wurden eher vorwurfs- als achtungsvoll behandelt und ernteten allenfalls Mitleid wegen ihrer auf den Therapeuten gerichteten sexuellen Phantasien. Dennoch – es gab ein Muster, nur hatte bisher keine Ethikkommission sich wirklich Mühe gegeben, es aufzudecken.

Und seine Vergehen wurden schlimmer. Die junge Frau in Kalifornien hatte Selbstmord begangen. Der gute Doktor war nur knapp einer Anklage entgangen.

Wieder blickte Eva zu ihm hinüber. Er hatte ein Buch hervorgeholt und gab vor zu lesen. Sie nahm ihr Glas und ihre Handtasche und bahnte sich einen Weg zum Telefon. Dort warf sie eine passende Münze ein und rief eine automatische Wetteransage an, um zu verhindern, dass das Geld laut klimpernd zurückkam. Anschließend führte sie eine lebhafte Unterhaltung mit dem Band am anderen Ende, und wer gelangweilt genug war, sie zu belauschen, hätte aus dem Gehörten geschlossen, dass sie mit dem säumigen Rendezvouspartner palaverte. Dann beendete sie das Gespräch.

Gerade als sie am Tisch des Mannes vorüberging, geriet sie ins Stolpern. Der Gin Tonic schwappte über und auf die Schulter des adretten blauen Blazers. Der Mann sprang auf, Eva griff hastig nach einer Serviette und begann den verschütteten Drink aufzutupfen.

»O Himmel! Es tut mir so Leid, wirklich. Lassen Sie mich Ihnen helfen.«

Der Mann schob ihre Hände weg.

»Schon in Ordnung. Machen Sie sich keine Umstände.« Er zog die Jacke aus. »Ich gehe nur rasch zur Toilette und mache den Fleck weg. Wenn Sie mich bitte entschuldigen wollen ...«

Eva stand mitten im Weg. Sie trat zur Seite, um ihn durchzulassen.

»O, aber Sie müssen mich die Reinigung bezahlen lassen. Ich bin so ungeschickt. Es tut mir wirklich Leid.«

Sie wühlte in ihrer Handtasche, und plötzlich ging der Tascheninhalt in einem bunten und lauten Regen aus losen Münzen, Kulis, Schlüsseln, Lippenstiften und Maskaras zu Boden. Mehrere Köpfe wandten sich um.

»O verdammt!« Eva kniete sich rasch auf den Boden und jagte den wegrollenden Gegenständen nach, wobei sich der enge Rock ihres hellgrünen Kleids deutlich nach oben schob.

Butler kniete nieder, um ihr zu helfen.

Eva lächelte ihn bittend an. »Sie müssen mich für völlig ungeschickt halten, geradezu gemeingefährlich.«

»Aber gar nicht«, erwiderte er galant. Er streckte den Arm aus, und die beiden erhoben sich gleichzeitig.

»Ich möchte immer noch für die Reinigung Ihrer Jacke aufkommen.«

»Nein, wirklich. Das ist überhaupt kein Problem. Aber jetzt würde ich gern die Toilette aufsuchen.«

»Natürlich.«

Eva sah ihm nach, bis er verschwunden war, und ging dann auf die Damentoilette nebenan. Sie würde schnell sein müssen. In einer der Zellen begann sie, Abdrücke von den Schlüsseln zu nehmen. Es war ganz einfach gewesen, sie ihm aus der Jackentasche zu ziehen, während er den Inhalt ihrer Handtasche einsammelte. Als sie fertig war, wischte sie die Schlüssel sorgfältig ab und ging in die Bar zurück. Er war schon wieder an seinem Tisch und sah sich suchend unter seinem Stuhl um.

Eva trat von hinten an ihn heran. »Sie suchen bestimmt das hier.« Sie ließ seine Schlüssel an ihrer Fingerspitze baumeln. »Sie müssen mit meinen durcheinander gekommen sein.«

Einen Moment lang verengten sich Butlers Augen. Doch dann griff er bereitwillig nach den Schlüsseln und dankte ihr.

»Ich mach mich dann auf den Weg. Genießen Sie die Musik, und schönen Abend noch.«

Butler nickte. Er suchte den Raum schon nach einer anderen Frau ab.

Zwei Stunden später bezahlte Eva den Taxifahrer, der sie nach Carlisle gefahren hatte. Die Fahrt von Boston in diesen fast eine Stunde entfernten kleinen Ort war teuer, und der Fahrer würde nicht nur den guten Auftrag nicht vergessen, sondern auch das lange rote Haar und das grüne Kleid genau beschreiben können. Im Dorf gab es nur ein Motel, doch inzwischen war es dunkel, niemand sah, wie sie ihr Zimmer am Ende des Gangs rechts von der Rezeption betrat.

Eva zog sich um. Nun war sie wieder sie selbst, das blonde Haar zu einem Pferdeschwanz zusammengebunden, dunkles Sweatshirt und Radlershorts, Sporthandschuhe und Sneakers. Sie ging leise hinaus und an der Rückfront des Motels entlang zum Waldrand. Sehr bald fand sie das Fahrrad, das sie zwei Tage zuvor dort versteckt hatte, und stopfte ihre Ausrüstung in die Gepäckbox. Sie trat heftig in die Pedale und betete, dass die Jazzband im Club so gut war, wie auf den Plakaten behauptet wurde.

Butlers Schlüssel hingen an einem Lederband um ihren Hals, sie fühlten sich kühl an auf ihrer Haut. Die Person, die sie ihr nachgemacht hatte, würde nicht darüber reden, wahrscheinlich wollte sie nicht einmal wissen, wozu Eva sie brauchte. Sie hatte das Märchen von der aus dem ehelichen Heim ausgeschlossenen Exgattin erzählt, Tränen und Empörungsausbrüche inklusive.

Nachdem sie in Butlers Einfahrt eingebogen war, stieg sie ab, versteckte das Rad hinter einem Gebüsch und näherte sich dem Haus zu Fuß. Wie die meisten in der Gegend war es rundum mit Zedernschindeln verkleidet und stand auf einem bewaldeten Grundstück in gehörigem Abstand von der Straße. Nirgends brannte Licht. Zuerst überprüfte sie die Garage, doch die war leer. Dann ging sie langsam rund um das ganze Haus. Es war groß und mit seltsamen Umrissen, denn die klassischen Linien wurden von einem säulengestützten Anbau am oberen Teil der Rückfront unterbrochen, der weit in den Bereich des Schwimmbeckens hineinragte. Von unten aus konnte Eva nicht erkennen, ob der Anbau Fenster hatte. Vielleicht war es eine Art Veranda mit Fensterläden.

Eva nahm das Lederband ab und schlich zur Eingangstür. Der erste Schlüssel, den sie probierte, glitt ins Schloss wie ein Messer in die Butter. Sie öffnete die Tür. Rechts in der Eingangshalle blinkte das Alarmlämpchen. Sie hatte etwa eine Minute. Mit angehaltenem Atem drückte sie sieben, drei, fünfundsechzig. Das Blinken hörte auf. Sie wartete. Keine Sirenen, nur die rhythmischen, tiefen Froschchöre aus den sumpfigen Tümpeln im Wald. Sie seufzte erleichtert auf. Die Leute benutzten wirklich viel zu oft Geheimzahlen, die sie selbst nicht so leicht vergaßen, und Eva hatte sich Butlers Geburtsdatum gemerkt.

Mit ihrer Stablampe erforschte sie das Erdgeschoss des Hauses. Die Einrichtung war die eines Mannes und ansonsten neutral: braune Ledermöbel und beige Teppiche. Der steinerne Kamin nahm fast die ganze Stirnwand ein, die anderen Wände waren kahl und wirkten kühl, fast eisig. Hier würde sie nichts finden.

Die Küche ließ sie aus und machte sich über die große Holzwendeltreppe auf den Weg nach oben. Dort würde sie eher Beweise gegen Butler finden, in einem Arbeits- oder Schlafzimmer zum Beispiel.

Der erste Raum links von ihr schien halb als Gästezimmer, halb als Stauraum genutzt zu werden. Für unverhofften Besuch war er bewohnbar, doch nicht sonderlich liebevoll eingerichtet. An einer Wand stapelten sich Pappkartons, die Eva sich näher ansah. Sämtliche Kartons waren leer. Butler hatte sie noch nicht entsorgt, obwohl er das Haus schon seit fünf Monaten bewohnte. Sie ging zum nächsten Zimmer.

Sein Schlafzimmer war nicht weniger steril als der Rest des Hauses. Eva hatte sich bisher nicht vorstellen können, dass eine Persönlichkeit so ohne jedes Merkmal sein konnte. Keine Bilder. Keine herumliegenden Gegenstände. Die Möbel teuer, aber langweilig. Das übergroße Bett war ordentlich gemacht, die dunkelbraunen Samtvorhänge zugezogen.

Nebenan war das Arbeitszimmer und hier wurde Eva endlich fündig. Sie leerte mehrere Kästen CDs in die mitgebrachte Plastiktüte. Die konnte sie später überprüfen lassen, nur für den Fall, dass er irgendetwas elektronisch gespeichert hatte. Sie drückte auf den Knopf des Anrufbeantworters. Es gab einige Nachrichten aus seiner Praxis über Terminverschiebungen, und dann kam eine Frauenstimme, eine flehende Stimme. »Butler, bitte lass mich in Ruhe. Wenn ich noch einmal merke, dass du mir folgst, gehe ich zur Polizei.« Eva drückte auf den Rückspulknopf und hörte die Nachricht noch einmal ab. Sie war überrascht. Normalerweise kamen

Butlers Opfer bereitwillig zu ihm, sehnten sich nach seiner Hilfe, bis es zu spät war. Diese Nachricht wies auf eine Veränderung seiner Handlungsmuster hin, darauf, dass er aggressiver wurde und anfing, die Kontrolle zu verlieren. Sie zögerte kurz, nahm dann doch die Kassette heraus und warf sie in die Tüte zu den CDs.

Danach wandte sie sich den deckenhohen Regalen zu und begann die Bücher durchzugehen. Sie hoffte, auf Briefe zu stoßen, vielleicht sogar auf ein Tagebuch oder etwas Ähnliches. Nichts. Schubladen oder Aktenschränke gab es nicht. Sie würde versuchen müssen, irgendwie in seine Bostoner Praxisräume zu gelangen, doch das würde riskant sein, sobald er bemerkt hatte, dass jemand in sein Haus eingedrungen war.

Sie war die Treppe schon wieder halb hinuntergelaufen, als ihr der Anbau wieder einfiel. Wo war denn die Tür zu dieser Veranda? Sie hätte ihr doch auffallen müssen. Sie ging denselben Weg zurück, doch vom Flur ging keine weitere Tür ab. Also schloss Eva die Augen und rief sich die Außenansicht des Hauses ins Gedächtnis; dann ging sie wieder in Butlers Schlafzimmer. Der Eingang zum Anbau musste irgendwo hier sein. Sie ging zum nördlichen Ende des Zimmers, zum Wandschrank. Er war geräumig, jedoch nicht groß genug, um die Außenmaße des Anbaus zu erklären. Also schob sie die Maßanzüge beiseite, die an der Rückwand aufgereiht waren wie Wache stehende Soldaten, und fand die Tür. Sie war verriegelt, und Eva musste verschiedene Schlüssel ausprobieren, bis sie den richtigen fand.

Der Raum war völlig dunkel, die Luft abgestanden, sie stank. Der Strahl von Evas Taschenlampe wanderte in einem Bogen um den Raum, machte einen Satz und begann dann zu zittern wie ihre Hände. Sie schluckte und biss sich fest auf die Unterlippe. Der voll gestopfte, etwa zwei mal drei Meter große Raum war eine Folterkammer. Es gab keine Fenster, nur eine Reihe Glasbausteine etwa dreißig Zentimeter unter der Decke. Eine spartanische Toilette und ein Waschbecken standen neben einer seltsam aussehenden Badewanne, die vollständig mit einem Polstermaterial in obszönem Rosa ausgeschlagen war. Eva, deren Atem inzwischen sehr rasch ging, versuchte den Lichtstrahl auf den Untersuchungsstuhl zu fixieren. So etwas hatte sie schon oft gesehen, doch nie an einem solchen Ort. Hier wirkte der schwarz gepolsterte Tisch mit seinen Beinstützen und Halteriemen widerwärtig. Am Kopfende war ein kleines, zerknittertes herzförmiges Kissen. Eva ging näher heran, und Brechreiz wallte aus ihrem Magen hoch. Mitten auf dem Kissen war das Brustbild einer jungen Frau befestigt, die Nadel steckte in einem der offenen Augen. Eva fühlte sich an einen verstümmelten Schmetterling erinnert: im Flug erstarrte Schönheit.

Sie knipste die Lampe aus, stand zitternd in der Dunkelheit und versuchte tief und langsam zu atmen, um sich gegen die Scherben ihrer eigenen quälenden Erinnerungen zu wehren und wieder ruhig zu werden. Die Wände des Zimmerchens schienen sich um sie zu schließen. Der Fußboden schwankte. Sie musste hier raus.

Und dann hörte sie ihn; er kam die Treppe herauf.

Ihre Muskeln spannten sich, instinktiv hechtete sie zur Wand neben der Tür und drückte sich flach dagegen. Dann ließ sie ihre Hand in kleinen Kreisbewegungen nach oben und unten gleiten, auf der verzweifelten Suche nach einem Lichtschalter. Sie konnte sich zwar nicht erinnern, irgendwo Lampen oder Ähnliches gesehen zu haben, aber es musste doch Licht geben. Wenn er zuerst am Lichtschalter wäre, würde das Licht sie blenden. Wenn sie den Schalter als Erste fände, könnte sie ihn vielleicht erschrecken.

Direkt an der offenen Tür hörte sie einen Kleiderbügel scharren.

Wo war der Lichtschalter?

Sie streckte tastend ihre Hand aus – und berührte seine.

Er keuchte.

Eva zielte mit ihrem Tritt auf dieses Geräusch, die Augen zum Schutz vor der Lichtexplosion zusammengekniffen. Ihr Fuß traf ihn am Hals, er wurde zurück in den Wandschrank geschleudert. Sie hörte ihn stöhnen, als er auf den Boden aufschlug, aber sie wusste, dass er nicht bewusstlos war. Sie tauchte nach ihrer Tasche und wirbelte dann wieder zu ihm herum.

Butler feuerte blind. Ihre Umrisse und ihr helles, im Licht glänzendes Haar erkannte er zu spät. Es war das Letzte, was er sah, bevor die Kugel aus ihrer 9-mm-Pistole in sein Gehirn eindrang.

Eva fuhr mit ihrem Fahrrad langsam zum Motel zurück; jedes Mal, wenn sie ein Auto näher kommen hörte, verließ sie die Landstraße. Mitternacht war vorbei.

Ganz methodisch, als beobachte sie aus der Entfernung die Bewegungen einer völlig anderen Frau, hatte sie getan, was getan werden musste. Sie hatte Butler in die Schreckenskammer geschleppt, die Tür verriegelt und im Wandschrank wieder für Ordnung gesorgt. Ihre Pistole hatte sie neben ihn gelegt und danach die CDs wieder an ihren Platz gebracht. Das Band aus dem Anrufbeantworter allerdings und auch das Foto vom Kissen hatte sie behalten, um die Besitzerin der flehenden Stimme zu schützen. Sie hatte die Alarmanlage wieder eingeschaltet, das Haus verschlossen und die Schlüssel ein letztes Mal verwendet, um Butlers Wagen in die Garage zu fahren. Anschließend würden die Schlüssel sich leicht verlieren lassen, und die Herkunft ihrer Pistole war nicht zurückzuverfolgen.

Am Motel angelangt, ließ sie das Rad im Wald verschwinden und ging dann hinein, um eine kochend heiße Dusche zu nehmen. Sie schrubbte ihre Haut, als könne sie so ihren Abscheu wegscheuern. Eva war erschöpft, traurig und wütend. Sie fing an, Fehler zu machen. Und auch, wenn sie sich einzureden versuchte, der Anblick der Schreckenskammer habe ihre Urteilskraft getrübt, so wusste sie doch, dass da noch mehr war.

Sie war zu rasch gewesen mit dem Töten.

Allmählich bekam sie Angst vor sich selbst.

Am nächsten Morgen, sie fühlte sich immer noch wie gerädert, nahm sie ein Taxi zum Flughafen. Sie war lässig in schwarze Jeans und ein weißes T-Shirt gekleidet, das Haar trug sie offen, nur mit einer schwarzen Spange aus der Stirn genommen. Nachdem sie die rote Perücke und das grüne Kleid in der Damentoilette hatte liegen lassen, holte sie ihr Ticket vom Swissair-Schalter.

Trotz ihrer Müdigkeit waren alle Sinne hellwach, der Tonfall jeder Stimme wurde registriert und eingeschätzt, ihr entging kein einziger wachsamer Blick des Flughafenpersonals. Sie sehnte sich danach, endlich einzusteigen, weit weg zu sein von der Leiche, die sie in der Schreckenskammer versteckt hatte, weit über ihr. Bald wäre es so weit. Und während des Flugs würde sie endlich schlafen können. Viele Stunden eines Vergessen bringenden Schlafs.

Ihr Körper spannte sich jäh. Angestrengt lauschte sie auf die einzelnen Silben ihres Namens, der über die Lautsprecher ausgerufen wurde.

»Miss Renault, Miss Eva Renault, würden Sie bitte zum nächsten Informationsschalter kommen? Miss Renault zur Information, bitte!«

Ihr Herzschlag setzte aus. Irgendetwas stimmte nicht.

Aber sie war jetzt schon so lange Eva Renault. Ihre Papiere waren schon viele Male überprüft worden. Kein Grund zur Panik, sagte sie sich.

Kaltblütig steuerte sie den nächsten Schalter an und legte ihren Ausweis vor. Der Angestellte warf einen kurzen Blick darauf, dann lächelte er und zeigte auf ein weißes Telefon ganz in der Nähe. Sie nahm ab, ihre Handflächen waren schweißnass.

»Ja, hier ist Eva Renault.«

»Hallo, Eva. Bist du okay?«

Sie erkannte die Stimme sofort.

»Wir brauchen dich hier zu Hause. Am Air-Canada-Schalter liegt ein Ticket für dich bereit. Gib zuerst das Schweiz-Ticket zurück. Amanda kann dich nicht vom Flughafen abholen. Sie ist nach Mexiko geflogen. Aber wir schicken dir einen Wagen.«

Eva legte auf und ging davon. Sie würde nach Hause fliegen. Sie war – für eine gewisse Zeit zumindest – in Sicherheit.

New York, Freitag, 23. Juli

Paul Abbott hatte eine höllische Woche hinter sich. Er hatte die alte Frau nicht töten wollen, nicht in jenem Augenblick. Seine Hand hatte sich lediglich verkrampft, als sie plötzlich losgeschrien hatte. Es war ein Unfall gewesen. Vor Schreck hatte er sich einige Sekunden lang nicht rühren können, dann war er die Treppen hinuntergerannt, Jack hinterher.

Um noch eine böse Überraschung zu erleben. Er wusste nicht, wer sie war, aber sie hatte ihn deutlich gesehen. Sie hatte auch die Waffe gesehen, den kompakten 45er Colt, den ihm sein Großvater geschenkt hatte.

Abbott war dankbar für den klaren Kopf, den er behalten hatte, seine momentane Gefühlslosigkeit, denn so hatte er seine Panik in Schach halten können. Er war vorausschauend genug gewesen, den Jaguar frühmorgens zu verstecken, das Angelzeug war noch eingepackt. Niemand wusste von dem Wagen, nur die alte Frau, und die würde nicht mehr reden. Er war wieder zurück zum State Park und dann einfach davongefahren, gen Osten. Das Summen der Reifen, die auf dem Highway Meile um Meile fraßen, hatte ihn beruhigt. Langsam ließ der bittere Nachgeschmack durchkreuzter Pläne nach. Er war diszipliniert, methodisch. Er würde von vorn anfangen, die veränderten Umstände abwägen und einen neuen Plan schmieden. Die Gewissheit, dass Kathleen ihn an der Nase herumgeführt hatte, schoss ihm immer wieder ins Bewusstsein, züngelnd wie eine Schlange, aber er schob sie beiseite. Das Wichtigste zuerst. Er brauchte Geduld, Geld und ein plausibles Alibi.

Von seinem Großvater hatte Abbott gelernt, jedes Preisgeben von Schwäche zu verachten. Für den kleinen Jungen war der Großvater eine stolz aufragende Figur gewesen, mit seinem dichten grauen Haar, den glühenden Augen und dem scharfen Profil. Abbott war ihm nachgelaufen wie ein Hündchen, hatte ihn imitiert und sich seine Philosophie eingeprägt wie einen Katechismus. Sein Großvater hatte ihm als Lebensleitlinien althergebrachte Sätze gepredigt – keine Torheit dulden, keinen Zoll zurückweichen, seinen Vorteil aus den Bewegungen des Gegners ziehen. Während der Weltwirtschaftskrise hatte er ein Vermögen angehäuft und Abbott zu seinem Nachfolger erkoren. Sein Sohn sei ein Feigling, sagte er, und seine Schwiegertochter eine Vagabundin. Abbott war der Auserwählte.

Er hatte gelernt, seine Eltern durch die Augen seines Großvaters zu sehen und sie zu verachten. Als er klein war, pflegte seine Mutter an sein Bett zu kommen und ihm einen nach frischer Luft und Lavendel duftenden Gutenachtkuss zu geben. Später, nachdem sein Vater sie verlassen hatte, weil er die ständigen Spötteleien des Großvaters nicht mehr ertrug, hatte Abbott nur ihren heißen Atem und den Gingestank an seiner Wange wahrgenommen. Als er das erste Mal vor ihrer Umarmung zurückgewichen war, hatte sie ihm eine heftige Ohrfeige gegeben. Anschließend hatte sie ihn nie wieder berührt; nur wenn sie im selben Zimmer waren, ließ sie aus der Distanz oft ihren Blick auf ihm ruhen und tat so, als bemerke sie seine steinerne Gleichgültigkeit nicht. Sein Vater war unsichtbar – eine Stimme am Telefon, Ansichtskarten, Geburtstagsgeschenke. Mach dir nichts draus, sagte der Großvater. Der Vater sei ein Schwächling. Er habe seine Chance vertan, ein Mann zu sein. Abbott hatte die Ursache des Zerwürfnisses zwischen den beiden nie erfahren, aber da sein Vater keine Anstalten machte, sich zu verteidigen, hielt er sich an das Wort seines Großvaters. Es reichte, dass sein Vater seinen Verpflichtungen nicht nachkam. Nun würde er seine Stelle einnehmen.

Anfangs waren die Lektionen hart. Abbott musste Herausragendes leisten. Der beste Schwimmer sein, der beste Golfer, Klassenbester. Sein Großvater wählte für ihn die Kleidung aus, die Hobbys und die Freunde. Wenn er die hohen Erwartungen nicht erfüllte oder gar eine Spur widerborstig reagierte, wurde er vom Großvater geschnitten oder, schlimmer noch, vor anderen lächerlich gemacht. Konnte er den

Erwartungen jedoch gerecht werden, so wurde er belohnt. Dann saßen sie beide in den Ledersesseln des Arbeitszimmers, und der Großvater erzählte ihm alles über das Geschäftsleben, über Frauen, Geld und über die vielen, vielen Möglichkeiten, kleinmütige Zeitgenossen zu übertölpeln.

Als Abbott vierzehn Jahre alt war, bewies er, dass er von echtem Schrot und Korn war. Es war überraschend einfach, ein Impuls, dem er ohne nachzudenken nachgab. Seine Mutter hatte eine Leiter aus dem Schuppen des Gärtners gezerrt und an einen Zuckerahorn gelehnt, um eine ihrer Katzen zu retten. Immer machte sie solche peinlichen Sachen. *Lass das blöde Vieh doch verhungern*, hatte Abbott gedacht. Aber nein, sie musste natürlich wieder ein Schauspiel geben.

Er war ihr in den Garten hinter dem Haus gefolgt, schließlich brauchte ein gelungenes Schauspiel mindestens einen Zuschauer.

»Komm, Pussi, na komm!«, hatte sie geplärrt. Er hatte die weinerliche Stimme immer noch im Ohr.

Er hatte zugesehen, wie sie hinaufgeklettert war und sich ausgestreckt hatte, um das verstörte Tier zu erreichen, hatte sich aber geweigert, ihr zu helfen. Als sie fast am Ziel war und die Katze gerade in ihre Arme nehmen wollte, hatte diese ihr mit einem Tatzenhieb die Wange aufgekratzt. Abbotts Mutter war instinktiv zurückgewichen. Die Leiter hatte geschwankt und sich dann vom Baum weggeneigt.

»Paul!«, hatte sie geschrien, nur diese eine Silbe, die in der Luft hing wie ihr im Raum aufgehängter Körper.

Einen Moment hatte er geschwankt, ein Teil von ihm wollte zu ihr stürzen. Stattdessen jedoch hatte er sich abgewandt und war weggegangen. Er hatte ihren Schrei gehört und den Aufprall ihres Körpers auf dem Boden. Er wusste noch, dass er im Haus den Fernseher eingeschaltet hatte, aber an die Sendung konnte er sich nicht mehr erinnern. Danach war er wieder in den Garten gegangen und hatte sie angesehen. Ihr Kopf war seltsam abgewinkelt. Die Katze war längst weg. Hätte er die Leiter rechtzeitig erreichen können? Hätte er ihren Sturz aufhalten können?

Er hatte seinen Großvater im Büro angerufen und dann die Polizei. Er hatte erklärt, was geschehen sein musste. Die Beamten hatten Mitleid mit ihm, doch sein Großvater hatte nichts gesagt, hatte ihn nur einmal scharf angesehen mit seinen glühenden Augen. Sie hatten nie über den Vorfall gesprochen, aber nach der Beerdigung hatte ihm der Großvater auf die Schulter geschlagen. »Ich bin stolz auf dich, mein Junge«, hatte er gesagt. Es hätte alles Mögliche bedeuten können – doch er musste gewusst haben, dass Paul alles gesehen, aber nichts unternommen hatte, um seine Mutter zu retten; dessen war sich Abbott sicher.

Schließlich hatte er alles geerbt: den Grundbesitz, das ganze Geld und den Status. Und er hatte gelernt, wie er all das bewahren konnte, wie man es vermehrte. Er war die Verkörperung, ja das Vermächtnis seines Großvaters. Dass er die alte Frau dummerweise umgebracht hatte, würde er zu seinem Vorteil nutzen, und er wusste auch schon, wie.

Kurz vor der Stadt fuhr Abbott vom Highway ab und zu einer Raststätte, wo er seinen Wagen ganz in der Nähe der Gebäude mit den Serviceeinrichtungen zwischen Dutzenden anderer parkte. Der Geruch nach Benzin und Hamburgerfett verursachte ihm Übelkeit. Nie käme er auf den Gedanken, derart widerlichen Fraß zu sich zu nehmen. Er ertappte sich dabei, wie er eine müde wirkende Mutter anstarrte, die an ihrem Wagen lehnte und einem übellaunigen Kind Pommes frites in den Mund steckte, während sie selbst an einem Hamburger kaute. Ihr leerer Blick und das friedfertige teigige Gesicht erinnerten ihn an eine Kuh. Sie fuhr bald weg, und er ließ das Angelzeug in einer großen schwarzen Mülltonne verschwinden. Dann setzte er seinen Wagen lässig gegen eine Ecke des Imbissgebäudes, was ihn nicht nur ein Rücklicht kostete, sondern hinten links auch einen breiten Kratzer im Lack hinterließ. Mehrere Köpfe wandten sich bei dem Geräusch nach ihm um, doch Abbott ignorierte sie, trat aufs Gas und fuhr zurück auf den Highway.

Etwa eine Stunde später war er zu Hause, dem Parkwächter erzählte er, er sei in einen kleinen Unfall verwickelt worden. Da sei wohl eine kleine Reparatur fällig, ob der Wächter sich bitte darum kümmern wolle? Der Werkstatt könne er sagen, der Wagen werde in nächster Zeit nicht gebraucht. Oben in seinem Penthouse ließ sich Abbott ein heißes Bad ein und rief seinen Anwalt an. Abbott bezahlte ihn gut, und der Mann pflegte seine Instruktionen diskret zu befolgen. Abbott erklärte ihm, im Urlaub sei er versehentlich rückwärts in einen geparkten Wagen gefahren, ein Nummernschild aus Ontario, Nummer 238 HZC. Würde er bitte den Fahrer ausfindig machen? Er wolle gern für den Schaden aufkommen.

Danach brauchte er nur noch abzuwarten und weitere Vorkehrungen treffen. In den New Yorker Zeitungen wurde nicht über den bedauerlichen Zwischenfall in Little Falls berichtet. Warum hätten sie das auch tun sollen? Sie hatten ihren eigenen Sumpf aus Raubüberfällen und Morden, durch den sie die Leser waten lassen konnten. Beim Auspacken hatte er noch einen ziemlich bösen Moment durchlebt, als er erschrocken feststellte, dass Suzys gerahmtes Foto weg war. Es musste zu Boden gefallen sein, als er sich an die alte Frau angeschlichen hatte, und danach hatte er nicht mehr daran gedacht. Nun ja, nicht weiter schlimm. Nur Della Jordan konnte ihn sowohl mit dem Bild als auch mit den Forrests in Verbindung bringen, und er konnte ziemlich sicher sein, dass die Polizei bei ihr nicht nachfragen würde. Lediglich Jack und Kathleen konnten die volle Bedeutung ermessen, aber falls sie ihn erwischen wollten, mussten sie aus ihrem Versteck hervorkriechen. Seine Chancen standen gut, fand er.

Sein Anwalt brauchte drei Tage, um über das Nummernschild den Namen des Wageneigners herauszufinden. Abbott verlangte auch die Adresse. Er wolle sich persönlich entschuldigen, sagte er.

In all diesen Tagen hielt er sich an seine Gewohnheiten, sprach sich mit seinem Börsenmakler ab, ging ins Museum und ins Fitnessstudio. Er kaufte Landkarten und brütete stundenlang über ihnen. Er fühlte sich ruhig und sicher in seiner Entschlusskraft. Bei seiner Bank legte er eine große Menge Bargeld und die Pistole, mit der er die alte Frau getötet hatte, in sein Schließfach. Er ging nicht davon aus, dass er das Geld oder die Pistole brauchen würde; aber für alle Notfälle vorzusorgen war die Art logischen Denkens, die sein Großvater ihm eingepflanzt hatte, und den Gedanken an dieses Geheimversteck empfand er als tröstlichen Beweis seines klaren Denkens.

Schwieriger waren die Nächte; in denen ihm die erzwungene Tatenlosigkeit zu schaffen machte. Er tilgte alle Spuren Kathleens aus der Wohnung. Sie war schon Monate nicht mehr da gewesen, dennoch hatte er alles für sie aufgehoben. Ihr Parfüm, ihre Lieblingsmusik, eine Flasche ihres Lieblingsweins.

Eines Nachts träumte er von seiner Mutter, und dabei veränderte sich das vertraute Szenario ihres Todes in eine Schreckensvision: Er war es nun, der auf der Leiter stand und die Arme nach Kathleen ausstreckte, die auf einem Ast kauerte, den Rücken gekrümmt wie eine Wildkatze, und ihn anfauchte und -spuckte. Als er schweißgebadet und völlig desorientiert aufwachte, stand er auf, nahm all ihre herrlichen Kleider aus edlem Samt, schimmerndem Satin und farbenprächtiger Seide und zerfetzte sie mit einem scharfen Messer, bis nur noch Lumpen übrig waren. Sie bedeuteten ihm nichts mehr.

Dann endlich kam der zweite Anruf seines Anwalts. Abbott mietete über ein Reisebüro eine möblierte Wohnung in Toronto an und packte alles an Karten und Kleidung ein, was er für nötig erachtete. Er würde völlig legal nach Kanada einreisen, und sein Gepäck enthielt nichts Verdächtiges. Von der sehr großen Summe Bargeld in seiner Brieftasche abgesehen, nach der die Zollbeamten hoffentlich nicht fragen würden, war nichts an ihm auszusetzen. Was er noch brauchen würde, würde er kaufen, sobald er jenseits der Grenze wäre. Ohne Kreditkarten. Bargeld hinterließ keine Spuren.

Eine Woche später saß er lächelnd in einem kleinen Park, gekleidet in einen schwarzen Jogginganzug. In einer Ecke des Parks standen fröhlich in hellen Grundfarben gestrichene Schaukeln und Rutschen, und es gab eine große Wiese, auf der die Leute ihre Hunde tollen und Stöckchen apportieren ließen. Aber das Schönste an diesem Park war, dass er keine zweihundert Meter von Lily Ross' Haustür entfernt lag.

Zweiter Teil

Das Netzwerk

Toronto, Mittwoch, 21. Juli

»...achtundneunzig, neunundneunzig, hundert! Augen auf, ich koooomme!«

Kathleen schlug die Augen auf und fing an, das Schlafzimmer zu durchsuchen. Zuerst schlich sie zum Kleiderschrank und riss die Türen auf. Vor ihr reihten sich Suzys wenige Kleider auf, und sie biss sich kurz auf die Lippen, als sie an die vielen Dinge dachte, die sie hatten zurücklassen müssen: die Sonntagskleidchen, die von der Großmutter liebevoll gestrickten Pullover, die Hosen und passenden T-Shirts. Suzy schien nichts zu vermissen, doch Kathleen sehnte sich schmerzlich nach der Normalität zurück, für die sie standen, nach einer ganz gewöhnlichen Kinderroutine mit Schulalltag, Geburtstagsfeiern, Klavierstunden und aufgeschlagenen Knien.

Sie wandte sich vom Schrank ab und kauerte sich auf den Boden, um unter das schmale Doppelbett zu spähen. Da war nichts, nicht einmal Staub. Sie war noch nicht so lange hier, dass sie sich schon Sorgen um den Hausputz hätte zu machen brauchen. Sie setzte sich auf und nahm nun das Bett selbst in Augenschein, die zerknautschten Kissentürme, den abgewetzten Teddybären, und lächelte, als sie die winzigen rosigen Zehen unter den zerwühlten Decken vorlugen sah. Dann stürzte sie sich auf das Versteck, und Suzy quietschte vor Vergnügen.

»Ich hab dich! Gewonnen!«

Suzy kämpfte sich unter den Decken vor, ihre Wangen brannten, die grünen Augen tanzten. Ihre Quecksilbrigkeit war ansteckend, für Kathleen eine Quelle der Kraft. Sie musste ein neues Leben beginnen, und wenn Suzy noch lachen konnte, würde auch sie es können.

»In fünf Minuten gibt's Frühstück, und dann überlegen wir, was wir heute anstellen. Was meinst du? Ach, und bitte, ziehst du die Laken ab, damit sie gewaschen werden können?«

Kathleen drückte Suzy kurz an sich und ging dann in die Küche, um ein Müsli mit Erdbeeren herzurichten. Die Obergeschosswohnung war klein, aber gemütlich, eine von insgesamt vier Wohnungen in dem aus den 40er Jahren stammenden renovierten Backsteinhaus am Orchardview Boulevard. Dabei hatte Kathleen befürchtet, in einer sterileren Umgebung untergebracht zu werden, in einer notdürftig möblierten Hochhauswohnung etwa oder gar in einem überfüllten Frauenhaus oder einem Heim. Aber sie wäre an jeden Ort gegangen, der Sicherheit bot.

Nachdem Marc Forrest sie am Bahnhof abgesetzt hatte, war Kathleen zu den öffentlichen Fernsprechern gegangen und hatte eine Nummer gewählt, um weitere Instruktionen zu empfangen. Zu ihrer Überraschung führte die Wegbeschreibung sie in eine ruhige Wohnstraße im Zentrum. Die Häuser standen eng nebeneinander und dicht an der Straße, Zementstufen führten hinauf zu Holzveranden mit niedrigen Geländern. Die Dächer neigten sich über die Veranden, und über jeder Haustür war eine Gaube mit einem Fenster darin. Alles war aus einem Guss und stammte offensichtlich vom selben Architekten, doch die Eigentümer hatten die Veranden in den unterschiedlichsten Farbtönen gestrichen, um die Häuser etwas individueller zu gestalten. Hier, dachte

Kathleen, lebten die Leute ein sicheres Leben unter guten Nachbarn.

Ihr Haus fiel ein wenig aus dem Rahmen, es war größer als die anderen, und ganz in der Nähe endete die Straße vor den Parkplätzen der North Toronto Arena. Zu Suzys Entzücken erstreckte sich rechts davon ein riesiger Park, dessen weitläufige Wiesen den Umrissen einer Talsenke folgten. Man hatte diesen Zufluchtsort sorgsam ausgesucht.

Das Netzwerk hatte sogar versucht, das Versteck zu ihrem Empfang wohnlicher wirken zu lassen, in den Schlafzimmern standen frische Blumen, Kühl- und Vorratsschrank waren bestens gefüllt, und für Suzy lagen ein paar Kinderbücher und Malutensilien bereit. Es gab zwei Schlafzimmer, eine kleine Küche, ein sonniges Wohnzimmer mit Erkerfenster und sogar einen winzigen Balkon, von dem aus man auf Gärten und Hinterhöfe blickte. Die Möbel waren ein wenig abgestoßen, doch alles war sauber und wirkte frisch. Kathleen fragte sich unwillkürlich, wie viele andere junge Frauen vor ihr hier versteckt worden waren und ob es allen gelungen war, sich ein neues Leben ohne Vergangenheit aufzubauen.

Sie sollte sechs Monate in der Wohnung bleiben oder aber so lange, bis das Netzwerk sicher war, dass Abbott sie nicht mehr aufzuspüren versuchte. Beim Gedanken an ihn empfand Kathleen immer noch Scham und Zorn. Scham, weil sie ihm vertraut und sogar einmal gedacht hatte, sie könne ihn ein wenig lieben. Zorn, weil er zu einem Besessenen geworden war, sie verfolgt und ihr Leben an sich gerissen hatte. Sie hatte sämtliche vernünftigen Maßnahmen ergriffen – die einstweilige gerichtliche Verfügung erwirkt, eine neue Wohnung bezogen, sich eine Geheimnummer geben lassen –, aber er hatte sich nicht abschütteln lassen. Angesichts seiner erschreckenden Hartnäckigkeit waren alle Rechtsdokumente so viel wert wie ein Fetzen Papier. Sie hatte gewusst, dass sie beobachtet wurde, dass ihre Privatsphäre ständig verletzt wurde. Sie hatte sich in unerträglicher Weise ausgeliefert gefühlt.

Und dann waren die Fotos gekommen, in einem braunen Umschlag unter ihrer Tür durchgeschoben. Es waren Fotos von ihr, man sah sie eine Straße überqueren, in ihr Büro gehen, mit Freunden im Restaurant sitzen. All diese Bilder waren ohne ihr Wissen mit einem Teleobjektiv aufgenommen worden. Auch Fotos von Suzy waren dabei, und das letzte zeigte Suzy allein, sie spielte im Sandkasten, sie wirkte schrecklich schutzlos und verletzlich.

Kathleen war fast verrückt geworden vor Angst. Jeder Moment, in dem Suzy außer Sicht war, wurde zur Agonie – und Kathleen zur Gefangenen im eigenen Haus, das sie nur noch verließ, um zur Arbeit zu gehen oder Dringendes zu erledigen. Schlimmer noch, er machte auch Suzy zur Gefangenen, verbot ihr, mit Freunden zu spielen, erstickte sie in Fürsorge. Ihre eigenen, ohnehin nicht zahlreichen Freunde waren anfangs nur beunruhigt, hörten dann aber schließlich ganz auf, bei ihr anzurufen. Sie mussten ihr seltsames Verhalten für reinen Verfolgungswahn gehalten haben. Abbott ging subtil vor bei seinen Bedrohungen, spielte ein bösartiges Spiel aus Andeutungen und Hinweisen. Nie gab es etwas Reales, womit sich die Bedrohung, die sie empfand, hätte beweisen lassen. Allein jedoch war sie weder seinem Bankkonto noch seinem Wahn gewachsen. Sie wusste, es musste enden, irgendwie.

Das Netzwerk war wie ein unsichtbarer Rettungsring, den man ihr unvermutet zugeworfen hatte. Kathleen war sich nicht ganz sicher, wie man auf sie aufmerksam geworden war, aber sie vermutete, dass die Bibliothekarin dabei eine Rolle spielte. Sie hatte begonnen, in der juristischen Fachbibliothek zu recherchieren und die einzelnen Fälle von Frauen, die mit ihren Kindern vor dem Missbrauch durch ihre Männer oder sonstige männliche »Beschützer« geflohen waren, nachgelesen. Und sie hatte Verschiedenes über die Gesetze zum Schutz der Privatsphäre beziehungsweise über das Fehlen solcher Gesetze gelesen. Sie wusste, dass viele Frauen in solchen Situationen abtauchten. Doch an wen sollte sie sich wenden, und wie die Richtigen finden?

Nachdem sie monatelang kaum noch geschlafen hatte, war ihr aus einem der ausgeliehenen Bücher ein Zettel in den Schoß geflattert. Mit einer handschriftlichen Notiz: *Rufen Sie uns an, wenn Sie Hilfe brauchen. Rufen Sie nicht vom eigenen Telefon aus an.* Das und eine Nummer, mehr stand dort nicht. Hätte das einen Monat oder auch nur eine Woche früher ausgereicht, um Kathleen zum Handeln zu bewegen? Damals konnte sie sich nicht sicher sein, auch wenn sie es jetzt war. Sie hatte immer noch das freundliche Gesicht der Bibliothekarin vor Augen, ihr dichtes weißes Haar und die dicken Brillengläser. Sie hatten nie länger als eine Minute miteinander gesprochen, aber Kathleen hatte das Gefühl, dass diese Frau es erraten hatte.

Am nächsten Morgen hatte Kathleen Suzy zur Schule gebracht und im Büro gefragt, ob sie das dortige Telefon für einen privaten Anruf nutzen dürfe. Es war der erste tastende Schritt der Reise gewesen, die zu ihrer neuen Identität, zu einem völligen Neuanfang führte.

Das Netzwerk bestand damals für sie nur aus einer Frauenstimme, einer Stimme, die ihr in den folgenden Wochen zu verabredeten Zeiten an einem fremden Telefon gesagt hatte, wohin sie gehen, was sie packen, wem sie trauen sollte. Sie hatte dieser Stimme geglaubt, weil sie es musste. Sie war ihren Instruktionen gefolgt und in eine Barnes-&-Noble-Buchhandlung in Manhattan gegangen. Dort hatte sie am Verkaufstresen nach einer Ausgabe des *Oxford Companion to English Literature* gefragt, der für sie bestellt worden sei, und irgendein Angestellter hatte ihr ein Päckchen gegeben. Als sie es zu Hause öffnete, fand sie kein Buch darin, sondern Geld. Genau wie die Stimme gesagt hatte, amerikanisches und kanadisches Geld und weitere Anweisungen: Wann sie abreisen und wo sie den Leihwagen stehen lassen sollte. Dazu die Beschreibung eines Mannes namens Jack und eine Telefonnummer in Toronto, die sie zum Orchardview Boulevard geschickt hatte. Hier war sie nun. All das war Wirklichkeit.

Suzy hüpfte in die Küche, die Bettwäsche im Schlepptau. Ihr Haar war ein Wust roter Seide, den Kathleen mit einiger Mühe zu einem Pferdeschwanz zusammenband. Dann sah sie ihrer kleinen Tochter beim Frühstücken zu. Sie war so ein freundliches Kind, nie beklagte sie sich. Und doch musste sie sich ohne ihre Freunde, ihre Großmutter, die vertrauten Orte und gut gehüteten Schätze einsam fühlen. Das Netzwerk hatte Kathleen geraten, erst Arbeit zu suchen, wenn sie alle Papiere für ihre neue Identität zusammenhatte, und auch Suzy sollte erst im Herbst in der Schule angemeldet werden. Ansonsten hatten sie volle Bewegungsfreiheit. Kathleen selbst hatte entschieden, sich vorerst nicht mehr als ein paar Blocks von der Wohnung zu entfernen. Doch es wurde allmählich Zeit, wieder am normalen Leben teilzunehmen. Sie hatte inzwischen eine neue Telefonnummer, für den Fall, dass sie etwas brauchte. Irgendwo war das Netzwerk und wachte über sie.

»Weißt du was, Suzy? Heute gibt's ein Abenteuer.«

»Okay, Mom. Was denn für eins?«

»Also ich hab mir die Straßenkarten da angeschaut, und ich glaube, ich finde den Weg zum Zoo.«

Suzy strahlte. »Meinst du, die haben da Giraffen?«

»Ganz sicher. Lass uns erst waschen, und dann packen wir was für ein Picknick ein.«

Am späten Vormittag legte Kathleen im Keller die Laken zusammen, während Suzy neben ihr auf dem Boden hockte und sich mit den Buntstiften vergnügte. Plötzlich hörten sie jemand die Treppe herunterlaufen. Kathleens Magen krampfte sich zusammen. Sie hatte ihren Fluchtinstinkt noch nicht verloren, auch das Misstrauen nicht, das in jedem Fremden die potenzielle Gefahr sah. Sie hielt die Luft an.

Eine gut aussehende Frau Ende zwanzig, kam in die Waschküche, beladen mit einem übervollen Wäschekorb. Sie war schlank, wirkte jedoch athletisch, hatte langes dunkelbraunes Haar, braune Augen und ein offenes Lächeln.

»Oh! Hi!«, sagte sie. »Ich wusste nicht, dass noch jemand hier unten ist. Ich heiße Teresa Mordelli. Ich wohne in 1A.«

Sie ging vor Suzy in die Knie und streckte ihr die Hand hin.

»Und wie heißt du?«

Suzy brachte kein Wort heraus, sie nahm zwar die Hand, ihr Körper jedoch wich in Kathleens Richtung zurück. Diese plötzliche Schüchternheit tat Kathleen weh, auch wenn sie die Ursachen kannte. Suzy war immer so vertrauensvoll gewesen, bevor sie Vorsicht und Zurückhaltung hatte lernen müssen.

Kathleen hoffte, das man ihr die Mühe nicht ansah, als sie selbst lächelte und der Frau ihre eigene Hand hinhielt.

»Hi. Ich bin Kathleen, und das ist meine Tochter Suzy. Wir wohnen in 2B. Bisher haben wir noch niemanden aus dem Haus gesehen.«

»Sagen Sie Terri zu mir. Wundert mich gar nicht, dass Sie nichts von den anderen Mietern gesehen haben. Genau unter Ihnen wohnt ein Rentnerehepaar, Akademiker. Sie sind noch von der alten Schule und aus purer Höflichkeit zurückhaltend, Sie werden sie also kaum zu Gesicht bekommen. Über mir wohnt ein Zahnarzt. Der arbeitet die ganze Zeit, und die Wochenenden verbringt er mit seiner Freundin. Und was machen Sie, Kathleen?«

»Ich … Ich bin Designerin. Aber in diesem Sommer habe ich mir eine Auszeit genommen, um mit Suzy zusammen zu sein. Im Herbst werde ich mich wohl nach einer neuen Stelle umsehen.«

»Toll. Ich studiere Jura. Ich sollte den ganzen Sommer über für die Herbstprüfungen lernen, aber mir fehlt die nötige Disziplin. Meine Familie hat ein kleines Landhäuschen im Norden der Stadt, und ich schwimme lieber, als dass ich lerne. Hey Suzy, hättest du Lust, schwimmen zu gehen?«

Suzy sah von dem Himmel auf, den sie gerade dunkelrot ausmalte.

»Ich habe ein Schwimmabzeichen gemacht, bevor wir umgezogen sind. Gibt's hier denn Schwimmbäder in der Nähe?«

»Na, jede Menge. Aber unser Häuschen liegt an einem See, da könntest du auch drin schwimmen. Hättest du Lust dazu?«

»Klingt nett. Vielleicht ein andermal.« Kathleen lächelte. »Wir sind noch neu hier und müssen uns erst in der Stadt zurechtfinden.«

»Dabei kann ich Ihnen helfen«, erbot sich Terri. »Ich hab mein ganzes Leben hier verbracht. Im Sommer ist Toronto wirklich eine tolle Stadt, wir haben das Royal Ontario Museum, das Planetarium, den Zoo –«

»Den Zoo!«, fiel Suzy ein. »Heute geht Mom mit mir in den Zoo.«

Teresa wandte den Blick von Suzys eifrigem Gesichtchen zu Kathleens Augen, als bemerke sie erst jetzt deren Verlegenheit.

»Schauen Sie, ich möchte mich nicht aufdrängen. Aber Sie haben doch keinen Wagen, oder? Jedenfalls habe ich keinen auf Ihrem Stellplatz gesehen. Wenn Sie wirklich in den Zoo wollen, könnte ich Sie doch gut hinbringen! Wir könnten einfach zusammen in den Zoo gehen. Dann hätten wir alle ein bisschen Gesellschaft!«

Kathleen zögerte. *Gesellschaft.* Das Wort klang seltsam in ihren Ohren. Ihre eigene Einsamkeit stieg ihr in die Kehle. Sie hasste sich dafür, dass sie, wenn auch nur für einen Augenblick, automatisch gedacht hatte, zu dritt wären sie geschützter und unauffälliger. Ruhig und gelassen blickten Teresas braune Augen sie an.

»Danke, Terri«, seufzte sie. »Wir würden uns über Ihre Gesellschaft sehr freuen.«

Toronto, Donnerstag, 22. Juli

Lily tat ihr Bestes, um in einer Welt, die in Schieflage geraten war, ihr Gleichgewicht zu bewahren. Der Boden schien sich zu neigen, und selbst der Himmel rutschte weg, sobald sie sich die Vorstellung erlaubte, ein einzelner Mann laufe durch die Straßen und suche nach ihr. Seine Gestalt tauchte im Türrahmen auf – das versteinerte Gesicht, die erschrockenen dunklen Augen, die Hand, die langsam den Revolver hob und anlegte – und brannte auf ihrer Netzhaut wie das Nachbild einer Explosion.

Mit fast wütender Energie stürzte sie sich in ihre Arbeit,

nahm Aufträge an, die sie unter anderen Umständen nicht interessiert hätten, und nutzte ihre Zeitungskontakte, um weitere an Land zu ziehen. Wann immer sich eine Lücke in ihrem Zeitplan auftat, füllte sie sie mit Freelance-Fotos, graste die Märkte der Stadt und die von verschiedenen Bevölkerungsgruppen geprägten Viertel ab und fand Schutz und Trost in den von Straßenhändlern, Leuten auf Einkaufsbummel, Touristen und Straßenmusikanten bevölkerten Straßen. Schon allein die Größe Torontos empfand sie als Segen und vergab ihr sogar den tosenden Verkehr, so dankbar war sie für die geräuschvolle Betriebsamkeit der Innenstadt, die selbst nachts kaum je menschenleer war. Sollte sie wirklich zum Ziel geworden sein, dann eines, das sich bewegte und immer wieder in eine große Öffentlichkeit eintauchte.

Zu Hause ergriff sie alle nur möglichen Sicherheitsmaßnahmen und sorgte dafür, dass Türen und Fenster stets verschlossen waren. Der einzige Raum, der ihr wirklich Gänsehaut verursachte, war ihre Dunkelkammer. Nachdem sie sich früher so gern stundenlang darin aufgehalten und zugesehen hatte, wie gespenstische Schemen klare Konturen annahmen, empfand sie die Enge plötzlich als beängstigend und das Infrarotlicht als unheimlich. Sie hatte zu viele Filme gesehen, in denen Frauen sich in solch ausweglosen Räumen auf ihre Arbeit konzentriert und deshalb die Schattengestalten nicht gesehen hatten, die sich an sie heranschlichen. Lilys Phantasie war völlig überreizt, und nur die Erschöpfung verhalf ihr zu regelmäßigem Schlaf.

Nachdem er sie vor dem Killer gewarnt hatte, war Marc nach Niagara on the Lake zurückgekehrt, doch nur, um einen längeren Urlaub vom Theater zu vereinbaren und die Zweitbesetzungen für seine Rollen einzuweisen. Er war fest entschlossen, in ihrer Nähe zu bleiben, um sie so gut wie möglich zu schützen, hatte er gesagt. Lily vermeinte auch andere Motive bei ihm zu sehen: die Chance, die Schuldgefühle zu mildern, die er hatte, weil er nicht bei seiner Mutter gewesen war, als der Jäger gekommen war, und vielleicht sogar die Chance, mit Lily als Köder die Spur des Mörders aufzunehmen. Doch sie behielt diese Vermutungen für sich. Gerade jetzt hatte sie wenig Lust, allein zu sein.

In der Zwischenzeit versuchten sie eine Strategie zu entwickeln, wie sie das Netzwerk warnen oder Kathleen und Suzy auffinden könnten; doch wenn Lily sich in einer Stadt mit fast drei Millionen Einwohnern verbergen konnte, konnten sie es genauso. Das Netzwerk hatte gut vorgesorgt, um sich selbst und die Frauen in seiner Obhut zu schützen – Marc hatte gerade genug Informationen bekommen, um Kathleen und Suzy sicher nach Toronto bringen zu können. Über die innere Struktur und die Arbeit des Netzwerks wusste er nichts. Ratlos schoben sie Einzelteile eines Puzzles hin und her, zu dem ihnen die Vorlage fehlte. Eins der Teile war das Gesicht des Mörders, und unwillkürlich streckte Lily immer wieder die Hand danach aus. Sie brauchten Hilfe, und deshalb würden sie sich heute Abend mit Ben Kelter treffen.

Die Bar an der King Street erstreckte sich über zwei Stockwerke und war angefüllt mit den Stimmen der Leute, die gerade aus den Theatervorstellungen kamen. Ben kam zu spät, wie gewöhnlich, und Lily und Marc machten es sich in einer Nische im Erdgeschoss bequem, um auf ihn zu warten. Ein Ehepaar mittleren Alters, das mit Freunden an einem Tisch auf der anderen Seite des Gangs saß, hatte Marc erkannt und versuchte nun erfolglos, ihn nicht anzustarren.

»Sie sind berühmt.« Lily grinste. »Wenn wir in New York wären, würden die beiden Sie um ein Autogramm bitten.«

Marc zuckte die Achseln. »Vielleicht erinnere ich sie auch nur an einen entfernten Verwandten. Voreilige Schlüsse sind immer gefährlich. Vor einigen Monaten kam nach der Vorstellung im Theater eine ältere Frau auf mich zu. Schwungvoll signierte ich ihre Eintrittskarte. Sie starrte mich an, als hätte sie einen Verrückten vor sich, und erklärte mir, sie habe mich lediglich nach dem Weg zur Damentoilette fragen wollen. Man kann gar nicht vorsichtig genug sein.«

»Nein, wahrscheinlich nicht.« Lily ließ den Blick langsam durch das Lokal gleiten; sie suchte nach dem Gesicht.

»Verzeihung, Lily. Ich wollte Sie nicht daran erinnern.«

»Ich weiß; ich bin nur nervös. Ich war in letzter Zeit einfach *zu* wachsam. Lassen Sie uns über etwas anderes reden, wenigstens so lange, bis Ben da ist.«

»Wie lange kennen Sie Ben schon?«

»Seit etwa sechs Jahren, glaube ich. Er war mein Mentor, als ich bei der Zeitung anfing, und wir blieben nach meinem Weggang dort in Kontakt. Eine Zeit lang waren wir liiert, und danach schafften wir es irgendwie, Freunde zu bleiben. Wir können ihm vertrauen. Hatte ich Ihnen erzählt, dass Jeanine ihn sehr beeindruckt hat?«

»Jeanine beeindruckt jeden. Sie beide sollten sich kennen lernen.«

»Das würde ich tatsächlich gern, irgendwann.«

»Nein, wirklich. Das ist eine echte Möglichkeit, Lily. Wir könnten uns in ein Flugzeug setzen und verschwinden. Radtouren durch Frankreich machen und das alles hier hinter uns lassen. Was meinen Sie?«

Lily senkte kurz den Kopf. Ein Teil von ihr war schon auf dem Weg zum Flughafen, aber sie wusste, dass Marc den Tod seiner Mutter nicht ungeklärt lassen würde, auch um der Menschen willen, für die sie schutzlos gestorben war.

»Ich meine, dass Sie Ihr Urteilsvermögen verlieren, weil Sie mich ritterlich von meinen Sorgen ablenken möchten. Weglaufen ist nicht Ihr Stil.«

»Stil? Guter Gott, Lily, ich wüsste wahrhaftig nicht, in welchem Stil man sich mit dieser Sache auseinander setzen soll. Ich bin völlig ins Schwimmen geraten. Wenn ich Ihnen erzählen würde, was für hirnrissige Ideen mir in der letzten Woche durch den Kopf geschossen sind. Ich überlegte sogar, ob ich nicht eine Annonce in die hiesigen Tageszeitungen setzen sollte, eine Art verschlüsselte Aufforderung an Kathleen, Kontakt mit mir aufzunehmen. Ich vermute, das Letzte, wonach sie Ausschau hält, ist ein weißer, männlicher Single, der versucht, einen Psychopathen zu überlisten. Und dann dachte ich noch, ich könnte vielleicht auf den Spielplätzen herumlungern und dort nach Suzy suchen. Aber auch das ist kein guter Einfall. Wahrscheinlich würde man mich verhaften.«

»Wissen Sie, das ist gar keine so schlechte Idee.«

»Oh, vielen Dank auch.«

»Nein, wirklich. Wir könnten eine Art Botschaft senden. Hoffen, dass das Netzwerk uns findet statt andersherum. Ich bin doch in Gefahr, oder?«

»Allerdings. Und wo wir gerade dabei sind, ich möchte da etwas vorschlagen. Noch so ein Gedanke, der mich zu mitternächtlicher Stunde verfolgt hat …«

Doch Lily hörte ihm nicht mehr zu. Sie sah über seine Schulter hinweg und lachte.

»Jetzt schon?« Ben winkte Lily zu und näherte sich ihrer Nische. »Ich dachte, ihr beide wärt gerade erst angekommen. Hi, ich bin Ben Kelter.« Ben gab Lily einen flüchtigen Kuss und ließ sich neben sie auf die Bank gleiten. Er schüttelte Marc die Hand. »Lassen Sie es mich wieder gutmachen«, bot er an. »Was wollen wir heute Abend trinken, Lily?«

Sie bestellten einen kräftig-erdigen Chianti und mieden das eigentliche Thema, bis der Wein eingeschenkt war. Dann erzählte Marc leise und sehr ernst noch einmal die Geschichte, die Lily bereits kannte. Ben hörte aufmerksam zu, er wandte den Blick kaum von Marcs Gesicht und legte Lily den Arm um die Schultern, als er von dem Mörder erfuhr.

Als Marc geendet hatte, saßen die drei schweigend da. Nach und nach drang das Kneipengeräusch von Gläsern, Stimmen und Lachen wieder in ihr Bewusstsein und vermittelte ihnen ein Gefühl von Normalität.

Lily sah zu Ben auf. »Also, kannst du uns helfen? Hast du je irgendwelche Gerüchte über ein solches Netzwerk in Toronto gehört?«

Ben schüttelte den Kopf. »Nichts. Kein Wort. Ich vermute, denen sind Journalisten verhasst. Ich weiß, dass es solche Organisationen gibt, manche operieren sogar recht offen, aber eben in den Vereinigten Staaten. Ich habe nie gehört, dass es auch hier so etwas gibt und dass Leute über die Grenze gebracht werden. Am besten versuche ich hier und da mal ein bisschen zu bohren. Ich kenne Leute, die in Frauenhäusern arbeiten. Wenn das Netzwerk effizient arbeitet, dann haben die Leute sicher auch ihre Methoden, Frauen in Not zu erkennen. Marc, wie vielen Frauen haben Ihre Eltern geholfen? Und wie waren diese Frauen?«

»Ich war an etwa einem Dutzend von Grenzübertritten beteiligt, manchmal haben meine Eltern wahrscheinlich auch allein gearbeitet. Sie haben es mir nicht erzählt, aber zuweilen dachte ich mir so etwas. Die Frauen waren jung, Ende zwanzig oder in den Dreißigern, meist hatten sie Kinder, zwei oder drei waren aber auch allein. Wie sie waren? Ich weiß nicht genau, was Sie meinen, aber sie waren alle sehr verängstigt.«

»Waren sie alle gebildet, alle aus derselben sozialen Schicht, alle von derselben Hautfarbe?«

»Alle Hautfarben, ganz sicher. Dem Akzent nach kamen sie anscheinend aus den nordöstlichen Staaten. Was den gesellschaftlichen Status angeht, schwer zu sagen. Die meisten schienen ziemlich gebildet zu sein, aber sie hatten nichts bei sich. Nur die Kleider am Leibe und vielleicht einen Rucksack oder eine kleine Tasche.«

»Und wo haben Sie sie hingebracht?«

»Ich brachte sie immer hierher nach Toronto. Kathleen und Suzy setzte ich an der Union Station ab. Meinen Eltern wurde jedes Mal gesagt, wohin ich die Frauen bringen sollte. Die Orte variierten, aber im Allgemeinen waren es U-Bahn-Stationen in der Innenstadt. Jedenfalls habe ich nie jemanden zu einem Frauenhaus oder zu überhaupt irgendeinem Gebäude gebracht.«

»Von der Union Station hätten sie also überall hingehen und sogar einen Zug in eine andere Stadt nehmen können.«

Lily beugte sich vor. »Ja, Ben. Aber Marc und ich sind ziemlich sicher, dass sie noch hier sind. Wenn du dich verstecken müsstest, würdest du es dann nicht in einer großen Stadt versuchen? Und ich habe darüber nachgedacht. Wenn sie sich illegal hier aufhalten, dann können sie nicht arbeiten. Wovon leben sie also? Wie lange könntest du von deinen Ersparnissen leben, bis du pleite wärest? Wenn man vor der Flucht die Konten leer räumt, erregt man vielleicht Verdacht. Und wenn man unterwegs Geld am Automaten zieht, ist man leicht zu verfolgen, oder?«

Marc pflichtete ihr bei. »Lily und ich vermuten, dass das Netzwerk die Flüchtlinge finanziert, ihnen wenigstens eine

Behausung zur Verfügung stellt und vielleicht sogar neue Identitäten mit Pässen und Sozialversicherungsnummern. Glauben Sie mir, diese Frauen wollen nicht gefunden werden. Ich nehme an, sie wollen für immer oder zumindest für sehr lange Zeit im Land bleiben. Das bedeutet, arbeiten können, als Kanadier gelten können. Wenn das Netzwerk das bewerkstelligen kann, muss es über sehr große Mittel verfügen und darf keinerlei Spuren hinterlassen. Aufgrund der strengen Sicherheitsbestimmungen in beiden Ländern ist die Fälschung von Ausweispapieren ein schweres Verbrechen.«

»Okay, ich werd die Nachforschungen ausweiten und mit ein paar Leuten in der Einwanderungsbehörde über gefälschte Papiere plaudern. Doch wenn das Netzwerk wirklich so gut organisiert ist, wie Sie glauben, wird es das Risiko von Ausweisfälschungen umgehen und lieber Identitäten stehlen.«

»Worin besteht da der Unterschied?«, erkundigte sich Lily.

»Der Unterschied besteht darin, dass der Diebstahl von Identitäten schwerer zu erkennen ist, aber man braucht auch mehr Zeit dazu und eine sorgfältigere Planung. Es geht nicht nur darum, in die Haut einer Person zu schlüpfen, indem man ihre Kreditkarten und Ausweispapiere stiehlt. Auch das kommt natürlich vor. Aber wenn man eine Identität stiehlt, die schon existiert, wird man zwangsläufig erwischt, weil das Opfer das Verbrechen anzeigt. Viel schlauer ist es, die Identität eines Menschen zu stehlen, der schon tot ist. Man sucht also ein Kind, das im richtigen Alter gestorben ist – das heißt, eins, das, wenn es weitergelebt hätte, im selben Alter wäre wie man selbst – und bastelt sich eine vollständige neue Identität unter diesem Namen.«

»Aber wie?«

»So schwierig ist das gar nicht. Marc hat doch gesagt,

dass die Frauen alle im selben Alter waren. Das Netzwerk brauchte also nur die Todesanzeigen in alten Zeitungsarchiven zu durchkämmen. Ihr glaubt gar nicht, was man daraus alles erfährt, Geburtsdatum und -ort des Kindes, den Namen des Vaters, manchmal sogar den Mädchennamen der Mutter. Mit diesem Grundlagenwissen und natürlich gegen Gebühr könnte jemand im Auftrag des Netzwerks an das Meldeamt der Provinz schreiben und eine Geburtsurkunde beantragen. Wenn man sagt, man brauche sie für einen Pass oder einen Führerschein, und wenn die Postadresse in Kanada liegt, gibt es wahrscheinlich keine besonderen Schwierigkeiten.«

»Das ist alles? So einfach ist das?«

»Nicht ganz so einfach, aber fast. Trotz der verschärften Kontrollen ist die Geburtsurkunde immer noch das erste Glied in der Dokumentenkette. Ich werd mich bei meinen Quellen nach weiteren Einzelheiten erkundigen. Die Sache mit den Fotos ist schon heikler. Aber was ist eigentlich mit dem Mann, den Sie als Jäger bezeichnen? Warum bitten wir nicht die Polizei, Lily zu beschützen?«

»Gute Frage.« Marc wandte sein Interesse wieder Lily zu. »Sehen Sie, genau das wollte ich vorschlagen, als Ben kam und uns unterbrach. Sie sind eine wichtige Zeugin in einem Mordfall. Sie können ihn beschreiben. Es wäre überhaupt nicht ungewöhnlich, wenn Sie um Polizeischutz bäten. Mehr brauchten wir ja nicht zu sagen. Sie dachten, es sei ein Akt blinder Gewalt gewesen. Dasselbe wird die Polizei denken.«

»Genau. Also würde man mich für eine kurze Zeit beschützen, aber die Polizei hätte nicht genug Informationen, um den Kerl wirklich zu kriegen. Ein lausige Idee. Ich habe eine bessere.«

Ben stöhnte. »Lily, ich seh schon, das Ganze geht mir gewaltig gegen den Strich. Das ist kein Spiel.«

»Würden Sie beide mir vielleicht mal erzählen, worüber Sie gerade reden?«, fragte Marc.

Bevor Lily antworten konnte, lieferte Ben schon die gewünschte Erklärung: »Diese Frau ist stur wie ein Esel, Marc. Ich kenne sie. Wenn wir das Netzwerk nicht finden können, wird sie eben dafür sorgen, dass das Netzwerk sie findet. Sie wird ausstreuen, sie sei in Schwierigkeiten, und dann abwarten, was passiert. Und wenn die Polizei in der Nähe ist, wird das Netzwerk abgeschreckt. Hab ich Recht, Lily?«

»Fällt dir etwa was Besseres ein?«

»Mir schon.« Marcs Stimme hatten einen fast kriegerischen Unterton. »Vergessen Sie das Netzwerk. Das ist mein Problem. Lassen Sie Ben und mich versuchen, Kathleen und Suzy eine Warnung zukommen zu lassen. Wenn Sie schon nicht zur Polizei gehen wollen, können Sie sich zumindest aus der ganzen Sache heraushalten.«

Lilys graue Augen weiteten sich, sie starrte Marc düster an.

»Ich stecke bereits ganz tief drin«, fauchte sie. »*Sie* haben *mir* von dem Netzwerk erzählt. Haben Sie das schon vergessen? Dachten Sie, ich würde mich verstecken, wenn Sie mich genug erschrecken?«

»Beruhigen Sie sich, Lily. Das wollte ich doch damit nicht sagen. Sie müssen überhaupt nichts beweisen.«

»O doch«, flüsterte sie. »Ich schulde es Ihrer Mutter. Weglaufen ist auch nicht *mein* Stil.«

Ben beobachtete, wie sich der Augenblick zwischen den beiden in die Länge zog, wie das nicht Gesagte schwer in der Luft hing. Schließlich räusperte er sich, um sie an seine Gegenwart zu erinnern.

»Runde eins ging an Lily, würde ich sagen. Glauben Sie mir, Marc, Sie geben sich besser gleich geschlagen. Aber würdet ihr beide einen Vorschlag von dritter Seite in Erwägung ziehen? Wenn es nicht die Polizei sein soll, warum dann nicht eine Art Leibwächter oder so? Marc würde sowieso hier in der Stadt sein, die Hotelzimmer sind sündhaft teuer, und ich weiß zufällig, dass Lily ein bequemes Gästebett hat. Was würdet ihr dazu sagen?«

Marc grinste Ben zu, Lily zuckte die Achseln.

»Aber Sie werden nicht hinter mir herlaufen, während ich arbeite«, wandte sie ein.

»Abgemacht.«

»Und ich muss jede Menge Filme in der Dunkelkammer entwickeln. Ich schließe mich für Stunden ein.«

»Umso besser.«

Lily hob eine Braue. »Das Gästebett steht in meinem Arbeitszimmer. Sie werden es ganz schön eng haben.«

»Klingt gemütlich.«

»Gut, das wäre also geregelt«, kam Ben allen weiteren Einwänden Lilys zuvor. »Und jetzt zeigen wir Marc die Sehenswürdigkeiten.«

Sie zahlten und bahnten sich durchs Gedränge einen Weg zum Ausgang. Ben blieb kurz stehen, um ein paar Worte mit einem alten Kumpel zu wechseln, der ihm von einem Tisch des oberen Stockwerks etwas zugerufen hatte, holte Lily und Marc aber wenige Minuten später auf dem Gehweg ein. Er erzählte ihnen nichts von dem blonden Mann, der ihn so intensiv gemustert hatte, als er wegging, er wusste ja nicht, wie Abbott aussah.

New York, Freitag, 23. Juli

Um vier Uhr nachmittags hielt Harry Sloane ein Nickerchen in seinem Büro an der West 35th Street. Er hatte keinen besonderen Grund, hier zu sein – seine Geschäfte führte er inzwischen per Telefon, Fax und E-Mail von seinem Zuhause in Brooklyn aus –, aber er schwelgte gern in seinen Tagträumen. Er mochte das Röstaroma, das von dem Coffeeshop unten im Haus nach oben stieg. Er mochte seinen Namen, H. Sloane, der in leicht abblätternden Goldbuchstaben auf der verglasten Tür stand, den abgenutzten Aktenschrank, die Maserung des falschen Holzfurniers auf seinem wackeligen Schreibtisch und das Sirren des altmodischen Deckenventilators. Am meisten gefiel ihm jedoch, dass selten jemand herkam – und wer kam, blieb selten lange. Er hatte Zeit zum Nachdenken, Zeit in den alten Dashiell-Hammett-Taschenbüchern seiner Sammlung zu blättern und den Staub in den Sonnenlichtstreifen tanzen zu sehen, die durch die Jalousien fielen.

Das knappe Klopfen auf dem Glas erschreckte ihn erst, dann fand er es lästig. Er gähnte und ließ sich lässig noch tiefer in seinen abgenutzten Ledersessel sinken. Dann erst raffte er sich zu einem lethargischen »Herein« auf.

Ihr Parfüm, eine exotische Mischung von Gewürzen und Jasmin, ließ ihn aufmerken, noch bevor er sie sah und sich wachsam aufsetzte. Ihr glattes blondes Haar fiel in einem seidigen Pagenschnitt auf ihre Schultern und umrahmte dabei ein zartes ovales Gesicht mit einem sinnlichen Mund und aufregenden violetten Augen. Sie trug ein eisblaues, gerade geschnittenes, ärmelloses Leinenkleid mit V-Ausschnitt und einer Reihe von Perlmuttknöpfen. Wortlos starrte er sie an, wirre Gedanken an kühle Seen und Vogelgezwitscher schossen ihm durch den Kopf, während sie ihren Blick durch das schäbige Büro wandern ließ.

»Mr. Sloane?« Ihre Stimme hatte ein tiefes, volles Timbre.

»Ma'am.«

»Mein Name ist Eva Renault. Darf ich?« Sie setzte sich auf den leeren Stuhl mit der steilen Rückenlehne und schlug die langen Beine übereinander. »Ein höchst ungewöhnliches Büro, würde ich sagen. Ich fühle mich wie in die Kulisse für den *Malteserfalken* versetzt.«

Zu seinem Ärger wurde Sloane rot.

»Die meisten Leute kommen nicht darauf. Ist nur so eine Marotte von mir.«

»Machen Sie sich nichts draus. Es ist einer meiner Lieblingsfilme. Warner Bros., 1941. Sagen Sie, steht das ›H‹ für Humphrey?«

»Nein, Ma'am. Nur für Harry. Obwohl einige meiner Freunde meinen, ich sei Peter Lorre nicht ganz unähnlich.«

Eva lachte. Ein spontanes, ansteckendes Lachen, und Sloanes Stimmung hob sich.

»Ihre Freunde haben schlechte Augen, Mr. Sloane. Sie sehen mehr aus wie ein freundlicher Priester in einer Nebenrolle. Vielleicht in *Going my way*, Paramount, 1944.«

»Soso. Ich war nie besonders gut als hart gesottener Revolverheld. Allerdings sollten Sie vorsichtig sein, trotz meiner unschuldigen Augen kann ich ziemlich gerissen sein.«

»Na, so was, Harry. Wie wunderbar. Ich nämlich auch.«

Einen Augenblick lang herrschte Stille, die beiden maßen einander über den Schreibtisch hinweg. Dann fingen sie langsam an zu lächeln.

»Harry, in dieser Handtasche habe ich reichlich Geld, und das gebe ich Ihnen mit Freuden. Aber ich glaube, Sie werden mir vor allem aus reiner Freude an der Sache helfen wollen.«

»*Let the good times roll*, sage ich immer. Aber was genau soll ich für Sie tun?«

»Singen, Harry. Erzählen Sie mir alles, was Sie über Paul Abbott wissen.«

Sloane hob die Augenbrauen und lehnte sich in seinem Sessel zurück, während er seine Würstchenfinger verschränkte.

»Ist nicht von der guten Sorte, der Kerl. Hat eine Schraube locker und einen scheiß Haufen Geld – wenn Sie meine Ausdrucksweise entschuldigen möchten, Ma'am –, hinter dem er sich verstecken kann. Ich komme gegen die Abbotts dieser Welt nicht an.«

»Aber ich, Harry. Und mit Ihrer Hilfe werde ich ihn mit einer Anklage wegen eines Mordes in Little Falls drankriegen. Haben Sie je von dieser Stadt gehört, Harry? Nicht weit von Buffalo, etwa eine halbe Stunde Autofahrt von der Albright-Knox Art Gallery entfernt. Was meinen Sie? Zwei gegen einen?«

Sloane starrte sie an. Kleine Schweißbäche ergossen sich über seine Stirn, und er schloss die Augen. Er sah das angespannte, müde Gesicht der Frau vor sich, die er in Abbotts Auftrag hatte suchen sollen. Von Anfang an hatte er dabei ein schlechtes Gefühl gehabt. Er hätte auf seinen Instinkt hören sollen.

»Aber es war doch nicht Kathleen, oder?«, fragte er ruhig.

»Noch nicht.«

»Ist sie in Sicherheit?«

»Vorläufig.«

»Nun, das freut mich für sie. Ich hoffe, sie bleibt in Sicherheit, aber ich habe mit der Sache nichts mehr zu tun. Abbott hat mich gefeuert, bevor ich kündigen konnte. Ich nehme an, ich muss froh sein, dass ich den Bastard los bin.«

»Ach, so ist das? Sie enttäuschen mich, Harry. Als ich Ihre

äh … Büroeinrichtung sah, war ich sicher, dass so etwas wie Ritterlichkeit in Ihnen steckt.«

»Wer sind Sie überhaupt? Sind Sie eine von den Leuten, die sie einfach haben verschwinden lassen? Verdammt, ich wusste es. Ich wusste, dass sie Hilfe gehabt hat, als sie mich abhängte.«

»Sie waren ein leichter Fall, Harry. Aber wie Sie schon sagten, Abbott ist ein anderes Kaliber. Helfen Sie mir, ihm das Handwerk zu legen.« Sie beugte sich über den Schreibtisch, ihre Stimme klang plötzlich verschwörerisch. »Ich denke, das ist das Mindeste, was Sie ihm schulden, oder? Los, Harry. Sorgen Sie für Punktegleichheit.«

Sloane blinzelte. Sie bot ihm keinen Sex an, sondern reines, boshaftes Vergnügen – Rache. Er fand das Angebot unwiderstehlich.

»Ja, meine Dame«, sagte er. »Sie können Ihr Geld behalten. Kommen Sie, wir machen eine kleine Spritztour. Ich möchte Ihnen mein wirkliches Büro in Brooklyn zeigen, und wenn wir Glück haben und Sie Hunger, wird meine Ruby einen Hamburger auf den Grill schmeißen. Ruby Zaplacinsky, sie wollte unbedingt ihren Mädchennamen behalten, obwohl kein Mensch weiß, wie man ihn schreibt. Ich habe mit einem Mal einen Bärenhunger.«

Eva fühlte sich ein wenig schwindelig, was nicht nur am Aperitif des Hauses lag – einer stark alkoholhaltigen Mischung auf Limonadenbasis –, sondern auch an Rubys schwirrender Gastfreundschaft. Zuerst hatte man sie ins Arbeitszimmer geführt, einen High-Tech-Dachausbau mit viel glänzendem Chrom, Computern, Druckern, Modems und Telefonen. Harry schien die Laufarbeit zu erledigen, Ruby setzte ihren Kopf ein. Sie führte das Geschäft mit militärischer Effizienz und zeigte ihnen kurz, was sie eine kleine kreative Nebenrecherche nannte. Ein Knopfdruck, ein Griff in ein höchst geordnetes Archiv, und sie hielt die Abbott-Akte in der Hand, mit allen offiziell und inoffiziell gesammelten Informationen.

Während die drei ihre Notizen verglichen, richtete Ruby das Abendessen her, anscheinend ohne den geringsten Handgriff und ohne dass ihr ein einziges Wort der Unterhaltung entging. Sie war eine gewichtige Frau, um die hundert Kilo, mit makelloser Haut, ausdrucksvollen braunen Augen und nussbraunem Haar. Eva war vom bloßen Zusehen schon ganz außer Atem.

»Bitte, Ruby, setzen Sie sich. Sie verwöhnen mich zu sehr.«

»Bin gleich wieder da, Liebes. Ich hole nur den Nachtisch.«

Sloane zwinkerte Eva zu. »Pie. Himbeerpie. Ruby macht phantastische Pies.«

»Ich kann nicht mehr, wirklich. Ich bin voll bis obenhin.«

Die Pie schien sich vor ihren Augen zu materialisieren, und die Sloanes nötigten sie, wenigstens zu probieren. In ehrfürchtigem Schweigen verspeiste Eva zwei Stücke, bevor sie die Willenskraft aufbrachte, den Teller wegzuschieben.

»Ruby, Sie sind mein Untergang.«

»Besser, wir lassen Abbott untergehen, meine Liebe. Was haben Sie vor?«

»Zuerst müssen wir ihn finden. Wir müssen uns Zugang zu seiner Wohnung verschaffen. Glauben Sie, dass sein Anwalt mit uns spricht, Harry?«

»Keine Chance. Noch nicht mal mit einer so tollen Frau wie Ihnen. Auch seinen Börsenmakler, seinen Sekretär und seinen Bankmanager können wir streichen. Er mag ein einsamer Wolf sein, aber ein reicher Mann hat immer Verbündete. Vielleicht mögen sie ihn nicht, aber sie wären trotzdem nicht so dumm, sich selbst den Geldhahn zuzudrehen.«

»Also müssen wir die kleinen Leute ausfindig machen«, schlug Ruby vor. »Solche, die er wie Fliegen wegschnippt, wie beispielsweise meinen Harry. Oder wie Dora.«

»Wer ist Dora?«, fragte Eva.

»Oh, jeder Abbott hat eine Dora. Diese Dora arbeitet für einen exklusiven Reinigungsdienst. Ich ziehe immer ein paar Erkundigungen über Harrys Klienten ein, sicherheitshalber, und schon vor Monaten bin ich auf Dora gestoßen. Ich glaube, sie hat die Schlüssel zu diesem Penthouse, und sie wird auch den Sicherheitscode kennen. Aber denken Sie daran, sie hängt von ihm ab. Sie nehmen doch nichts weg, oder? Ich möchte nicht, dass Dora ihren Job verliert.«

»Ruby, Sie sind eine Wucht. Ich verspreche Ihnen, wir nehmen nichts weg. Aber wir müssen rasch handeln. Meinen Sie, wir könnten noch heute Abend rein?«

Ruby sprang auf. »Warum rufe ich Dora nicht einfach an? Vielleicht hätte sie fürs Abendessen gern ein Stückchen Pie zum Nachtisch. Und ein paar Banknoten aus dem dicken Umschlag, mit dem Sie Harry ködern wollten, könnten auch nicht schaden.«

Eva griff nach ihrer Handtasche. »Machen Sie damit, was Sie für richtig halten. Aber bitte behalten Sie auch etwas für sich.«

»Nein, vielen Dank, Liebes. Harry ist nicht besonders stolz auf das, was er da getan hat. Oh, natürlich dachten wir anfangs, an Kathleen sei ein bisschen was faul, dass sie vielleicht eine Erpresserin wäre oder so, aber das ist sie nicht, oder?«

»Nein, Ruby. Nichts dergleichen, das schwöre ich Ihnen.«

»Was ist es denn dann?«, fragte Harry. »Warum ist Abbott so scharf darauf, sie zu finden?«

»Lass doch, Harry. Du weißt doch, dass sie uns nichts erzählen darf. Also bedräng sie nicht.«

»Was ich Ihnen erzählen darf, ist, dass Abbott Ihre Information nutzte, um die Albright-Knox Art Gallery zu finden. Er erzählte den Leuten, Kathleen sei seine Frau, und irgendjemand muss ihm so viel Informationen gegeben haben, dass er bis Little Falls kam, doch da endet die Spur. Ich versuche, sie von hier aus weiterzuverfolgen. Ich hoffe, dass ich in seinem Penthouse einen Hinweis finde. Das ist alles, was ich Ihnen sagen kann, außer dass er kein bisschen weniger gefährlich ist, als Sie befürchtet haben, Harry. Er brachte in Little Falls eine Frau um, sie war über sechzig. Und sie gehörte zu denen, die Kathleen geholfen haben.«

Ruby schnalzte mit der Zunge und verließ kopfschüttelnd den Raum.

Harry sah betreten aus. »Es tut mir so Leid, Eva. Ich hätte es wissen sollen. Ich hatte von Anfang an ein komisches Gefühl. Sie war ein hübsches kleines Ding, aber im Laufe der Monate, die ich sie verfolgte, welkte sie dahin wie eine Blume. Doch Ruby konnte nichts Übles entdecken, als sie in Abbotts Vergangenheit grub. Die besten Schulen, ein großer Besitz in Connecticut, keine dubiosen Geschäfte. Ich würde es gern wieder gutmachen. Und es tut mir Leid um diese alte Dame. Schrecklich Leid. Ich wünschte, ich hätte diesem Bastard nie einen Anfangshinweis geliefert.«

»Das ist schon in Ordnung, Harry. Wenn Sie es nicht gewesen wären, hätte Abbott jemand anderen gefunden. Sie haben wenigstens ein Gewissen. Glauben Sie, Sie können mich am Türhüter vorbeischleusen?«

»Aber sicher. Ich mime einen Sturzbetrunkenen. Und bei der Gelegenheit werde ich auch den Tiefgaragenwächter in ein Schwätzchen verwickeln. Kommen Sie da oben ganz allein klar?«

»Bestimmt. Aber wenn es Ihnen nichts ausmacht, ziehe

ich jetzt meine Arbeitskleidung an, nur für den Fall, dass Ruby die Schlüssel schon heute Abend organisieren kann.«

Harry lächelte. »Das sollte Ihnen doch schon aufgefallen sein, Ma'am: Was Ruby sich in den Kopf setzt, bekommt sie auch.«

Als Eva zehn Minuten später nach unten kam, trug sie ein schulterfreies schwarzes Minikleid aus weichem, anschmiegsamem Material und schwarze Stilettos. Ihr Haar war hochgesteckt, nur um Hals und Gesicht kringelten sich einige Löckchen.

»Sehr schick!«, lobte Ruby, während Harry einen kurzen Pfiff losließ.

»Nur für den Fall, dass der Wachmann nicht auf Harrys Trunksucht reinfällt. Ich bin eine alte Schulkameradin vom Elitecollege. Und ich hab was eher Persönliches in Abbotts Schlafzimmer vergessen. Wie geht's Dora? Fahren wir?«

»Wir machen nur einen kurzen Abstecher zu ihrer Wohnung. Sie liegt auf dem Weg. Und Himbeerpie ist ihr Lieblingskuchen. Sie und ich werden ein wenig plaudern, während ihr beide euch anderswo vergnügt.«

Manhattan glühte wie eine zarte Rose im Licht der aufgehenden Sonne, die unzähligen Gebäude tauchten aus der Tiefe von Nebel und Dunst auf und ragten in einen wolkenlosen Himmel. Eva und Harry waren auf dem Weg zum Flughafen.

»Sind Sie sicher, dass Sie die Muffins nicht vergessen haben, die Ruby Ihnen gebacken hat? Sie haben fast nichts zum Frühstück gegessen.«

»Harry, ich würde eine Brioche mit pochierten Eiern, Speck und Oliven nicht als ›fast nichts‹ bezeichnen. Sie und Ruby waren phantastisch. Wir können Ihnen gar nicht genug danken.«

»Wer, wir?«

»Tut mir Leid, Harry.«

»Schon gut, schon gut. Sie sagen es uns, wenn wir noch irgendetwas für Sie tun können.«

»Sie haben schon sehr viel getan. Wenn Sie das mit der Autoreparatur nicht aus dem Garagenwächter herausgekitzelt hätten, wäre mir vermutlich die Bedeutung der Autonummer entgangen, die er notiert hatte.«

»Wundert mich nur, dass er sie so hat rumliegen lassen.«

»Das hat er eigentlich auch nicht getan. Ich hab nur den Abdruck auf einem Block gefunden.«

Harry schmunzelte. »Sie stecken wirklich voller Überraschungen. Was sind Sie? Eine Art Spionin?«

»Harry –«

»Schon gut, schon gut. Sind Sie sicher, dass Abbott in Toronto ist?«

»Ich denke schon. Und nach dem, was Dora Ruby erzählt hat – Sie wissen schon, das mit den zerschnittenen Kleidern im Penthouse –, bringt er Kathleen in Gedanken schon um. Es fehlen Gepäckstücke und Toilettengegenstände. Er könnte sich natürlich auch auf die Cayman-Inseln verdrückt haben, aber ich fürchte, so viel Glück haben wir nicht.«

»Nun, da wären wir.« Harry hielt am Bordstein. »Viel Glück. Ich hoffe, Sie finden sie früh genug, um sie zu warnen.«

»Sie finden? Oh, Harry«, Eva beugte sich zu ihm, um ihm einen Abschiedskuss zu geben. »Ich weiß genau, wo sie ist. Das habe ich immer gewusst.«

Toronto, Montag, 26. Juli

Kathleen und Suzy waren auf dem Heimweg vom Einkaufen, und wegen der kühlen Witterung beeilten sie sich. Schon von weitem sahen sie Teresa, die ihnen aus dem Fenster zuwinkte. Seit dem Zoobesuch hatten sie sie nicht mehr gesehen; es war ein wunderschöner Tag gewesen für Suzy, und sie hatte die neue Nachbarin schnell ins Herz geschlossen. Einträchtig hatten sie einen Kamelritt unternommen, sich vor den Pythons gegraust und sich den Hals verdreht, um zu den Giraffen aufzuschauen.

Terri kam ihnen barfuß auf der Treppe entgegen, um sie zu Kaffee und Saft einzuladen. Doch Kathleen lehnte ab. Sie war immer noch auf der Hut und zögerte, neue Freundschaftsbande zu knüpfen, die sie womöglich doch nur wieder würde zerreißen müssen. Während sie die eingekauften Lebensmittel wegräumte, fing Suzy an zu schmollen.

»Es ist so langweilig hier.«

»Ich weiß, dass du deine Freunde vermisst, Suzy. Ich weiß, wie schwer das für dich war. Aber du kennst doch die Gründe, nicht wahr?«

»Nein. Warum können wir nicht mit Terri frühstücken?«

»Wir dürfen uns nicht aufdrängen. Wir haben sie gerade erst kennen gelernt.«

»Aber sie hat uns eingeladen. Magst du sie nicht?«

»Ach, Suzy, hör auf. Natürlich mag ich sie. Wir kennen sie nur noch nicht besonders gut, das ist alles.«

»Wir kennen inzwischen eigentlich niemanden mehr, oder?«

Kathleen wurde es schwer ums Herz. Kinder konnten eine brutale Hellsicht an den Tag legen.

»Es tut mir Leid, Suzy. Aber es ist nur noch für kurze Zeit.

Im Herbst wirst du in die Schule gehen können. Und du bekommst einen neuen Namen. Weißt du noch? Suzy McLaren. Und du wirst scharenweise neue Freunde finden, das verspreche ich dir. Willst du nicht deine Buntstifte holen und mir zeigen, wie schön du deinen neuen Namen schreiben kannst?«

»Nein. Ich will mit Terri spielen. Und es ist ein blöder Name.«

Darauf hatte Kathleen keine Antwort. Nicht sie hatte den Namen ausgesucht. Aber sie und Suzy mussten Papiere haben, all die Ausweispapiere, die man brauchte, um in einem neuen Land zu Personen zu werden. Das Netzwerk hatte ihr den neuen Namen zugeteilt. Er kam mit der Post, zusammen mit einer kanadischen Geburtsurkunde. Mit einem Mal hatte sie einen neuen Geburtstag und einen neuen Geburtsort. Aber wie sollte sie Suzy das erklären? Bald würde sie einen Krankenversicherungsausweis beantragen müssen, ihren ersten Ausweis mit Passfoto als Kathleen McLaren. Beim bloßen Gedanken wurde ihr Mund trocken.

»Hör zu, Suzy. Kannst du ein Geheimnis für dich bewahren?«

»O ja!«

»Versprochen?«

Das kleine Mädchen nickte ernst.

»Also, wir beide, du und ich, bleiben im Innern dieselben Menschen. Wir sind immer noch Kathleen und Suzy Landers. Aber hier, an unserem neuen Wohnort, brauchen wir einen neuen Nachnamen.«

»Warum, Mommy?«

»Ich bin ein bisschen in der Klemme. Deshalb sind wir hierher gekommen. Und wenn wir einen neuen Nachnamen haben, kann uns niemand finden.«

»Hast du was Böses getan?«

»Nein, Suzy, aber manchmal sind andere Leute böse. Ich habe einen schlechten Mann kennen gelernt, damals in New York, und er begreift nicht, dass ich nicht mehr mit ihm befreundet sein möchte. Jetzt kann er mich nicht mehr finden, er ist viele Meilen weit weg.«

»Hast du Angst, Mommy? Weinst du deshalb nachts?«

Kathleen war sprachlos. Sie hatte gedacht, sie hätte das Geräusch in den Kissen erstickt. Langsam atmete sie ein.

»O nein. Es gibt nichts, wovor man sich fürchten müsste. Ich weine nur, weil ich mich manchmal auch einsam fühle, genau wie du. Es tut mir Leid, dass du mich gehört hast. Ich werde nicht mehr weinen, das verspreche ich dir. Und es gibt ganz viele Leute, die mir helfen, so etwas wie unsichtbare Freunde. Man kann sie nicht immer sehen, aber sie sind da. Und jetzt, glaube ich, brauchen wir auch ein paar neue Kleider, die zu unseren neuen Namen passen. Hast du Lust, einkaufen zu gehen? Ja? Dann lauf runter zu Terri und frag sie, ob sie gern mitkommen würde.«

Terri war mit ihnen zu einem Einkaufszentrum am nördlichen Stadtrand gefahren. Normalerweise wäre sie lieber im Viertel bummeln gegangen, erklärte sie, das Gehen in der frischen Luft zwischen den einzelnen Geschäften hätte dann den Einkaufsrausch abkühlen können, aber für Suzy hätte das Einkaufszentrum vielleicht den Reiz eines Spielplatzes. Kathleen ließ sich bereitwillig von der guten Laune mitreißen, kaufte Badeanzüge, Shorts und T-Shirts für Suzy und, auf Terris Drängen, ein cremeweißes Sommerkleid für sich selbst. Lachend ließ sie den weiten Rock wirbeln und freute sich über Suzys begeisterten Applaus. Zum Schluss führte Terri sie zur Spielecke, wo die Kinder Purzelbäume schlugen und über Turnmatten und geometrisch geformte Kissen krabbelten. Die beiden Frauen saßen an einem Tischchen, tranken Kaffee und schauten Suzy zu, die herumtollte wie ein von der Leine gelassener Welpe.

»Ihre Kleine sieht Ihnen sehr ähnlich«, bemerkte Terri. »Dieselben Augen. Hatte Ihr Haar auch diesen Farbton, als Sie jünger waren?«

»Nein. Diesen nicht zu bändigenden Schopf hat Suzy von ihrem Vater geerbt.«

Terri fragte nicht weiter. Kathleen rechnete es ihr im Stillen hoch an. Sie wechselte das Thema.

»Terri, ich möchte Ihnen dafür danken, dass Sie sich so um Suzy kümmern. Sie hatte nicht viel Spaß in letzter Zeit.«

»Aber gern. Kein Problem. Es ist hart, wenn man neu anfängt.«

»Suzy findet schnell neue Freunde. Sie wird zurechtkommen.«

»Und Sie?«

Kathleen zuckte die Achseln. »Mein Fall ist schwieriger. Ich habe Grund, meinem Urteil zu misstrauen. Aber ich mag Sie, Terri. Ich mache wieder einen Versuch.«

»Ich weiß. Schauen Sie, Kathleen, da gibt es etwas, was ich Ihnen erzählen sollte. Kathleen? Was ist los?«

»Oh, Mist! Ich habe den Kaffee verschüttet!« Kathleen fasste nach Terris Hand. »Kümmern Sie sich um Suzy, ja?«

Sie wandte sich ab und floh zur Damentoilette. Terri tupfte den Kaffee auf und winkte Suzy kurz zu. Dann ließ sie ihren Blick durch die Mall wandern. Irgendetwas hatte Kathleen erschreckt. Sie hatte die Panik in ihren Augen aufleuchten sehen, das verkrampfte Zucken der Hand, in der sie die Kaffeetasse hielt. Irgendetwas stimmte hier nicht. Aber was?

Der Waschraum war leer, die Türen der Toiletten standen weit offen. Kathleen rannte zur letzten in der Reihe, schlug die Tür zu und verriegelte sie. Noch im Stehen lehnte sie den Kopf gegen die kühle Kachelwand und keuchte. Die Angst war zurückgekehrt, der trockene Mund, das wild schlagende Herz, die Anspannung bis in den letzten Muskel. *Er kann es nicht gewesen sein. Das ist unmöglich. Der große, blonde Mann an der Kaffeebar.* Sie zwang sich zum Atmen. Sie hatte ihn nur von hinten gesehen. Sie litt unter Verfolgungswahn. Sie sah schon alles Mögliche.

Sie musste wieder hinausgehen. Langsam wich die Erstarrung, sie bemerkte ein Gefühl der Nässe. Auf Bluse und Hose waren Kaffeeflecken. Sie drehte sich, um die Tür zu öffnen. Sie würde sich waschen, kaltes Wasser über ihr Gesicht laufen lassen. Dann würde sie zurückgehen, zurück zu Terri und Suzy. Ihre Hand erstarrte. Es war noch jemand im Waschraum.

»Wer ist da? Terri?«

Sie wartete, horchte auf jeden Laut. Sie glaubte, ein Schlurfen zu hören und ein leises Kichern. Instinktiv flüchtete sie sich auf die Klobrille, balancierte auf dem schmalen Rand und zog den Kopf ein, damit er nicht über der Trennwand zu sehen wäre. *O Gott, Terri. Hilf Suzy, bring Suzy weg.*

Sie hörte, wie sich die Schritte vom anderen Ende des Raums langsam näherten. Sie konnte nichts sehen. Die Schritte klangen schwer. Für einen Augenblick verstummten sie, man hörte an einem Waschbecken Wasser laufen. Dann wieder Schritte, sie kamen näher. Noch ein Wasserhahn. Das Wasser überdeckte alle Geräusche. Sie beugte sich vor und unterdrückte ein Keuchen. Sie konnte die Füße sehen. Sneakers und den unteren Rand von Jeans. Langsam glitt eine Hand über die Kante der Trennwand.

»Hey, was zum Teufel geht hier vor?«

Die Füße drehten sich um und rannten weg. Kathleen hörte, wie zwei Körper zusammenprallten, und dann Terris atemlose Stimme. »Kathleen, sind Sie okay?«

Sie öffnete die Tür. Terri saß bei der Eingangstür auf dem Boden, beide Beine weit von sich gestreckt.

»Was ist passiert? Wer war das?«

»Eine Teenagerbande, lauter Mädchen. Ich sah vier zur Toilette ausschwärmen, gleich nachdem Sie hineingegangen waren. Dann schickten sie ein Mädel rein, wahrscheinlich um Ihre Handtasche zu klauen. Etwa so graziös wie ein Sattelschlepper. Ich glaub, ich hab mir das Steißbein gebrochen.«

»Suzy!«

»Ihr geht's gut. Sie bewacht gemeinsam mit einer der Aufsichtspersonen vom Spielplatz unsere Einkaufstüten. Hey, Kathleen. Was ist los? Sie könnten mir zumindest wieder auf die Beine helfen.«

Kathleen streckte ihr die Hand hin. Eine erbärmlich zitternde Hand. Terri fühlte, wie kalt sie war, und ließ den scherzhaften Ton sofort fallen.

»Hey, es ist alles in Ordnung. Sie sind noch heil. Kommen Sie, ich bringe Sie nach Hause.«

Sie führte Kathleen zurück zum Tisch.

»Hey, Suzy. Wir müssen jetzt gehen. Deine Mom ist ein bisschen erschreckt worden.«

Kathleen schüttelte den Kopf und warf Terri einen warnenden Blick zu, aber es war schon zu spät.

Die Kleine rannte zu ihrer Mutter und umklammerte ihre Knie.

»Mommy, geht's dir gut? War es der böse Mann?«

»Nein, Suzy. Aber schau dir das an. Ich hab mich ganz mit

Kaffee bekleckert und muss mich umziehen. Was bin ich doch für ein Tollpatsch.«

Über den Kopf ihrer Tochter hinweg sah sie direkt in Terris große braune Augen. »Später« sagte ihr Mund stumm.

Während der Rückfahrt sah Terri strikt geradeaus. Sie hatte das Radio eingeschaltet und sang die Melodien lauthals mit, sehr zu Suzys Vergnügen, die bei jedem schrägen Ton laut kicherte. Als sie in die Einfahrt eingebogen waren, wandte sie sich an Kathleen.

»Was meinen Sie, ob Sie nicht ein ausgiebiges heißes Bad nehmen sollten? Ich nehme Suzy mit in den Park da hinten, und auf dem Heimweg kaufen wir was fürs Abendessen ein. Wollen wir uns dann um sieben wieder treffen?«

Kathleen nickte stumm. Ihr Kopf war wie in einen Schraubstock gespannt, die Panikattacke des Nachmittags wirkte noch nach. Sie fühlte sich zwar ruhig, aber völlig kraftlos. Mit den Einkaufstüten ging sie zur Haustür. Als sie sich noch einmal umwandte, hüpften Terri und Suzy schon Hand in Hand die Straße hinunter.

Punkt sieben Uhr klopfte Terri, und Kathleen öffnete die Tür. Terri trug eine Tüte Sandwiches in der einen und zwei Flaschen Weißwein in der anderen Hand.

»Hi. Sie sehen ein bisschen besser aus. Suzy liegt auf meiner Couch und schläft tief und fest. Sie sagte, ich solle Ihnen sagen, dass sie Pistazieneis besonders mag, allerdings klang es nicht sehr nach ›Pistazie‹. Wir haben das Wort geübt, damit sie es beim nächsten Mal selbst bestellen kann.«

»Sie sind ein Wunder, Terri.«

»Nein, ich bin nur… ich versuche nur, eine gute Freundin zu sein. Und bevor Sie wieder anfangen, sich zu sorgen, möchte ich Ihnen dieses kleine Spielzeug hier zeigen.« Sie ging in die Küche, stellte den Wein und die Sandwichtüte ab und legte dann etwas Telefonhörerähnliches auf den Tisch.

»Sehen Sie das rote Blinklicht? Genauso ein Gerät liegt auch neben Suzy. Wir hören es, wenn sie aufwacht. Und die Tür habe ich auch abgeschlossen. Sie ist absolut sicher. Allerdings gilt das nicht für Sie –« Terri legte eine Pause ein, doch Kathleens Blick blieb ruhig auf sie gerichtet. »Der Wein, Kathleen. Dieser Wein hat es in sich, mein italienischer Großvater hat ihn selbst gekeltert. Ein echter Guido Mordelli. Sie sollten besser etwas dazu essen, wenn Sie nicht unter dem Tisch landen wollen.«

Kathleen lächelte. »Okay, ich werde etwas essen. Aber als ich wieder halbwegs klar war im Kopf, bin ich zu einem Entschluss gekommen. Ich würde Ihnen gern meine Geschichte erzählen, wenn Sie sie hören wollen.«

»Natürlich möchte ich das. Aber Sie müssen nicht –«

»Doch, ich muss. Ich bin zu lange weggelaufen. Ich habe versucht, die Vergangenheit zu begraben, aber das war falsch. Ich muss lernen, wie ich Kraft aus ihr ziehen kann, statt immer nur ein vages Gefühl der Bedrohung. Sie haben sich heute Nachmittag meinetwegen in Gefahr gebracht.«

»Sie meinen dieses Mädchen? Aber gar nicht, sie hat mich nur etwas aus dem seelischen Gleichgewicht gebracht, das war alles.«

Die beiden brachen in Lachen aus.

»Jetzt ist es nur noch lustig, Terri. Doch es hätte ganz anders ausgehen können. In dieser Damentoilette habe ich mein Leben blitzartig an mir vorüberziehen sehen.«

»Der ›böse Mann‹.«

»Ja.«

»Haben Sie ihn gesehen?«

»Nein, aber ich bilde mir ein, ihn zu sehen, und das ist

irgendwie noch schlimmer. Solange ich mich nicht davon freimachen, diese ständige Furcht und Angst abschütteln kann, werde ich mich auch nicht wirklich sicher fühlen können.«

Auf Terris Gesicht lag ein Ausdruck von Verständnis und Mitgefühl, doch Kathleen schien ihn nicht zu bemerken. Sie starrte in ihr Weinglas. Mehrmals setzte sie an zu sprechen und brach dann aber wieder ab, als fänden die Wörter den Weg aus ihrem Mund nicht. Schließlich trank sie einen großen Schluck Wein und straffte die Schultern.

»Also, ich versuch's. Ich weiß nicht, wo ich anfangen soll, aber vielleicht müssen Sie ein wenig mehr über mich erfahren, um die Geschichte zu verstehen. Ich wuchs in Virginia auf, meine Eltern waren beide Lehrer. Sie haben sich immer weitere Kinder gewünscht, aber es kam nie dazu, daher blieb unser Verhältnis sehr eng. Eine ruhige, glückliche Familie. Als ich fünfzehn war, starb mein Vater überraschend an einem Herzinfarkt, und meine Mutter schien jedes Interesse am Leben zu verlieren. Sie schickte mich nach Chicago, ich sollte bei ihrer Schwester leben. Anfangs war ich deshalb wütend und gekränkt, aber die Familie meiner Tante war so liebevoll und so… warmherzig – meine Tante hatte selbst drei Kinder –, dass ich schon sehr bald gar nicht mehr nach Hause wollte. Ich lebte bei ihnen, bis ich mit dem College anfing, und in meinem letzten Jahr auf dem Columbia begegnete ich David, David Landers. Wir studierten beide Architektur. Ich wechselte bald zum Design, doch David blieb bei der Architektur, und er hatte großes Talent. Er wäre ein Star geworden. Wir verliebten uns ineinander und heirateten fünfzehn Monate später. David nahm eine Stelle in einem New Yorker Architekturbüro an, und ein Jahr später kam Suzy zur Welt. Sie war erst drei, als ihr Vater starb – von einem betrunkenen Autofahrer überfahren, wie so viele andere. Ich bin nicht sicher, ob sie sich noch gut an ihn erinnert, aber sie hat seine Begabung geerbt, hoffe ich. Sie zeichnet sehr schön und baut andauernd Brücken und Burgen und …«

»Kathleen, Sie müssen das nicht tun.«

»Nein, lassen Sie mich zu Ende erzählen. Ich fühlte mich verloren nach Davids Tod – er war unserem Leben auf so sinnlose Weise entrissen worden. Aber ich war fest entschlossen, weiterzuleben, auch ihm zuliebe. Und fest entschlossen, Suzy nicht im Stich zu lassen. Davids Firma bot mir eine Stelle als Designerin an, und ganz langsam, mit Suzys Hilfe und der meiner Freunde, ließ der Schmerz nach. Drei Jahre lang traf ich mich mit niemandem, keinem Mann, meine ich, und dann, eines Tages, begegnete ich Paul Abbott. Ich war wie geblendet. Er sah gut aus, war reich und anfangs sehr charmant. Er galt so ein bisschen als Playboy, und ich fand es schmeichelhaft, dass er mich überhaupt bemerkte. Ich möchte gern glauben, dass sein Geld keine Rolle spielte – ich hoffe, es war so –, aber der Lebensstil war überwältigend. Wir fingen an, regelmäßig miteinander auszugehen. Er ging mit mir in die Oper, ins Ballett, ins Museum. Wir aßen in den besten Restaurants. Eine Welt, die ich vorher höchstens vom Rand aus beobachtet hatte. Und Paul war immer sehr korrekt, sehr selbstsicher und aufmerksam.

Dann, nach etwa vier Monaten, lud er mich ein, mit ihm ein Wochenende auf seinem Besitz in Connecticut zu verbringen. Wir hatten bislang noch keinen Sex gehabt, und ich war ziemlich nervös, dachte aber, es sei vielleicht an der Zeit, in unserer Beziehung einen Schritt weiterzugehen. Also willigte ich ein. Während der Fahrt kamen mir allerdings Zweifel, und das Haus mochte ich von Anfang an nicht. Von außen wirkte es abweisend und abgeschieden, und innen war es wie ein Mausoleum. Aber ich wollte seine Gefühle nicht verletzen, er war so stolz darauf. Also blieb ich.

Wir … wir liebten uns zum ersten und einzigen Mal. Ich kann es gar nicht beschreiben, aber es fühlte sich falsch an, Terri. Es war, als wäre er nicht wirklich bei mir, sondern als beobachtete er mich nur. Als würde er sich, ich weiß auch nicht, an mir weiden. Und dann tat er etwas Merkwürdiges. Er nahm mich bei der Hand – wir waren beide noch nackt – und führte mich hinunter in die Eingangshalle vor das Bild seines Großvaters. ›Das ist Kathleen‹, sagte er, als wäre der Mann auf dem Gemälde noch am Leben. ›Sie habe ich ausgewählt.‹ Es war abstoßend. Er drehte mich vor dem Bild einmal um die eigene Achse, führte mich geradezu vor. Plötzlich hatte ich panische Angst, alles geriet außer Kontrolle. Mir wurde klar, dass ich einen schrecklichen Fehler gemacht hatte.

Am nächsten Tag fuhren wir zurück, und ich versuchte, so zu tun, als sei alles in Ordnung, bis ich wieder sicher zu Hause war. Er schien meine Stimmung nicht zu bemerken. Er war verrückt. Er sagte, er sei Pygmalion und ich die zum Leben erweckte Statue, und er kaufte mir Kleider. Er sagte, wir würden zusammen wiedergeboren. Er sprach von Heirat und einem Internat für Suzy. Ich war völlig fertig. Ich konnte es kaum erwarten, von ihm wegzukommen.

Was sich als gar nicht so einfach erwies. Anfangs lehnte ich einfach all seine Einladungen ab. Ich hatte zu viel zu tun, ich fühlte mich nicht wohl, ich war zu müde. Ich gebrauchte jede nur mögliche Ausrede, aber er ließ sich nicht abwimmeln. Blumen, Nachrichten auf dem Anrufbeantworter. Dann fing er an, unangekündigt in meinem Büro oder in Suzys Schule aufzutauchen. Schließlich sagte ich ihm unmissverständlich, dass ich ihn nie wieder sehen wollte. Er war außer sich vor Wut. Er griff nach meinem Arm und schüttelte mich wie ein störrisches Kind. Er sagte mir, ich sei nur durcheinander, ich wolle ihn nur auf die Probe stellen, es sei nur eine verrückte Koketterie. Er behandelte mich, als sei ich kein selbstständiger Mensch mit eigenem Willen. Und es wurde immer schlimmer. Ich sah ihn im Lebensmittelladen. Wenn ich mit Suzy im Park war, winkte er mir zu. Wenn ich zum Zahnarzt ging, saß er im Wartezimmer.

Langsam verzweifelte ich. Ich erwirkte einen Gerichtsbeschluss. Meine Freunde in der Firma besorgten mir einen anderen Job. Suzy und ich zogen um, sie wechselte die Schule. Meine Telefonnummer stand nicht mehr im Telefonbuch. Eine Zeit lang hoffte ich, das würde genügen. Aber tief in meinem Innern wusste ich, es war nutzlos. Ich sah ihn nicht mehr, aber ich fühlte mich immer noch beobachtet, wie ein Tier, das von den Scheinwerfern eines näher kommenden Autos gelähmt wird. Er muss jemanden beauftragt haben. Und dann, eines Tages fand ich in meiner Wohnung einen Stapel Fotos, ich hatte nicht bemerkt, wie diese Fotos gemacht worden waren, und auf einem Bild war Suzy ganz allein. Ich sollte *wissen*, dass er immer noch da war. Es war eine Art Folter, dieses Wissen, dass er jederzeit, bei Tag und bei Nacht, in mein Leben eingreifen konnte.

Haben Sie je eine solche Angst erlebt, Terri? Wenn man fühlt, dass man bei jedem Schritt den Fuß auf Treibsand setzt, dass hinter jeder Ecke das gefürchtete Gesicht auftauchen kann?«

»Ja, das habe ich«, flüsterte Terri leise, doch Kathleen war so von ihrer eigenen Geschichte gefangen, dass sie es nicht hörte.

»Vielleicht hätte ich einfach die Stellung behaupten sollen, aber seine Taktik war nur zu wirksam. Ich dachte sogar daran, Suzy zu meiner Tante zu schicken – die ja gewissermaßen meine Mutter ist –, aber ich konnte den Gedanken nicht ertragen, von ihr getrennt zu sein. Und ich fürchtete, dass er sie aufspüren und als Köder benutzen könnte, wenn ich allein zu verschwinden versuchte. Schließlich nahmen unbekannte Freunde, eine Art Untergrundnetzwerk, Kontakt zu mir auf, fragen Sie mich nicht, wie. Sie brachten mich hierher. Ich habe alles zurückgelassen, meinen Namen, meine Besitztümer, alles, was ich hatte. Ich brachte nur ein paar Kleider mit, Fotos von David, meinen Ehering, mehr nicht. Aber ich habe Suzy, und ich habe eine Chance, wieder ein ganzer Mensch zu werden. Ein furchtloser Mensch. Es ist, als müsse man wieder gehen und sprechen lernen. Wieder vertrauen lernen. Ich werde nicht mehr weglaufen. Heute Nachmittag, als ich auf der Klobrille kauerte ... das will ich nicht mehr. Nie mehr.«

Terri schenkte Wein nach und lächelte. »Sie müssen das nicht allein schaffen, Kathleen. Sie können mir vertrauen. Ich bin Ihre Freundin.«

»Ich weiß. Was Sie heute für mich getan haben, bedeutet mir sehr viel. Vielleicht wissen Sie jetzt, wie viel.«

»Ich wusste es die ganze Zeit. Das nämlich wollte ich Ihnen gerade erklären.«

Kathleen blickte in die dunkelbraunen Augen ihrer Besucherin, als sähe sie sie zum ersten Mal.

»Schon in Ordnung.« Terri lächelte. »Noch mal von vorn. Mein Name ist Teresa Mordelli, und ich weiß, wer Sie sind, weil das Netzwerk es mir gesagt hat.«

Toronto, Montag, 26. Juli

Marc wohnte jetzt schon drei Tage bei Lily, lange genug, um in ihr eine starke Sehnsucht nach der Zurückgezogenheit ihrer Dunkelkammer zu wecken. Diese wirkte, so lange noch jemand im Haus war, gar nicht mehr unheimlich, sondern ganz im Gegenteil eher wie eine Zuflucht. Systematisch tauchte Lily ihre Negative in die chemischen Bäder und sah zu, wie sich leuchtende Gesichter und Körper langsam zu abgrenzbaren Linien und Flächen kristallisierten. Ihre Vertrautheit mit dem Entwicklungsprozess hatte sie für die feinen Nuancen empfänglich gemacht: hier eine Minute mehr, dort eine weniger, so konnte sie das Licht dämpfen, die Tiefe der Schatten differenzieren, mit den Fingerspitzen ein neues Farbspektrum hervorzaubern.

Ihre Mutter hatte sie zu ihrem zehnten Geburtstag mit einem Fotoapparat überrascht, ein Geschenk, das sie vom ersten Augenblick an in seinen Bann geschlagen hatte. Von da an hatte sie begierig alles gelernt, was sie über Fotografie in Erfahrung bringen konnte, und dabei nie die rasche Entwicklung der Technologie aus den Augen verloren, die selbst begabte Studenten auf eine harte Probe stellte. Manchmal, wenn die Chemikalien ihre Nasenschleimhäute reizten, träumte sie von hochmodernen Dunkelkammern, Digitalkameras und umwerfenden Computerprogrammen. Und zog am Ende doch immer das gute alte Entwickeln vor, bei dem Geduld und geschicktes Timing den Unterschied zwischen einer mittelprächtigen und einer bestechenden Aufnahme ausmachen konnten. Und bei dem, in der anheimelnden Enge der Dunkelkammer, die greifbare Welt draußen in die Ferne rückte und in einem Kaleidoskop von Farben, Winkeln und Tiefen wiedergeboren wurde, das neue und klarere Perspektiven schuf. Lily verlor sich in dieser Welt, ihre Bewegungen wirkten so gedämpft wie Licht, das durch einen Diffusionsfilter fällt.

Als das Klopfen endlich in ihr Bewusstsein drang, hatte sie keine Vorstellung davon, wann es angefangen hatte und wie lange es schon andauerte.

»Komm raus, Lily.«

»Geh weg, Marc.«

»Aber du bist schon seit vier Stunden da drin. Ben ist da. Wir haben Mittagessen gemacht.«

Lily verzog das Gesicht. Ben hatte eine Schwäche für exotische und sehr spezielle Zusammenstellungen wie Ananas in Tomatensauce, und Marc, das hatte sie herausgefunden, hatte nichts von den berühmten Küchentalenten seiner Mutter geerbt. Ein Wochenende mit ihm in der Küche hatte sie Vorsicht gelehrt. Sie erschauerte bei dem Gedanken, was die beiden da ausgeheckt haben mochten.

Noch ein Klopfen, diesmal lauter.

»Schon gut. Gebt mir fünf Minuten, dann bin ich fertig.«

Das Überschreiten der Grenze zwischen den beiden Welten raubte Lily immer ein wenig die Orientierung. Sie blieb auf dem oberen Treppenabsatz stehen und blinzelte in dem Licht, das durch die offenen Fenstertüren ins Wohnzimmer fiel. Marc und Ben saßen an dem kleinen Picknicktisch hinten im Garten und kauten bereits an ihren Sandwichs.

Sie seufzte. Wenn sie nachts allein in der Dunkelheit lag und daran dachte, dass ihr möglicherweise ein Mann mit einer Pistole nachstellte, war sie froh über Marcs Gegenwart in ihrem Arbeits- respektive Gästezimmer. Doch tagsüber empfand sie manchmal eine schwer erklärliche Undankbarkeit und verärgerte Ungeduld ihm gegenüber. Er machte sie nervös. Er nahm viel Platz ein. Vor allem brachte er Lily aus dem Gleichgewicht. Obgleich Maries gewaltsamer Tod und die Bande des Netzwerks sie miteinander verknüpft hatten, waren sie sich nach wie vor fremd. Sie wusste nicht, wie sie mit ihm umgehen sollte, und schon gar nicht, ob sie ihm voll und ganz trauen durfte. War er, wie er immer wieder behauptete, hier, um sie zu beschützen, oder sah er sie nur als Mittel dazu an, den Mörder seiner Mutter zu finden?

Lily grübelte noch über Marcs Beweggründe nach, während sie über den Flur in ihr Schlafzimmer ging. Die Kleider, in denen sie den ganzen Morgen über gearbeitet hatte, stanken nach Entwickler, sie musste sich umziehen. Doch während sie in ihrem Schlafzimmer umherging, die Sachen in den Wäschekorb stopfte und Jeans und ein frisches T-Shirt aus dem Schrank nahm, beschlich sie das ungute Gefühl, dass ihre Sachen nicht wie gewohnt dalagen, auch wenn die Ordnung nur leicht verändert war. Sie blieb stehen und sah sich um. Die Schranktür stand halb offen. Sie hatte sie doch bestimmt geschlossen am Morgen? Bildete sie sich das nur ein, oder war ihr Lieblingsfoto von ihrer Mutter einen Zentimeter vom üblichen Platz verrückt? Und hatte jemand den kleinen Stapel Post auf der Kommode durchgesehen?

Lily erschauerte. Sie musste sich irren. Marc hatte keinen Grund, ihr Schlafzimmer zu betreten. In ihrer Dunkelkammer würde sie zwar nichts gehört haben – aber warum sollte er so etwas tun?

Seine vom unteren Ende der Treppe kommende Stimme unterbrach ihre Gedanken.

»Lily, was treibst du noch?«

Sie zuckte unwillkürlich zusammen und kam sich mit einem Mal sehr albern vor. Sie verlor ihr Urteilsvermögen. Wahrscheinlich fühlte sie sich lediglich bedrängt, weil sie umständehalber ihre Privatsphäre mit jemandem teilen musste, das war alles. Bestimmt war niemand in ihrem Schlafzimmer gewesen. Sie fuhr sich rasch mit den Fingern durchs Haar und zog sich an.

»Und was ist das nun?«, erkundigte sie sich eine Minute später und griff nach einem Sandwich, während sie Ben einen raschen Kuss auf die Wange gab. »Wieder Sardinen auf Erdnussbutter?«

Ben gab sich tief verletzt. »Das ist nicht fair. Du hast wenig Grund, dich aufs hohe kulinarische Ross zu schwingen. Nein, es sind lediglich Schinken und Käse.«

»Na wunderbar.« Lily biss in ihr Sandwich und sah über den Tisch hinweg Marc an, der sie neugierig anstarrte.

Er lächelte. »Lily Ross, was hast du mit deinem Haar angestellt?«

Lily widerstand der Versuchung, die widerspenstigen kurzen Locken an ihren Platz zu verweisen. Sie lächelte zurück, sagte jedoch nichts.

»Ben hat Neuigkeiten«, verkündete er.

»Na ja, nichts wirklich Aufregendes. Aber vielleicht ein Hinweis. Ich habe heute Morgen einen Bekannten im Arbeitsministerium besucht, und anscheinend war meine erste Vermutung nicht ganz falsch. Wenn jemand verschwinden und einen neuen Namen annehmen will, sind Ausweispapiere, die mit Hilfe der Geburtsurkunde eines verstorbenen Kindes beantragt wurden, schwerer ausfindig zu machen als gefälschte Ausweise. Dabei erfuhr ich auch, dass zwischen den Provinzen wenig Informationen ausgetauscht werden, am sichersten ist man also vor der Entdeckung, wenn man ein Kind findet, das in einer Provinz starb, in der es nicht geboren wurde.«

»Gibt es nicht eine Art zentraler Behörde?«, fragte Marc.

»Nein. Sterbe- und Gesundheitsstatistiken, Krankenversicherungskarten und Führerscheine fallen unter die Zuständigkeit der Provinzen. Sollte es überhaupt zu einer systematischen zentralen Erfassung kommen, dann wird man mit den neueren Zahlen beginnen, einfach, weil es zu teuer wäre, weiter in die Vergangenheit zurückzugehen. Also kann das Netzwerk einen weit reichenden Schutz sicherstellen, wenn es lange im Voraus plant und umsichtig genug vorgeht. Wenn es die Geburtsurkunden nicht immer an dieselbe kanadische Adresse schicken lässt und die Namen so gewöhnlich sind wie – pardon – Lily Ross, ist das Risiko nicht allzu groß.«

»Aber wie steht es mit den Passfotos?«, wandte Lily ein. »Die kann das Netzwerk doch nicht ohne so etwas wie Fälschung herstellen.«

»Ganz einfach.« Ben zuckte die Achseln. »Nimm an, das Netzwerk würde nur für die Grundlagen sorgen. Sobald die Frauen sicher in Kanada wären, könnten sie ihre Papiere selbst komplettieren. Sie könnten selbst in die Kamera lächeln. Erst für den Krankenversicherungsausweis und dann für den Führerschein. Danach kämen dann Sozialversicherungskarte und Pass. Es gibt da nur noch ein Problem.«

»Nämlich«, seufzte Marc, »dass wir zwar wissen, wie das Netzwerk möglicherweise vorgeht, deshalb aber noch lange nicht mit ihm in Kontakt treten können. Das ist der Punkt, oder? Woher *weiß* das Netzwerk, dass eine Frau in Not ist? Es muss eine Möglichkeit haben, solche Geschichten zu überprüfen.«

In Erwartung einer Antwort sah er über den Tisch hinweg Lily und Ben an, doch beide schienen ihn nicht gehört zu haben. Stattdessen sahen sie sich so intensiv in die Augen, als wäre er gar nicht anwesend.

»Hab ich was übersehen?«

Es war Lily, die ihm schließlich antwortete: »Den Zeitfaktor, Marc. Das Netzwerk plant sorgfältig, es plant im Voraus. Ich kann keine schnelle Reaktion auf die Nachricht erwarten, dass ich in Gefahr bin. Selbst wenn die Geschichte in den richtigen Ohren gelandet wäre, würde das Netzwerk langsam handeln, und wir haben keine Zeit zu verlieren. Wir müssen das Netzwerk auf andere Weise finden.«

»Aber wie? Wir haben das doch schon besprochen. Ich weiß nicht, wer die Leute sind.«

»Aber diese Leute kennen Sie«, warf Ben ein. »Woher wussten sie, dass Sie und Ihre Eltern mit ihnen sympathisieren würden? Wie konnten sie wissen, dass Sie sie nicht einfach abweisen oder, schlimmer noch, verraten würden?«

»Meine Eltern schworen, dass sie die Frau, die sie angesprochen hat, nie zuvor gesehen hatten.«

»Marc«, flüsterte Lily. »Verstehen Sie denn nicht? Jemand hat diese Frau geschickt. Jemand, der ihre Eltern kannte. Jemand, der wusste, was ... Jeanine zugestoßen war.«

»Das wussten eine ganze Menge Leute«, fauchte Marc. »Es gab ein Gerichtsverfahren, haben Sie das vergessen? Ein gefundenes Fressen für die Journalisten –« Er brach ab und wandte sich von Ben ab. »Tut mir Leid. Meine Schwester respektierte Sie. Aber ihre Privatsphäre wurde zerstört. Sie hat viel verloren durch Mahoney.«

Alle drei schwiegen. Lily hatte ein deprimierendes Gefühl von Unausweichlichkeit, als Mahoneys Name fiel. Als wäre sie in einem heimtückischen Labyrinth gefangen, in dem jede Abzweigung doch zurück zu dem Ungeheuer im Mittelpunkt führte. Was zwei Wochen zuvor als spannendes Geheimnis begonnen hatte, hatte sich zu der ernüchternden Realität zerrissener Leben gewandelt, zu einem schrecklichen Memento des Perversen und Unvorhersehbaren. Vielleicht hatte Amanda Martin Recht gehabt, sich einfach umzudrehen und wegzurennen.

Sie warf einen verstohlenen Blick auf Marc. Er brütete immer noch vor sich hin, sein Gesicht war verschlossen, der Blick gesenkt. Sie wagte kaum zu sprechen, wusste aber, dass sie es tun musste.

»Du hast Recht. Ich habe aus Bens Artikeln von Jeanine erfahren. So habe ich Marie gefunden. Es tut mir immer noch Leid. Aber Mahoney hat doch noch mehr Frauen gequält, oder? Frauen, deren Namen Ben und die anderen Journalisten nie erfahren haben. Nur Jeanine kannte sie. Und deine Eltern kannten sie auch.«

Marc wich ihrem Blick beharrlich aus, und sie sah, wie sich seine Kiefer anspannten. Langsam, quälend langsam vergingen die Minuten.

Endlich überwand er sich: »Hayley Quinn. Und der Name ihrer besten Freundin war Bonnie. Deshalb konnten sie nicht als Zeugen aussagen. Sie hatten sich anfangs nicht gemeldet, und als sie sich endlich durchgerungen hatten, fürchtete die Staatsanwaltschaft, dass ihre enge Freundschaft – sie waren von Kind an befreundet – ihre Aussagen beeinträchtigen könne. Es hieß, man werde ihnen womöglich unterstellen, sie hätten sich die Geschichte zusammen ausgedacht, und Mahoneys Verteidiger werde diese Unterstellung nutzen, um die ganze Anklage zu Fall zu bringen. Deshalb nahm Jeanine das Ganze allein auf sich. Ich weiß noch, wie zornig Agatha Quinn, Hayleys Mutter, auf die Justiz war, aber für Bonnie war es in mancher Hinsicht am schlimmsten. Wisst ihr, sie war Mahoneys erstes Opfer, oder zumindest das erste, von dem wir wissen. Sie warf sich vor, nicht verhindert zu haben, was Hayley und Jeanine dann zustieß.«

»Wo sind sie jetzt, Marc?«

»Ich weiß es nicht. Wir haben den Kontakt verloren. Ich weiß, es klingt gefühllos, aber nach dem ersten Schock und der Gerichtsverhandlung kam eine Zeit, in der es einfacher war, sein Leben getrennt voneinander zu regeln und nicht gemeinsam neu anzufangen. Die gegenseitige Unterstützung war ein zweischneidiges Schwert, weil man jedes Mal, wenn man Hayley und Bonnie sah, auch wieder an den Schmerz erinnert wurde. Nachdem Jeanine das Gefühl hatte, alles getan zu haben, was sie tun konnte, ging sie ihren Weg weiter. Sie zog nach Paris, um ihr Studium fortzusetzen. Die Quinns leben hier in Toronto. Hin und wieder habe ich sie besucht, aber obwohl wir Freunde sind, bin ich nur ein schwacher Ersatz für Jeanine. Ich wollte mich nicht aufdrängen. In den letzten Jahren habe ich die beiden nicht mehr gesehen. Und ich habe versprochen, ihre Identität nie zu verraten.«

Ben erhob sich brüsk und ging Richtung Haus; er winkte Lily, ihm zu folgen. Sie nahm die Platte mit halb gegessenen Sandwichs und gehorchte ihm etwas widerwillig.

»Lass ihn eine Weile in Ruhe«, drängte Ben. »Er muss allein auf die einzig mögliche Lösung kommen.«

Lily sah sich nach Marc um. Er wirkte niedergeschlagen und verletzlich. »Irgendwie war das gerade gemein. Er wollte uns nicht sagen, wer diese beiden Frauen waren.«

»Nein.«

»Gibt es denn gar keine andere Möglichkeit?«

»Mir fällt keine ein. Dir?«

Lily ging in die Küche, öffnete den Kühlschrank und fand eine Flasche Wein.

»Hier. Machst du die auf, bitte?« Sie wartete, bis Ben eingeschenkt hatte, dann sagte sie tonlos: »Er wird uns hassen.«

»Ein wenig, ja. Aber er muss das Netzwerk genauso dringend finden wie wir. Im Augenblick sind wir voneinander abhängig, das kann er nicht leugnen. Meine Kontaktperson im Ministerium wird ein wenig herumforschen, nach parallelen Mustern suchen, aber vielleicht findet sie nicht viel. Dieser Weg hier ist am vielversprechendsten. Macht es dir so viel aus … dass er uns hasst, meine ich?«

»Ja, ich glaube schon.«

»Hmmmm.«

»Wie meinst du das?«

»Ich habe mich nur geräuspert.«

»Sehr vielsagend. Also, lass hören.«

»Okay. Lily, lass es langsam angehen. Er scheint ein feiner Kerl zu sein, aber wo war er zum Beispiel heute Morgen, als du in der Dunkelkammer gearbeitet hast? Ich habe angerufen, weißt du, ich wollte mich zum Mittagessen bei euch einladen, aber niemand hat abgenommen. Er hätte auf dich aufpassen sollen. So war es abgemacht.«

Lily fröstelte.

Vielleicht durchsuchte er mein Schlafzimmer, dachte sie, sprach es aber nicht laut aus.

»Ach, Ben. Vielleicht stand er unter der Dusche. Vielleicht saß er im Garten und las ein Buch. Er ist nicht mein Leibwächter.«

»Tut mir Leid. Ich mache mir nur Sorgen um dich.«

Lily lächelte. Sie versuchte, sich tapferer zu geben, als sie sich fühlte.

»Es wird schon alles in Ordnung kommen, Ben.«

»Natürlich.«

Beide blickten auf, als Marc in die Küche trat.

»Gut«, sagte er. »Ich werde die Quinns besuchen und sie nach dem Netzwerk fragen. Aber Lily kommt mit.«

»Warum? Sie kennen mich nicht. Ich würde doch nur stören.«

»Ich weiß ja nicht, ob sie überhaupt etwas wissen. Aber wenn, sollen sie sehen, dass ich nicht nur neugierig bin. Es sind Menschen in Gefahr. Du bist in Gefahr.«

Gegen sieben verließen Lily und Marc das Haus, um Agatha Quinn zu besuchen. Sie hatte sie zu Kaffee und Kuchen eingeladen und höfliche Freude darüber geäußert, Marc wieder zu sehen, allerdings erst, nachdem sie, wie er berichtete, ein paar Sekunden zu lange gezögert hatte. Er zweifelte nicht an ihrer Aufrichtigkeit, vermutete jedoch, dass sein plötzliches Wiederauftauchen in ihrem Leben einen Schatten warf, der sie an dunklere Zeiten erinnerte. Sie hatte weder über Hayley noch über Bonnie ein Wort verloren.

Wie Lily schon befürchtet hatte, war die Adresse im vornehmen Stadtteil Rosedale schwer zu finden; die gewundenen, den Schluchten der Stadt folgenden Straßen stießen hier in den seltsamsten Winkeln aufeinander. Der Verkehrslärm der Stadt drang nicht bis in diese schönen Boulevards und lauschigen Sackgassen. Tatsächlich konnte man sich, obwohl die Hauptverkehrsstraßen von Bloor und Mount Pleasant nur wenige Häuserblocks entfernt waren, aufs Land versetzt fühlen und war eher auf den Ruf einer Nachteule oder das Heulen eines Fuchses gefasst als auf den Klang einer schrillen Autohupe.

Die stattlichen alten Häuser zeugten von Reichtum und Individualität, ganz anders als die Missgeburten so manch eines kühnen jungen Architekten. Man sah den hellen Putz und die schmiedeeisernen Geländer französischer Landhäuser, aber auch Türmchen und Tudor-Fassaden, und alle wirkten so unerschütterlich und fest in ihren Fundamenten verankert, als wollten sie gut und gern noch ein weiteres Jahrhundert dort ausharren. Lily fiel der Widerspruch auf, der darin lag, dass die Häuser trotz ihrer Größe alles andere als extravagant wirkten, sich eher scheu und verschämt von den Straßen zurückzogen und zum Teil noch zusätzlich unter einem Vorhang aus Weinblättern, Clematis oder Blauregen oder hinter gewundenen Zufahrten und niedrigen Backsteinmauern mit soliden Pforten versteckten. Rosedale vermittelte ganz allgemein einen Eindruck von Zurückgezogenheit und Diskretion, eine kleine Abfuhr für etwaige Neugierige, die aus Neid oder zu ihrer Unterhaltung eine Besichtigungstour hierher machten.

»Hier ist es, Lily. Wir sind da. Das Tor ist offen.«

Lily folgte der Auffahrt, die sich zwischen mehreren Weiden und Nadelbäumen hindurchschlängelte, und stellte ihren Wagen auf dem gepflasterten Hof ab. Aus der Nähe war das grau verputzte Haus mit seinen nüchternen schwarzen Simsen und den beiden flammendorangen Kletterrosenbüschen links und rechts der zweiflügeligen schwarzen Tür wirklich imposant. Sie warf Marc einen raschen Blick zu, der mehr Zuversicht ausdrücken sollte, als sie verspürte, hob den verzierten bronzenen Türklopfer und ließ ihn einmal fallen. Er fühlte sich genauso an, wie sie erwartet hatte – behutsam von der Zeit geglättet, schwer und von der Abendsonne leicht gewärmt.

Schweigend standen sie nebeneinander und horchten auf Schritte. Als diese endlich zu hören waren, schienen sie aus weiter Ferne zu kommen. Lily hatte ein Dienstmädchen erwartet, oder vielleicht, was noch romantischer gewesen wäre, einen Butler, aber sie wusste instinktiv, dass die Frau, die ihnen öffnete, Agatha Quinn war.

Lily bemühte sich, sie nicht anzustarren. Nussbraune

Augen unter immer noch dunklen Brauen, hohe Wangenknochen und ein festes Kinn. Die leicht vorstehenden Sehnen und die etwas schlaffere Haut am Hals verrieten noch am ehesten ihr Alter, obwohl bei genauerem Hinsehen auch auf dem ovalen Gesicht ein zartes Netz von Falten auf der Stirn und um Augen und Mund zu entdecken war. Agatha Quinn war eine schöne Frau.

Überraschenderweise war es Lily, der Agatha zuerst ihre Aufmerksamkeit schenkte; sie musterte sie mit einem langen, beifälligen Blick, keineswegs unfreundlich. Dann wandte sie sich Marc zu und streckte ihm ihre Hand hin. Die Finger waren knotig, die Haut voller Altersflecken, doch die Geste war königlich.

»Marc, wie nett von Ihnen, mich zu besuchen.«

Irgendwie mochte Lily ihr nicht glauben.

»Es ist schon so lange her. Kommen Sie herein. Und das ist –?«

»Lily Ross, Agatha. Eine Freundin von mir.«

Sie nickte höflich und führte sie durch das Marmorfoyer und dann durch einen langen Gang zu einem luftigen, wintergartenähnlichen Raum, der sich über die gesamte Breite des Hauses erstreckte. Ein herrlicher Raum in Grün- und Blautönen. Er ging nach Westen und bot, vom Licht der untergehenden Sonne erfüllt, eine atemberaubende Aussicht auf wellige Rasenflächen, herrliche Gladiolenbüsche und – am Ende des Gartens – wild bewaldete Schluchten. Der Raum war sparsam möbliert und die Fenster so riesig bemessen, dass zwischen Außen und Innen nur der Hauch einer Grenze war. Die Möbel wirkten fröhlich und bequem, die Teppiche waren aus Seide. Marc war vor einem Porträt in Öl stehen geblieben, das über einem Konzertflügel in einer Ecke des Raums hing.

»Das ist Hayley, nicht wahr? Sie sieht wundervoll aus.«

Lily trat zu ihm. Das Gemälde faszinierte sie. Ja, die Frau war schön, sehr schön, mit blauen Augen, wie von Botticelli gemaltem Haar, Haut wie Porzellan in einem schwachen Pfirsichton; doch Lily sah noch mehr: Der Mund war störrisch, die Augen rastlos, das Gesicht angespannt und leidvoll. Es war das Gesicht einer Verfolgten, mit dem Ausdruck tiefer Selbstversunkenheit. Da sie Hayleys Blick nicht länger ertrug, wandte sie sich ab, nur um sofort Agathas Blick zu begegnen, die sie vom anderen Ende des Zimmers aus beobachtete. Lily errötete, als hätte sie ihre Gedanken über Hayleys Porträt laut hinausposaunt.

Der Moment ging schnell vorüber, Marc fragte nach dem Künstler, und Agatha schenkte Kaffee ein und bot Obst und Gebäck an. Nach Art alter Bekannter plauderten sie höflich über Marcs Schauspielerkarriere und Lilys Fotografie, ließen ernstere Themen beiseite und schienen nicht recht zu wissen, wie sie die eigentlichen Fragen ansprechen sollten. Doch nach und nach wurden die Fragen dann doch pointierter.

»Sagen Sie mir, Lily«, bat Agatha. »Was halten Sie von Hayleys Porträt?«

Die Frage war so direkt, dass es für Lily kein Ausweichen gab, keine Möglichkeit, den Eindruck zu verhehlen, den sie gewonnen hatte, nämlich den einer verzweifelten, fast schon neurotischen Persönlichkeit. Sie versuchte so taktvoll wie möglich zu sein, zumal sie Marcs Verwunderung spürte.

»Sie ist sehr schön, aber auf mich wirkt sie rastlos, verstört. Verzeihen Sie, aber ich glaube, zu dem Zeitpunkt, als sie gemalt wurde, war sie zutiefst unzufrieden mit ihrem Leben.«

Sie hörte, wie Marc den Atem anhielt, doch Agatha blieb still und sah sie aufmerksam an. »Und, Lily, nachdem Sie dieses Bild gesehen haben, würden Sie sagen, dass meine Tochter verwöhnt war?«

»Es tut mir Leid, Mrs. Quinn. Ich habe sie nicht gekannt, ich kann das nicht beurteilen. Ein Mensch ist vielerlei auf einmal – das ist eines der Geheimnisse, auf die ich durch das Fotografieren gestoßen bin. Wenn man an einem Tag dreißig Aufnahmen vom selben Gesicht macht, dann wird man viele verschiedene Persönlichkeiten einfangen, viele Nuancen, ein Aufscheinen tieferer Gefühle, das ein Gesicht ganz leicht verändert. Manchmal fängt man in einem Sekundenbruchteil einen Ausdruck ein, in dem sich selbst die betreffende Person nicht erkennen würde.«

»Sie brauchen sich nicht zu entschuldigen, Lily. Sie war verwöhnt. Schön, unverschämt, unwiderstehlich, und am Ende lief sie aus dem Ruder. Kurz nachdem dieses Gemälde fertig war, starb sie bei einem Autounfall in Antigua. Ich war nie sicher, ob es Unachtsamkeit war oder ob mehr dahintersteckte. Aber wie Sie so klug sagen, ein Mensch hat unzählige Persönlichkeiten. Ich glaube nicht, dass ich es je sicher wissen werde. Man sagte mir, sie sei auf der Stelle tot gewesen und habe nicht gelitten. Sie hat ihren Teil Unglück gehabt.«

Lily, ganz rot vor Überraschung und Zorn über diese Rohheit Marc gegenüber, sah ihn besorgt an. Agatha hatte diese Nachricht über Hayleys Tod auf außerordentlich brutale Weise enthüllt. Ihr war, als könne sie Marcs Schmerz aus der Anspannung seiner Hände lesen.

Doch Agatha schien nichts zu merken.

»Vielleicht hätte ich mir mehr Mühe geben sollen, Sie zu erreichen, Marc, Sie und Ihre Familie. Doch damals war es zu hart für mich. Um ehrlich zu sein, ich wollte den Mahoney-Fall aus meinem Leben verbannen und alles vergessen, was damit zusammenhing. Außer Bonnie natürlich. Sie hat eine Zeit lang hier bei mir gewohnt, und wir waren uns darin einig, Sie nicht zu verständigen. Was konnte es für Jeanine oder für Sie bedeuten, dass Hayley tot war? Die Verbindung zwischen den Familien war schon lange abgebrochen. Und jetzt ist auch Mahoney tot. Wussten Sie das? Erschossen, irgendwann im letzten Winter. Die Polizei war damals hier.«

»Ja, ich wusste es, Agatha. Und es tut mir so Leid wegen Hayley. Und auch Jeanine wird es sehr Leid tun«, sagte Marc.

Lily fühlte die Spannung wie eine Art dumpfer Schwingung. Ein lastendes Schweigen senkte sich über sie, dann wandte Agatha ihm ihr kühles, blasses Gesicht zu.

»Vielleicht ist es an der Zeit, weiterzuleben«,sagte sie etwas weicher. »Um unser aller willen. Geht es Jeanine gut?«

»Sie erwartet ein Kind. Lily und ich wollen sie bald in Frankreich besuchen.«

Irgendwie hatte sich die im Gespräch vorherrschende Stimmung leicht verändert. Durch Marcs Vorstoß, der es so aussehen ließ, als wären Lily und er ein Paar, fühlte Lily sich überrumpelt, beschloss aber, so gut wie möglich mitzuspielen. Sie biss in einen Keks, in der Hoffnung, ein voller Mund würde ihr etwaige direkte Fragen ersparen.

»Und Bonnie? Lebt sie noch in Toronto?«, fragte Marc.

»O nein. Sie lebt jetzt in British Columbia. In einem Städtchen an der Sunshine Coast. Sie schreibt mir immer noch Briefe und Postkarten, aber ich glaube, es fällt ihr schwer, hierher zu kommen, in dieses Haus. Sie und Hayley gluckten in ihrer Jugend ständig zusammen, und es haben sich einfach zu viele Erinnerungen angesammelt. An manchen Tagen fühle ich, dass ihr Geist diese Räume bis zum Überfließen erfüllt. An anderen Tagen ist das Haus trostlos. Und Bonnie empfindet nur die Trostlosigkeit, glaube ich.«

Agathas Stimme war trügerisch ruhig, wenn sie von Hayley sprach, doch gegenüber Lily wurde ihr Ton freundlicher; sie schien echtes Interesse an ihr zu haben.

»Erzählen Sie mir doch bitte, wie Sie Jeanine kennen gelernt haben?«

Lilys Tasse schepperte leicht, als sie sie abrupt wieder auf die Untertasse zurückstellte.

Marc sprang ihr bei. »Eigentlich habe ich Lily ganz allein gefunden. Zu meinem Glück. Jeanine freut sich schon darauf, sie kennen zu lernen.«

Lily versuchte, Marc nicht anzustarren, und lächelte gequält.

»Ach. Und sind Sie in Toronto aufgewachsen?«

»Ja, ich bin ein Einzelkind. Wir waren nur zu zweit, meine Mutter und ich. Sie starb vor einigen Jahren.«

So. Nun hatte sie Marc das Stichwort gegeben, von Marie und dem Netzwerk zu sprechen, mal abwarten, wie er es anfangen würde. Doch Agatha war diejenige, die das Gespräch fortsetzte.

»Und was war mit Ihrem Vater? Sie müssen Nachsicht haben mit einer alten Frau, meine Liebe. Ich bin einfach zu neugierig darauf, wie die Leute heute leben.«

»Das macht gar nichts. Mein Vater ging weg, bevor ich zur Welt kam.«

»Ich verstehe. Vielleicht erklärt das Ihre Hellsicht bei der Beurteilung Hayleys. Das und natürlich Ihr Fotografenauge. Hayleys Vater und ich ließen uns scheiden, als auch sie noch ein Baby war. Sie ist also als Einzelkind bei ihrer Mutter aufgewachsen. Ich glaube, sie hat immer unter der Abwesenheit des Vaters gelitten.«

»Oh, es muss nicht unbedingt einen Mangel bedeuten, nur einen Elternteil zu haben. Ich liebte meine Mutter abgöttisch. Und Hayley hatte ja außerdem Bonnie. Es klingt so, als seien sie wie Schwestern gewesen.«

»Ja. Bonnie war immer da. Ihre Eltern hatten finanzielle Probleme, und ich versuchte zu helfen. Sie gehörte praktisch zur Familie. Sie fehlt mir.«

Lily dachte schon, Marc sei eingedöst, doch endlich setzte er zum Sprechen an.

»Agatha, danke, dass Sie uns empfangen haben. Ich frage mich, ob ich Sie, bevor wir gehen, etwas ... nun ja, etwas Ungewöhnliches fragen darf. Ich hoffe, es ist nicht zu schmerzlich für Sie.«

»Aber natürlich. Worum geht es?«

»Ist ungefähr zur Zeit des Mahoney-Prozesses, vielleicht ein paar Monate danach, jemand an Sie herangetreten und hat etwas von einem Netzwerk zur Unterstützung bedrohter Frauen gesagt?«

»Sie meinen Frauenhäuser? Ich gehöre zu mehreren Vorständen.«

»Nein, nicht eigentlich ein Frauenhaus. Eher ein Untergrundnetzwerk, in der Art, wie sie in den Vereinigten Staaten operieren sollen. Ein Netzwerk, das Frauen und Kinder versteckt. Jemand ist an meine Eltern herangetreten, und ich fragte mich, ob es Ihnen ebenso ergangen ist. Oder Hayley oder Bonnie.«

»Nein. Nichts dergleichen. Wie Sie noch wissen werden, wurde die Identität der beiden ja auch geheim gehalten. Sie durften nicht aussagen. Aber wenn mich jemand gefragt hätte, das sage ich Ihnen offen, hätte ich Ja gesagt.«

Marc lächelte. »Das glaube ich Ihnen gern, Agatha. Aber da Sie mit Frauenhäusern zu tun haben – dürfte ich Sie bitten, mich zu benachrichtigen, wenn Sie etwas in der Art hören? Ich lasse Ihnen Lilys Telefonnummer da.«

Agatha zog eine Braue hoch. »Lilys?«

»Ja, ich bin für eine Weile bei ihr zu Besuch.«

»Ich verstehe. Und dieses Netzwerk ist wichtig für Sie?«

»Ja, ich würde gern mit den Leuten in Kontakt treten. Ich … wir würden sehr diskret sein.«

Er erhob sich und beugte damit allen weiteren Fragen vor, Lily, noch ganz benommen, folgte seinem Beispiel.

»Bitte«, sagte Agatha. »Bevor Sie gehen, würde ich Lily gern den Garten zeigen. Und Marc, ich habe hier einen Gedichtband, der zu Hayleys Lieblingsbüchern gehörte. Es wäre in ihrem Sinne, wenn Sie ihn bekämen.«

Sie ging zum Bücherschrank und holte ein schmales Bändchen mit Gedichten von Pablo Neruda. Als sie es Marc gab, berührten sich ihre Hände, wie Lily deutlich sah. Der Blick, den die beiden dabei wechselten, war so intim, dass Lily sich plötzlich wie ein Eindringling fühlte.

Sie wandte sich ab und ging in den Garten, auf dem noch die letzten Strahlen der untergehenden Sonne lagen. Gleich darauf war Agatha bei ihr, und sie schauten zurück in den schattigen Raum, in dem Marc saß und liebevoll die Seiten des Buches in seinen Händen umblätterte.

Agatha streckte die Hand aus und legte sie Lily auf den Arm. Ihre Haut war trocken und warm, die Berührung so zart wie die Blumen ringsum.

»Marc ist ein guter Mann, Lily. Er ist liebevoll. Sie sollten nach Frankreich reisen.«

»Ja, vielleicht. Irgendwann.«

»Ich habe mich gefreut, Sie kennen zu lernen. Wissen Sie, Sie erinnern mich an Hayley, an die Hayley vor dem Trauma. Obwohl ich behaupten möchte, dass Sie weit intelligenter sind. Sie war ein liebes Mädchen, früher, aber nicht sehr klug. Was Sie in ihr erkannten, den inneren Kampf, die Egozentrik… das hat sie nur am Ende geprägt. Sie brachte nicht den Mut auf, ihr Leben neu zu erfinden. Danke, dass Sie mir gegenüber so ehrlich über das Porträt gesprochen haben.«

Einige Minuten später, auf der Rückfahrt zur Birch Avenue, wandte sich Lily an Marc.

»Was sollte das Ganze? Warum hast du ihr nicht von Marie erzählt?«

»Ich brachte es einfach nicht fertig. Nicht, nachdem ich das mit Hayley gehört hatte. Noch mehr Gewalt, noch mehr Tod. Ich konnte es einfach nicht. Sie wirkte so zerbrechlich.«

»Auf mich wirkte sie stark wie ein Ochse. Und warum hast du ihr zu verstehen gegeben, wir hätten eine Beziehung? Ich dachte, ich wäre mitgefahren, um die Jungfrau in Not zu spielen.«

»Ich hab's mir anders überlegt. Meinst du nicht, Agatha hat in ihrem Leben Kummer genug gehabt?«

Plötzlich begriff Lily die Zusammenhänge: Agathas anfängliche Kälte gegenüber Marc, ihr seltsames Gefühl, dass die Worte beider einen Subtext hatten, den sie nicht verstehen konnte. Die schockierende Art und Weise, in der Agatha ihnen die Umstände von Hayleys Tod mitgeteilt hatte.

»Oh, Marc. Das hätte ich früher begreifen müssen. Du hattest eine Affäre mit Hayley, nicht wahr?«

»Ja.«

Zu ihrer Überraschung zuckte etwas wie Eifersucht in Lily hoch, sie schob sie rasch beiseite. »Und Agatha Quinn wollte dich ein bisschen bestrafen.«

»Das ist schon in Ordnung. Die Beziehung nahm kein gutes Ende. Es war meine Schuld. Aber jetzt weiß ich, dass Agatha mir vergeben hat.«

»Hat sie das?«

»Ganz sicher. Sie gab mir das Neruda-Bändchen. Hayley fand Gedichte langweilig, Agatha hingegen hat Lyrik immer geliebt.«

»Nun ja. Trotzdem wünschte ich, sie hätte uns noch etwas mehr gegeben«, klagte Lily. »Ich möchte ja nicht selbstsüchtig sein, aber was das Netzwerk angeht, sind wir wieder einem Pfad gefolgt, der im Nichts endet. Dabei schien dieser Pfad so vielversprechend.«

»Gib doch nicht jetzt schon auf. Wenn sie sich bei ihren Frauenhaus-Bekannten umhört, kann sich durchaus noch etwas ergeben. Eine ältere Dame, die Erkundigungen einzieht, wirkt weit weniger bedrohlich als Männer wie Ben und ich, die herumschnüffeln. Wir haben einfach das falsche Geschlecht.«

Lily fand das nicht besonders lustig und hielt den Blick fest auf die Straße gerichtet; sie spürte, wie Marc sie betrachtete.

»Hey, bist du okay? Es ist doch nichts passiert, oder? Du hast ihn doch nicht etwa gesehen?«

»Nichts ist passiert. Aber alles hat sich geändert. Es tut mir Leid. Ich weiß einfach nicht genau, wie ich es finden soll, dass du bei mir wohnst. Nicht deinetwegen ... Ich meine den Grund für dein Hiersein. Und ich werde den Gedanken nicht los, dass uns die Zeit knapp wird. Hast du nicht auch das Gefühl?«

Marc streckte die Hand aus und berührte Lily zart im Nacken.

»Doch, Lily Ross. Ich habe auch das Gefühl.«

Toronto, Dienstag, 27. Juli

Eva hatte sich einen leichten Schlaf antrainiert. Sie nahm beim ersten Klingeln ab und war sofort hellwach.

»Ja?«

»Wir müssen uns treffen. Sicheres Haus Nummer eins. In einer Stunde?«

»Ich werde kommen.«

»Am besten zu Fuß. Keine Autos, bitte.«

Sie wartete noch das Klicken und das Freizeichen ab, dann ging sie unter die Dusche. Ihre Haut kribbelte, und sie zitterte unter dem kalten Strahl. Solche Treffen waren selten, und Sicheres Haus Nummer eins war das Codewort nicht nur für einen Ort, sondern auch für eine Sicherheitsstufe. Es bestand also Gefahr. Aber für wen? Für sie? Für Kathleen?

Sie drehte ihr nasses Haar zu einem Knoten zusammen und zog ihre Joggingsachen über; dann horchte sie an der Tür, bevor sie sie öffnete. Das Haus war still, außer ihr rührte sich noch niemand.

Draußen verfiel sie in lockeren Trab, bis sie, nach einem Blick auf die Uhr, ihren Schritt verlangsamte. Sie durfte nicht zu früh ankommen. Das letzte Stück des Wegs würde sie gehend zurücklegen, um sich abzukühlen und wieder zu Atem zu kommen. Hin und wieder sah sie sich misstrauisch um, doch die Straßen waren ruhig.

Ein kleines Stück vor dem Haus sah sie einen Baum, lehnte sich mit den Unterarmen dagegen, dehnte ihre Wadenmuskeln und nutzte die Gelegenheit, noch einmal die Straße in ihrem Rücken abzuchecken. Niemand folgte ihr, doch sie würde sich erst wohl fühlen, wenn sie wusste, wo Abbott sich aufhielt.

Ohne anzuklopfen, schlüpfte sie durch einen in die Küche

führenden Nebeneingang ins Haus und ging rechts eine Treppe hinauf in ein Arbeitszimmer, das als Besprechungsraum diente. Die Tür stand schon halb offen.

In dem Raum waren zwei Frauen, beide waren Eva unbekannt. Sie nickte ihnen zu und setzte sich in einen Lehnstuhl am Kamin. Es würde keine gegenseitigen Vorstellungen geben. Die Mitglieder des Netzwerks waren darauf bedacht, nicht miteinander bekannt zu werden, ihre Tätigkeit wurde von einem zentralen Organisator koordiniert. Eva hatte das Gefühl, dass die beiden Frauen dem Herz der Organisation nahe stehen mussten. Aus ihrer adretten, gut sitzenden Kleidung ließ sich nichts über ihr Leben oder ihren Beruf erraten, allerdings waren sie eindeutig nicht hierher gejoggt, und da Eva in der Auffahrt weder Autos noch Fahrräder bemerkt hatte, vermutete sie, dass die beiden nur einen kurzen Weg gehabt hatten oder sogar in diesem sicheren Haus wohnten. Zum ersten Mal kam ihr der beängstigende Gedanke, das Netzwerk selbst könne in Gefahr sein.

Sie verlagerte ihr Gewicht, um ihre Anspannung ein wenig zu lösen, und zog dabei die Blicke der anderen Frauen auf sich. Sie lächelten, und Eva fand es tröstlich, dass sie so entspannt wirkten.

Irgendwo unten im Haus schlug eine Uhr, 6.30 Uhr, und die Frau, die sie angerufen hatte, trat in den Raum. Eva hatte den Eindruck, dass ihr schönes Gesicht von Müdigkeit gezeichnet war, doch als sie sprach, klang ihre Stimme klar und resolut.

»Guten Morgen. Ich bat Sie hierher, weil ich Ihnen am meisten traue. Wir müssen einander in diesem kleinen Kreis mehr vertrauen denn je zuvor.«

Eva blickte zu Boden, während die Frau mitteilte, dass Marie Forrest von Paul Abbott ermordet worden war.

»Und da gibt es noch etwas«, fuhr die Frau fort. »Wir wissen nicht, wo Abbott ist, wissen aber, dass er, zumindest zeitweilig, ein anderes Ziel hat als Kathleen. Eine junge Frau namens Lily Ross kann Abbott als den Mann mit der Pistole identifizieren, den sie am Tatort in Little Falls sah.«

Eva erschrak, doch ihr Gesicht blieb ausdruckslos.

»Lily Ross weiß, dass sie möglicherweise in großer Gefahr schwebt, ist bisher aber noch nicht zur Polizei gegangen. Da sie in der Gesellschaft Marc Forrests gesehen wurde, des Sohnes der ermordeten Mrs. Forrest, gibt es nur eine Erklärung für ihr Verhalten. Sie versuchen, Kontakt mit dem Netzwerk aufzunehmen. Sie und noch ein Mann, Ben Kelter, haben alle möglichen Fragen gestellt, die uns ruinieren könnten, vor allem, was unsere Bemühungen betrifft, flüchtige Frauen mit neuen Ausweispapieren auszustatten. Wir hier in diesem Raum sind besonders gefährdet, wenn das Netzwerk aufgedeckt wird und das ... das ganze Ausmaß unserer Tätigkeit ans Licht kommt.«

»Aber warum sollten sie das Netzwerk gefährden wollen?«, fragte Eva.

»Ich denke, dass sie nichts dergleichen vorhaben, auch wenn es in letzter Konsequenz dazu kommen könnte. Ich glaube eher, sie wollen Kontakt mit uns aufnehmen, um Kathleen zu warnen. Sie können ja nicht ahnen, wie viel wir bereits wissen.«

Eine der beiden anderen Frauen meldete sich zu Wort: »Dann gibt es keine andere Möglichkeit, als es ihnen zu sagen. Geben wir ihnen durch eine Botschaft zu verstehen, dass wir bereits gewarnt sind und uns um die Landers kümmern. Keinen Anruf – vielleicht wird ihr Telefon abgehört – und auch nichts per Post, bis wir genau wissen, wo diese Lily Ross steht.«

»Ja, ich denke, zur Zeit können wir nichts anderes tun, trotz des damit verbundenen Risikos. Wir können sicher annehmen, dass Abbott sie beobachtet, also muss die Botschaft sehr vorsichtig übermittelt werden. Wenn wir Lily beschatten, werden wir ihn am ehesten finden. In der Zwischenzeit wird jede von ihnen über die üblichen Kanäle sein Foto erhalten. Nehmen Sie sich vor ihm in Acht. Er weiß, dass Kathleen Hilfe erhalten hat. Wir dürfen ihn nicht noch einmal unterschätzen. Wenn Sie ihn sehen, benachrichtigen Sie mich sofort.«

Sie erhob sich und beendete damit die Sitzung. Die beiden Frauen, die Eva nicht kannte, brachen rasch auf, doch sie selbst blieb zurück, für sie war die Besprechung noch nicht beendet, wie sie wusste. Als das Haus wieder still war, fragte ihre Gastgeberin leise:

»Du weißt, wer Lily Ross ist?«

»Ich denke ja. Der Abend in The Beaches … Sie ist die Frau, der Amanda Martin ihre Geschichte erzählt hat, nicht wahr? Das ergibt einen Sinn. Und die Verbindung mit Mahoney führte sie dann zu den Forrests?«

»Sicher können wir das nicht sagen, aber es ist sehr wahrscheinlich so gewesen. Ich weiß, dass Amanda ihr nicht alles erzählt hat.«

»Aber sie hat mich gesehen, wenn auch nur einen Augenblick lang. Wenn sie mich wieder sieht, könnte sie mich erkennen.«

»Ja.«

»Und Marc Forrest? Ist er in der Lage, sie allein zu beschützen? Weiß er, wie Abbott aussieht?«

»Er hat nur Lilys Beschreibung.«

Eva seufzte. »Sie sind Amateure. Sie brauchen mich, um Abbotts Spur aufzunehmen. Sonst ist niemand da.«

»Dann müssen wir jemanden finden. Für dich ist es sonst

zu gefährlich, selbst wenn du dich verkleidest. Niemand – und schon gar nicht Lily Ross – darf vermuten, dass du etwas mit dem Netzwerk zu tun hast. Das verstehst du doch, oder? Und wir müssen auch an Kathleen und das Kind denken. Abbott hat sie bestimmt nicht vergessen. Nein, wir können sie nicht im Stich lassen, weder sie noch Teresa.«

»Aber wer sonst könnte die Botschaft des Netzwerks übermitteln? Wer sonst könnte Lily Ross beschützen?«

Die Frau lächelte. Evas Augen weiteten sich in plötzlichem Verstehen.

»Ja, ich dachte mir schon, dass auch du das Unvermeidliche sehen würdest, meine Liebe. Wir müssen Marc vertrauen. Und vorerst musst du Lily mir überlassen.«

Toronto, Donnerstag, 29. Juli

Im Redaktionsraum diskutierten die Reporter mal wieder lautstark den neuesten politischen Skandal. Über die Trennwände hinweg schrien sie einander die Details zu, stellten Sachverhalte richtig, suchten nach neuen Fährten. Ben Kelter hatte nicht weniger Spaß an einem neuen Skandal als jeder andere auch, aber er war froh, dass er dieses Mal am Rande stand. Er war mit eigenen Nachforschungen beschäftigt, einer kleinen privaten Recherche über den Hintergrund Agatha Quinns.

Als Marc den Zusammenhang zwischen Hayley und Mahoney enthüllt hatte, war Ben überrascht gewesen. Quinn war ein bekannter Name in Toronto, und doch war ihm nie das geringste Gerücht zu Ohren gekommen, er könne mit einem früheren Fall sexueller Nötigung und Vergewaltigung verbunden sein, und das, obwohl Reichtum normalerweise eine magnetische Anziehungskraft auf Klatsch und Tratsch ausübte. Die Quinns hatten früher ein Medienkonsortium geleitet, mit Mehrheitsanteilen an zwei Zeitungen, einem Rundfunksender, lokalen Fernsehsendern und verschiedenen Magazinen. Dann waren Agatha Quinns Scheidung so mühsam und der Geschäftssinn ihres Exmannes so katastrophal gewesen, dass das Vertrauen der Leser und Zuschauer erschüttert wurde. Zwar leitete Agatha noch zwei Magazine, *Designer's Edge* und *Children's Corner*, doch alles andere hatte sie abgeben müssen, und der Name Quinn erschien nun häufiger auf Spenderlisten für wohltätige Stiftungen als auf Firmenorganigrammen. Doch solch ein völliger Rückzug in die Privatsphäre gelang eher selten. Hayley Quinns Nachruf umfasste zwölf kurze Zeilen, und nicht einmal Marc schien zu wissen, wie sie ums Leben gekommen war. Ben konnte Marcs Wunsch, die Vergangenheit der Quinns zu schützen, verstehen, er hoffte nur, dass Marc ebenso viel an Lilys Zukunft lag.

Die Unruhe ringsum und seine eigenen Grübeleien hatten ihn fast das hartnäckige Klingeln des Telefons überhören lassen.

»Ben Kelter.«

Eine lange Pause.

»Nehmen Sie das Gespräch auf Band auf?« Die Stimme eines jungen Mannes.

»Nein.«

»Ich habe Sie am Montag auf dem Amt gesehen. Sie erkundigten sich, wie man Geburtsurkunden zurückverfolgen und vielleicht neue Identitäten mit ihnen fälschen könnte.«

Ben setzte sich auf. »Wer sind Sie?«

»Jemand, der Ihnen vielleicht helfen kann. Wenn ich es tue, was springt dann für mich raus?«

»Wie wär's mit Bürgersinn?«

»Scheiß drauf.«

»Okay. Tut mir Leid, Sie haben zu viele amerikanische Filme gesehen. Ich zahle nicht für Informationen. Aber ich würde mich tatsächlich über Ihre Hilfe freuen, und ich würde Ihren Namen geheim halten.«

Ben hielt den Atem an. Wie die meisten Journalisten hatte auch er im Laufe der Jahre viele solcher Anrufe erhalten. Und dies war immer der entscheidende Moment. Entweder würde der Anrufer sein Gewissen entdecken oder auflegen. Oder aber er hatte ein noch verborgenes Motiv oder ein Hühnchen mit jemandem zu rupfen und würde deshalb weiterreden.

»Okay. Was soll's. Laden Sie mich zu einem Bier ein?«

»Klar.«

»Dann treffen wir uns im *Madison*. Früh, sagen wir halb fünf heute Nachmittag. Fragen Sie nach Frank. Die Leute da kennen mich.«

Ben fuhr die Bloor Street entlang, die den »The Annex« getauften und für seinen multikulturellen Schick bekannten Stadtteil auf der einen Seite begrenzte. Nur ein winziges Stückchen nördlich des Eklektizismus der Madison Avenue von Bloor lag ein harmonisches, efeubewachsenes Architekturparadies. Die meisten der dreistöckigen Backsteinhäuser mit den anmutigen Bogen stammten aus den ersten Jahren des 20. Jahrhunderts, sie waren zu Pensionen, Studentenwohnheimen und Stammhäusern von Studentenverbindungen umgewandelt worden. Eins dieser großen Häuser beherbergte nun das *Madison*, einen Pub, der sich perfekt in seine Umgebung einfügte und mit seiner dunkelroten Einrichtung und den verschiedenen Einzelräumen immer noch den Eindruck eines altmodischen Wohnhauses vermittelte.

Ben parkte seinen Wagen nah der einzigen Skurrilität dieser Straße, einem hellgelb gestrichenen tibetanisch-buddhistischen Tempel mit noch hellerer Tür. Er blieb stehen, um die Goldschnitzerei auf der Fassade zu betrachten: einen Baum mit zwei exotischen Tieren rechts und links. Er hoffte, dass sie glückliches Gelingen symbolisierten.

An einem Sommernachmittag um halb fünf würde der Pub, der vor allem von Studenten frequentiert wurde, ziemlich sicher leer sein. Und so war es. Ben sah sich im Erdgeschoss um und erspähte eine Kellnerin mit schwarz geschminkten Lippen, die an der Theke lehnte und *Elle* las. Er fragte nach Frank, und sie winkte wortlos in Richtung der Dachterrasse, ohne ihn auch nur eines Blickes zu würdigen.

Auf dem Dach herrschte sengende Hitze. Ein einzelner Mann, wahrscheinlich Frank, hatte bereits Schlips und Jackett ausgezogen und kämpfte mit einem Sonnenschirm. Breite Wangenknochen und eine Stupsnase ließen sein Gesicht flach wirken. Das schon schüttere, strähnige Haar hatte offenbar nur flüchtige Bekanntschaft mit einer Shampooflasche schließen können.

Ben half ihm, den Schirm aufzuspannen, und streckte ihm dann die Hand hin.

»Wir könnten hineingehen«, schlug er vor. »Der Pub ist klimatisiert.«

Franks Händedruck war so feucht, wie zu erwarten war.

»Auf keinen Fall. Ich sitze den lieben langen Tag in einem fensterlosen Büro. Es ist gar nicht gesund, wenn man die ganze Zeit so kalt angeblasen wird. Und bedenken Sie, wie schädlich so was für die Ozonschicht ist.«

Ben fragte sich, ob Frank vielleicht auch fürchtete, dass Haarwaschmittel voller umweltschädigender chemischer Substanzen steckten, aber er ließ sich ohne weitere Einwände nieder und bestellte zwei Upper Canada Lager.

»Also, Frank. Sie sind im Arbeitsministerium beschäftigt.«

»Geeenau. Seit sieben Jahren geb ich da Sozialversicherungsnummern aus. Aber erst müssen Sie mir erzählen, an was für 'ner Story Sie arbeiten. Ich muss ein bisschen vorsichtig sein, hab schließlich Familie.«

Ben wog seine Antwort sorgfältig ab. Er konnte förmlich riechen, dass Frank darauf brannte, ihm etwas zu erzählen. Doch würde ein Hinweis auf Gefahr nun eher seinen Sinn für Melodramatik reizen oder ihn ganz im Gegenteil wieder in seinem Bau verschwinden lassen?

»Sicherheitslecks, Frank. Jedermann weiß, dass das System komplex und schwerfällig ist. Wenn also zu viele Karten ausgegeben werden, führt man die Abweichungen auf ein Versehen der Mitarbeiter zurück. Hin und wieder jedoch wird ein Betrug aufgedeckt, meist bei den Krankenversicherungskarten. Ich suche nach Details, nach Namen. Vielleicht gibt es einen Insider, der nicht versehentlich, sondern absichtlich und vielleicht sogar systematisch zusätzliche Sozialversicherungsnummern vergibt.«

Ben spürte, dass er ins Schwarze getroffen hatte. Frank beugte sich vor und redete mit gedämpfter Stimme. »Das kann gefährlich werden, Mann. Vielleicht gibt es ja auch irgendeine Scheinfirma, die hohe Löhne an eine ganze Serie von falschen Sozialversicherungsnummern zahlt. Sie verstehen schon, so in der Art von Geldwäsche.«

Ben behielt sein Pokerface bei und beugte sich nun auch zu Frank hinüber. »Hmm. Das würde die Steuerbehörde recht schnell herausfinden, denke ich. Ich denke da in viel kleinerem Maßstab. Zum Beispiel an einen illegalen Einwanderer, der auf einer Art Abkürzung zum Ziel kommen möchte. Ich rede nicht von Terroristen oder Kriminellen, Frank, die werden ja überwacht. Ich meine ganz normale Leute, die einfach ins andere Lager wechseln möchten. Wäre so was möglich?«

Frank lächelte, das heißt, seine Lippen spannten sich blasiert über den Zähnen.

»Darauf können Sie wetten. Nichts ist einfacher als das, wenn man weiß, wie's geht.«

»Und das wissen Sie, Frank?«

»Na klar. Der Trick besteht darin, gar nicht erst zu versuchen, eine Nummer zu fälschen. Sie brauchen eine richtige. Die erste Ziffer gibt den Landesteil an, in dem die Nummer ausgegeben wird. Die sieben nächsten Ziffern werden nach dem Zufallsprinzip ausgewählt und die letzte Ziffer ist eine Prüfzahl. Eine falsche Nummer wird vom Zentralcomputer in New Brunswick ausgespuckt, und die betreffende Person wird auf ihre Staatsbürgerschaft überprüft. Auf diese Weise fliegen die meisten Illegalen auf. Aber wenn Sie eine kanadische Geburtsurkunde haben und ein einziges weiteres Ausweispapier, dann füllen Sie ein Formular aus, erscheinen auf dem Amt, um ein paar Fragen zu beantworten, und schon haben Sie's.«

»Erscheinen auf dem Amt?«

»Ja. In Toronto muss man auf dem Amt erscheinen. Normalerweise gibt es ein Interview, außer in den ganz kleinen Städten.«

»Wie schwierig ist es?«

»Ziemlich einfach, wenn man den richtigen Akzent hat und ein bisschen was über den angeblichen Heimatort weiß. Schließlich soll die betreffende Person ja dort geboren sein.«

»Und Sie sind auf verdächtige Prüflinge gestoßen?«

»Ich nicht. Meine Vorgesetzte. Die alte Zicke. Hat irgendwas gegen Männer. Sie kennen diese Sorte Frau?«

Ben zuckte die Achseln und zückte Notizheft und Stift.

Frank würde sich besser fühlen, wenn er sich den Anschein gab, etwas aufzuschreiben. Er malte einen kleinen Kreis innerhalb eines größeren: Frank, ein kleines Zahnrädchen in einem großen bürokratischen Uhrwerk. Dann zeichnete er einen Höhlenmenschen mit einer Keule. Franks Ansichten über Frauen. Als er mit seinen Kritzeleien fertig war, blickt er verschwörerisch auf. »Wer ist nun Ihr Boss?«

»Nur die Ruhe. Das kommt schon noch. Wie ich schon sagte, ich hatte Verdacht geschöpft, und deshalb hab ich hin und wieder in ihre Gespräche reingehört. Normalerweise sind diese Interviews unter ihrer Würde, aber in den letzten sechs Monaten waren da drei Frauen. Ich hab also ein bisschen in deren Vorleben geforscht. Bei allen drei Frauen dieselbe Spur. Geburtsurkunden, die man ihnen in Ontario ausgestellt hatte. Alle hatten Kanada mit ihrer Familie verlassen, als sie noch sehr jung waren. Alle besuchten ein College – allerdings jede ein anderes – in den Staaten und hatten deshalb vorher keine Nummer nötig. Ist doch ein seltsames Zusammentreffen, nicht wahr?«

»Scheint mir noch ein bisschen dünn. Es dürfte ein paar Tausend Leute geben, auf die das zutrifft.«

»Die sich alle ihre Geburtsurkunde an dieselbe Adresse in Toronto schicken lassen?«

Jetzt hörte Ben sehr aufmerksam zu. Er wusste genug, um zu begreifen, dass die Dokumentenfälschung praktisch nicht aufzuspüren war, wenn jemand *innerhalb* der Sozialversicherungsbehörde mitmachte und sich um die Anträge der Frauen kümmerte. Es sei denn, es gab jemanden wie Frank, dessen persönlicher Hass so groß war, dass er sich die Mühe machte, Geburtsurkunden und Anschriften zu vergleichen.

»Und wie finde ich diese Frauen?«

»Jetzt kommt das Beste.« Frank grinste hämisch. »Ich hab

die Anschrift.« Er griff unter den Tisch, öffnete eine etwas verschlissene Aktentasche und gab Ben einen Computerausdruck. »Ich denke, wenn ich Ihnen die drei Namen gebe, können Sie herausfinden, ob die Frauen Legale sind. Und wenn nicht – dann kriegen wir meine Chefin dran.«

Ben las die Liste, dann faltete er den Bogen zusammen und legte ihn in sein Notizbüchlein. »Danke, Frank. Ich werde der Sache nachgehen. Wollen Sie mich in einer Woche oder so wieder anrufen?«

»Erst in einer Woche?«

»Hey, wir wollen doch niemanden misstrauisch werden lassen.«

»Ja, okay. Danke für das Bier.«

Ben hatte eine plötzliche generöse Anwandlung, die allerdings nicht ganz frei war von Boshaftigkeit. Er zog einen Zwanziger aus seiner Brieftasche und schob ihn unter sein Glas. »Bestellen Sie sich noch eins.« Er legte den Finger an die Lippen. »Und vergessen Sie's nicht: Kein Wort – zu niemandem.« Dieses Verschwörertum würde Frank für mindestens eine Woche beglücken, so hoffte er zumindest.

Ben jubelte innerlich, als er wegging. Drei Namen und eine Adresse am Orchardview Boulevard. Es war keine Kathleen dabei, doch die richtigen Namen waren nicht so wichtig, sollte Frank tatsächlich über das Netzwerk gestolpert sein. Das Untergeschoss des Pubs füllte sich allmählich mit Studenten, der Hunger hatte sie hergetrieben, und sie stillten ihn nun mit den kostenlosen Appetithappen des *Madison*. Ben schenkte ihnen keine Beachtung, er wollte so schnell wie möglich zurück zu seinem Wagen und zu seinem Handy. Er musste Marc finden, sofort.

Er ließ sich auf den Fahrersitz fallen und tippte die Nummer ein. *Na los, Marc, geh dran.* Der Anrufbeantworter schaltete sich ein. Ben fluchte und ließ den Motor an. Nach einer schnellen Kehrtwende machte er sich auf den Weg zur Birch Avenue. Mit etwas Glück würde er in zehn Minuten da sein.

Doch als er in die Dupont Street einbog, sank sein Mut. Die Abbieger in die Avenue Road stauten sich zwei Blocks weit zurück. Er warf einen Blick auf die Uhr, Rushhour, die Hauptverkehrsadern der Innenstadt waren verstopft. Wieder wählte er Lilys Nummer und wieder hob niemand ab. Ben trommelte mit den Fingern aufs Lenkrad und rutschte unruhig auf seinem Sitz herum, doch es half nichts, er saß fest. Der Verkehr war so dicht, dass an ein Wenden nicht zu denken war.

Dreißig Minuten später fuhr Ben völlig verschwitzt und nervös bei Lily vor. Er klopfte und ging ums Haus in den Garten, doch ganz offensichtlich war niemand zu Hause. Er hörte seinen eigenen Anrufbeantworter ab, doch weder Lily noch Marc hatten etwas hinterlassen. Was tun? Warten? Zurück ins Büro fahren?

Schnell kam er zu einem Entschluss. Er war schon zu lange Journalist, um eine Spur erkalten zu lassen. Er würde einfach bei der Adresse vorbeifahren und sich die Straße genauer ansehen. Und dann würde er später noch einmal mit Marc hinfahren und feststellen, ob Kathleen dort wohnte. Sie würde Marc vertrauen. Er riss eine Seite aus seinem Notizbuch und kritzelte *»Ruft mich an. Dringend.«* darauf. Dann schob er den Zettel durch den Briefschlitz und ging zum Wagen zurück.

Als er auf die Yonge Street fuhr, ordnete sich ein dunkelblaues Oldsmobile hinter ihm ein.

Der Verkehr ließ nach, sobald er von der Yonge Street auf den Orchardview Boulevard eingebogen war. Er war sich nicht sicher, was er eigentlich erwartet hatte, aber auf jeden Fall überraschte ihn diese Straße. Sie sah nach einer gutbürgerlichen Wohngegend aus, in der Eltern auch auf die Kinder der anderen achteten und jeder Fremde Misstrauen wecken würde. Eine Verkehrsberuhigung durch Holperschwellen sorgte dafür, dass die Straße keine attraktive Abkürzung zur Avenue Road war. Ein paar Jugendliche waren auf Skateboards unterwegs, und ein rothaariges kleines Mädchen sprang Seil, all das unter den wachsamen Augen von Erwachsenen, die ihre Vorgärten wässerten oder einen Schwatz an der Haustür hielten. Er parkte den Wagen ein paar Häuser von der Adresse entfernt, die Frank ihm gegeben hatte, doch es gab nicht viel zu sehen. Das Haus war groß, vermutlich hatte man es in Wohnungen aufgeteilt. Es war zwar nicht sonderlich elegant, stach aber von den Einfamilienhäusern nicht als typisches Mietshaus ab. Sollte Kathleen wirklich dort wohnen, dann hatte das Netzwerk eine gute Wahl getroffen. Er wartete noch ein paar Minuten und sah zu, wie der Fahrer eines anderen Wagens sich über die Holperschwellen mühte, nur um feststellen zu müssen, dass die Straße auf dem Parkplatz der North Toronto Arena endete. Langsam wendete das Oldsmobile und fuhr wieder zurück. Ben folgte ihm widerwillig, ohne Marc konnte er hier nichts ausrichten.

Einen Augenblick lang überlegte er, ob er zu Lilys Haus zurückkehren sollte, beschloss dann aber doch, ins Büro zu fahren. Es konnte noch Stunden dauern, bevor sie oder Marc seine Nachricht abhörten, und da sie seine Arbeitsgewohnheiten kannte, würde sie ihn dort zuerst zu erreichen versuchen. Er würde sich in irgendeinem Imbiss etwas zu essen besorgen und am Schreibtisch tafeln. Noch ein letztes Mal wählte er ihre Nummer, doch für diesen Tag war sein Glücksvorrat wohl erschöpft.

Gegen zehn Uhr abends hatte Ben philosophische Gelassenheit entwickelt. Lily hatte vermutlich einen Fototermin, und vielleicht hatte sie Marc erlaubt, sie zu begleiten. Lily, die Eigensinnige, dachte er. Vielleicht würde sie nun, sollten sie Kathleen wirklich finden, endlich an ihre eigene Sicherheit denken. Er warf die Kartons aus dem China-Imbiss weg und machte sich auf den Weg zum Parkplatz.

Er trat in das Dämmerlicht einer Großstadtnacht, die nie so dunkel wird, dass man die Sterne sehen kann. Einige zerfetzte Wolken zogen über den blassen Mond. Der Parkplatz war nahezu leer, doch manche Kollegen hatten sich durch die Verlockungen des trauten Heims immer noch nicht von der heißen Fährte fehlbarer Politiker ablenken lassen. Einige von ihnen, das wusste er, würden bis zum Morgengrauen arbeiten. Mit halbem Ohr nahm er wahr, wie ein Wagen angelassen wurde, doch er drehte sich nicht um. Zu spät erst registrierte er das Geräusch der Beschleunigung. Dann spürte er nur noch den Aufprall, eine Explosion von Schmerz, als der Wagen ihn erfasste und in die Luft schleuderte. Einen Augenblick lang schwebte er wie ein Chagallscher Engel über dem Pflaster, dann verlor er das Bewusstsein. Er konnte weder fühlen noch hören, wie sein Schädel auf dem Boden aufschlug und brach.

Toronto, Donnerstag, 29. Juli

Es war kurz nach sieben Uhr morgens. Lily hatte versprochen, Marc rechtzeitig zu wecken, damit er sie zu einem Fototermin – es ging um eine Zeitschriftenwerbung für Parfüm – begleiten konnte. Aber sie hatte es sich anders überlegt. Eins der Models bei diesem Termin kam von Amanda Martins Agentur. Vielleicht war das Lilys einzige Chance, sich nach Amandas plötzlicher Mexikoreise zu erkundigen, ohne Verdacht zu wecken. Der Mahoney-Mord war ein heikles Thema in Marcs Nähe. Eine zusätzliche halbe Stunde Schlaf würde ihm gut tun, beschloss sie daher.

Auf Zehenspitzen schlich sie die Treppe hinunter. Doch als sie, vom Kaffeedurst getrieben, in die Küche trat, fuhr sie unwillkürlich zusammen.

Marc war schon da. Er lehnte lässig an der Arbeitsplatte und lächelte ihr über den Rand seiner Kaffeetasse hinweg zu.

Es war ein entwaffnendes Lächeln. »Verdammt noch mal, Marc. Ich dachte, du wärst noch im Bett.«

»Auch dir einen guten Morgen, liebe Lily. Kaffee?«

»Ja, bitte.«

»Und wohin fahren wir heute?«

»Wir?«

Marc machte sich nicht die Mühe zu antworten, sondern hüllte seine Missbilligung in ein beredtes Schweigen.

Die Strategie funktionierte. Ihre Ausreden kamen ungeschickter und weniger überzeugend heraus, als sie gehofft hatte. »Es wird ein anstrengender Termin. Jede Menge technischer Kram bei der Beleuchtung. Irgendwie brauche ich ... Ich meine, ich muss mich konzentrieren. Da sind ganz viele Leute dabei. Du wärst nur im Weg.«

Wenn er, wie jetzt, die Stirn runzelte, so dass sich die dunklen Augenbrauen über den hellbraunen Augen trafen, sah er aus wie ein wilder Korsar, dachte Lily. Sein Gesicht erschien ihr oft wie eine endlose Folge von Verkleidungen, sein Ausdruck wechselte übergangslos und ohne Vorwarnung von Sorge zu Unrast zu gelassener Ruhe. Sie hatte mit Einwänden gerechnet, aber wieder einmal verblüffte er sie – mit einem Achselzucken von echt französischer Nonchalance.

»Na, wenn du meinst.«

Sofort fühlte sich Lily ihrer Lügen wegen wie eine Verräterin. Außerdem empfand sie etwas wie Enttäuschung. Um seinem Blick nicht begegnen zu müssen, stürzte sie den restlichen Kaffee hinunter und begann, ihre Tasse unter dem Wasserhahn auszuspülen.

»Ich mach mich dann wohl auf den Weg«, sagte sie lahm.

»Tust du mir einen Gefallen?«

»Natürlich.«

»Pass auf dich auf, ja?«

Als Lily aufblickte, legte ihr Marc die Hände auf die Schultern, beugte sich hinunter und gab ihr einen Kuss auf die Wange. Dann war er weg. Unerklärlicherweise fühlte sich Lily mit einem Mal ungeheuer erleichtert.

Als sie die langen steilen Treppen zur Summerhill Station hinunterlief, stieg ihr die feuchte Luft in die Nase und legte sich wie ein Film auf ihre Haut. Aus den U-Bahn-Schächten quoll Modergeruch. Trotz der grellen Beleuchtung wirkte der Bahnsteig düster. Etwa ein Dutzend Gestalten lehnte an den Wänden, andere beugten sich ernst und angestrengt den dunklen Tunneln entgegen, als könnten sie so die Ankunft der Züge beschleunigen.

Lily stand mit dem Rücken zur Bahnsteigwand und ließ einen prüfenden Blick über die Gesichter wandern. Trotz der Unbekümmertheit, die sie Marc und Ben gegenüber vortäuschte, war sie stets auf der Suche nach dem einen Gesicht, das ihr übel wollte. Unterwegs war sie verwundbar. Sie achtete darauf, dass nie jemand hinter ihr stand. Ein kleiner Schubs, während die U-Bahn kreischend einfuhr … Sie rief sich innerlich zur Ordnung und verdrängte ihre Angst. Die Leute ringsum waren nur ganz gewöhnliche Pendler.

Während sie sich umsah, schlurfte eine Stadtstreicherin

an der Reihe der Wartenden entlang und bot eine Obdachlosenzeitung an. Wie zu erwarten, wandten die meisten den Blick verlegen von den ausgetretenen Sneakers und den vielen Schichten schlecht sitzender Kleidung ab.

Lily lächelte, als die Frau in ihre Nähe kam, doch diese war wohl zu überrascht oder vielleicht auch zu erschöpft, um zurückzulächeln. Sie sah alt aus, die Gesichtshaut war fleckig und wettergegerbt, Lily wusste jedoch, dass Altersschätzungen zwecklos waren. Früher hatte sie Obdachlose bisweilen gebeten, sie fotografieren zu dürfen, und manche hätten vom Aussehen her Lilys Großeltern sein können, erwiesen sich jedoch auf Nachfrage als ihre Altersgenossen. Die Stadtstreicherin hielt die Zeitung hoch, Lily nickte und gab ihr ein paar Dollar dafür.

»Danke.« Die Stimme war rau, entweder vom übermäßigen Tabakkonsum oder vom zu seltenen Gebrauch. »Da haben Sie was zu lesen im Zug. Es steht eine ganze Menge Wichtiges drin.«

Lily wollte antworten, wurde jedoch für einen Moment von dem in die Station rasselnden Zug abgelenkt. Als sich die Türen öffneten, wandte sie sich noch einmal mit einem Gruß nach der Frau um, aber die war schon weitergegangen und nicht mehr empfänglich für etwaige Freundlichkeiten von Lilys Seite.

Die kurze Begegnung hatte Lily deprimiert und achtlos stopfte sie die Zeitung in das Außenfach ihrer großen Tasche. Gleich würde sie Aufnahmen für eine Parfümreklame machen, und die Obdachlosen sehnten sich nach einem Stück Seife. Natürlich wären Schuldgefühle absurd, doch die Ungerechtigkeit machte ihr trotzdem zu schaffen. Wieder einmal betete sie ihre ganz persönliche Rechtfertigungslitanei herunter – sie musste Rechnungen bezahlen und ihre Unabhängigkeit wahren –, doch tief in ihrem Innern war sie zunehmend überzeugt, dass ihre Arbeit sinnlos war und sie bei aller Kreativität nie wirklich etwas würde bewegen können.

Zwanzig Minuten später stand sie in einem Studio in der Church Street, zwar nicht voller Begeisterung, aber bereit, professionell ihre Arbeit zu verrichten. Ihre Verstimmung schien ansteckend zu sein, es lief schlecht an diesem Vormittag. Und sie kam nicht ein einziges Mal dazu, mit einem der Models zu sprechen. Einer der Spots fing an zu knistern und verglühte zu einem trüben Funzellicht, die Models waren steif und ungelenk, und es roch so stark nach Parfüm, dass sie immer wieder niesen musste und dadurch mindestens ein Dutzend Aufnahmen ruinierte. Lily war nicht sonderlich überrascht, als der Vertreter des Parfümherstellers schon früh den Beginn der Mittagspause verkündete.

Lily ging nach draußen, begierig auf frische Luft und die Labsal eines Hotdogs. Sie lächelte, als ihr einfiel, dass Ben Hotdogs immer als tödliche Geschosse bezeichnete, die geladen seien mit Fett und Zusatzstoffen zweifelhaftester Herkunft. Sie aß sie dennoch gern. Nachdem sie sich eine gehörige Portion Wurst mit Sauerkraut einverleibt hatte, fühlte sie sich schon besser – und bereit, ihre eigenen Pläne zu verfolgen. Also sah sie sich nach der Frau von Amandas Agentur »Model Fashion« um und entdeckte sie schließlich am Tischchen eines Straßencafés.

»Hi, Sie sind Julia, nicht wahr? Darf ich mich zu Ihnen setzen?«

»Natürlich. Wir laufen keinerlei Gefahr, dass jemand unsere Zweisamkeit stört.« Auf Lilys fragenden Blick hin wedelte Julia mit ihrer Hand vor ihrem Gesicht herum. »Du lieber Himmel, riechen Sie das etwa nicht?«

Lily zog am Ausschnitt ihres T-Shirts, schnüffelte daran

und lachte. »Wirklich schrecklich, oder? Wenn ich den Firmenvertreter bloß davon überzeugen könnte, dass wir das Parfüm nicht wirklich brauchen, um den Flakon zu fotografieren.«

»Da haben wir halt Pech.«

»Hmmm … ich habe eine Idee. Helfen Sie mir?« Lily wartete eine Antwort gar nicht erst ab, sondern zahlte Julias Kaffee und verfrachtete sie zurück ins Studio. Wie sie gehofft hatte, war der Vertreter nirgends zu sehen. Sie schnappte sich alle Flaschen »Chanson d'Amour« und scheuchte Julia in den Waschraum.

»Da«, sagte sie befehlend. »Schütten Sie das Zeug in den Ausguss und helfen Sie mir, Wasser in die Flaschen zu füllen. Unser Auftraggeber wird es nie erfahren, und wir werden heute Nachmittag vor dem Erstickungstod bewahrt.«

Julia kicherte wie ein Schulmädchen – die erste spontane Gefühlsäußerung seit Beginn des Shootings, wie Lily dachte. Sie sah dem Nachmittag schon zuversichtlicher entgegen. Wenn sie Julias Vertrauen gewinnen könnte, würde sie vielleicht auch ihre Bereitschaft wecken, ihr etwas über Amanda zu erzählen.

Lily beschloss, ins kalte Wasser zu springen. »Die Zusammenarbeit mit Model Fashion macht immer Spaß. Es ist gar nicht lange her, da hatte ich einen Termin mit Amanda Martin. Kennen Sie sie?«

»Ja, natürlich. Früher waren wir gut befreundet.«

»Früher?«

Julia zuckte mit den Achseln. »Amanda ist schon seit längerer Zeit sehr zurückhaltend, fast kühl. Sie hat sich verändert, verstehen Sie? Hatte keine Lust mehr auszugehen oder etwas mit uns zu unternehmen. Wir haben uns alle ein bisschen um sie gesorgt.«

»Tatsächlich? Als wir uns sahen, schien es ihr sehr gut zu gehen«, log Lily. »Aber das erklärt vielleicht, warum sie mich nicht zurückrief, nachdem ich eine Nachricht auf ihrem Anrufbeantworter hinterlassen hatte. Und dann sagte man mir in der Agentur, sie sei nach Mexiko gegangen. Ich fand es seltsam, dass sie nie von ihrer Absicht, die Stadt zu verlassen, gesprochen hat. Es kam so plötzlich.«

»Das ist doch alles Quatsch. Eigentlich war ich für den Job im Gespräch, und als Nächstes bekam ich zu hören, dass Amanda uns Postkarten aus Mexiko schickte. Das war doch alles ein abgekartetes Spiel, wenn Sie mich fragen.«

»Wieso abgekartet?«

»Ach, Lily. Sie müssten doch schon lange genug mit solchen Agenturen zu tun haben, um zu wissen, wie's da läuft. Erst behaupten die vom Modemagazin, sie seien auf der Suche nach einer Blondine, sie lassen sich die Dossiers schicken und gehen alle durch, und dann heuern sie plötzlich Amanda mit dem rabenschwarzen Haar an? Halten Sie mich doch nicht für blöd. Solche Leute ändern nicht plötzlich im letzten Augenblick ihre Meinung. Es sei denn, jemand anders mischt sich ein.«

»Wollen Sie behaupten, irgendjemand hat die Zeitschrift dafür *bezahlt*, dass sie Amanda anforderte? Und welche Zeitschrift überhaupt? Könnte es nicht auch sein, dass jemand irgendwo ein Foto von ihr gesehen und gedacht hat, sie sei einfach die perfekte Besetzung? Ich weiß, so etwas ist selten, aber es kommt vor.«

Julia verzog das Gesicht, als fände sie so viel Blauäugigkeit beleidigend. »Und genau das sollen wir auch denken, aber es passt überhaupt nicht zum Timing. Hören Sie, als ich mich bei *Designer's Edge* bewarb, sagte mir die Agentur, das Shooting sei für August geplant. Und dann, mit einem Mal, fliegt

Amanda ab, in eine private Villa. Mir kommt das ein bisschen seltsam vor.«

Auch Lily kam es seltsam vor. Ein Model in letzter Minute durch ein anderes ersetzen war eine Sache, aber eine ganze Crew auf einen neuen Termin festlegen etwas ganz anderes. Sie erinnerte sich an ihren ersten Gedanken damals, nämlich dass man Amanda einfach hatte verschwinden lassen, weil sie mit Roger Mahoney zu tun hatte, ein Gedanke, den sie als abwegig verworfen hatte. Aber jetzt war sie sich da nicht mehr so sicher.

Jemand rüttelte lautstark an der Türklinke des Waschraums, und Julia fuhr zusammen. »Ooh … Sie sind alle zurück. Und wie wollen wir jetzt das hier erklären?« Sie hielt die geleerten Fläschchen in die Höhe und sah dabei aus wie ein Teenager, den man gerade in der Schultoilette beim Rauchen ertappt hatte.

»Überlassen Sie das mir«, flüsterte Lily und fing an, die Flakons in ihre Hosentaschen zu stopfen. »Sie lenken den Firmenvertreter ab.«

»Okay. Und ich sag Amanda, sie soll Sie anrufen, ja?«

»Was?«

»Soll sie bei Ihnen anrufen? Sie ist vor zwei Tagen zurückgekommen.«

»Tatsächlich? Ich meine, ja, natürlich, bitten Sie sie doch, mich anzurufen.« Mit dieser Neuigkeit hatte Lily nun gar nicht gerechnet. Die Überraschung machte sie unbeholfen.

»Na los, machen Sie schnell«, drängte Julia. »Die da draußen werden unruhig.«

Als Lily einige Minuten später ziellos an ihren Kameras herumfummelte, hörte sie Julia plötzlich fluchen.

»Mist! Ich bin mit dem Strumpf hängen geblieben. Der ist hin!«

Sie versuchte, ihr Lachen zu unterdrücken, als Julia eine Seite ihres Rockes bis zur Hüfte hochschob und anfing, das Opfer des Komplotts herunterzurollen. Niemand, am allerwenigsten der Firmenvertreter, achtete auf die Fotografin in der ausgebeulten Khakihose, die ganz unauffällig die hübschen Flakons wieder aufs Samttuch stellte.

»Okay, wir können anfangen«, rief Lily. »Ich bin fertig.«

Die Models nahmen ihre Positionen ein. Der Firmenvertreter griff nach dem Zerstäuber und nebelte alle Anwesenden großzügig ein. Lily drückte in genau dem Augenblick auf den Auslöser, als Julia ihren Kopf mit einem völlig ungekünstelten Lachen nach hinten warf.

Kurz nach zehn Uhr abends schleppte Lily ihre müden Knochen zur U-Bahn-Station. Als sie endlich in der Bahn saß und sich entspannen konnte, ließ sie ihren Spekulationen über Julias Andeutungen zum Shooting in Mexiko freien Lauf. Ihr eigener Verdacht bestätigte sich also, was ihre Neugier nur steigerte. Doch jetzt, nach Amandas Rückkehr, konnte sie diese Neugier sicher befriedigen. Am liebsten hätte sie noch einmal mit Marc über den Mord an Mahoney gesprochen. Doch dieses Thema war für ihn tabu, das wusste sie. Ben jedoch würde ihr zuhören. Ben war immer für sie da.

Sie wurde aus ihren Gedanken gerissen, als der Zug in die nächste Station ratterte, wo noch ein paar Fahrgäste zustiegen. Ein Geschäftsmann mittleren Alters setzte sich ihr gegenüber und beugte jedem Blickkontakt vor, indem er seine Zeitung aufschlug. Eine gute Idee. Lily zog das dünne Blättchen, das sie am Morgen der Obdachlosen abgekauft hatte, aus der Vortasche. Was hatte sie noch gesagt? *Da haben Sie was zu lesen im Zug*. Lily ließ den Blick über die Artikel gleiten: der Aufruf einer Lebensmittelsammelstelle der Gemeinde, das Porträt eines Großvaters, der ehrenamtlich in einer Suppenküche arbeitete, der Leitartikel eines vollmundigen Politikers, der das in der Stadt herrschende Armutsproblem kräftig herunterspielte, um seine eigenen Fehlleistungen zu bemänteln. »Gold-Lily« lautete die Überschrift.

Ihre Augen weiteten sich erstaunt. Sie blinzelte und sah noch einmal hin. Doch, sie hatte richtig gesehen. Das Wort »Lily« war mit einem hellgelben Marker unterlegt. Ihr Rücken straffte sich, rasch blätterte sie durch die übrigen Seiten. Die markierten Wörter und Sätze sprangen sie an. *Rat, Gefahr, Netzwerk, wir kennen, sicher, verlassen, die Stadt*. Die Reihenfolge schien nicht zu stimmen, doch Lily war sicher, dass sie eine Botschaft enthielten. Sie kramte einen Stift aus ihrer Tasche hervor und kombinierte nach einigen Fehlversuchen drei kurze Sätze, die ihr einen Sinn zu ergeben schienen: *Lily, wir kennen die Gefahr. Rat, verlassen Sie die Stadt zu Ihrer eigenen Sicherheit. K. ist beim Netzwerk sicher*.

Sie hatten es geschafft. Sie hatten Kontakt zum Netzwerk. Sie jubilierte innerlich, verfluchte jedoch ihre Blindheit. Die Obdachlose. Lily hatte ihr direkt ins Gesicht gesehen, doch selbst ihr gutes visuelles Gedächtnis reichte nicht aus, um sie beschreiben zu können. Sie hatte gesehen, was alle in Obdachlosen sehen: Erschöpfung, völlige Hoffnungslosigkeit, ein von Verzweiflung gezeichnetes Gesicht. Mit schlechtem Gewissen erkannte sie, dass sie zwar hingeschaut, aber keinen Menschen mit charakteristischen Zügen gesehen hatte, sondern ein Phänomen, ein soziales Problem. Noch nicht einmal über Alter oder Gewicht dieser Frau hätte sie etwas sagen können. Wer vermochte zu erkennen, wo die Kleiderschichten aufhörten und der menschliche Körper anfing? Wer sie war und wie sie Lily ausfindig gemacht hatte, blieb ein Rätsel, aber fürs Erste fühlte diese sich vor allem ungeheuer erleichtert.

Das Schattenbild des Pistolenschützen hatte immer am Rand ihres Bewusstseins gelauert, manchmal nur als Schemen, manchmal düster und bedrohlich. Sie fühlte sich befreit. Jetzt *durfte* sie die Stadt verlassen, sich von diesem Schatten entfernen. Sie brauchte nicht mehr zu bleiben, wenn Kathleen gewarnt war, wenn sie bereits vom Netzwerk geschützt wurde. Vielleicht wollte Marc immer noch, dass sie mit ihm nach Frankreich reiste. Sie würde Jeanine kennen lernen und hätte etwas Zeit für sich, um zu überlegen, wie es beruflich mit ihr weitergehen sollte. Und wie es mit Marc weitergehen sollte.

In Summerhill war alle Müdigkeit von ihr abgefallen, sie sprang aus dem Zug und nahm auf der Treppe nach oben immer zwei Stufen auf einmal. Ihre Kameras stießen ihr dabei in die Rippen, doch sie spürte es nicht, während sie im Laufschritt durch ihre Straße eilte. Sie verlangsamte ihren Schritt erst, als sie Marc auf der Haustürtreppe sitzen sah. Und blieb dann erschrocken stehen.

»Was ist los? Was ist passiert?«, flüsterte sie.

Marc sah Lily lange an, stumm übte er noch einmal die Worte, die, einmal ausgesprochen, alles verändern würden. Zerknittert und staubig sah sie aus, ihre Wangen waren vom Laufen gerötet, das Haar in wilder Unordnung. Sie stand starr wie eine Statue, als er sie in die Arme nahm und ihr die Worte ins Ohr sagte.

»Nein!«, schrie sie auf. »Nicht Ben. Nicht mein Ben.«

Lily wandte sich ab und stolperte einige Stufen hinauf. Sie hörte ein Rauschen wie Meereswellen. Dann Stille und eine Dunkelheit, eine unermessliche Dunkelheit.

Die Nacht war eine lange Pein. Lily hielt Bens Zettel in der Hand und wartete auf den Morgen. Obwohl Marc sie in eine Decke gehüllt hatte, waren ihre Hände eiskalt. In ihrem Kopf, der an Marcs Schulter ruhte, hämmerte es. Sie fühlte die Spuren ihrer Tränen auf den Wangen, doch sie hatte nicht das Bedürfnis, sie wegzuwischen. Sie waren alles, was ihr geblieben war. Tränen – und der zerknüllte Zettel in ihrer Hand. Sie würde Ben festhalten, bis sie wusste, was er ihr hatte sagen wollen.

Lily sah zu, wie sich Marcs Brust hob und senkte, und dachte nur an Ben, starr und kalt. Irgendwann in dieser endlosen Nacht hatten sie und Marc sich geliebt, langsam und zärtlich. Sie hatte seine Berührungen genossen, seine Haut und seinen Atem in ihr Gedächtnis aufgenommen und Vergessen in der Lust gesucht. Marc, dessen dunkles Haar sich vom Kissen abhob, ließ die Luft aus seinem halb offenen Mund strömen, er wirkte friedvoll. Sie fühlte nur Verlust. Ohne etwas zu sagen, verließ sie das Bett und ging unter die Dusche. Dies war kein Augenblick, in dem sie Marc gewachsen war. Sie fürchtete, laut loszuschreien, wenn er etwas Liebevolles zu ihr sagte.

Das heiße, pulsierende Wasser vermochte ihre Müdigkeit nicht zu vertreiben. Ihre Reflexe waren verlangsamt. Sie fühlte sich sehr schwer, als zöge die Erdanziehungskraft verstärkt an ihr. Als sie in ihr Schlafzimmer zurückging, um sich anzuziehen, war Marc nicht mehr da.

Lily setzte sich auf die Bettkante und betrachtete die abgelegten Kleidungsstücke vom Abend zuvor, die leeren Gläser, die noch nach Alkohol rochen. Sie erinnerte sich, dass Marc Bens Nachricht zu spät gefunden hatte, er erreichte das Büro im Stadtzentrum erst mitten im Sirenengeheul und dem Drama eines Unfalls mit Fahrerflucht. Er hatte Ben nicht zu Gesicht bekommen, die Polizei hatte den Parkplatz abgesperrt. Doch die wenigen Menschen an der Absperrung hatten das Schreckliche erfahren und, wie es Menschen unter dem Eindruck eines großen Unglücks tun, mitgeteilt. Noch benommen vom Schock, hatte Lily Marc zwar von der Obdachlosen und der Zeitung mit der verschlüsselten Botschaft erzählen können, doch ihre ganze Freude darüber war verflogen. Wie Asche waren die Worte in ihrem Mund gewesen. Sie hatte genug von der Gefahr, genug vom Tod. Sie verfluchte das Netzwerk. Sie verfluchte das grausame, blinde Geschick, das Ben fortgerissen hatte.

Zwanzig Minuten später ging sie in die Küche und zwang sich ein mattes Lächeln in Marcs Richtung ab. »Tut mir Leid«, sagte sie und konzentrierte sich ganz auf die Suche nach einem Kaffeebecher, um seinem Blick auszuweichen. »Ich möchte nicht unfreundlich sein.«

»Geht in Ordnung, Lily. Hier, die Zeitung ist schon da.«

Sie nahm die *Toronto Press* und suchte nach der Story, die ganz sicher darin stehen würde:

JOURNALIST DER TORONTO PRESS GETÖTET

Ben Kelter, seit zwölf Jahren Journalist für den Lokalteil, wurde gestern Abend, als er zu seinem Wagen auf dem Toronto-Press-Parkplatz an der Front Street ging, überfahren. Der Fahrer beging Unfallflucht. Kelter verließ sein Büro gegen zehn Uhr und wurde nur wenige Minuten später getötet. Verschiedene Kollegen behaupten, sie hätten eine schwarze oder dunkelblaue Limousine gesehen, die sich rasch entfernte, möglicherweise ein Oldsmobile aus den Neun-

zigern. Die Polizei sagt, Kelter sei vom Aufprall getötet worden. Sie geht davon aus, dass es sich um vorsätzliche Tötung handelt.

Lilys Hände krallten sich in die Zeitung. Sie öffnete den Mund, brachte jedoch kein Wort heraus.

»Es muss nicht unbedingt sein, was du denkst«, sagte Marc warnend. »Es könnte auch ein Betrunkener gewesen sein, ein Verrückter oder ein alter Feind, der sich gerächt hat.«

Lily starrte ihn wild an, ihre grauen Augen waren schwarz vor Zorn.

»Ich gehe in Bens Büro. Jetzt. Kommst du mit oder nicht?«

»Natürlich komme ich mit. Aber versuch dich zu beruhigen. Wenn du hochgehst wie eine Rakete, kannst du auch nichts ausrichten.«

Mit steinerner Miene stürmte sie an ihm vorbei zur Tür.

Ringsum herrschte die nie nachlassende Geschäftigkeit, die mit der Herausgabe einer Tageszeitung verbunden ist. Bens Tod war jetzt eine Nachricht. Doch Lily vermerkte dankbar, dass die Atmosphäre wenigstens nüchtern wirkte und die Stimmen gedämpft und nachdenklich klangen. Sie nickte den wenigen ihr bekannten Gesichtern zu, im stillen Austausch gegenseitigen Mitgefühls, und sah an den neugierigen vorbei. So tapfer, wie sie es noch vermochte, baute sie sich vor dem Lokalredakteur auf und gab ihm Bens Zettel.

»Das hier ist Marc Forrest. Wie Sie sehen, hat Ben uns gestern zu erreichen versucht. Ich hätte gern Ihre Erlaubnis, seine Unterlagen durchzusehen. Was immer er uns sagen wollte, es könnte etwas mit dem zu tun haben, was gestern passiert ist.«

Der Redakteur, ein langsam kahl werdender und im Allgemeinen liebenswürdiger Mann namens Crosby, beäugte sie misstrauisch: »Waren Sie zusammen mit Ben an einer Sache dran?«

»O nein«, unterbrach ihn Marc. »Nichts dergleichen. Aber wir waren Freunde, und wir wüssten gern, warum er uns zu erreichen versuchte.«

Der Redakteur zögerte, Marc hatte ihn nicht überzeugt, doch Lilys verzweifeltes Gesicht rührte ihn. »Schauen Sie, Lily, ich weiß, dass Sie und Ben befreundet waren. Aber selbst wenn ich wollte, dürfte ich Ihnen eine solche Erlaubnis nicht geben. Die Polizei war schon hier – wir sind die ganze Nacht durch Bens Akten gegangen und haben nach einer Art Spur gesucht. All seine Sachen sind jetzt potenzielles Beweismaterial. Wir dürfen nichts anrühren.«

Lily seufzte. Wenn sie sich die Zeit zum Nachdenken genommen hätte, wäre dies vorhersehbar gewesen, aber eben jetzt war ihr jedes Nachdenken unerträglich. Sie musste etwas tun, um das Unausweichliche verdrängen zu können, auch wenn dieses Tun zwecklos war.

»Ich verstehe. Ich hätte es mir denken können.« Sie wandte sich zum Gehen, um dann mit brüchiger Stimme noch eine Frage zu stellen: »Wenn die Polizei schon fertig ist, dürfte ich dann vielleicht nur einfach an seinen Schreibtisch? Ich würde mich gern verabschieden.«

»Natürlich. Gehen Sie nur.« Der Redakteur sah zu, wie sich Lily und Marc auf den Weg machten, während sein journalistischer Instinkt Alarm schlug. Nach kurzem inneren Kampf rief er ihnen nach: »Hey, Lily, wenn Sie was wüssten, würden Sie es mir doch sagen?«

Sie wich seinem Blick nicht aus: »Natürlich. Ben war doch mein Mentor, haben Sie das vergessen?«

Marc nahm sie am Ellbogen und führte sie sanft weiter. Der kurze Weg zu Bens Schreibtisch war gesäumt von raschem Wegblicken, tröstend ausgestreckten Händen und leisen Beileidsbekundungen. Soweit Marc sehen konnte, war nichts mehr da außer dem Fehlen einer Gegenwart, außer einem Raum, dem alles Leben und aller Geist, die ihn einst belebt hatten, abhanden gekommen war. Die Akten waren fort, die Schubladen standen weit offen, auch die Computerdisketten fehlten geradezu auffällig. Ein paar Ansichtskarten an der Wand, Stifte, ein unordentlicher Stapel von Papieren neben dem Drucker.

Lily berührte den Stuhl, nahm einen angekauten Bleistift in die Hand und glättete den Stapel von Papieren, wobei sie deren Ränder mechanisch durch die Hände gleiten ließ. Ihr fiel auf, dass ein Bogen gefaltet war und sich nicht glätten lassen wollte. Sie schlug ihn auf.

»Marc«, flüsterte sie drängend.

Er sah auf, überrascht vom Klang ihrer Stimme.

»Halt mich fest«, befahl sie. Vor Crosbys Nase und gedeckt von Marcs Umarmung schnappte sie sich den Bogen und stopfte ihn in den Ausschnitt ihres Sommerkleids.

Toronto, Samstag, 31. Juli

Teresas Aufgabe war klar: Kathleen warnen und sie und Suzy aus dem Haus am Orchardview Boulevard wegbringen. Kurzfristig war ihr Cottage ein perfekter Zufluchtsort. Abgelegen, nur vom Wasser her zu erreichen und von viel Platz umgeben, so dass Suzy nach Herzenslust herumrennen konnte. Rennen, Wegrennen – das war das Heikle daran. Seit Kathleen geschworen hatte, sich ihren Ängsten, insbesondere ihrer Angst vor Abbott, zu stellen, hatte Teresa grundlegende

Veränderungen an ihr bemerkt: Ihr Lächeln war offener geworden, ihre Augen heller, sogar ihre Haltung hatte sich verändert. Ihre Wirbelsäule hatte sich gestreckt, als sei sie plötzlich aus einem Raum herausgetreten, dessen Decke und Wände sie bedrängt hatten. Teresa verabscheute den Gedanken, diese hellen Augen wieder trübe werden zu sehen. Sie hatte noch nicht den Mut aufgebracht, Kathleen zu sagen, dass es weiterführende Pläne gab, dass der Ausflug zum Cottage, den sie Suzy versprochen hatte, mehr war als ein schlichtes Wochenende auf dem Land.

Schon war ein regelrechtes Lügengewebe entstanden. Sie hatte Kathleen erzählen müssen, dass sich der Jeep, den sie gemietet hatte, für die schlammigen Straßen besser eignete als ihr eigener Wagen und dass sie für das Wochenende mehr Kleidung einpacken sollte, als ein Mensch in den Haliburton Highlands je brauchen konnte. Am schlimmsten war, dass Kathleen und Suzy ihr völlig vertrauten, und Teresa war sich der Verlogenheit ihres Tuns nur zu bewusst. Sie war eine Einzelgängerin, neigte eigentlich ebenso wenig zu Vertraulichkeiten wie früher Kathleen, und ihre Gründe dafür waren denen Kathleens nicht unähnlich. Ihre wachsende Zuneigung zu den Menschen in ihrer Obhut verwirrte und beunruhigte sie.

Sie hievte eine Reisetasche hinten in den Jeep und musterte noch einmal die Straße. Sie sah nichts Ungewöhnliches, doch sie war kribbelig und wollte möglichst bald aufbrechen. Sie würde es Kathleen unterwegs sagen, beschloss sie, wenn ihnen nichts anderes übrig bliebe, als die Fahrt fortzusetzen. Sie sah auf die Uhr: zwanzig nach sieben. Wenn sie jetzt losführen, könnten sie dem schlimmsten Wochenendverkehr ausweichen. Sie war nicht auf dichten Verkehr erpicht. Sie brauchte leere Straßen, auf denen sie notfalls sehr zügig fahren und einen etwaigen Verfolger schnell entdecken konnte.

Sie drückte die Haustür auf und polterte die Treppe hinauf: »Hey, ihr zwei, auf geht's! Das Taxi fährt ab!« Ihre Stimme hallte durch den stillen Morgen. Sie hoffte, dass die anderen Mieter davon aufwachten. Sie sollten wissen, dass das übrige Haus leer war, falls jemand danach fragte.

Oben auf der Treppe erschien ein großer Wasserball mit zwei dünnen Mädchenbeinen, gefolgt von Kathleen.

»Vorsichtig, Suzy. Wirf ihn zu Terri hinunter und dann hilf mir mit den Taschen hier. Bist du sicher, dass wir all den Kram brauchen?«

»Man kann nie wissen. Nachts kann es da draußen empfindlich kalt werden.« Terri fing den Ball auf und verstaute die Gepäckstücke im Jeep. »Schnall dich an, Suzy. Auf dem Rücksitz wird man ganz schön herumgestoßen. Jetzt kann's losgehen.«

Sie steuerte den Highway 401 an, der am nördlichen Stadtrand entlangführte, und bog dann nach Osten ab. Von dort aus würde sie der 115 nach Peterborough folgen und dann auf der 28 schnurstracks in die alte Bergbaustadt Bancroft fahren, von der aus zahlreiche Landstraßen, manche davon kaum mehr als ein Feldweg, zum See führten. Es war nicht der direkteste Weg, aber ein Weg, den sie kannte, der seit ihrer Kindheit in ihr Gedächtnis eingebrannt war. Sie gab die Karten, auf die sie nicht angewiesen war, Kathleen und hoffte, sie würde den Weg darauf automatisch nachverfolgen, wie es Touristen gern tun.

Auf der Straße waren mehr Autos, als Teresa erwartet hatte, was zum Teil am sommerlichen Ausflüglerverkehr aus Toronto heraus lag. Doch sie kam schnell voran, zumal Suzys Aufregung sie beflügelte. Kurz vor Peterborough, wo sich der

Otonabee River unter einer Holzbrücke krümmt, stellte sie den Jeep auf einem Parkplatz gegenüber einem kleinen Park ab. Die Luft roch nach gemähtem Gras, nach Bäumen und Wasser, sie war frischer und süßer, als Stadtluft je sein konnte.

»Dies ist einer meiner Lieblingsplätze«, bekannte sie. »Die Stadt heißt Lakefield – weiß der Himmel, warum, sie liegt doch an einem Fluss – und ist berühmt für ihre Eisdiele.« Sie zeigte auf ein niedriges, lang gestrecktes Holzhaus am Fuß der Brücke. Hier und da blätterte die Farbe ab und einige Schindeln hatten sich unter der brennenden Sonne gewellt.

»Sieht nicht sonderlich berühmt aus!« Kathleen lachte.

»Aber das ist es, glaub mir.« Die Worte waren heraus, bevor Teresa richtig wusste, was sie sagte, und sie blickte beschämt zu Boden. Wenn Kathleen ihr wirklich glauben und vertrauen sollte, dann musste sie ihr, und zwar sofort, sagen, dass sie schon wieder auf der Flucht war.

»Eis am Vormittag?« Suzy riss begeistert die Augen auf.

»Darauf kannst du wetten. Das gehört zur Tradition der Fahrten zum Cottage. Der Jeep hält hier von ganz allein an. Ich könnte gar nicht vorbeifahren, selbst wenn ich wollte. Es gibt dreißig Sorten, alle hausgemacht. Vanille-Kirsch, Schokolade, Erdnussbutter, Rumrosinen, Butterscotch, Pekan –«

»Schon gut, hör auf!«, unterbrach Kathleen. »Gehen wir!«

Während Mutter und Tochter die Auswahl anstaunten, stand Teresa am Fenster und beobachtete die Wagen, die über die Brücke kamen. Hier war ein bekanntes Nadelöhr, und sie konnte jeden einzelnen der Fahrer erkennen, die abbremsen mussten, um sich in die schmaler werdende Straße einzufädeln. Angespannt folgten ihre Augen dem dunkelblauen Wagen mit dem blonden Mann am Steuer. Sie sah, wie sich sein Gesicht kurz von der Straße abwandte, als er am Jeep vorbeikam. Eine Straßenecke weiter fuhr er an den Rand.

»Terri, Terri, rat mal, welche Sorte ich hab!« Teresa löste den Blick erschrocken von der Straße, als Suzy an ihrer Bluse zerrte. Die Augen des Mädchens tanzten. »Jetzt kann ich's sagen. Piss-ta-ssie.«

»Toll, Suzy! Das ist wirklich toll!« Ihre Augen wanderten zurück zu dem blauen Wagen. Der Fahrer stieg aus. Erleichtert lachte sie auf. Er war zu klein, zu untersetzt. Er war es nicht.

Die drei saßen mit ihren Eiswaffeln im Park, und Teresa versuchte all ihren Mut zusammenzunehmen. Doch Suzy, die sonst immer gleich wegrannte, um die Schaukel oder die Ringe zu erobern, war so aufgeregt über den Ausflug zum Cottage, dass sie ihrer Mutter nicht von der Seite wich. Es ergab sich keine Gelegenheit. Sie musste warten.

Als sie wieder im Jeep waren, erzählte Teresa von ihrer Kindheit am See und versuchte, ihre häufigen Blicke in den Rückspiegel zu verbergen. Sie erzählte von Lagerfeuern am Ufer, von ihren Geheimverstecken – *dieser silberfarbene Honda, hatte sie den schon gesehen?* –, von dem Sommer, als sie ein Kaninchenbaby gefunden und aufgepäppelt hatte. Da war er wieder, die Sonne spiegelte sich in seiner Windschutzscheibe, als er über die Hügelkuppe hinter ihnen fuhr.

Kurz hinter Bancroft bog sie in eine Landstraße ein, einen schmalen Asphaltweg, der den Winterfrösten so manches tiefe Schlagloch verdankte. Der Wald hier war undurchdringlich und reichte dicht an die tiefen Straßengräben heran, in denen Wiesenkerbel und Schwarzäugige Susannen blühten. Immer wieder schlängelte sich die Straße um Felsnasen herum, deren Schroffheit durch hellgrüne Moose und

Flechten und ein paar Stauden Weidenröschen gemildert wurde. Sehr weit konnte sie die Straße im Rückspiegel nicht mehr beobachten. Doch der Wald war ruhig. Jetzt waren ihre Ohren die beste Waffe. Sie waren fast am Ziel, aber sie wollte sichergehen, dass der silberne Honda ihnen nicht folgte.

Sie fand eine kleine Ausweichstelle und quetschte den Jeep darauf.

»Tut mir Leid, ich muss für eine Minute den Schutz des Waldes suchen. Der Ruf der Natur. Ich bin gleich zurück.«

Sie rutschte eilig vom Fahrersitz und überließ es Kathleen, der verwirrten Suzy die Bedeutung dieser mysteriösen Äußerungen zu erläutern. Teresa verschwand im Wald und rannte etwa hundert Meter parallel zur Straße zurück. Dann ließ sie sich auf den Boden fallen, rollte auf den Bauch und streckte den Kopf in die Luft. Sie hörte Vogelzwitschern, den schrillen Ton der Zikaden, aber keinen Wagen, keine Motoren- und Reifengeräusche. Erleichtert lief sie zum Jeep zurück.

Als sie zwanzig Minuten später am Bootsverleih und dem Sicherheit verheißenden See ankamen, hob sich Teresas Stimmung wieder. Zum Cottage führte keine Straße. Sollte Abbott sie durch irgendeinen dummen Zufall aufspüren, konnte er genauso leicht ein Boot mieten wie sie. Aber der See war klein, und es kamen nur wenige Fremde. Man würde sich an ihn erinnern, und das Risiko wäre ihm gewiss zu hoch. Am Abend würde sie Kathleen alles erzählen, dann wäre Suzy im Bett und Kathleen hätte sich vielleicht schon mit diesem schönen Fleckchen Erde angefreundet.

Sie luden ihre Kleider und die Lebensmittelvorräte ins Boot, dann steuerte Teresa aufs offene Wasser hinaus und nahm Kurs auf die ruhige Bucht am Ostufer. Noch wurde das Cottage durch eine Landzunge verdeckt, doch sobald sie die umrundet hätten, würde es wie ein Oase des Nordens aufleuchten.

Gegen acht Uhr abends fingen Kathleen und Suzy an zu gähnen. Das liege an der frischen Luft, erklärte ihnen Teresa. Wenn man sie in großen Mengen verschlucke und noch ein paar Liter Seewasser dazu, wie nachmittags beim Schwimmen, werde man automatisch schläfrig. Sie aßen ein arbeitssparendes Abendessen aus kaltem Huhn und Obst, und Teresa versprach Suzy für den nächsten Abend ein Feuer am Seeufer. Teresa hatte nach Booten Ausschau gehalten, als sie im Wasser geplantscht hatten, aber nur einige Angler entdecken können. Und doch hatte sie ein- oder zweimal gesehen, wie sich Sonnenlicht in einem Glas brach. Das Fernglas eines Vogelkundlers? Wahrscheinlich, aber ein Lagerfeuer wäre das reinste Richtfeuer, und wenigstens für diese erste Nacht ersehnte sie sich samtenes Waldesdunkel. Gegen zehn fielen Suzy immer wieder die Augen zu und widerstrebend ließ sie sich auf Gutenachtgeschichten und ein »Ab in die Falle« ein. Während Kathleen sie zu Bett brachte, trat Teresa leise in die milde Nacht hinaus.

Die Tiefe der Dunkelheit war immer wieder überraschend. Weit über ihr standen scharenweise Sterne am Himmel, und ein schwerer, orangefarbener Mond – ein Jägermond, wie Teresa dachte – spiegelte sich in der glatten Oberfläche des Sees. Das Cottage selbst, ein wenig vom Ufer entfernt und von riesigen Kiefern überragt, lag in tiefem Schatten, das Licht aus den Fenstern fiel nur wenige Fuß weit.

Teresa lehnte sich gegen das graue Holz der Westwand und lauschte. Sie hörte den charakteristischen Ruf des Ziegenmelkers und, etwas weiter entfernt, das unheimliche Lachen von Seetauchern. Nur Stadtmenschen konnten behaupten, nachts sei es ruhig auf dem Land. Äste knackten, kleine Tiere huschten durch trockenes Laub. Die Bäume wisperten. Der Wald lebte.

Sie ging weiter herum zur Rückseite des Hauses und warf einen kurzen Blick hinein auf Kathleen, die es sich mit Decke und Buch in einem Sessel bequem gemacht hatte. Es war Zeit. Sie schloss den Rundgang ums Gebäude ab und streckte gerade die Hand nach der Türklinke aus, als etwas sie erstarren ließ. *Was war das?* Instinktiv kauerte sie sich zusammen und hielt sich aus dem Lichtkreis heraus, dann schlich sie zum Ende der Hauswand zurück. Sie war sicher, ein Platschen gehört zu haben. Für einen Fisch war es zu schwerfällig gewesen, für einen Biberschwanz zu abrupt gedämpft worden. Reglos starrte sie auf das südliche Ufer. Was immer da geplätschert hatte, war, wie sie wusste, weiter entfernt, als das Geräusch vermuten ließ. Sie versuchte die Entfernung zu berechnen, doch plötzlich hielt sie den Atem an. Ein Schatten bewegte sich. Fast unsichtbar glitt er vom Ufer weg und verschmolz mit den Bäumen.

Es blieb keine Zeit mehr zum Überlegen. Mehr als eine Viertelmeile konnte er nicht mehr entfernt sein. Sie wirbelte herum, öffnete lautlos die Tür und bewegte sich auf Kathleen zu. Den Finger an die Lippen gelegt, nahm sie ihr das Buch aus der Hand.

»Hör zu.« Ihre Stimme war bei aller Dringlichkeit gedämpft und gleichmäßig. »Er hat uns gefunden. Abbott ist hier. Du musst Suzy wegbringen. Verstehst du?«

»Wo?«, flüsterte Kathleen, nun wieder hellwach.

»Keine Viertelmeile entfernt. Wir müssen uns beeilen. Tu, was ich sage.«

Kathleen nickte.

»Zieh dir und Suzy Jeans und Wanderstiefel an. Geh am

Nordufer des Sees entlang. Bleibt so dicht wie möglich an den Bäumen. Zurück zur Anlegestelle sind es etwa fünf Meilen. Das Boot wäre zu gefährlich. Schaffst du das?«

»Ja. Aber ich bleibe. Ich will mich ihm stellen.«

Teresa fasste so heftig nach ihrem Arm, dass Kathleen stöhnte.

»Sei nicht verrückt. Er wird dich töten, er wird uns alle töten. Das hier ist nicht der richtige Ort. Zieh Suzy an, schnell. Erzähl ihr, was du willst. Aber sorg dafür, dass sie leise ist.«

Kathleen verschwand im Schlafzimmer, während Teresa die Öllampen löschte und in ihrem Rucksack wühlte. Sie fand die Taschenlampe, zog eine schwarze Strumpfhose und ein schwarzes Sweatshirt über ihr Top und die Shorts, kritzelte eine Adresse auf einen Zettel und stopfte sich die Walther P99 in den Hosenbund. Sie sah auf, als Kathleen und Suzy ins Wohnzimmer traten, blass und mit einem ernsten Blick in den dunklen Augen.

Teresa nahm Suzy in den Arm und schenkte ihr ihr strahlendstes Lächeln. »Es wird alles gut. Du gehst einfach Mommy hinterher, ja? Still wie ein Mäuschen?«

Das Mädchen nickte.

»Lauf zu der kleinen Quelle am Seeufer, die ich euch heute gezeigt habe. Erinnerst du dich? Braves Mädchen. Geh dicht am Ufer, aber pass auf, dass du nicht versehentlich ins Wasser trittst. Eine Minute lang wirst du deine Mutter und mich noch reden und lachen hören, und dann kommt sie zu dir. Und los geht's!« Sie nahm Suzys Hand, drückte sie noch einmal und öffnete ihr leise die Tür. Dann wandte sie sich an Kathleen.

»Abbott hat ganz sicher den Jeep sabotiert. Wenn ihr am Schiffsanleger ankommt, geht zu Toms Cottage, wo wir das

Boot gemietet haben. Sag ihm, der Außenbordmotor sei kaputt. Sag ihm, Suzy sei krank und er solle euch in die Stadt zurückfahren. Fahrt zu dieser Adresse.« Sie drückte Kathleen den Zettel in die Hand. »Verlier ihn nicht. Bist du bereit?«

»Du kommst nicht mit uns.« Es war eine Feststellung, keine Frage.

»Ich werde versuchen, ihn vom Nordufer wegzulocken. Mach dir keine Sorgen. Selbst im Stockdunkeln kennen ich hier jede Höhle, jeden Fuchsbau und jeden Pfad. Mit etwas Glück führe ich ihn so in die Irre, dass er den Rückweg nicht mehr findet. Aber erst brauche ich noch deine Hilfe. Geh einfach auf meine Stichwörter ein. Und was immer du sagst und tust, lass deine Stimme nicht ängstlich klingen.«

Die beiden Frauen verließen das Cottage und verriegelten die Tür hinter sich. Teresa ging voran und führte sie auf den schmalen langen Steg, der in den See hinausragte. Sie hob ein paar flache Steine auf und ließ sie geräuschvoll über die Wasseroberfläche hüpfen. Im erbarmungslosen Mondlicht waren ihre Silhouetten deutlich zu erkennen, und Teresa betete innerlich, dass Abbott kein Jagdgewehr mit Zielfernrohr hatte. Nach reiflicher Überlegung hatte sie ihr Leben, und auch Kathleens Leben, darauf gesetzt, dass er sie nicht aus der Ferne töten würde.

»Ist das nicht eine herrliche Nacht?« Ihre Stimme hallte durch die nächtliche Stille, und sie nickte Kathleen aufmunternd zu.

»Ich … ich habe noch nie so viele Sterne gesehen.« Vom Stammeln am Anfang abgesehen, war ihre Stimme kräftig und gut wiederzuerkennen.

»Du bist aber auch ein echtes Stadtkind.« Teresa lachte. »Hey, ich weiß einen Platz, von dem aus man wunderbar

Sterne gucken kann – der Hügel hinter dem Cottage. Los, mir nach!«

Hinter dem Cottage, wo das Mondlicht die dichten Kiefernkronen nicht durchdringen konnte, raschelten sie ein, zwei Minuten im Gebüsch herum. Dann stieß Teresa Kathleen Richtung Seeufer und wartete, bis sie im Schatten der Bäume verschwunden war. Sie knipste die Taschenlampe an und beschrieb einen Lichtbogen in die Richtung, in die sie jetzt laufen wollte.

»Hier entlang, du Tollpatsch!«, rief sie.

Sie hielt den Lichtstrahl ruhig nach vorn und leuchtete nur gelegentlich nach hinten, als wollte sie jemanden führen, immer in der Hoffnung, der Feind werde die Fährte aufnehmen. Sie versuchte, trotz des Lärms, den sie selbst absichtsvoll inszenierte, nach ihm zu horchen. Schließlich glaubte sie ihn zu hören, rechts von ihr und immer näher kommend. Sie knipste das Licht aus und hielt kurz an, um die Lampe unter einem Nadelhaufen am Fuße einer Kiefer zu verbergen. Sie brauchte sie nicht mehr und sie wollte Abbott keine Vorteile verschaffen. Langsam begann sie ihre Richtung zu ändern, zweigte vom Pfad ab und lief einen Hang hinunter zu einer tiefen, grasbewachsenen Senke. Dort kannte sie einen Platz, an dem sie sich verstecken und abwarten konnte.

Mit äußerster Vorsicht schob sie die Brombeerranken vor dem Eingang der niedrigen Höhle zur Seite und kroch hinein, inständig hoffend, dass sich nicht ein Waldtier – etwa ein Waschbär oder ein Fuchs – bereits vor ihr darin häuslich niedergelassen hatte. Vor einem etwaigen Biss hatte sie weniger Angst als vor dem damit verbundenen Lärm. Sie ließ sich auf den Bauch rollen und tastete über die Waffe in ihrer rechten Hand. Dann wartete sie hinter ihrem Vorhang aus Brombeerranken auf ihn.

Sie wollte ihn töten, und würde das ohne die geringsten Gewissensbisse tun. Es wäre so einfach. Ein Knall, der die Dunkelheit zerreißen würde. Doch sie wusste, dass der Schuss Kathleen und Suzy erschrecken und schlimmstenfalls das Ende des Netzwerks bedeuten würde. Hier, am Ort ihrer Kindheit, konnte sie nicht anonym bleiben.

Sie hörte ihn, noch bevor sie ihn sah. Er verrenkte sich den Knöchel, als er den Hang herunterkam, und fluchte leise. Sie atmete flach und mit geöffnetem Mund. Seine Füße glitten an der Höhle vorbei. Ein paar Schritte weiter blieb er stehen. Er war keine vier Meter entfernt, sie konnte hören, wie er seinen Atem zu beherrschen versuchte, seine Füße beschrieben einen Kreis, während er ins Dunkel spähte. Plötzlich hörte sie ganz nah das Fiepen einer Feldmaus und dann den schweren Flügelschlag einer Eule. Das Geräusch hatte ihn erschreckt, instinktiv kauerte er sich zusammen. Wenn er sich jetzt herumdrehte, wären sie auf Augenhöhe. Er würde sie sehen. Sie fühlte die Pistole in ihrer Hand, sie war glitschig von ihrem Schweiß.

Langsam richtete er sich auf. Sie hörte, wie er sich wegbewegte. Er war auf dem Rückweg zum Fußweg. Sie presste ihre Stirn auf den Boden und zwang sich zu warten. Sie hatte vielleicht zehn Minuten, mehr nicht. Dann würde er im Bogen zurück zum Cottage gehen, weil er überzeugt wäre, die Spur der beiden Frauen verloren zu haben. Sie dehnte ihre Muskeln, um deren Spannung zu mildern. Jetzt musste sie geschmeidig und schnell sein wie eine Katze.

Sie zog ihre Stiefel aus und schlich auf ihren bestrumpften Füßen über das weiche Gras bis zum Ende der Mulde. Dort ging sie tief in die Knie und schnellte dann zu einem niedrigen Ast empor. Mehrmals ließ sie sich daran vor- und zurückschwingen, dann spannte sie ihren Körper an und sprang auf den Pfad über ihr. Jetzt zählte vor allem Geschwindigkeit. Sie rannte, so schnell sie konnte.

Am Seeufer zog sie sich nackt aus, packte die wenigen Kleidungsstücke, die sie brauchen würde, in das schwarze Sweatshirt und rollte es zu einem Gürtel zusammen, den sie sich um die Taille band. Sie zögerte kurz, doch die Pistole würde nichts nützen. Unter der Wasseroberfläche ließ sie sie los und sah zu, wie sie rasch auf den Grund sank. Sie watete zum Heck des Bootes und fing an, den Motor abzuschrauben. Ihre nassen Finger rutschten von den Schraubenköpfen ab. Sie versuchte es noch einmal. Inzwischen konnte sie hören, wie er über den Pfad stapfte.

Jeden Augenblick konnte er sie entdecken. Endlich drehten sich die Schrauben, sie holte tief Luft, zog den Motor von der Bootswand und tauchte mit ihm unter die Wasseroberfläche. Als sie meinte, tief genug zu sein, ließ sie ihn los und tauchte wieder auf. Jetzt würde das Boot Abbott nicht mehr viel nützen. Sie hörte ihn brüllen, als er zum Steg rannte.

Sie wandte sich ab und tauchte wieder. Der Anleger auf der anderen Seite des Sees war nur drei Meilen entfernt, viel näher als auf dem Landweg. Sie war eine gute Schwimmerin. Das Wasser nahm sie in sich auf, kalt und seidig, es erfrischte sie und streichelte ihre nackte Haut. Noch unter Wasser hob sie eine Hand und zog sich die schwarze, langhaarige Perücke vom Kopf, ihr eigenes Haar quoll hervor und trieb in der Strömung ihrer Bewegungen wie goldener Tang. Ihr Gesicht kam wieder an die Oberfläche, sie schwamm jetzt in kräftigen, gleichmäßigen Zügen. Nun konnte er sie nicht mehr fangen. Rosa. Teresa. Eva. Sie lächelte und überließ sich dem angenehmen Rhythmus ihrer nächtlichen Schwimmzüge.

Toronto, Dienstag, 3. August

Lily saß mit einer Tasse Kaffee auf der Treppe vor ihrer Haustür und beobachtete die Nachbarskinder, die sich auf den Schaukeln im gegenüber liegenden Park vergnügten. Ihr Jauchzen und Lachen war ein Trost nach der bedrückenden Stille von Bens Beerdigung. Ihr war, als hätte sie in ihrem eigenen Leben eine Grenze überschritten und befände sich jetzt auf einem fremden Territorium mit neuen Gesetzen. Es wäre so leicht, sich an diesem seltsamen Ort treiben zu lassen, unbekümmert vor- und zurückzuschwingen wie diese Kinder und es anderen zu überlassen, die Richtung ihrer Bewegung zu bestimmen. Doch Treibenlassen kam für Lily nicht mehr in Frage. Der Mord an Ben hatte sie elektrisiert. Sie war fest entschlossen, ihre eigenen Entscheidungen zu treffen, ihre eigenen Antworten auf die Fragen zu finden, die das Netzwerk und den Täter umgaben.

Im Innern des Hauses hörte sie das Telefon klingeln und dann die Stimme Marcs, der sie vor Anrufern abschirmte. Lily machte sich täglich mehr Gedanken über Marc, aber diese Gedanken blieben wirr und unsicher. Manchmal nahm ihr sein bloßer Anblick den Atem. Sie liebte seine starken Arme, seinen Geruch, seine traurigen braunen Augen. In solchen Augenblicken öffnete sie sich ihm, sehnte sie sich nach seinem salzigen Geschmack, dann schmolz ihr Körper und ihr Herzschlag beschleunigte sich. Wie immer es begonnen haben mochte, das zwischen ihnen war jetzt mehr als gegenseitiger Trost. Lily fühlte sich in seiner Nähe wie in der eines Feuers, leuchtend, als hätte man sie in eine helle Flüssigkeit getaucht.

Zu anderen Zeiten wirkte Marc rastloser denn je, er verließ das Haus für lange Stunden und antwortete ausweichend, wenn sie ihn fragte, wo er gewesen sei. Vielleicht musste auch in ihm einiges heilen. Vielleicht verfolgten ihn seine eigenen Kümmernisse. Daneben jedoch hatte Lily zufällig leise Telefongespräche und drängendes Flüstern gehört. Sie wusste einfach nicht, ob sie ihm trauen konnte und wie viel oder wenig er wusste.

Sie musste es endlich herausfinden.

Er saß drinnen auf dem Sofa und gab vor, die Morgenzeitung zu lesen. Sie ließ sich neben ihm nieder und lugte über den Zeitungsrand.

»Ich finde, wir sollten miteinander reden.«

Die Zeitung glitt zu Boden, als sich Marc ihr zuwandte, nur eine Spur Enttäuschung in den Augen.

»Was gibt es da noch zu reden, Lily? Aufgrund der Notizen, die du in Bens Büro gefunden hast, wissen wir, dass er Kathleen irgendwie ausfindig gemacht hat. Wir nehmen beide an, dass er sie besucht hat oder zumindest zu der Adresse gefahren ist. Wenn das der Grund für seinen Tod ist, gibt es zwei Möglichkeiten: das Netzwerk selbst oder der Mörder, der nicht uns, sondern ihm folgte. Ich glaube nicht, dass das Netzwerk so etwas tun würde. Sie haben dir versichert, dass Kathleen sicher ist oder sicher *war*. Sie scheinen sich Sorgen um *deine* Sicherheit zu machen. Das ist alles, es sei denn, ich hab was ausgelassen. Weißt du schon, was du als Nächstes tun willst?«

Lily biss sich auf die Unterlippe, dann versuchte sie es noch einmal.

»Es geht nicht mehr nur um mich, es geht um uns. Oder nicht? Was immer das für eine Geschichte ist, in die wir uns verstrickt haben, sie betrifft uns beide, stimmt's?«

»Ja, es stimmt. Aber ich weiß nicht, wie wir weiterkommen könnten. Hast du irgendwelche Vorschläge?«

»Zwei. Erst zu Agatha Quinn gehen. Und dann zur Polizei.«

»Zu Agatha? Wozu?«

»Weil ich aus Bens Notizen noch etwas anderes erfahren habe. Agatha Quinn ist die Eigentümerin von *Designer's Edge*. Das ist die Zeitschrift, die Amanda Martin angefordert hat. Verstehst du denn nicht? Es gibt eine direkte Verbindung zwischen ihr und der plötzlich organisierten Mexikoreise Amandas. Vielleicht gibt es sogar eine direkte Verbindung zum Mahoney-Mord.«

Marc wurde steif. »Stopp. Das ist eine sehr weit hergeholte Vermutung.«

»Meinst du? Ich glaube, sie hat uns belogen. Wir gehen zu ihr, fragen sie nach dem Netzwerk, und dann, mit einem Mal setzt es sich mit mir in Verbindung? An so viel Zufall glaube ich nicht. Sie hatte die ganze Zeit etwas zu verbergen.«

»Aber was ist, wenn du dich irrst, Lily? Ich möchte Agatha nicht verletzen. Sie hat schon genug durchmachen müssen. Und warum sollten wir jetzt, nach so langer Zeit, zur Polizei gehen?«

»Was Amanda betrifft: Ein gewisses Risiko besteht. Aber ich glaube nicht, dass ich mich irre. Und was die Polizeit betrifft: Wir sind der Sache nicht länger allein gewachsen. Wir brauchen die Polizei. Wenn wir die Geschichte für uns behalten, schützen wir den Mörder mindestens ebenso sehr wie Kathleen und das Netzwerk. Wenn wir erst zu Agatha gehen und wenn sie etwas mit der Sache zu tun hat, bleibt ihr Zeit genug, das Netzwerk zu warnen.«

Marc wandte sich von ihr ab. Er stand auf und ging unruhig auf und ab.

»Lily, ich bin mir nicht sicher, dass man jede Geschichte erzählen *sollte*.«

Lily hatte das Gefühl, dass ihr jemand die Luft abschnürte.

Sie war zusammengezuckt wie unter einem Schlag. »Ben hat dir also von der letzten Geschichte erzählt, die ich geschrieben habe? Und von der Frau, die starb, nachdem ich ihre Identität enthüllt hatte?«

»Er hat es mir anders erzählt. Und nur, weil ich ihn gedrängt habe. Ich wollte wissen, warum du nicht mehr schreiben wolltest – oder konntest. Warum du dich so verschlossen hast.«

»Na wunderbar. Dann weißt du es also. Aber es hat nichts mit dieser Angelegenheit jetzt zu tun. Willst du denn nicht, dass der Mörder deiner Mutter gefasst wird?«

»Natürlich will ich es. Aber ich möchte nicht, dass ihr Tod vergeblich war. Was ist mit dem Netzwerk, dessen Existenz wir aufs Spiel setzen? Vielleicht werden wahre Identitäten bekannt, vielleicht werden Frauen des Landes verwiesen. Frauen, die gerade angefangen haben, sich ein neues Leben aufzubauen, könnten wieder in Gefahr geraten.«

»Das ist ein Schwachpunkt, zugegeben. Aber haben wir die Wahl? Zwei Menschen haben ihr Leben verloren. Und der Mörder ist noch auf freiem Fuß. Was ist, wenn –«

»Du hast Recht«, unterbrach er sie leise. »Ich mache mir genauso viele Sorgen wie du. Ich rufe Agatha an. Ich werde ihr sagen, dass es dringend ist.«

Und wieder standen Lily und Marc vor der schwarzen Flügeltür von Agatha Quinns Haus in Rosedale. Es war schon spät, nach zehn Uhr abends, der Hof lag in tiefem Schatten. Lily bemerkte, dass die Außenbeleuchtung ausgeschaltet war. Das Haus wirkte noch imposanter als vorher und wenig einladend. *Wahrscheinlich will sie damit zeigen, dass sie sich über Marcs Drängen am Telefon geärgert hat*, dachte Lily.

Im nächsten Augenblick wurde der Hof in so gleißendes

Licht getaucht, dass Lily instinktiv die Augen zukniff. Als sie sie wieder aufschlug, stand Agatha Quinn in der offenen Tür und sah sie gelassen an. Mit unerschütterlicher Ruhe begrüßte sie die beiden und bat sie ins Haus. Diesmal führte sie sie nicht in den herrlichen, mit blauer und grüner Seide ausgeschlagenen Salon, der sich über die Rückfront des Hauses erstreckte, sondern in eine kleine Bibliothek, die gleich von der Eingangshalle abging. Es gab keine Fenster, doch das sanfte Rosa der Wände gab dem Raum eine gewissen Wärme, die noch verstärkt wurde von den golden und rot getönten Lampenschirmen der Tiffanylampen.

In einer Ecke stand eine gemütliche Sitzgruppe in rosa Samt. Agatha bat sie, Platz zu nehmen, und verließ dann unvermittelt das Zimmer. Lily sah Marc mit fragend erhobenen Brauen an. Er antwortete mit einem vielsagenden Stirnrunzeln. Lily begann unruhig auf ihrem Sesselchen herumzurutschen. Wenn Agatha es darauf anlegte, sie aus dem Gleichgewicht zu bringen, hatte sie ihr Ziel ganz sicher erreicht.

Ein nervöses Schweigen hatte sich über sie gesenkt, und in der nächtlichen Stille meint Lily nach einiger Zeit so etwas wie ein Tuscheln in der Eingangshalle zu hören. Sie konnte die Stimmen nicht unterscheiden, aber plötzlich hatte sie das Gefühl, dass sie beide nicht die einzigen Gäste an diesem Abend waren. Vielleicht verhielt sich Agatha nur deshalb so kühl, weil sie mitten in einer Abendeinladung gestört worden war.

Im nächsten Augenblick kam Agatha in die Bibliothek zurück, ein Tablett mit dampfenden Bechern in der Hand. Zum ersten Mal lächelte sie, ganz die perfekte Gastgeberin. »Bitte leisten Sie mir doch Gesellschaft«, sagte sie einladend und stellte das Tablett auf ein vergoldetes Tischchen. »Selbst jetzt, mitten im Sommer, finde ich heiße Milch sehr beruhigend. Da steht auch Brandy, wenn Sie welchen untermischen möchten.«

Lily und Marc lehnten dankend ab, während es sich Agatha mit ihrer Milch auf dem Sofa gemütlich machte. Elegant sah sie aus in ihrem langen braunen Kleid und dem Paisley-Schal, und völlig entspannt. Sie hatte ihr Haar mit einem Perlmuttkamm zu einem einfachen Knoten aufgesteckt. Das gedämpfte Licht milderte die Fältchen auf ihrem Gesicht und verlieh ihr eine Aura verletzlicher Jugendlichkeit. Lily fing an, ihre Mission zu verwünschen.

Marc räusperte sich. Lily faltete ihre Hände, in der Erwartung, er werde sprechen. Doch Agatha war es, die sprach.

»Marc, mein lieber Junge, bevor Sie anfangen, möchte ich Ihnen beiden sagen, wie sehr ich Ihren Verlust mitempfinde. Mr. Kelter war ein feiner, anständiger Mensch. Natürlich kannte ich ihn nicht persönlich. Aber ich habe seine Artikel über Jeanine und ihre Arbeit gelesen. Er hatte die seltene Gabe der Empathie. Ich wollte zur Beisetzungsfeier gehen und dachte, dort könnte ich mit Ihnen beiden sprechen. Aber dann entschied ich mich anders, ich wollte Sie nicht stören in Ihrer Trauer.«

Lilys Mut sank. Dieses Maß an Güte stand in krassem Kontrast zu der Rücksichtslosigkeit, mit der Marc und sie über Agathas Gefühle hinweggehen wollten. *Vielen Dank, Mrs. Quinn, und wo wir schon mal beim Thema sind: Wir glauben, dass Sie uns belogen haben.* Ihr fiel nichts ein, was sie hätte sagen können, um Marcs Aufgabe zu erleichtern. Sie spürte seine Verzweiflung mehr, als sie sie sah, und sie versuchte, nicht unruhig in ihrem Sessel hin- und herzurutschen.

»Meine Liebe, ich sehe, ich bringe Sie in Verlegenheit. Sagen Sie doch, Lily, wie stehen die Chancen, dass Sie nach

Frankreich reisen? Gerade jetzt würde ein Urlaub Ihnen beiden so gut tun.«

»Ich … wir … nein. Noch nicht.«

»Sind Sie sicher? Wollen Sie es sich nicht noch einmal überlegen?«

Agatha sah Marc an. Marc sah Lily an. Mit einem Mal hatte sie das Gefühl, die Allianzen in diesem Raum hätten sich leicht verschoben, sie sei nun allein. Etwas wie Ärger stieg in ihr hoch, sie nahm sich zusammen.

»Nein, ich muss hier bleiben. Zumindest noch eine Weile. Ich kam her, um Sie zu fragen –«

Sie verstummte, als Agatha beschwichtigend die Hand hob.

»Sie brauchen gar nichts zu erklären, meine Liebe. Es ist nicht nötig. Sie müssen es als sehr beleidigend empfunden haben, dass ich an Ihnen beiden gezweifelt habe, aber Sie werden verstehen, dass ich diskret sein musste. Doch hier ist jemand, mit dem ich Sie bekannt machen möchte. Kommen Sie herein, Kathleen.«

Eine zierliche Frau mit grünen Augen und üppigem braunen Haar, das bis auf die Schultern fiel, erschien im Türrahmen. Sie wirkte verloren und entschlossen zugleich, so, als sei ihre aufrechte Haltung ein reiner Willensakt. Als sie Marc sah, senkte sie den Blick.

»Oh, Marc … Ihre Mutter. Ich habe es gerade erst erfahren …«

Er war mit zwei Schritten bei Kathleen und nahm sie in seine Arme.

»Und Suzy?«, fragte er.

Lily beobachtete sie und sah, wie Kathleens Lächeln ihr ganzes Gesicht veränderte. Es leuchtete, als sei tief in ihrem Innern eine Lichtquelle. In diesem Augenblick war sie von fast ätherischer Schönheit.

»Sie ist oben und schläft tief und fest.« Sie wandte sich zu Lily, das Lächeln verschwand so rasch, wie es aufgeschienen war. Das Licht in den Augen verlosch, ihr Gesicht verlor an Schönheit, sein Ausdruck wurde intensiver. »Sie müssen Lily Ross sein. Vergeben Sie mir. Ich habe Sie in schreckliche Gefahr gebracht.«

»Unsinn!« Agatha hatte das Wort von ihrem Sofa aus fast geschrien. »Kommen Sie und setzen Sie sich, alle. Der Mann ist ein Mörder, Kathleen. Sie haben nichts getan, was Sie sich vorwerfen müssten. So, und wer möchte jetzt ein wenig Brandy?«

Diesmal nickten alle drei zustimmend. Agatha stand auf und öffnete ein Schränkchen, dann drehte sie sich mit der Flasche in der Hand zu ihnen um. »Es ist an der Zeit, dass wir zusammenarbeiten«, verkündete sie. »Wir müssen Abbott Einhalt gebieten.«

Sie goss den Cognac in vier große Schwenker, und sie erhoben gemeinsam – wenngleich etwas befangen – das Glas.

Abbott. Der Mörder hatte einen Namen. Lily fühlte sich ein wenig benommen, aber nicht vom Alkohol.

»Ich bin bereit, zur Polizei zu gehen«, erbot sie sich. »Jetzt wo Kathleen und Suzy in Sicherheit sind, kann ich aussagen. Ich kann bezeugen, dass Abbott am Schauplatz des Mordes an Marie war. Ich will, dass er für Bens Tod zahlt.«

Sie hörte Kathleen keuchen, sah, wie sich ihre Schultern versteiften.

Marc war in die Betrachtung der Bilder an der Wand hinter ihr versunken.

Nur Agatha sah Lily unverwandt an. »Das könnte unklug sein, meine Liebe.«

»Wieso denn? Sie sagten doch selbst, dass man ihm Einhalt gebieten muss.«

»Allerdings. Aber glauben Sie wirklich, dass die Polizei das kann? Fragen Sie Kathleen. Glauben Sie, dann wird für Gerechtigkeit gesorgt? Fragen Sie Marc nach Jeanine. Fragen Sie mich. Dieser Mörder hat viel Macht, Lily, und er genießt großes gesellschaftliches Ansehen. Er hat fast unerschöpfliche finanzielle Mittel und bezahlt die Leute gut für ihre Loyalität. Er kann sich Alibis kaufen. Er kann sich Gerechtigkeit kaufen. Meine Erfahrung sagt mir, dass sich die Gesetze zu seinen Gunsten auslegen lassen werden.«

»Das glaube ich nicht. Nur weil Sie annehmen, dass man ihn nicht schuldig sprechen wird, wollen Sie nichts tun, um ihn zu stoppen?«

»O nein. Das habe ich nicht gesagt. Hören Sie. Auch wir sind nicht mittellos. Und ich habe da ein paar Ideen. Sie sind ethisch nicht einwandfrei und ganz sicher illegal. Aber wenn sie funktionieren, helfen sie uns, das Netzwerk zu schützen und, für eine gewisse Zeit, auch Kathleen und Suzy. Würden Sie uns diese Zeit gewähren, Lily? Ich zähle auf Sie und darauf, dass Sie Ihre Rolle spielen.«

Lily zögerte, während alle anderen im Raum den Atem anzuhalten schienen. Vielleicht schuldete sie es ihnen, wenigstens zuzuhören. Sie war sicher nicht die Einzige, die Verluste zu beklagen hatte. Langsam nickte sie.

Agatha sah jedem von ihnen ins Gesicht. Da sie keinerlei Anzeichen von Ablehnung sah oder hörte, begann sie ihren Plan zu erläutern.

Toronto, Dienstag, 3. August

Abbott war Schachspieler. Ein sehr guter Schachspieler. Obgleich der ganze Sinn des Spiels für ihn im Gewinnen lag, bereiteten ihm auch die Feinheiten dieses Spiels Vergnügen, die unvermuteten Züge, der vorgetäuschte Rückzug, der in Wirklichkeit eine Falle war. Ihm war ein kluger, ein ebenbürtiger Gegner lieber als ein unvorsichtiger, der allzu rasch aufgeben musste. Je größer die Herausforderung war, desto größer war die Genugtuung des letzten Zugs, des Meisterzugs.

Aber das Spiel hatte eine seltsame Wendung genommen.

Kaum hatte er eine Figur vom Brett entfernt, war eine andere aufgetaucht. Eine Frau. Und er hatte den Fehler begangen, sie zu unterschätzen. Nachdem er scharfsinnig genug gewesen war, sie zu finden, hatte er Kathleen für wehrlos gehalten, so weit weg von der Stadt und mit nur dem Kind und dieser Frau, um sie in dieser gottverlorenen Wildnis zu beschützen. Aber es war eine Falle gewesen, eine List, um ihn zu demütigen.

Schach, aber nicht schachmatt.

Sie waren klug, aber es fehlte ihnen das Format.

Er würde einen solchen Fehler nicht noch einmal begehen. Sobald sich ihm die Gelegenheit bot, würde er sie töten. Kathleen hatte ihre Wahl getroffen, und es gab nicht viel, was sie oder sonst jemand noch zu ihrer Rettung unternehmen konnte.

Abbott ließ sich auf einer Bank in einem von hohen Gebäuden umgebenen kleinen Park nieder und genoss die Situation. Marc Forrest war etwa hundert Meter von ihm entfernt und hatte keine Ahnung, dass er verfolgt wurde. Es war ein schöner Morgen, viele Leute waren unterwegs, vor allem Frauen und Männer in Bürokleidung, die allein oder in Gruppen herumsaßen, plauderten und die Leute beobachteten. Neben dem Park lag eine große Konzerthalle, die ihn an eine umgestülpte Glasschüssel mit gebogenen Seitenwänden erinnerte. Touristen fotografierten sie auf ihrem

Weg durch den Park oder blieben vor dem laut rauschenden Springbrunnen stehen. Forrest sah sich um, sah ihm möglicherweise genau ins Gesicht, doch Abbott war unbesorgt. Forrest würde ihn unter der Baseballkappe und mit der Sonnenbrille auf der Nase nicht erkennen, weil er – genau wie der Reporter – nicht darauf gefasst war, ihn zu sehen. Er vermutete bestimmt, dass sich Abbott auf diese Ross konzentrieren würde, und dass seine eigenen Unternehmungen allenfalls insofern interessant sein könnten, als sie ihn von der Birch Avenue entfernten, so dass sie ungeschützt schien.

Doch Abbott hatte viel gelernt beim Beobachten und Abwarten. Sein eigener kühner Zug, den er zu einem so frühen Zeitpunkt des Spiels gewagt hatte, dass er unbemerkt geblieben war, hatte ihm enorme Vorteile verschafft. Er hatte bestimmte Informationen, und sie wussten nicht, dass er sie hatte.

Das Verhalten der Einfältigen war leicht vorherzusehen. Um sich einen Vorteil zu verschaffen, musste man nur gewitzt sein und risikofreudig. Schon vor Wochen hatte Abbott einfach einmal abgewartet, bis Marc das Haus verließ, um Besorgungen zu machen. Es war ganz schnell gegangen. Er hatte sich am hellen Tag Zutritt zum Haus verschafft, nicht etwa in der Nacht, wie sie vielleicht vermutet hatten. Er hatte nur wissen wollen, ob sich Kathleen dort versteckt hielt. Und wenn nicht, würde er Lily nehmen. Um sie als Trumpf für Verhandlungen zu haben.

Aber da war keine Spur von Kathleen gewesen. Und auch keine Spur von Lily, nur der verschlossene Raum.

In einem Sekundenbruchteil hatte er seine Alternativen neu überdacht. Er konnte versuchen, die Tür aufzubrechen, aber hinter ihr konnten sich alle möglichen Leute befinden. Und es konnte alles Mögliche passieren, wenn man den

Gegner durch das geräuschvolle Aufbrechen eines Schlosses vorwarnte. Abbott hatte rasch die Schlafzimmer erkundet und im zweiten, das seiner Vermutung nach gewöhnlich als Arbeitszimmer genutzt wurde, beim Durchsuchen der Schubladen einen Hefter mit dem Namen Forrest darauf gefunden. Er hatte ihn aufgeschlagen, und dabei hatte sich langsam ein Grinsen über sein Gesicht gelegt. Dummköpfe waren ihrem Schicksal, mochte es gut oder schlecht sein, hilflos ausgeliefert. Ein kluger Mann war selbst seines Glückes Schmied.

Nicht alles im Ordner ergab für ihn einen Sinn, aber Lily Ross' Notizen stellten eine faszinierende Verbindung her zwischen einem Reporter namens Kelter, einer Frau namens Jeanine Forrest und einem Toten namens Mahoney. Abbott vermutete, dass Marc Forrest Jeanines Bruder war. War er auch ihr Rächer? Ihm war nicht ganz klar, was diese Ross damit zu tun hatte und wer Amanda Martin war, aber das würde er schon noch herausfinden. Inzwischen hatte er erfahren müssen, dass auch Kelter kein schlechter Schachspieler war, und sein Beschluss, ihm zu folgen, hatte sich ausgezahlt. Tatsächlich hatte Kelter ihn direkt in eine Sackgasse geführt, an deren Ende Suzy Landers Seil sprang.

Die Zeitungsberichte über Kelters Tod hatten Abbott wenig bekümmert. Er wusste zwar, dass die Polizei oft Informationen zurückhielt, um Verdächtige zu täuschen, doch in diesem Fall glaubte er nicht, dass geblufft wurde. Sie hatten nichts. Den Wagen hatte er eine Stunde nach dem Unfall irgendwo stehen lassen, von ihm aus führte keine Spur mehr zu Abbott.

Am anderen Ende des Parks sah Forrest schon wieder auf die Uhr, er wartete also auf jemanden. Auf jemanden, der zu spät kam?

Was waren das für Leute? Wie viele waren sie? Natürlich wusste er jetzt, dass Kathleen eine Lügnerin und Betrügerin war, aber sie hatte ihm nie den leisesten Hinweis auf eine Verbindung zu den Forrests oder überhaupt auf Verbindungen in Kanada gegeben. Er mochte die Kanadier nicht. Blasierte Bastarde. Und viel zu vorsichtig. Diesen Teil des Spiels konnte Abbott beim besten Willen nicht durchschauen. Warum hatte Kelter Kontakt zu Regierungsstellen aufgenommen, die sich mit Einwanderungsangelegenheiten befassten? Warum waren ihm Ross und Forrest nicht offen gefolgt? Warum hatten sie Kathleen in einem anderen Haus versteckt?

Seine Lippen wurden schmal vor Abscheu. Die Erinnerung an die Nacht am See verwischte sich allmählich zu einem Alptraum mit Geräuschfetzen und aufblitzenden Bildern. Ein Kiefernast, der seine Wange peitschte. Ein zerbrechender Zweig, laut wie ein Gewehrschuss. Ihr Lachen, das im Dunkel hing. Ihre langen Beine, die im Mondlicht schimmerten. Der brennende Schweiß in seinen Augen, als er am Ufer entlangrannte, blindlings vorwärts stürmend, und der Geschmack nach Salz und Blut in seinem Mund, als er seine Wut hinunterzuschlucken versuchte. Bald schon, das versprach er sich, würde sie laut weinen in seinen Händen, und flattern wie ein Vögelchen, das er presste und würgte …

Sein Kopf schnellte hoch. Forrest saß jetzt an einem Tisch, so weit nach vorn gebeugt, dass sein dunkles Haar fast das schwarze Haar der gegenüber sitzenden Frau berührte, die sich ihm ebenfalls zuneigte. Abbott fluchte. Ihr Gespräch wirkte intensiv, drängend, doch er konnte nichts verstehen. Näher heranzugehen, wäre zu riskant gewesen.

Er betrachtete die Frau. Ihr langes Haar glänzte bläulich schwarz in der Sonne. Über der weichen Haut ihrer nackten

Arme lag ein goldener Schimmer. Sie legte eine Hand auf Forrests Unterarm. Er bedeckte sie mit der seinen. Sie nickte, die Sonnenreflexe tanzten auf ihrem Haar. Wie lange sprachen sie schon miteinander? Aus welcher Richtung war sie gekommen?

Forrest nahm einen kleinen Rucksack von der Schulter und zog ein Päckchen daraus hervor, das er ihr gab. Es war lang und schmal, eine Art dicker Umschlag. Sie lächelte und schob es in ihre Handtasche.

Wieder sah Forrest auf die Uhr. Er war nervös. Er hatte Lily schon zu lange allein gelassen. Seine Gedanken waren so leicht zu erkennen, als hätte er sie aufgeschrieben und den Zettel Abbott gegeben, der nur darauf wartete, dass Marc endlich das Feld räumte und er selbst freie Bahn hätte bei der Dunkelhaarigen.

Doch nun stand ausgerechnet sie zuerst auf, anmutig richtete sie ihre hohe Gestalt auf, umspielt von einem knöchellangen schwarzen Sommerkleid, das in der Taille von einem fröhlich rot und orange gemusterten Schal zusammengehalten wurde. Gelassen schritt sie davon, und Abbott konnte nichts tun.

Forrest hielt Wache. Wenn Abbott aufgestanden wäre oder sich auch nur aufgerichtet hätte, um ihr besser nachschauen zu können, hätte Marc ihn augenblicklich bemerkt. Abbott zwang sich, den Kopf abzuwenden und in die Marc und der davongehenden Frau entgegengesetzte Richtung zu sehen.

Da fing sein Blick einen orange-roten Reflex auf. Fast setzte sein Herzschlag aus.

Er konnte sie sehen – in den spiegelnden Wänden des Konzerthauses war ihre kleiner werdende Gestalt deutlich zu sehen.

Sobald Forrest fort wäre, würde Abbott genau wissen, in welcher Richtung er ihre Spur aufnehmen könnte. Er hatte nicht den leisesten Zweifel daran, dass er sie aufspüren und herausfinden würde, wer sie war.

Dritter Teil
Der Plan

NEW YORK, MONTAG, 9. AUGUST

Es regnete heftig. Das Flugzeug stotterte und ruckte mehrfach in der unruhigen, elektrisch aufgeladenen Atmosphäre. Kathleen hätte nicht sagen können, ob sie mehr Angst vor einem Absturz oder vor der Ankunft hatte. Es war, milde gesagt, eine etwas unorthodoxe Reise.

In jener langen Nacht in Agathas Bibliothek war ihr der Plan logisch und seine Verwirklichung zwingend erforderlich erschienen. Alle hatten zugestimmt. Sie würden Abbott die Initiative aus der Hand nehmen. Nach all den Wochen des Wartens und Beobachtens, in denen man nie gewusst hatte, wann und wonach man Ausschau halten musste, war es eine Erlösung, endlich handeln zu können. Doch seither war fast eine Woche vergangen, fünf schier endlose Tage. Die Zeit war lang genug gewesen, um mit der Umsetzung des Plans zu beginnen, aber auch, um den Zweifeln Raum zu geben, die wie eine Art Bodennebel aufgestiegen waren.

Kathleen erschauerte. Sie schaute ihren Reisegefährten an, der so tat, als läse er – schon zum zweiten Mal – das Airlinemagazin. Sie nahm keine Rücksicht auf diese leicht zu durchschauende List.

»Es ist verrückt«, sagte sie voller Inbrunst.

Marc schlug das Magazin sofort zu und steckte es in die Sitztasche. Er betrachtete Kathleens Profil. Sie sah besser aus als bei ihrer ersten Begegnung. Dank der Sonne hatte sie ein paar Sommersprossen auf der Nase, und sie hatte sogar ein wenig zugenommen. Doch immer noch lagen bläuliche Schatten unter ihren Augen, die von schlaflosen Nächten zeugten. Er fragte sich, ob sie stark genug sein würde für das, was ihr bevorstand. Der Plan konnte nur gelingen, wenn sie überzeugend war.

»Nicht verrückt. Nur ein wenig dreist. Macht es Ihnen zu schaffen, dass Suzy bei Agatha geblieben ist?«

»Nein, das ist es nicht. Im Augenblick ist sie dort sicherer als in meiner Nähe. Ich wünschte nur, wir hätten vor unserem Aufbruch Terri noch sehen können, Suzy vertraut ihr.«

Auch Marc fand es schade, dass er Terri nicht gesehen hatte. Er hätte die Frau, die es geschafft hatte, Abbott im Wald von Kathleen und Suzy fortzulocken, gern kennen gelernt.

»Wer ist sie übrigens?«

»Teresa Mordelli. Eine Freundin. Sie sagte, sie sei Jurastudentin, aber ganz offensichtlich arbeitet sie für Agatha. Wie weit reicht dieses Netzwerk eigentlich?«

Mark zuckte mit den Achseln. »Sie tut gut daran, uns nicht allzu viel zu erzählen. Wer weiß, wie viele Frauen sie beschützt. Und wie viele Kinder. Wissen Sie, das Netzwerk erinnert mich ein bisschen an das, was mir Maman über die Résistance in Frankreich erzählt hat – die Leute wussten nie viel übereinander, sie kannten auch die Gesamtpläne und die Fluchtwege nicht. So kam der Feind nicht so leicht an die Informationen. Wer hat noch gesagt, drei Menschen könnten ein Geheimnis nur bewahren, wenn zwei von ihnen tot seien?«

»Zwei Tote. Ist Lily sicher, dass Abbott ihren Freund getötet hat?«

»Ja. Wir sind uns beide sicher. Schauen Sie, Kathleen, wir sind das doch so oft durchgegangen. Agathas Plan ist die beste Möglichkeit, all das zu einem Ende zu bringen. Stehen Sie das durch? Ich werde bei jedem Schritt auf diesem Weg bei Ihnen sein.«

»Ja.«

Marc griff nach ihrer Hand und drückte sie. »Wir werden ihm Einhalt gebieten. Dann ist Schluss mit dem Weglaufen und dem Töten.«

Kathleen erwiderte den Druck. »Schluss damit.« Sie versuchte ein Lächeln, doch ganz so weit reichte ihr Mut nicht.

Das Flugzeug tauchte mit der Nase voran in die Wolken und setzte zur Landung in La Guardia an.

Sloane streckte sich auf die Zehenspitzen und rollte dann zurück auf die Fersen. Diese Bewegung wiederholte er, bis er einen angenehmen Rhythmus gefunden hatte. Zehen, Fersen. Zehen, Fersen. In der Aufwärtsbewegung hielt er unter den ankommenden Passagieren Ausschau nach ihr. Auf dem Weg nach unten bedachte er, wie es dazu gekommen war, dass er ihr Gesicht so gut kannte. Er hatte es beobachtet. Er war ihm gefolgt. Er hatte es fotografiert. Die Erinnerung quälte ihn immer noch. Er hatte sich unabsichtlich zu Abbotts Werkzeug gemacht – zu einem gedungenen Bluthund, wie Ruby kopfschüttelnd gesagt hatte – und sich dafür bezahlen lassen, die junge Frau wie ein böser Schatten zu verfolgen. Nun ja, jetzt konnte er seinen Fehler wieder gutmachen. Jetzt war Abbott das Ziel, und Sloane und Ruby waren auf der Seite der Guten. Der gerissenen Guten. Er würde seiner Rolle durchaus ein perverses Vergnügen abgewinnen.

Er sah das braune Haar und winkte lebhaft.

»Hierher, Ms. Landers. Ich übernehme gleich Ihr Gepäck.«

Noch einmal strich er die Uniform glatt und dachte sogar daran, die Mütze abzunehmen. Er fand sich sehr schick in der langen schwarzen Jacke und der Hose, zumal seine Verkleidung einige den mittleren Jahren geschuldete Rundungen kaschierte. Fast hätte er fröhlich gepfiffen, als er sich mit den Ellbogen einen Weg zu ihr bahnte.

Sie sah gut aus. Kein Lächeln, aber das wäre vielleicht auch zu viel erwartet gewesen. Er streckte ihr die Hand entgegen.

»Mein Name ist Sloane, Ms. Landers. Ich bin Ihr Chauffeur.«

Einen Augenblick lang starrte sie ihn nur wortlos an, und seine Hand hing irgendwo in der Luft. Inzwischen wusste sie, dass dies der Mann war, den Abbott auf sie angesetzt hatte. Er war in ihrer Wohnung gewesen, hatte ihre persönlichen Dinge berührt. Hatte er wirklich die Seiten gewechselt? Unter ihrem kühlen Blick errötete Sloane, sein Lächeln wurde unsicher.

Marcs tiefe Stimme machte der heiklen Situation mit einem mahnenden »Ms. Landers?« ein Ende.

Landers. Wenigstens hatte sie ihren eigenen Namen wieder. Sloane hatte sich ein letztes Mal Zutritt zu ihrer Wohnung verschafft, ihren Pass gefunden und ihr zugesandt, so dass sie legal über die Grenze hatte kommen können. Dafür, nahm sie jedenfalls an, schuldete sie ihm Dank.

»Mr. Sloane, das ist Marc Forrest, mein Anwalt. Gehen wir?«

Von der Höhe seiner gut hundertsechzig Zentimeter schaute Sloane zu ihm auf. Dieser Mann war wie geschaffen für seine Rolle, in dem eleganten Armani-Sommeranzug sah er genauso nach dem Absolventen einer Eliteuni aus wie Abbott. Nur eine verräterische helle Linie in dem gebräunten Gesicht verriet, dass sein dunkles Haar kürzlich geschnitten worden war. Sloane war sich nicht sicher, aber ihm war, als hätte Marc Forrest ihm beim Händeschütteln kurz zugezwinkert. Dann nahm Sloane die Koffer und führte sie zum wartenden Wagen.

»Da wären wir, Leute. Machen Sie's sich bequem. Wir werden im Nu in der Stadt sein.«

Er verstaute das Gepäck und setzte sich dann hinters Steuer. Nachdem er sich in den Verkehr eingefädelt hatte, ließ er die getönte Scheibe herunter, die ihn von den hinteren Sitzen trennte.

»Ms. Landers, ich möchte da etwas von der Seele haben. Es tut mir wirklich Leid, dass Sie so viele Schwierigkeiten haben. Ich weiß nicht, wie viel man Ihnen gesagt hat, aber es tut mir auch Leid, dass ich Anteil daran hatte. Sie sollen wissen, dass ich und Ruby – das ist meine Frau – jetzt auf Ihrer Seite sind. Bedingungslos. Sie verstehen?«

Im Rückspiegel starrten die grünen Augen in seine, dann nickte Kathleen.

»Wir fahren direkt zu Abbotts Penthouse. Den Schlüssel werd ich Ihnen in die Hand gleiten lassen, wenn ich Ihnen die Tür öffne. Sie beide fahren einfach nach oben. Ich kümmere mich um den Wächter. Ruby ist schon da. Irgendwelche Fragen?«

»Keine Fragen«, antwortete Marc.

»Übrigens …« Sloane grinste. »Wie geht's Eva? Sie ist wirklich ein Schatz. Ruby und ich haben sie richtig ins Herz geschlossen.«

Marc runzelte die Stirn. »Eva?«

Hui, dachte Sloane. *Der ist gut. Wirklich gut.*

»Okay. Schon verstanden. Genug geredet. Kein Wort mehr.« Er legte einen Finger an die Nase und ließ die gläserne Trennwand wieder nach oben fahren.

Kathleen und Marc in ihrer wiedergewonnenen Zweisamkeit starrten auf die Glasscheibe und sahen sich dann ratlos an.

»Na, wenigstens einer von uns hat seinen Spaß«, meinte Kathleen. »Glauben Sie, er kann uns wirklich am Wachmann vorbeischleusen?«

»Ganz sicher. Er ist wie ein alter Charakterdarsteller. Keinerlei Nerven. Er glaubt wirklich, er sei Chauffeur. Er hat den Schlüssel von Abbotts Putzfrau bekommen, und anscheinend hat seine Frau problemlos deren Vertretung übernehmen können.«

»Und wer ist Eva?«

Marc zog die Brauen hoch. »Keine Ahnung. Aber ich bewundere Agatha immer mehr.« Er schwieg kurz und legte Kathleen den Arm um die Schultern. »Schaffen Sie das, Kathleen? Ich meine, die Wohnung zu betreten. Es wird doch wahrscheinlich ein paar böse Erinnerungen bei Ihnen wecken.«

»Keine Erinnerungen. Alpträume. Aber ich schaffe es trotzdem. Ich fühle mich zwar ein bisschen wie ein Gladiator vorm Betreten der Arena, aber wenn dieser kleine Mann da vorn es kann, kann ich es auch.«

»Gut. Aber wenn ich mir jetzt die Bemerkung gestatten darf, Ms. Landers, Ihr Kostüm ist noch unvollständig.«

Kathleen blickte an sich hinunter: lavendelfarbener Hosenanzug, Gucci-Schuhe und -Tasche aus weichem Leder. Sie mochte diese Sachen nicht. Sie entsprachen genau den perfekt geschnittenen Kleidungsstücken, in die Abbott sie immer gesteckt hatte. Sie konnte es kaum erwarten, wieder in Jeans und T-Shirt herumzulaufen. Aber was fehlte denn noch? Dann fiel es ihr wieder ein. Sie öffnete die Handtasche, holte das Schmuckkästchen heraus und schob die beiden Ringe auf ihren linken Ringfinger.

Schon Sloane hatte Kathleen erstaunt und ein wenig misstrauisch gestimmt, doch Ruby Zaplacinsky verblüffte sie nun völlig. Unter dem Schutz von Marcs Schauspielkunst und einer verachtungsvoll-hochmütigen Miene, die sie nie zuvor auf seinem schmalen Gesicht gesehen hatte, waren sie am Pförtner vorbeigefegt und hatten Sloane samt dem Gepäck vor der Loge zurückgelassen. Als sich die Fahrstuhltüren schlossen, konnten sie noch einen letzten Blick in das Marmorfoyer werfen und auf Sloane, der dem Pförtner mit ausdrucksvollen Gesten eine völlig aus der Luft gegriffene, aber glaubhafte Geschichte servierte.

Dann öffneten sich die Fahrstuhltüren und sie standen in einem großen, ruhigen Flur. Selbst Marc, der die ganze Zeit geredet hatte, um sie abzulenken, schien beeindruckt. Ihre Hand zitterte, als sie den Schlüssel in Abbotts Türschloss steckte. Das hier war *sein* Territorium; sie spürte förmlich, wie alles von seiner Persönlichkeit durchtränkt war. Von seiner Verachtung, seinen Obsessionen und seinem Atem, der ihre Lungen füllen würde wie mit giftigem Gas, bis ihr übel und schwindelig davon wäre. Vorsichtshalber hielt sie die Luft an, als sie die Tür öffnete.

Doch da war – statt der befürchteten unheilvollen Pestwolke – Ruby. Sie hatte von Abbotts Penthouse Besitz ergriffen: Überall auf den Seidenteppichen lagen Papiere; ein handgeknüpfter afghanischer Teppich in leuchtendem Orange und Hellgrün milderte das dunkle Burgunderrot des Sofas, und sogar die bleiverglasten Lampen auf dem Nussbaumschreibtisch waren von praktischen Strahlern verdrängt worden. Ein angebissenes Blätterteigteilchen entließ seine Erdbeerfüllung auf die glänzende Platte eines Beistelltischchens, und aus den Boxen erklang ausgelassene spanische Gitarrenmusik. Am schönsten jedoch waren Rubys Energie und ihr offenes Lächeln, das sich wie ein warmer Schal um Kathleens Schultern legte. Abbotts bedrohliche Gegenwart war von Rubys Invasion schlicht an die Wand gedrängt worden und fristete allenfalls in den Schatten noch eine traurige Existenz.

»Na, kommen Sie schon rein. Ich hatte einen harten Vormittag. Harry kommt auch gleich rauf. Ich nehme an, Sie wollen erst mal raus aus Ihren steifen Klamotten. Na los. Ich hab versucht, es hier ein bisschen gemütlicher zu machen.« Sie grinste boshaft. »Hat sich wohl ein bisschen verändert, seit Sie zum letzten Mal hier waren. Ich will Ihnen ganz offen sagen, dass mir die Einrichtung dieses Herrn auf Anhieb missfiel. Viel zu öde.«

Kathleen schaute sich mit großen Augen um. Selbst die Arbeitsflächen in der großen offenen Küche, auf denen sie nie auch nur eine schmutzige Kaffeetasse gesehen hatte, waren voller überquellender Lebensmitteltüten und Spuren von Gläsern und Tassen. »Das könnte er nicht ertragen«, sagte sie leise.

»Zu schade. Dabei hab ich gerade erst angefangen. Aber jetzt muss ich Sie endlich anschauen.« Ruby hielt sie auf Armeslänge von sich weg und gab ihr dann einen Kuss auf die Wange. »Dünn wie eine Bohnenstange und bleich wie ein Gespenst. Aber das kriegen wir schon hin.« Kopfschüttelnd schnalzte sie mit der Zunge. »Das schulden wir Ihnen. Harry und ich bleiben nie etwas schuldig. Und als Erstes brauchen Sie was Ordentliches zu essen.«

»Nein, danke. Wirklich, wir haben im Flugzeug gegessen.«

»Das ist doch kein Essen, Darling, das ist bloß Reklame. Und außerdem hat der junge Mann da bestimmt Appetit.« Marc hätte fast laut aufgelacht, als sie ihr Hundertwattlächeln auf ihn richtete. Dieser Harry ist entschieden kein Dummkopf, dachte er.

Lautes Klopfen an der Tür riss ihn aus seinen Gedanken, und er ließ Harry mit den Taschen herein. Es waren nur zwei. Wenn alles gut ging, würden sie nur ein paar Tage bleiben müssen.

»Irgendwelche Probleme, Harry?«, erkundigte er sich.

»Nicht die geringsten. Ich habe hier einen Brief. Mr. Abbott höchstpersönlich erlaubt uns, die Wohnung zu benutzen, er hat selbst unterschrieben.«

»Aber wie –«

»Ach, ich hab da noch so'n paar Kumpels von früher, die sich ein bisschen mit dem Fälschen auskennen.«

Marc wollte lieber nicht weiter in Harrys Vergangenheit dringen. Stattdessen nahm er die Taschen und führte Kathleen ins Gästezimmer. Er selbst wollte Abbotts Schlafzimmer benutzen.

Endlich allein hinter der geschlossenen Tür, lehnte er sich mit dem Rücken dagegen, um sich auf den Gefühlsansturm vorzubereiten. Und, wie erwartet, sprang ihn Abbotts Wesen an. Hier hatte Ruby keine Wunder gewirkt. Er blieb ein, zwei Minuten stehen, dann ging er zum Schreibtisch und nahm ein Foto in die Hand, auf dem Abbottt und ein älterer Mann zu sehen waren. Er blickte in das gebräunte, scharf geschnittene Gesicht – das Gesicht, in das seine sterbende Mutter geblickt hatte, in dem sich Lilys Ängste materialisierten und das erbarmungslos einen freundlichen Menschen überfahren hatte. Hass durchfuhr seinen ganzen Körper, als hätte er mit nassen Händen eine Lampenfassung berührt. Er empfand wilden Zorn und einen atavistischen Impuls zu töten. Unter dem Druck seiner Hände zersprang das Glas des Bilderrahmens.

Er verfügte nicht über Lilys Gabe, Bilder zu lesen, doch ihm fiel auf, dass der Mund Grausamkeit verriet und die harmonischen Schuljungenzüge Lügen strafte. Oder war das nur eine Projektion seines Abscheus? Gut möglich, der alte Mann jedenfalls sah aus wie eine Karikatur, eine moderne Version des Dorian Gray.

Marc warf das Foto zurück auf den Schreibtisch und zog sich aus, um zu duschen. Er zitterte am ganzen Körper, Tränen liefen ihm übers Gesicht. Einen Augenblick lang wollte er nur, was Lily gewollt hatte. Blinde Rache. Gewalt. Er wollte mit der Faust in das Gesicht des brutalen Mörders schlagen, wieder und wieder, bis er Blut fühlen würde und Knochensplitter. Erneut sah er – würden ihn diese Bilder nie verlassen? – wie die Kugel in die Brust seiner Mutter schlug und Ben zerschmettert auf dem kalten Pflaster lag. Er schrie auf und sank auf die Knie.

So verharrte er lange. Dies war ihre Chance, die Todeskette zu durchbrechen. Agatha wusste es. Und sie wusste, dass es die einzige Möglichkeit für ihn und Lily war. Er versuchte, nüchtern über Lily nachzudenken – ihr spitzbübisches Lächeln, die großen grauen Augen mit den dunklen, ernsten Brauen, die hellen widerspenstigen Locken rings um ihre Ohren. Zu seiner Überraschung merkte er, dass sie ihm fehlte. Es war ihm wichtig, sie nicht zu enttäuschen – auch wenn ihm klar war, dass sie sich auf jeden Fall von ihm betrogen fühlen würde.

Denn unter dem Vorwand, ihr Ruhe zu verschaffen, hatte Marc nach Bens Tod alle Anrufe entgegengenommen. Als Amanda Martin angerufen hatte, war Marc zu der Verabredung gegangen, ohne Lily etwas davon zu sagen. Er hatte alles getan, damit Lily keine Verbindung zwischen Mahoney und dem Netzwerk herstellen konnte.

Er richtete sich auf und ging ins Bad. Dort duschte er so heiß er es ertragen konnte, um den Zorn und Hass auf Abbott aus seinem Körper zu brennen.

Als er, in schwarzen Jeans und weißem T-Shirt, wieder aus Abbotts Schlafzimmer auftauchte, wandten sich ihm drei erwartungsvolle Gesichter zu,

»Mir geht's gut«, sagte er nur.

Harry schwenkte eine dicke Teigtasche.

»Geflügelsalat. Wenn Sie ein Gesundheitsapostel sind, können Sie noch Sprossen drüberstreuen. Ruby will uns gerade auf den neuesten Stand ihrer Recherchen bringen.«

»Kommen Sie her und setzen Sie sich«, forderte ihn Kathleen auf. Sie saß auf dem Fußboden neben Ruby, deren Finger über die Tastatur eines Computers in Abbotts Arbeitsbereich huschten.

»Hacken ist eine Art Hobby von mir; aber natürlich gibt es Leute, die das besser können. Wir haben jemanden angeheuert. Einen Onlinedetektiv.«

»Tatsächlich?«, fragte Kathleen. »Ich wusste gar nicht, dass es so etwas gibt.«

»Doch, doch. Man kann jede Art Information kaufen. Onlinedetektive arbeiten für ganz legale Firmen. Sie spüren den Internetaktivitäten von Leuten nach – besuchte Websites, Internetkäufe – solche Sachen eben. Was manchen Leuten erst jetzt dämmert, ist, dass man auch Onlinebanking, Kreditkartennummern und Passwörter herauskriegen kann. Einige dieser Firmen verkaufen Computerprogramme, mit denen man Zugang zu E-Mails und privaten Dateien bekommt. Man sendet das Programm als Anhang mit einer E-Mail, und sobald es geöffnet wird, ist man drin. Abbott räumt seine Mailbox immer sehr gewissenhaft auf.«

»Aber das ist doch bestimmt illegal«, protestierte Kathleen.

»Ein bisschen in der Grauzone, aber seltsamerweise nicht illegal. Ich musste der Firma nur per Unterschrift bestätigen, dass ich die Informationen nicht zu kriminellen Zwecken nutzen will.«

»Aber Sie wollen doch –«

Ruby blickte Kathleen streng an. »Kriminell ist ein sehr hartes Wort, oder? Wir wollen die Information ja nur zeitweise nutzen. Zu unserem Vorteil. Nebenbei bemerkt, haben Harry und ich schon ein bisschen in Abbotts Vergangenheit rumgeschnüffelt, Namen, Daten und dergleichen. Alles was dieser Mann tut, ist von kühler Logik bestimmt, sie ist sein kleines Sicherheitsnetz. Sobald man das weiß, kann man mit und ohne Onlinedetektiv eine Riesenbresche in seine Sicherheitsbollwerke schlagen. Passwörter sind oft sehr nahe liegend. Diesen Besitz in Connecticut nennt er Oakwood Manor. Und der alte Mann hieß Arnold…«

Sie unterbrach sich und lächelte auf Kathleen hinunter. »Was meinen Sie, Darling, ob man ihn je Arnie genannt hat?«

Kathleen lachte, sie lachte tatsächlich, und Marc spürte, wie sich seine Anspannung löste.

»Wie auch immer«, Ruby rollte weiter wie ein Sattelschlepper auf einer Abwärtsstrecke, »Harry und ich waren seit Evas Anruf die ganze Zeit aktiv. Wir haben Aktienportfolios und Bankkonten gefunden. Und eine kleine Nebeninvestition auf den Cayman-Inseln, für die sich die Steuerbehörde gewiss interessieren würde, aber da wird's dann schon heikler. Vielleicht machen Harry und ich einen kleinen Urlaub auf den Inseln, aber ich vermute, das ist eher ein Job für Eva. Sie passt da besser hin als wir. Nein, Harry, stell jetzt keine Fragen, die beiden werden dir doch nichts über das Mädel erzählen, also zügle deine Neugier –«

Kathleen und Marc sahen Harry an, doch der legte nur den Finger an die Lippen.

»– und ich hab das eine oder andere geschickt formulierte Fax losgeschickt, mit etwas Glück müssen wir sie nicht einmal damit belästigen. So, Kathleen, stehen Sie mal eben auf und schauen Sie auf den Bildschirm. Gucken Sie sich diese Ziffernfolgen an und überlegen Sie, ob das für Sie einen Sinn ergibt. Denken Sie vor allem an Daten. Wir müssen diesen Code knacken und ihm die Fluchtwege abschneiden. Alle bis auf einen.«

Toronto, Montag, 9. August

Der Plan war riskant, eine Mischung aus Diebstahl und Glück, und bestenfalls als sehr ausgefallen zu bezeichnen. Allnächtlich ging Lily vor dem Einschlafen sämtliche möglichen Lösungen durch. In New York hatten die Sloanes Abbotts Wohnung nach der Waffe durchsucht, mit der er Marie umgebracht hatte. Die Waffe selbst hatten sie zwar nicht gefunden, dafür aber eine Spur, die zu einem Bankschließfach führte. Sie waren fast sicher, dass Abbott die Waffe noch hatte, dass er sie holen würde, sobald er sich wirklich unter Druck fühlte. Wenn sie ihn dazu brachten, sie zu dieser Waffe zu führen, könnte das Netzwerk vielleicht gerettet werden. *Wenn, wenn, wenn.*

Das Netzwerk erschien Lily jetzt, wo sie Kathleen und Suzy kannte, weniger abstrakt und verrückt. Die beiden Gesichter hatten ihm zu Namen verholfen und einer Notwendigkeit, die sie vorher nicht vollständig begriffen hatte. Doch wirklich Gestalt hatte es erst durch Agatha gewonnen. Sie hatte es erfunden. Sie hatte dieses Labyrinth erdacht, dessen verschlungene Pfade Unschuldige schützten und deren Verfolger verwirrten. Sie hütete seine Geheimnisse.

Es hatte Lily geradezu erschreckt zu erfahren, dass Agatha die alte Frau gewesen war, die über den Bahnsteig geschlurft war und ihr die Zeitung in die Hand gedrückt hatte. Sie konnte sich Agatha nur schwer außerhalb ihrer Rosedale-Villa vorstellen, geschweige denn als Obdachlose. Ja, Lily war bereit, Agatha einen gewissen Zeitspanne zu geben, damit sie ihr Netzwerk schützen konnte. Aber ihr Versprechen an Ben würde sie trotzdem halten.

Lily seufzte und biss sich auf die Unterlippe. Sie, Marc und Ben hatten sich verhalten wie ungeschickte Kinder, waren einfach nicht auf den Gedanken gekommen, Abbott könne Ben verfolgen. Ben musste ihn unwissentlich zum Orchardview Boulevard geführt und damit sein eigenes unverdientes Schicksal besiegelt haben. Es war so unfair, eine unendliche Ungerechtigkeit. Wenn Ben diese Adresse nur nie herausgefunden hätte. Und *wie* hatte er sie überhaupt herausgefunden? Das würde sie wohl nie erfahren.

Sie kleidete sich fertig an, aus dem Erdgeschoss hörte sie Agathas Stimme. Lily trug Hayleys Sachen, diesmal ein hellblaues Kleid. Sie hatte das Gefühl, widerrechtlich in ein anderes Leben einzudringen, doch ihr blieb keine Wahl. In die Birch Avenue konnte sie erst zurück, wenn es so weit war, wenn sie ihre Geschichte erzählt hatte.

Sie hatten die Gefahr so weit wie möglich einzugrenzen versucht. Sie und Marc, Kathleen und Suzy waren bei Agatha geblieben und hatten den Plan immer wieder durchgesprochen. Agatha erzählte ihnen, dass Terri nicht in das Haus am Orchardview Boulevard zurückgekehrt war. Sie würde sich versteckt halten. Abbott seinerseits würde jetzt, da er Kathleens Spur verloren hatte, wieder Nachforschungen anstellen. Dass Kathleen in New York war, würde er sich jedoch kaum vorstellen können, und sein einziger Anhaltspunkt hier in Toronto war Lily. Sie fühlte sich ausgeliefert, aber dieses Mal würde die Polizei bestimmt helfen. Und

Agatha hatte versprochen, dass auch andere über sie wachen würden. Lily fragte sich, wer. Hatte sie etwa eine Armee von Beschützern?

Lily blieb in der Tür noch einmal stehen und ließ den Blick durch Hayleys Zimmer gleiten. Ihre Gegenwart hatte die Atmosphäre unerträglicher Leere in diesem Raum nicht mildern können. Das Zimmer einer toten jungen Frau. Früher hatte es ihre Träume beherbergt, ihr Temperament, ihre Verheißungen, auch ihren Schmerz. Eine Reihe von Fotografien an einer Wand zeugte von einer behüteten Kindheit: Hayley in den Ferien, Hayley, die hinter den Röcken einer jungen Agatha vorlugte, Hayley Hand in Hand und breit lächelnd mit ihrer liebsten Spielgefährtin. Die kleine Bonnie hatte ein liebes Gesichtchen, das glänzende blonde Haar stand in Rattenschwänzen ab. Doch Hayley überstrahlte sie. Alles an ihr leuchtete wie ihr offenes blondes Haar in der Sonne.

Jetzt wirkte der Raum einfach nur verloren. Verdorrt. Lily konnte Agathas verächtliche Haltung gegenüber Recht und Gesetz nicht teilen, aber sie sympathisierte mit ihr. Immerhin waren Hayley und Bonnie von Recht und Gesetz im Stich gelassen worden, als sie in Not waren. Das Netzwerk diene der Schadensbegrenzung, hatte sie argumentiert, ein Rettungsring, wenn Recht und Gesetz sich nicht zuständig fühlten. Und doch war Agatha bereit, alles aufs Spiel zu setzen, um Lily zu schützen. Sollte der Plan nicht gelingen, so würde Agatha das Netzwerk um Lilys willen aufgeben und dem Gesetz seinen wenig verlässlichen Lauf lassen. Alles, was Lily in der Zwischenzeit tun musste, war die Wahrheit sagen, oder zumindest den größten Teil der Wahrheit. Das, und Abbott bloßstellen.

Sie kam unten an der Treppe an, wo Agatha sie schon erwartete.

»Es ist so weit, Lily. Sind Sie bereit?«

Lily nickte und wandte sich zum Gehen, bevor sie noch einmal nach Agathas Hand griff. Ihre Augen trafen sich, und Lily sah plötzlich, wie alt Agatha aussah und wie sehr all der Kummer ihres Lebens ihr Gesicht gezeichnet hatte.

»Warum? Wenn der Plan scheitert, muss das Netzwerk seine Arbeit einstellen. Warum setzen Sie meinetwegen alles aufs Spiel?«

Agatha überlegte keine Sekunde lang. Sie sah die junge Frau an, die im Kleid ihrer toten Tochter vor ihr stand. »Weil Sie leben«, sagte sie, und ihre Stimme klang fest und liebevoll zugleich.

Lily nahm ein Taxi zum Redaktionsgebäude der *Toronto Press* und arbeitete sich nickend und grüßend zum Schreibtisch des Lokalredakteurs vor.

»Hi, Billy. Haben Sie einen Augenblick Zeit?«

William Crosby blickte von dem Artikel auf, den er gerade überarbeitete, und hob eine seiner dünnen weißen Augenbrauen.

»Lily. Ich hatte nicht erwartet, dass Sie noch einmal hierher kommen würden. Wie geht es Ihnen? Das Begräbnis von Ben war … nun ja, schrecklich. Wir alle hier vermissen ihn.«

»Ich auch.«

»Darf ich Ihnen einen Kaffee holen oder ein Glas Wasser?«

»Nein danke. Nichts. Billy, Sie haben mich neulich gefragt, ob ich mit Ben an einer Sache arbeitete, und ich habe Ihnen die Wahrheit gesagt. Da war nichts, jedenfalls nichts für die Zeitung. Aber ich habe eine persönliche Meinung über das, was ihm zugestoßen ist; vielleicht weiß ich sogar, warum er getötet wurde. Ich brauche Ihre Hilfe.«

»Mein Gott, Lily, was sagen Sie da?«

»Ich sage, dass ich mich freuen würde, wenn Sie mit mir zur Polizei gingen. Als ein Freund. Wenn die Polizei es erlaubt, bekommen Sie die Story aus erster Hand. Kennen Sie jemanden bei der Polizei? Jemanden, der einfühlsam ist und zuhören kann?«

Crosby starrte sie an und kratzte sich den beginnenden Kahlkopf. Dann griff er nach dem Telefonhörer.

»Lassen Sie mir nur zwei Minuten Zeit, ich melde uns an. Mein Wagen steht hinterm Haus.«

Der Raum für die Verhöre sah ganz anders aus als die sterilen Zellen in den Fernsehfilmen, und es hingen auch keine grellen Lampen von der Decke. Es gab ein Fenster, sogar mit Vorhängen, und einen runden Tisch mit bequemen Stühlen darum. Aber auf diesem Tisch stand ein Tonbandgerät, und ein fast greifbarer Ernst lag über allem.

Sie hatte gewissermaßen einen Wendepunkt erreicht, einen Augenblick, in dem das, was sie zu tun gedachte, allem Weiteren eine völlig neue Richtung geben würde. Meistens hatte sie solche entscheidenden Augenblicke in ihrem Leben erst im Nachhinein in ihrer Bedeutung erkannt, doch diesen würde sie willentlich herbeiführen. Die Panik in ihrer Brust fühlte sich an, als schlüge ein Vogel mit den Flügeln. Als das Tonbandgerät eingeschaltet wurde, hallte das Klicken in ihrem Kopf nach wie ein Gong.

»Ich bin Detective Sergeant Meyers. Außerdem anwesend sind Mr. William Crosby und Ms. Lily Ross. Ms. Ross möchte eine Aussage machen in Bezug auf den Tod von Mr. Ben Kelter. Heute ist Montag, der 9. August, 15.00 Uhr nachmittags. Sprechen Sie, sobald Sie so weit sind, Ms. Ross.«

Lily sah Meyers an. Er war lächerlich jung, hatte rotes Haar, blaue Augen und Sommersprossen. Er erinnerte sie an Opie in alten *Mayberry*-Folgen. Sie hätte einen älteren, weiseren Andy Taylor vorgezogen. Aber irgendetwas musste Meyers an sich haben, immerhin war er Crosbys Kontaktmann. Sie holte tief Luft.

»Ich … Ich weiß nicht recht, wo ich anfangen soll. Im Juli vielleicht. Ich wollte Freunde im Staat New York besuchen. In einem Ort namens Little Falls. Als ich ankam, hörte ich einen Schuss. Ich sah einen Mann. Er hatte die Frau getötet, die ich besuchen wollte.«

Lily schwieg und versuchte, ihre Hände im Schoß still zu halten. Sie sah in die erschrockenen Gesichter der Männer. Sie bemerkte die Veränderungen in der Körpersprache, direkter Augenkontakt, leichtes Vorbeugen, plötzliches Erstarren der Hände, als könne man so das Hörvermögen steigern.

»Wann im Juli?« Meyers Stimme klang jetzt tief und weicher.

»Am 15. Juli. Die Frau hieß Marie Forrest. Ich kannte sie und ihre Familie schon seit Jahren. Der Mörder kam aus dem Gästehaus gerannt … Die Forrests betreiben … betrieben eine Bed-and-Breakfast-Pension auf ihrem Grundstück. Der Mann zielte auch auf mich, aber ich floh und fuhr zum Pub des Ortes. Irgendjemand rief die Polizei, und Jack, er ist Maries Mann, fand sie im Gästehaus. Er hatte ihr in die Brust geschossen –«

»Forrest?«, unterbrach Crosby. »Den Namen kenne ich. Ben hat vor zwei oder drei Jahren etwas über Jeanine Forrest geschrieben. Ist da die Verbindung, Lily?«

»Bitte!« Meyers hob die Hand. »Ich würde dieses Gespräch fürs Erste lieber mit Ms. Ross allein führen, wenn es Ihnen nichts ausmacht. Bitte weiter, Ms. Ross. Haben Sie das alles auch der Polizei in Little Falls erzählt?«

»Natürlich. Ich bin Fotografin. Ich habe das Gesicht des Mannes deutlich gesehen und ihn genau beschrieben. Aber ich hatte ihn nie zuvor gesehen. Keiner in der Familie wusste, wer er war oder welchen Grund er hatte, Marie zu töten. Vielleicht wurde er durch sie – und danach durch mich – bei einem Diebstahl gestört, aber da war wenig Stehlenswertes. Es stand kein anderer Wagen in der Einfahrt, aber er muss einen gehabt und irgendwo versteckt haben. Die dortige Polizei hat keine Spur von ihm gefunden.«

»Okay, Ms. Ross. Wir werden per Fax einen vollständigen Bericht aus Little Falls anfordern. Was passierte dann?«

»Marc Forrest kam nach der Beerdigung hierher, um bei mir zu wohnen. Sein Vater ist nach Frankreich gereist, zu Jeanine«, sie nickte Crosby kurz zu. »Wir fürchteten, das heißt, Marc und Ben fürchteten, dass dieser Mann mich irgendwie ausfindig machen könnte. Sie meinten, ich solle fürs Erste lieber nicht allein sein.«

»Warum sind Sie nicht im Juli zu uns gekommen, wenn Sie sich gefährdet fühlten?«

Lily schluckte. Vielleicht war dieser Meyers doch gar nicht so unerfahren.

»Weil nichts passierte. Wir passten auf, aber wir haben nie jemanden gesehen, der mich verfolgte. Eine Woche verging, dann die nächste. Ich wollte nicht unnötig Alarm schlagen. Aber dann … ein paar Tage vor Bens Tod gingen wir drei in eine Bar. Ich dachte, ich hätte den Mann aus dem Augenwinkel entdeckt, ihn ein oder zwei Sekunden in der Menge gesehen. Ich sagte Marc und Ben, ich sei mir nicht sicher gewesen, es habe auch jemand anders sein können, der ihm ähnlich sehe, aber Marc ging mit mir nach draußen und Ben blieb in dem Lokal, um sich die Gesichter genauer anzuschauen. Das ist jetzt nur eine Vermutung, aber vielleicht bemerkte der Mörder, dass Ben sich umsah. Vielleicht dachte er, Ben habe ihn gesehen und nach meiner Beschreibung erkannt. Tatsache ist, dass Ben an jenem Tag, als er starb, eine Nachricht für Marc und mich hinterließ.« Sie zog einen zerknitterten Zettel aus ihrer Handtasche. *»Ruft mich an. Dringend«*, steht darauf. »Ich habe lange überlegt, aber mir fällt sonst nichts ein, was Ben für dringend hätte halten können.«

Meyers lehnte sich in seinem Stuhl zurück. Sie konnte sehen, wie er ihre Geschichte kühl sezierte und jeden Satz sorgfältig durchleuchtete.

»Warum haben Sie uns diese Informationen nicht sofort gegeben, Ms. Ross?«

»Es tut mir Leid. Ich stand Ben sehr nahe, wie Billy Ihnen bestätigen kann. Ich war … Nun, ich kann es nur als den Versuch beschreiben, aus einer sehr großen Tiefe wieder an die Wasseroberfläche zu gelangen.«

Meyers betrachtete sie schweigend und einen Sekundenbruchteil zu lang.

»Ich verstehe. Und haben Sie den Mann, den Sie in Little Falls sahen, seither noch einmal zu Gesicht bekommen?«

»Nein. Aber ich war nicht zu Hause. Marc und ich wohnen seit der Beerdigung bei einer Freundin.«

Lily zögerte. Jetzt hatte sie in ihrer Geschichte den Punkt erreicht, an dem sie Agathas Namen hätte nennen müssen, aber es widerstrebte ihr, sie empfand eine Art Beschützerinstinkt. Der Impuls überraschte sie, aber sie respektierte ihn. Sie hatte sich viele Stunden mit Agatha unterhalten, in ihrem Haus gelebt, die Gegenstände berührt, an denen Agathas Erinnerungen hingen. Sie spürte die Persönlichkeit dieser alten Dame, ihre Intelligenz, ihre Verletzlichkeit. Dennoch wenn ihr Plan funktionieren sollte, musste sie kurzfristig in Agathas Haus zurückkehren können, um sich um Suzy zu kümmern, während sich die Dinge in New York entwickelten. Und sobald die Polizei von dem Mörder wusste, würde man sie beobachten und sie auffordern, ihren jeweiligen Aufenthaltsort anzugeben. Das würde Meyers in gefährliche Nähe zum Netzwerk bringen, aber sie waren sich alle einig gewesen, dass sie in diesem Punkt keine Wahl hatten. Vielleicht würde ja Agatha Recht behalten, die meinte, die Polizei werde nichts finden, selbst wenn sie sich die Mühe mache zu suchen.

»Diese Freundin heißt Agatha Quinn. Ich könnte mir vorstellen, dass der Mörder herausgefunden hat, wo ich wohne, und vielleicht war es genau das, wovor mich Ben warnen wollte.«

Wieder lehnte sich Meyers in seinem Stuhl zurück, aber die entspannte Haltung passte nicht zu seinem aufmerksamen Blick. »Ich verstehe nur nicht, Ms. Ross, warum der Mörder statt Sie Mr. Kelter verfolgen sollte. Vor allem wenn er, wie Sie vermuten, Ihre Anschrift herausgefunden haben sollte.«

»Die Frage habe ich mir auch gestellt. Vielleicht weil Ben allein war. Ich hatte ja immer Marc in meiner Nähe. Und wenn ich arbeitete, war ich immer von vielen Leuten umgeben. Ben war da verletzbarer. Vielleicht sollen Marc und ich als Nächste drankommen.«

»Vielleicht. Aber ich finde es offen gestanden wenig glaubhaft, dass ein unbekannter – oder zumindest Ihnen unbekannter – Mörder sich so viel Mühe machen sollte. Wozu? Sie sagten, die Staatspolizei konnte keine Spur von ihm entdecken. Eine Zeugin, die zwar sein Gesicht sah, aber seinen Namen nicht kennt und auch nicht weiß, was er eigentlich in Little Falls vorhatte, kann doch nicht sehr bedrohlich sein. Es sei denn, natürlich, Sie wüssten etwas, was ihn mit den Forrests in Verbindung brächte.«

»Also, jetzt machen Sie aber mal einen Punkt –«

Lily legte Crosby beschwichtigend die Hand auf die Schulter. »Es ist schon in Ordnung, Billy. Die Frage ist berechtigt. Ich bin nicht dumm, Detective Meyers. Wenn ich etwas weiß oder wenn Marc etwas weiß, dann wissen wir nicht, worum es sich handelt. Wir halten es für möglich, dass der Mörder glaubt, wir wüssten mehr, als das in Wirklichkeit der Fall ist. Allerdings haben wir keine Ahnung, was das sein könnte. Wir werden weiterhin versuchen, es herauszufinden, aber inzwischen würde ich gern in mein Haus zurückkehren. Und ich würde mich dort sicherer fühlen, wenn ich Ihnen eine Beschreibung des Mannes geben dürfte. Und vielleicht wäre Billy bereit, in seiner Zeitung eine Zeichnung abzudrucken. Möglicherweise hat ihn ja jemand gesehen in der Nacht, in der Ben umgebracht wurde. Denn andere Spuren haben Sie doch noch nicht, oder?«

»Nein. Wir haben zwar den Wagen gefunden, aber diese Spur endete im Nichts. Wahrscheinlich wurde er privat auf einem Gebrauchtwagenmarkt gekauft und so gut bezahlt, dass die Ummeldeformalitäten nicht mehr so wichtig waren. Wenn wir die Zeichnung haben, können wir sie dem Vorbesitzer zeigen, vielleicht haben wir Glück. Wohnt Mr. Forrest weiterhin bei Ihnen, Ms. Ross?«

»Nein.«

»Nein?«

»Er ist heute Morgen abgereist. Er hat in New York zu tun.«

»Ich verstehe.« Meyers Tonfall strafte seine Worte Lügen. »In diesem Fall scheint es mir aber weit ratsamer, dass Sie bei Mrs. Quinn wohnen bleiben, oder?«

»Ich muss meinen Lebensunterhalt verdienen, Detective Meyer. Ich bin Freiberuflerin und arbeite von zu Hause aus. Ich muss zurück, um meine Angelegenheiten zu ordnen.«

»Gibt es nicht jemand anderes, der bei Ihnen wohnen könnte, und sei es nur für einige Tage?«

Lily glaubte nicht, dass die genaue Wiederholung ihrer Worte sarkastisch gemeint war, aber sicher war sie sich nicht. Der Wunsch, allein nach Hause zurückzukehren, war ein heikler Punkt in ihrer Geschichte, und sie konnte Meyers ja schlecht erzählen, dass Agatha das Haus beobachten lassen würde. Also beschloss sie, auf Gedeih und Verderb an ihrer fadenscheinigen Geschichte festzuhalten.

»Wenn es stimmt, was ich glaube, Detective, wenn dieser Mann da draußen irgendwo nach mir sucht, erschiene es mir extrem egoistisch, jemanden bei mir wohnen zu lassen. Ben habe ich bereits verloren. Wenn ich mich hingegen irre, dann bin ich auch allein sicher. Wie auch immer, allein zurückzugehen ist die richtige Lösung. Allerdings würde ich mich sicherer fühlen, wenn Billy meine Geschichte drucken dürfte. Vielleicht vergrault ihn das aus meiner Nähe.«

»Genau das ist der Punkt, Ms. Ross. Wenn Ihre Vermutungen stimmen, könnte ein Zeitungsartikel ihn eben auch aus unserer Nähe vergraulen.«

Schachmatt.

Lily hielt Meyers Blick stand, während Crosby unruhig auf seinem Stuhl herumrutschte.

Dann wandte Meyers seinen Blick von ihr ab und sah Crosby an. »Eben sagten Sie, Mr. Kelter habe etwas über die Forrests geschrieben. Vielleicht ist da eine Verbindung. Was hat Mr. Kelter geschrieben?«

Lily hielt den Atem an und wagte nicht, Billy anzusehen.

»So was über soziale Gerechtigkeit. Jeanine Forrest war Opfer sexueller Nötigung geworden, sie ist vergewaltigt worden. Sie sprach auf verschiedenen öffentlichen Foren und vor Frauengruppen darüber. Ben bewunderte ihren Mut, er schrieb über die Unzulänglichkeiten des Rechtssystems, mangelhafte Betreuung und dergleichen.«

»Und wann hat diese Vergewaltigung stattgefunden?«

»Das weiß ich nicht mehr genau, da müsste ich im Archiv nachsehen. Vor einigen Jahren, würde ich sagen.«

»Aber Sie, Ms. Ross, Sie wissen das doch sicher genau, als enge Freundin der Familie.«

Mist, dachte Lily, *worauf will er jetzt hinaus?*

»Ja, das war vor drei Jahren.« Wieder fühlte sich Lily in die Enge getrieben und gezwungen, mehr Informationen preiszugeben, als sie wollte. Aber an diese Information war ohnehin leicht heranzukommen, und sie wirkte glaubwürdiger, wenn er den Namen von ihr erfuhr. »Es war der Roger-Mahoney-Fall.«

»Tatsächlich? Das ist nun wirklich interessant. Es war nicht mein Fall, aber hier wurde ziemlich viel darüber geredet, als er im Dezember erschossen wurde. Wussten Sie das, Ms. Ross?«

»Ja. Am 12. Dezember. Und damit Sie nicht fragen müssen, ich war in Calgary, genauer gesagt, in Banff, zu einem Fototermin.«

Meyers hob beschwichtigend beide Hände.

»Keine voreiligen Schlüsse. Ich stelle nur Vermutungen an. Der Fall ist noch ungeklärt. Vielleicht gibt es irgendeine Verbindung zwischen Ihrem Pistolenschützen und Mahoney. Wäre das nicht möglich? Vielleicht hat seine Ermordung irgendetwas ausgelöst. Vielleicht plant da jemand eine Art Vendetta an den Forrests. Das scheint mir als Motiv immer noch weniger absurd als dieser unterstellte Diebstahlversuch. Ich nehme an, dass Mahoney aufgrund von Jeanine Forrests Aussage ins Gefängnis kam?«

Lily fühlte sich, als würde sie von Treibsand verschlungen.

Diese Situation hatte sie nicht geprobt. Niemand hatte bei ihren sorgfältigen Planungen den Namen Mahoney genannt. Sie saß in der Patsche und musste improvisieren. Wenn Meyers diesem gefährlichen Weg weiter folgte, würde er nicht Abbott finden, sondern Agatha Quinns Verbindung zu dem alten Fall aufdecken. Vielleicht sollte besser sie ihn dorthin führen. Sie unternahm noch einen letzten Versuch, sich – und Agatha – wieder festen Boden unter den Füßen zu verschaffen.

»Meiner Ansicht nach hat Mahoney sich selbst ins Gefängnis gebracht, Detective. Jeanine war das Opfer, vergessen Sie das nicht. Die einzige Verbindung ist die, dass wir uns alle um sie scharten. So haben sich Marc und Ben kennen gelernt, und so habe ich Agatha Quinn kennen gelernt. Ihre Tochter, ebenfalls ein Opfer Mahoneys, hatte nicht aussagen dürfen. Das werden Sie alles in den Polizeiberichten finden. Eine Tragödie hat uns alle zusammengeführt. So einfach ist das – und so traurig. Ich las den Zeitungsbericht über den Mord an Mahoney. Von den Forrests war darin nicht die Rede. Natürlich unterhielten Ben und ich uns über das wenige, das wir über die Untersuchung wussten. Ihre Kollegen stellten keine Verbindung zu den Forrests her, und wir genauso wenig. Warum sollte es dann jemand anderes tun? Aber da ich nicht weiß, warum Marie Forrest getötet wurde, ist Ihre Theorie so gut wie meine, vermute ich. Darf Billy nun die Story veröffentlichen oder nicht?«

Ihre Rede schien Meyers ein wenig zu ernüchtern, doch er wirkte keineswegs niedergeschlagen. Sie hatte ihn nicht von der Fährte weggelockt, aber zumindest gebremst, wie sie hoffte. Und dabei noch nicht einmal lügen müssen. Wenn man von den Zeitangaben und verschiedenen bedeutsamen Auslassungen absah, hatte sie bei der Wahrheit bleiben können.

»Okay, Ms. Ross. Vorerst kaufe ich Ihnen Ihre Geschichte ab. Aber lassen Sie mir zwei Tage Zeit, bevor Sie sie drucken, Crosby. Ich werde eine Sitzung mit den Computerleuten einberufen, die können ein Phantombild erstellen. Und wenn Sie immer noch entschlossen sind, in Ihr Haus zurückzukehren, Ms. Ross, werde ich Sie von einer Polizeibeamtin begleiten lassen, die sich dann auch gleich dort umsieht. Ich brauche Sie nicht zur Vorsicht zu mahnen, und Sie rufen uns natürlich an, sobald Ihnen etwas einfällt, das eine Verbindung zwischen dem Pistolenschützen und den Forrests herstellen könnte.«

»Gewiss.« Lily hatte auf drei Tage gehofft. Aber zwei Tage sollten auch reichen. Einen kurzen Moment lang fühlte sie sich als Siegerin, wenngleich sie die düstere Ahnung beschlich, dass es sich hier um einen Pyrrhussieg handeln könnte.

Toronto, Montag, 9. August

Erst nach 6.00 Uhr sah Eva den Polizeiwagen in der Birch Avenue vorfahren. Sie beobachtete ihn, bis die beiden Frauen, eine in Uniform, die andere in einem blauen Kleid, die Haustür öffneten und im Haus verschwanden.

Sie wartete. Zwei Tage und zwei Nächte hatte sie Wache gehalten, aber von Abbott keine Spur. Das verblüffte sie. Wo war er? Sie hatte vermutet, er würde auf Lily warten. Warten und Wache halten, genau wie sie. Der schreckliche Gedanke, er könne sich, während sie geschlafen hatte, irgendwie eingeschlichen haben und Lily nun *im* Haus erwarten, versetzte sie in Panik.

Doch nichts geschah, das Haus blieb ruhig. Ein halbes Dutzend Kinder spielte bei den Schaukeln, einige Erwachsene schauten ihnen dabei zu. Die ersten Leute kamen von der Arbeit nach Hause, die ersten Hunde wurden Gassi geführt. Eine halbe Stunde später sah Eva, wie die Polizeibeamtin wieder ins Auto stieg und wegfuhr.

Wenn an der Straße etwas auszusetzen war, dann, dass sie zu ruhig war, zu bürgerlich. Die Leute kannten einander, blieben stehen, um sich kurz zu unterhalten. Fremde fielen hier auf. Am ersten Tag hatte sich Eva als Studentin verkleidet, eine Decke unter einem Baum ausgebreitet und so getan, als lese oder schlafe sie. Am zweiten Tag hatte sie sich eine Brille mit schwarzem Gestell auf die Nase gesetzt, war mit einem Clipboard von Tür zu Tür gegangen, und hatte den Leuten etwas von einer Umfrage vorgefaselt. Einige wenige hatten tatsächlich mit ihr geredet. Jetzt saß sie auf einer Bank und ordnete zerstreut einige der idiotischen Fragebogen, während sie ihr Abendessen in Form eines Sandwichs zu sich nahm.

Viel länger durfte sie sich hier nicht mehr herumtreiben. Sie zwirbelte eine Strähne ihres kurz geschorenen, jetzt kupferbraunen Haars und tippte eine Nummer in ihr Handy. Dann hörte sie Agathas Stimme.

»Ich bin's. Lily ist zu Hause. Kein Abbott in der Nähe.«

»Hat die Polizei sie begleiten lassen?«

»Ja, eine Beamtin. Sie hat das Haus überprüft. Ich warte nur noch, ob die Polizei wiederkommt, ob sie regelmäßig durch die Straße fährt. Aber ich kann nicht mehr lange bleiben. Hast du jemanden für morgen?«

»Ja.«

»Vielleicht wäre ein Paar am besten. Für eine Einzelperson ist es schwierig, die Stunden unverdächtig hinter sich zu bringen. Die Anwohner dieser Straße sind wachsam. Und ich finde es seltsam, dass Abbott noch nicht aufgetaucht ist.

Vielleicht hat er mich im Auge. Seit der Sache am See achtet er vielleicht auf jede einzelne Frau im passenden Alter.«

»Ich regle das mit dem Paar. Und ich habe notfalls noch eine Idee. Brauchst du Hilfe für die Nacht?«

»Nein, ich habe vorgeschlafen. Und jetzt, wo Lily da ist, habe ich genug Adrenalin im Blut, um wach zu bleiben. Aber mehr Tage kann ich nicht riskieren. Ich werde vormittags schlafen und mich ansonsten bereithalten. Hast du eine Wohnung gefunden?«

»Ja, möblierte Wohnungen an der Glen Elm Avenue. Kennst du sie? Weiter weg, als ich gehofft hatte, aber sie sind auf Kurzzeitbewohner eingestellt. Du hast Nummer acht. Klingel den Wachmann raus und lass dir den Schlüssel geben.«

»Ja, die kenne ich. Eine knappe Meile von hier, nördlich der St. Clair Avenue. Ich hole mir mein Fahrrad, damit geht's schneller, falls viel Verkehr ist … Da kommt der Polizeiwagen zurück.« Eva sah auf die Uhr. »Sieht so aus, als würden sie ihr die Geschichte glauben und ab jetzt in Abständen von einer Stunde hier vorbeischauen. Mehr als wir erhoffen durften.«

»Ja, aber es wird nicht lange anhalten. Wo bist du heute Nacht?«

»In einer kleinen Seitenstraße, die etwa im ersten Drittel in die Birch mündet, wird gerade gebaut. Ich werd mich in dem Rohbau einquartieren, der dem Eisenbahndamm am nächsten ist. Von da aus kann ich Lilys Haus sehen, den Park und den unteren Teil der Straße. Aber nicht den oberen Teil. Ruf Lily an, sag ihr, sie soll heute Nacht im Haus bleiben, egal, was passiert.«

»Sie hat ihre Instruktionen.«

»Schon. Aber wird sie sie befolgen?«

Eva wartete die Antwort nicht ab. Sie griff nach ihrem halb gegessenen Sandwich, stopfte Clipboard und Handy in die Tasche und schlenderte im frühen Abendlicht davon.

Im Verlauf der Stunden schien die Straße sich nach und nach in sich selbst zu verschließen und tiefer ins Dunkel zu kauern. Die Kinder und Hunde waren nach Hause gegangen, im Park herrschte Stille. Hier und da drang das bläuliche Flackern von Fernsehern durch halb vorgezogene Vorhänge. Die von der Augustsonne ausgedörrten, staubigen Blätter der Ahornbäume raschelten leise. Eva begrüßte die Dunkelheit wie eine alte Freundin und schaute durch die Wolkenstreifen hinauf zum Stadthimmel. Sie lag im dichten Grün des Bahndamms auf dem Rücken, lauschte den Geräuschen der Nacht und wartete auf den Zug.

Sie verschwendete keine Energie darauf, sich um den Plan zu sorgen, sondern gab sich einfach dem Augenblick hin. In Evas Augen waren Zweifel gefährlich. Fang an zu zweifeln, und im nächsten Augenblick kann alles Mögliche passieren. *Stell eine Frage, und Dutzende weitere werden dein Hirn überfluten. Besser, man bewegt sich instinktiv und überlässt das Denken dem Körper.*

Eva hatte zwei Regeln: Zum einen den Job nie persönlich zu nehmen, und zum anderen sich nie mit den Schwachen, den Frauen und Kindern in Gefahr, zu identifizieren. Anfangs hatte sie sie als Opfer bezeichnet, den Begriff dann aber bald aus ihrem Wortschatz gestrichen. Opfer waren passiv, man schlug auf sie ein. Sie lernten, hilflos zu sein. Selbst jene, die Mitleid mit ihnen hatten, verachteten sie ein wenig wegen ihres mangelnden Muts. Eva hatte gelernt, stattdessen ihren Verstand zu gebrauchen, ihre Kraft zu trainieren, sich zu wehren, zu kämpfen, auf ihrem Dasein zu beharren. Sie und Agatha, die anderen Frauen im Netzwerk und auch die

Frauen, die sich mit Hilfe des Netzwerks verbargen, würden nicht still halten, nicht passiv bleiben. Verletzlichkeit war einfach nur menschlich, Opfer sein jedoch hieß einen Teil seines Geistes aufgeben, indem man dem Unmenschlichen nachgab. Eva hatte ihre Regeln nur ein Mal vergessen. Sie hatte sie ein Mal vergessen und war böse gestrauchelt.

Sie stützte sich auf die Ellbogen und sah über die Straße hinüber zu Lilys Haus. Es war dunkel, hinter keinem Fenster brannte Licht. Doch sie wusste, dass die junge Frau im Haus nicht schlief. Sie würde rastlos sein, vielleicht sogar auf und ab gehen. Sie würde den Lauten der Nacht und dem Schlagen ihres eigenen Herzens lauschen. Eva fühlte sich ihr auf seltsame Weise verbunden, als würde ihrer beider Willenskraft in der Jagd auf Abbott zusammenfließen. Die Ironie der Situation entging ihr dabei keineswegs. Sie wusste, dass Lily ihr zum Verhängnis werden konnte, dass sie immer noch das Gesicht unter dem kupferbraunen, einst blonden Haar wiedererkennen konnte, das Gesicht, das in einem Restaurant mit Amanda Martin gesprochen hatte. Aber das machte nichts. Eva wollte nur Lilys Sicherheit.

In der stillen Nacht war der Zug schon aus großer Entfernung zu hören, Eva duckte sich sehr langsam und leise. Sie starrte auf das Ende der Schienen. Endlich wurde das große, blendende Licht sichtbar. Das metallische Dröhnen des heranbrausenden Zugs übertönte die Geräusche, als sie die Böschung hinunterlief und über den Baustellenzaun kletterte. Das Dröhnen wurde leiser, doch sie war bereits durch eine leere Fensteröffnung im Erdgeschoss des halb fertigen Hauses gehuscht. Sie traute den dünnen Sperrholzbrettern auf dem Boden nicht, sondern balancierte über die Balken und hangelte sich dann hinauf in den ersten Stock, wo sie durch eine Fensteröffnung gute Sicht auf Lilys Haus hatte.

Dafür hatte sie nun keinerlei Sicht mehr auf den oberen Abschnitt der Straße. Sie musste einfach hoffen, dass Abbott nicht gerade diesen Weg nehmen würde, er wurde von den Straßenlaternen zu gut ausgeleuchtet und lag zu dicht an der befahrenen Yonge Street. Die nächstliegende Lösung war sicher die Parkseite der Birch Avenue, wo sich der Bahndamm in tiefem Dunkel verlor, wo es weniger Häuser gab, also auch weniger potenzielle Beobachter, und wo man auf einer Vielzahl von Einbahnstraßen und Sackgassen zu Fuß schneller vorankam als ein Polizeiwagen – falls Abbott bereits den Zeitplan der Patrouillenfahrten kannte.

Sie ließ sich auf einem Balken nieder und lehnte sich an eine Wand. Eine Stunde ging vorüber, dann eine weitere. Es wurde noch dunkler, nachdem auch in den oberen Stockwerken die Lichter gelöscht wurden. Eva lauschte in die nachfolgende schläfrige Stille. Etwa alle Viertelstunde stand sie auf und streckte sich.

Ihre geschärften Sinne ließen sie auffahren, als es ganz in der Nähe im Gebüsch des Bahndamms raschelte. Doch es war nur eine streunende Katze, sie zerrte an einer alten Plastiktüte, die sich im Gesträuch verhakt hatte. Eva richtete den Blick gerade rechtzeitig wieder auf die Straße, um einen Polizeiwagen an Lilys Haus vorbeifahren zu sehen. Er wendete sechs Häuser weiter, und fort war er. Agatha hatte ganz richtig vermutet: Die Patrouillen waren unregelmäßig und nachlässig.

Wieder musterte Eva den Bahndamm. Sie hörte nichts, aber einen Moment lang glaubte sie etwas gesehen zu haben – *da*. Sie kniff die Augen zusammen und starrte ins Dunkel. Ja. Eine knappe Sekunde lang sah sie, wie sich ein dünner Schatten aus dem großen Schattenfleck zu Füßen der Bäume löste und dann wieder verschwand.

Das Licht, das plötzlich aus Lilys Fenstern strahlte, traf sie unvorbereitet. Sie wirbelte herum und wäre fast vom Balken gerutscht. Dreimal kurz hintereinander schaltete Lily das Licht im Obergeschoss an und aus. Eva nestelte das Handy aus dem Taillenbund. Sie war schon auf dem Sprung, als sich Lily beim ersten Läuten meldete.

»Wo ist er?«, fragte Eva. Jetzt kam es auf Geräuschlosigkeit nicht mehr an, nur noch auf Schnelligkeit.

»Hinterm Haus. Er ist durch die Gärten gekommen.«

Eva stopfte das Handy zurück, kletterte aus der Fensteröffnung und ließ sich etwa zwei Meter tief fallen. Obwohl der Aushub rund ums Haus ihren Fall dämpfte, musste sie doch kurz nach Luft schnappen. Sie riss sich zusammen und rannte über die Straße. Der Holzzaun hielt sie auf, und als sie in den Garten hechtete, war es schon zu spät. Sie hörte, wie sich die Schritte entfernten.

Sie blickt hinauf zu den drei Fenstern, die auf den Garten hinausgingen – sie wusste nicht, hinter welchem Lily stand – und schüttelte langsam den Kopf.

New York, Mittwoch, 11. August

Kathleen und Ruby hatten sich schon vor mehr als einer Stunde in einem der Badezimmer verbarrikadiert. Mangels sonstiger potenzieller Sündenböcke funkelte Marc Harry an.

»Was, Bitteschön, treiben die beiden da eigentlich so lange?«

Das perlende Lachen, das gelegentlich hinter der Tür zu hören war, hatte ihn noch zusätzlich verärgert.

»Na, Marc, Sie müssten so was doch besser wissen als ich. Sie sind doch der Schauspieler. Kathleen muss einfach klasse aussehen, und wenn sie ordentlich zurechtgemacht wird für ihre Rolle, hat sie weniger Angst.«

»Schon gut, schon gut. Ich wünschte nur, sie würden allmählich mal fertig. Wir dürfen nicht zu spät kommen zu dem Treffen mit Marley.«

»Wenn ich es nicht besser wüsste, würde ich annehmen, Sie hätten auch so was wie Lampenfieber. Wir kommen schon nicht zu spät, und Zufrühkommen wäre in jedem Falle schlimmer. Haben Sie auch alle Dokumente, die Sie brauchen?«

»Ja, alle. Ich hoffe nur, wir haben nicht irgendwelche Konten übersehen.«

»Keine Sorge, Ruby ist zuverlässig wie eine Schweizer Bank, bei ihr geht man auf Nummer sicher. Sie und Kathleen haben Stunden am Computer zugebracht. Vielleicht haben sie nicht alles gefunden, aber es reicht sicher, um jedem Anwalt, vor allem einem von Abbotts Anwälten, Angst einzujagen. Ich wette, da gibt's eine Menge, was Marley nicht weiß. Er wird bei diesem Treffen mehr als einen kleinen Schock erleiden. Aber wenn Sie sich das mal anschauen wollen –«

Marc wandte sich um, als Kathleen und Ruby ins Wohnzimmer traten. Mit dem diskreten Make-up – ein wenig Rouge und lange falsche Wimpern – war Kathleen eine andere Frau. In dem lavendelfarbenen Hosenanzug sah sie einerseits überzeugend elegant, andererseits aber auch entwaffnend bescheiden aus.

»Perfekt!«, rief Marc. »Selbst ich werde alles glauben, was Sie sagen, Kathleen, dabei weiß ich, dass Sie lügen.«

Kathleen lächelte, eins ihrer leuchtenden Lächeln, das auch ihre Augen zum Strahlen brachte.

»Ruby, ich weiß gar nicht, wie ich Ihnen danken soll. Marc und ich werden hinterher nicht hierher zurückkommen. Wir werden in einem Hotel in der Nähe des Flughafens übernachten. Aber ich rufe Sie an und erzähle Ihnen, wie es gelaufen ist. Leben Sie wohl.«

»Na, na, jetzt fangen wir aber nicht mit Lebewohls an. Wir werden uns noch ganz oft sehen, wenn diese Sache endlich in Ordnung gebracht ist. Ich freue mich schon darauf, Ihre Suzy kennen zu lernen. Keine Sorge, Kathleen. Marc wird diesen Marley schon niederbügeln. Der gibt dann bestimmt keine Widerworte mehr.«

Sie spuckte Kathleen und dann auch Marc und Harry über die Schulter: »Toi, toi, toi!«

»Die Vorstellung beginnt!«, witzelte Harry. »Auf geht's!«

Zwanzig Minuten später wurden Kathleen und Marc von einer steifen, wenngleich sichtlich neugierigen Sekretärin ins Allerheiligste von Jonah Marleys Anwaltsbüro auf der Madison Avenue geleitet. Das Zimmer war geräumig, aber nicht protzig. Über eine Wand erstreckte sich vom Boden bis zur Decke ein Bücherregal, auf dessen Brettern dicht an dicht und akkurat ausgerichtet die düster wirkenden und dickleibigen Werke standen, die anscheinend das Wahrzeichen dieses Berufsstandes sind. Marc überlegte kurz, ob an den juristischen Fakultäten auch Kurse für erfolgssteigernde Inneneinrichtung angeboten würden. Als hätte sie jemand auf einer Liste abgehakt, waren sämtliche Dekorationsstücke versammelt: Bücherwand, gerahmte Diplome und Mitgliedschaften in verschiedenen Berufsvereinigungen, der glänzende Eichenschreibtisch, umrahmt von Polsterstühlen für die Klienten, ein angemessen voller Terminkalender, eine unauffällige Telefonanlage und, ja tatsächlich, auch die glückliche Familie, bestehend aus einer Frau, einem Jungen und einem Mädchen. Die vorherrschenden Farben waren, wie zu erwarten, Grau und Beige. Das einzige große Bild war ein Original – ein teurer, aber zahmer Mark Rothko.

Marley entließ seine Sekretärin mit einer Handbewegung und stand auf, um sie zu begrüßen. Er sah aus, wie sich Marc auf der Bühne einen Kammerdiener vorstellte, scharfe Züge und penible Kleidung, einschließlich Fliege. Wer trug heutzutage noch Fliege? Marley war groß, eher hager, und hatte vorstehende dunkle Augen unter buschigen Brauen. Marc erwartete geradezu, dass er seine langfingrigen Hände nach Art eines Uriah Heep reiben würde, doch als er sprach, war seine Stimme dunkel und neutral, von Unterwürfigkeit keine Spur.

»Mr. Forrest, bitte setzen Sie sich doch. Und die Dame ist …?«

»Die Veranlassung für dieses Gespräch, Mr. Marley. Die Angelegenheit ist von einiger Dringlichkeit, wir wissen es daher sehr zu schätzen, dass Sie in Ihrem Terminkalender Platz für uns finden konnten. Ich möchte Sie mit Kathleen Abbott bekannt machen. Mrs. Kathleen Abbott.«

Kathleen machte keine Anstalten, ihm die Hand zu geben. Sie setzte sich auf einen Stuhl, schlug die Beine übereinander und legte die Hände so zusammen, dass der Ehering mit zugehörigem Diamantring gut zu sehen war. Marc beobachtete Marley genau. Er sank geradezu in seinen Sessel, brachte aber noch ein höfliches Nicken zustande.

»Sehr angenehm, aber ich fürchte, ich verstehe nicht ganz …«

»Es ist ganz einfach, Mr. Marley. Ich bin Mrs. Abbotts Anwalt. Sie und Ihr Mandant, Mr. Paul Abbott, haben am Donnerstag, dem 15. Juli dieses Jahres, in Niagara Falls geheiratet. Hier sind die Papiere.« Marc reichte ihm den Trauschein und wandte sich dann fürsorglich Kathleen zu. Er ließ die

Stille, die nach dieser Bekanntgabe eintrat, ausreichend lange andauern, um ein gewisses Unbehagen auszulösen, und hoffte dabei inständig, dass Harrys alte Freunde begnadete Fälscher waren. Marley sprach als Erster.

»Nun, ich vermute, dann sollte ich Ihnen zunächst einmal gratulieren, Mrs. Abbott. Mr. Abbott hat mir von diesen Plänen nichts erzählt, aber dazu bestand ja auch kein Grund, wenn sie keinen vorherigen Ehevertrag geschlossen haben. Allerdings verstehe ich immer noch nicht recht, warum dieses Gespräch so dringend war.«

Marc antwortete ihm.

»Mr. Marley, Ihr Klient hat sich abscheulich benommen. Er ließ Mrs. Abbott am Tag nach der Heirat sitzen und kehrte ohne sie nach New York zurück. In der betreffenden Woche gab es verschiedene schmerzliche Telefonate, doch wir wissen nicht, wo sich Mr. Abbott zur Zeit aufhält. Seit dem 20. Juli hat Mrs. Abbott nichts mehr von ihm gehört.«

Kathleen senkte kurz den Kopf, dann wandte sie sich mit einem rührenden Flehen in der Stimme an Marley.

»Ich … Ich verstehe nicht, warum Paul so etwas tut. Die Zeit vor der Hochzeit war sehr turbulent, und in der Hochzeitsnacht hatten wir einen schrecklichen Streit wegen meiner Tochter Suzy, aber es sieht Paul überhaupt nicht ähnlich, einfach zu verschwinden. Ich dachte, er brauchte vielleicht Zeit, alles noch einmal zu durchdenken, aber ich habe gar nichts mehr von ihm gehört. Bitte, Mr. Marley, können Sie mir nicht helfen, ihn zu finden?«

Marley starrte sie an, sichtlich aus dem Gleichgewicht gebracht von solchen Nachrichten. Aber er behielt noch einen Rest Fassung.

»Es tut mir wirklich Leid, Mrs. Abbott. Aber ich habe keine Ahnung, wo Paul ist. Sicherlich ist das Ganze eine rein persönliche Angelegenheit zwischen Ihnen und Ihrem ... äh ... Gatten.«

»Ich fürchte, nein«, warf sich Marc ins Gefecht. »Auf meinen Rat hin beabsichtigt Mrs. Abbott, eine Scheidung einzuleiten. Vielleicht löst ein Rechtsverfahren bei Mr. Abbott die Reaktionen aus, zu denen er aus purem Anstand nicht bereit war. Ich habe hier eine vollständige Liste der verschiedenen Bankkonten und Aktienportfolios von Mr. Abbott.« Weitere Unterlagen landeten auf Marleys Schreibtisch. »Vielleicht möchten Sie einen Blick darauf werfen. Sie werden sehen, dass alles – alles, Mr. Marley – auch unter dem Namen von Mrs. Abbott eingetragen ist. Wir haben vorsichtshalber alle Vermögenswerte und Gelder auf andere Konten überwiesen. Nur als Zwischenlösung natürlich. Allerdings wird Mr. Abbott kurzzeitig ein Liquiditätsproblem haben.«

Marley umklammerte die Dokumente, hin- und hergerissen zwischen seiner Neugier und dem Wunsch, seinem Zorn freien Lauf zu lassen.

»Aber das ist Anmaßung. Es geht hier schließlich um sehr große Summen. Das können Sie doch nicht tun.«

»Ganz im Gegenteil: Wir haben es schon getan. Und es ist völlig legal. Mr. Abbott hat die entsprechenden Papiere am 12. Juli unterzeichnet.«

Marley beachtete ihn gar nicht, sondern wandte sich an Kathleen.

»Mrs. Abbott, mit einer solchen Ungeheuerlichkeit werden Sie bei keinem Gericht durchkommen. Die Einreichung eines Scheidungsantrags ist eine Sache, aber die systematische Umschichtung von Finanzmitteln ist eine andere, und durchaus nicht akzeptabel. Das sieht nach schäbiger Rache aus, es grenzt sogar an Raub. Sie werden Ihre Rechtsposition nur verschlechtern. Ich versichere Ihnen, Mr. Forrest hat Ihnen einen sehr schlechten Rat gegeben, und ich beschwöre Sie zu Ihrem eigenen Besten, sich die Sache noch einmal zu überlegen. Ich bin sicher, dass man auch ohne derart drakonische Maßnahmen zu einer gerechten Einigung kommen kann.«

Kathleen drehte an den Ringen an ihrem Finger und seufzte.

»Mr. Marley, verstehen Sie doch. Ich will Pauls Geld nicht. Ich habe keinen Penny davon angerührt. Finden Sie ihn. Bringen Sie ihn hierher, und er bekommt es zurück, bis auf den letzten Cent.«

»Selbst wenn das möglich wäre – und ich verspreche Ihnen, ich werde mein Möglichstes tun, um Mr. Abbott zu finden –, fühle ich mich gegenüber meinem Klienten verpflichtet, gegen Sie vorzugehen. Zuerst müssen Sie das Geld herausgeben.«

Kathleen schaute Marc an und nickte leicht.

»Gut, Mr. Abbott. Ich verstehe Ihren Standpunkt. Aber ich werde das Geld nicht herausgeben, solange Paul nicht auffindbar ist. Und ich muss Sie warnen, wenn Sie rechtliche Schritte gegen mich einleiten, gehen Mr. Forrest und ich zur Steuerbehörde. Und zwar hiermit.«

Marc beugte sich vor und platzierte einen letzten Papierstapel vor Marley, obenauf eine Liste mit verschiedenen Konten auf den Cayman-Inseln. Marley geriet ins Stottern.

»Aber ich versichere Ihnen, davon wusste ich nichts. Viele von Mr. Abbotts Geldgeschäften sind privat, nicht einmal ich weiß davon. Außerdem ist das … Erpressung.«

»Nennen Sie es, wie Sie wollen, Mr. Marley, aber ich bin sicher, Sie werden zum Besten Ihres Klienten tätig werden. Paul hat mich mit dieser geheuchelten Heirat gedemütigt, und ich werde mich nicht so beiseite schieben lassen. Ich will seine Aufmerksamkeit.«

Marc stand auf und nahm Kathleens Arm, während Marley zusammengesunken in seinem Sessel sitzen blieb. »Ich denke, weiter ist jetzt nichts zu sagen. Vielen Dank, dass Sie uns empfangen haben, Mr. Marley. Wir bleiben in Kontakt.«

Der erste Teil des Plans war abgeschlossen. Abbott hatte gute Gründe, nach New York zurückzukehren.

Toronto, Donnerstag, 12. August

Auf seinem Platz in der vorletzten Nische vorm Fenster des skurrilen kleinen Restaurants, das am Anfang von Lilys Straße lag, konnte Abbott sicher sein, dass er nicht von etwaigen Passanten erkannt wurde. Das leuchtend rot angestrichene Restaurant lag einige Stufen über dem Straßenniveau, und von dort oben hatte er beste Sicht auf den Bürgersteig, so als säße er hinter einer dieser trickreichen Spiegelwände, die nur von einer Seite her durchsichtig waren. Die Sonne, die sich jetzt, am frühen Nachmittag, in den Scheiben spiegelte, verstärkte diesen Effekt noch, und Abbott lehnte sich gemütlich zurück und wartete.

Er nippte an seinem Kaffee, musterte die alten Schwarzweißfotos, die Plattenhüllen und Poster der Retro-Innenausstattung und blätterte in der Speisekarte. Er hatte alle Zeit der Welt. Früher oder später würde Lily vorbeikommen. Sie würde allein kommen, vermutete er, und dieses Mal würde er sich nicht hereinlegen lassen. Er wusste, dass ihr irgendwo irgendjemand folgen würde. Sie war das Käsestückchen in der Mausefalle, und noch einmal würde er nicht daran knabbern.

Mittwochnacht war er knapp davongekommen. Er hatte genug gehabt von der geräuschvollen Birch Avenue und die Straße tagsüber gemieden. Nachts hatte das Haus leer gewirkt. Lily und Forrest waren anscheinend verschwunden. Er hatte gehofft, er würde sich noch einmal so leicht Zutritt zum Haus verschaffen und dort irgendeinen Hinweis auf Kathleens Aufenthaltsort finden können. Er hatte nicht die geringste Ahnung, dass Lily da war, bis sie das Licht angeknipst hatte. Sie hatte ihn erschreckt, und das war dumm und vorschnell gewesen. Er selbst hätte gewartet, bis der Eindringling im Haus gewesen wäre. Dann hätten sie ihn vielleicht geschnappt.

Ein weniger großer Mann, dachte er, würde nur die Aussichtslosigkeit seiner Situation sehen. Kathleen war wieder verschwunden, und er hatte von vorn anfangen müssen.

Aber Abbott war dem Rat seines Großvaters gefolgt und hatte gehandelt, nicht nur reagiert. Mit kleinen Änderungen hatte er an seinem Plan festgehalten, möglichst viel über seine Feinde herauszufinden. Und seine neueste Information über Forrest hatte alles geändert. Er hatte wieder einen Ansatzpunkt. Alles passte zusammen. Forrest. Mahoney. Amanda Martin, die schöne dunkelhaarige Frau auf dem Platz. Sie war wortkarg gewesen und hatte ausweichend auf seine Fragen geantwortet, doch Abbott hatte das heftige Erschrecken in ihren Augen gesehen, als er sie nach Marc Forrest auszufragen versuchte. Und er hatte mit eigenen Augen die Übergabe des Umschlags gesehen. Die Bezahlung.

Er würde den richtigen Zeitpunkt abwarten. Vielleicht hatte er jetzt sogar etwas herausgefunden, womit er Informationen über Kathleen kaufen konnte. Bei diesem Gedanken überlief ihn ein freudiges Erschauern, er spürte es tief in seinem Inneren. Er stellte sich schon ihre Begegnung vor und wie genüsslich er sie töten würde …

Aber zunächst ging es um Lily. Sie war der Schlüssel.

Offenbar hatten sie angenommen, er würde sie zu eliminieren versuchen, doch da hatten sie sich getäuscht. Jedenfalls fürs Erste. Vorerst war sie für ihn lebend und an der langen Leine viel nützlicher. An den Tagen, als sie seine Pläne zu vereiteln glaubten, indem sie weder in die Birch Avenue noch an den Orchardview Boulevard zurückkehrten, hatte er Zeit gehabt, sein eigenes Sicherheitsnetz zu knüpfen. Er bezahlte jetzt einfach jemanden dafür, dass er Lily folgte, genau wie er damals Sloane bezahlt hatte. Jetzt würde er sie benutzen, genau wie die Gegenseite, und abwarten, wohin sie ihn führte.

Ein junges Paar kam ins Restaurant und setzte sich an den Fenstertisch, wodurch ihm die Sicht auf die Straße teilweise genommen wurde. Er sah sie wütend an, doch sie reagierten nicht darauf. Er bemerkte, dass die Frau hochschwanger war. Das Paar hielt Händchen.

Abrupt hob er die Hand, um beim Kellner einen Salat zu bestellen, und schob sich dabei ein wenig um den Tisch herum, um besser an dem gewölbten Leib der Frau vorbeischauen zu können. Doch der Kellner tänzelte zu den neuangekommenen Gästen und fing eine dieser süßlichen Plaudereien an, zu denen Schwangere offenbar einluden. *Oh, Sie sehen wundervoll aus. Wann ist es denn so weit?* Bla, bla, bla.

Abbott wand sich. Endlich trennte sich der Kellner von dem Pärchen und ging zurück in die Küche. Der Mann griff nach der Zeitung, und es herrschte wieder wohltuende Stille im Restaurant, wenn man von der leisen Unterhaltung der beiden jungen Leute absah. Immerhin waren sie so rücksichtsvoll, leise zu sprechen. Während seiner Zeit in Toronto hatte Abbott gelernt, dass dies den kanadischen Gepflogenheiten entsprach.

Sein Salat kam, und Abbott hatte etwa fünf Minuten lang gegessen, als ihn das seltsame Gefühl überkam, beobachtet zu werden. Er sah gerade schnell genug auf, um zu bemerken, dass der Mann ihn offen anstarrte, aber dann, als er Abbotts Blick begegnete, verlegen den Blick senkte. Es war nur eine Lappalie, aber sie verwirrte Abbott. Kanadier, auch das hatte er gelernt, beobachteten diskret, sie starrten selten jemanden an. Er hielt den Kopf gesenkt, als fasziniere ihn das Gemüse auf seinem Teller, aber seine Sinne waren hellwach. Das Paar begann, miteinander zu flüstern, leider verstand er kein Wort. Im nächsten Augenblick stand die Frau auf und erklärte in theatralischer Lautstärke, sie müsse den Waschraum aufsuchen. Jetzt reichte es Abbott. Sie spielten ihre Rollen zu unbeholfen. Zeit, zu gehen.

Er warf eine ausreichende Menge Geld auf den Tisch und ging zur Tür. Just in dem Augenblick, als er auf den oberen Absatz der Treppe, die zum Bürgersteig führte, hinaustrat, ging Lily Richtung Yonge Street vorbei. Sie sah ihn nicht. Fast hätte Abbott laut aufgelacht. Perfektes Timing. Das Glück war auf seiner Seite, er fühlte es. Er beobachtete sie einige Minuten lang, bis sie die Straßenecke erreicht hatte, dann wandte er sich ab und ging in entgegengesetzter Richtung davon. Er wünschte, er hätte den verblüfften Gesichtsausdruck eines etwaigen Zuschauers sehen können.

Langsam durchquerte er den Park. Falls das junge Paar beschlossen hatte, ihm zu folgen, wollte er es ihm leicht machen. Er wusste ja nun, wonach er suchen musste. Als er das Ende des Geländes der Cottingham School erreicht hatte, sah er sich um, doch er konnte sie nirgends entdecken. Also hatten sie stattdessen beschlossen, Lily zu folgen. Sollten sie ihre Zeit doch auf diese unnötige Bewachung verschwenden. Ihm war das gleich.

Dennoch würde er auf der Hut bleiben. Vielleicht waren noch mehr ausgesandt worden, um ihn zu verfolgen. Im Park waren Leute, wie immer, ein paar Jugendliche improvisierten ein Basketballmatch. Er ging weiter bis auf die Avenue Road, dann die Kurven hinauf zur St. Clair Street Avenue, wo er sich nach Westen Richtung Spadina Avenue wandte. Von der Ecke St. Clair und Spadina Avenue aus sah er das weiße Hochhaus, in dem er eine möblierte Wohnung mit Blick auf die Schlucht gemietet hatte, doch er ging weiter Richtung Norden und zum Forest Hill Village. Dort gab es mehrere schicke Coffeeshops, wo er sich mit einer Zeitung niederlassen und sich vergewissern konnte, dass ihm niemand gefolgt war.

Er setzte sich an ein Tischchen vor dem *Second Cup* und beobachtete durch seine Sonnenbrille die nach Koffein und Schatten lechzende Menge auf dem Bürgersteig. Niemand schien sich besonders für ihn zu interessieren, und es kamen auch keine weiteren neuen Gäste nach ihm. Er schlug die Zeitung auf. Einen Moment lang traute er seinen Augen nicht. Sein Herz machte einen Satz. Er trank einen Schluck Kaffee und verbrannte sich die Kehle an dem heißen Gebräu.

Er sah in sein eigenes Gesicht.

Es war auf Seite drei, ein am Computer erstelltes Phantombild in Schwarzweiß und recht grobkörnig, doch es war sehr ähnlich geraten. Mit einem Frösteln dachte er an den jungen Mann im Restaurant, der Zeitung gelesen und ihn dann angestarrt hatte. Rasch überflog er den kurzen Text unter dem Foto:

POLIZEI SUCHT GEHEIMNISVOLLEN PISTOLENSCHÜTZEN IM ZUSAMMENHANG MIT TÖDLICHEM KELTER-UNFALL

Die Polizei bittet um Mithilfe bei der Identifizierung dieses Mannes, der vermutlich an der Ermordung der 67-jährigen Marie Forrest am 15. Juli dieses Jahres im Staat New York beteiligt war. Im Umfeld Ben Kelters, des Journalisten, der am Abend des 29. Juli von einem flüchtigen Autofahrer getötet wurde, heißt es, Kelter habe möglicherweise den Pistolenschützen nach der Beschreibung einer Augenzeugin erkannt, die aus Toronto in New York zu Besuch war. Bislang konnte die Polizei den Verdächtigen nicht ausfindig machen, aber sie vermutet, dass er sich jetzt in Toronto aufhält. Wer diesen Mann sieht, wende sich bitte umgehend an die örtliche Polizei. Er gilt als gefährlich und ist vermutlich bewaffnet.

Wie einen Brechreiz fühlte Abbott einen hellen Schrei aus seinem Körper aufsteigen. Dieses verdammte Weib war zu den Bullen gegangen. Aber warum erst jetzt, nach so langer Zeit? Er empfand diesen Frontalangriff, als hätte ihm jemand mit einem Eisenhandschuh auf die Wange geschlagen. Sie waren hinter ihm her. Sie wollten sein Blut. Weshalb? Wegen einer alten Frau? Wegen eines unvorsichtigen Zeitungsreporters? Eine gut fingierte Geschichte. Aber er war sicher, dass sie seinen Namen wussten.

Er nahm allen Mut zusammen und ließ seinen Blick über die anderen Gäste und die Passanten und Flaneure schweifen, die müßig von Geschäft zu Geschäft schlenderten. Eben noch hatten sie ihn gar nicht beachtet, jetzt war ihm, wie im Taumel eines Alptraums, als flackerten die Fratzen, als versteinerten sich ihre Züge, als durchbohrten sie ihn mit brennenden Blicken. Ein Schwarm von Gesichtern zog höhnisch durch sein Gesichtsfeld. Er begann zu schwitzen. Seine Hände zitterten. Er musste atmen, die Panik niederkämpfen.

Er schloss die Augen, versperrte sie vor den hämischen Blicken und dachte an seinen Großvater. Seine Gegenwart war fast greifbar – die stolze Haltung, die dunklen Augen, die er von ihm geerbt hatte, der sichere Kreis seiner schützenden Arme, die Stimme, die wie Donnergrollen über die Köpfe der Feinde niederging. Doch selbst Abbott konnte sich nicht lange in dieses Trugbild retten. Es geriet ins Wanken und zerfiel dann ganz. Nein, eine tröstende Umarmung konnte er jetzt nicht erwarten. Sehr bald würde sich die Missbilligung seines Großvaters gegen ihn richten. *Steh auf. Hör auf zu schniefen. Willst du ein Feigling sein wie dein Vater oder eine Säuferin wie deine Mutter? Wo ist dein Rückgrat? Wehr dich, oder geh mir aus den Augen!*

Ein greller Ton schrillte in seinen Ohren. Ja, das war die Lösung. Sich wehren. Klein beigeben war nie richtig. Es zog schlimmere Bestrafungen nach sich, als man im Kampf davontragen konnte. Er würde einen Weg finden. Er brauchte jetzt vor allem einen klaren Kopf.

Er stand jäh auf, die Metallbeine seines Stuhls scharrten über den Zement. Mehrere Menschen sahen bei dem Geräusch und der plötzlichen Bewegung auf, aber das machte jetzt nichts mehr. Sie alle starrten ihn an. Er erwartete, dass sie sich wie ein Mann erheben und mit dem Finger auf ihn zeigen würden. Sie alle waren gefährlich.

Er taumelte fort, zurück zur Straßenecke St. Clair und

Spadina Avenue. Ein Motorradfahrer beschimpfte ihn, als er die Straße überquerte, ohne auf die Ampel zu achten. Er erreichte die Brücke über die Schlucht und sah sich um, erwartete Polizeiwagen zu sehen, die Sirenen schrillten schon in seinen Ohren. Endlich kam er, verschwitzt und aufgelöst, in seiner Wohnung an, schloss die Tür und lehnte sich schwer atmend dagegen.

Das Schrillen hörte einfach nicht auf. Er ballte die Hände zu Fäusten, aber es schrillte und schrillte. Er musste zur Ruhe kommen. Er zwang sich, mehrmals langsam und tief ein- und durch den Mund wieder auszuatmen. Der Raum wurde deutlicher. Er horchte auf das Schrillen. Keine Polizeisirenen. Das Telefon.

Er nahm den Hörer ab.

»Paul? Sind Sie das, Paul?«

»Wer ist da?«

»Ich bin's, Jonah, Paul, Jonah Marley. Was zum Teufel treiben Sie?«

Schweigen. Abbott ließ sich in den nächsten Sessel sinken.

»Hören Sie, Ihr Privatleben geht mich nichts an, aber Sie müssen sofort zurückkommen. Ihre Frau ist zu mir gekommen … mit ihrem Anwalt. Die Lage ist ernst.«

Das Zimmer begann sich zu drehen. Abbott umklammerte die Armlehne und versuchte, einen klaren Kopf zu behalten.

»Wovon reden Sie, Marley?«

»Ich rede von Kathleen Abbott und einer Trauungsurkunde, die am 15. Juli in Niagara Falls ausgestellt wurde. Sie und ihr Anwalt Marc Forrest sind heute hier aufgetaucht. Sie hat ihre Konten leer geräumt, Abbott, und sie haben eine Liste mit Konten auf den Cayman-Inseln. Auf so etwas hätten Sie sich nicht einlassen dürfen, ohne vorher mit mir zu reden.

Als Ihr Anwalt rate ich Ihnen, schleunigst hierher zurückzukehren.«

Kathleen. Abbott hatte nur diesen Namen gehört und ein Datum. Kathleen – seine Frau? 15. Juli. Der Tag, an dem er die alte Frau umgebracht hatte. Forrest.

Und dann wieder Marley. »Hören Sie mir überhaupt zu? Sie haben Unterlagen –«

»Ich rufe Sie zurück.« Abbott beendete das Gespräch.

Er saß noch eine ganze Weile im Sessel und versuchte, die Puzzleteile zusammenzusetzen. Alles führte zurück zu Forrest. Wahrscheinlich erpresste er Kathleen. Behielt sie als Geisel, um Geld zu kassieren. Hatte Marley nicht irgendetwas über seine Konten gesagt? Würden sie Kathleen gegen Geld verkaufen? Was war sie doch dumm gewesen, diesen Leuten zu vertrauen.

Aber die Trauungsurkunde und ihre Datierung ergaben immer noch keinen Sinn. Wenn er behauptete, sie sei echt, hatte er ein Alibi für den Mord an der alten Frau. Was trieb Forrest da eigentlich? Wieder dachte er an sein Gespräch mit Amanda Martin. Hatte Forrest Mahoney umgebracht? Wollte er Mord gegen Mord setzen?

Draußen sank die Sonne dunkelrot hinter den Horizont eines marineblauen Himmels. Er musste Stunden so dagesessen haben. Er duschte, zog frische Kleidung an und packte das wenige, das er mitgebracht hatte, in die schwarze Ledertasche. Dann erledigte er drei kurze Anrufe. Zuerst buchte er einen Flug, den letzten der an diesem Tag nach New York ging, erster Klasse. Der zweite Anruf ging an Marley.

»Ich komme zurück. Holen Sie mich vom Flughafen ab. Der letzte Flug aus Toronto, Air Canada. Wir können uns auf dem Weg nach Connecticut unterhalten.«

Marley stotterte noch etwas von Terminen, doch Abbott

wusste, dass er zur Stelle sein würde. Befehle erteilen beruhigte seine Nerven. Wenn er erst in Oakwood Manor wäre, dem Ort seiner Kindheit, wäre er auf eigenem Territorium.

Der dritte Angerufene meldete sich sehr schnell.

»Beobachten Sie sie«, befahl Abbott und legte auf.

Die Flughafenlimousine fuhr vor dem Apartmenthaus vor, um den Passagier aufzunehmen. Abbott setzte sich nach hinten, verweigerte jedes Gespräch und vertiefte sich gesenkten Kopfs in eine Landkarte. Er hatte keine Angst mehr, erkannt zu werden, wollte aber auch nicht aufgehalten werden. Sobald er auf dem Flughafen wäre, würde der First-Class-Luxus die beste Tarnung bieten.

Das Motorrad, das sich drei Wagen hinter der Limousine in den Verkehr einfädelte, bemerkte er genauso wenig wie den Jugendlichen, der ihm vormittags aus dem Park gefolgt war. Die Glastüren des Flughafens schlossen sich hinter ihm, er ließ die dunkle Nacht zurück.

Das Motorrad hielt nicht an, sondern fuhr zurück in die Stadt, zu Agatha Quinn. Das Viertel lag schon im Schlaf, die Fahrerin war froh, als sie in die Einfahrt einbiegen und den lärmenden Motor ausstellen konnte. Als sie den Helm abnahm, glänzte ihr kupferrotes Haar im sanften Licht der Hoflampen, die man hatte brennen lassen, um sie daheim willkommen zu heißen.

Der zweite Teil des Plans war vollbracht.

Toronto, Freitag, 13. August

Suzy hielt Agathas Haus für den schönsten Ort, an dem sie je gewesen war. Es war voller toller Zimmer und Flure, aber am besten war der Ballsaal unterm Dach mit seinen Fenstern, rund wie Bullaugen, und der schrägen, der Dachneigung folgenden Decke. Sie fragte sich, ob sie der neuen Dame von ihrem Geheimversteck erzählen sollte. Sie ringelte sich auf dem Sofa zusammen, dann streckte sie die Beine in die Luft und legte die Hände auf den Fußboden. Von unten sah sie Lily am anderen Ende des Zimmers stehen. Die Fußnägel der jungen Frau sahen aus wie kleine rosa Muscheln, Suzy ließ den Blick an den langen Beinen hinaufwandern und dann zu dem freundlich lächelnden Gesicht.

»Suzy, dir steigt das ganze Blut in den Kopf. Was machst du da?«

»Ihre Nase ist ganz groß.«

»Nur, wenn man sie von unten ansieht.«

»Darf ich meine Fußnägel lackieren?«

Lily sah auf ihre eigenen Füße hinunter. »Wenn du aufstehst, kaufen wir dir Nagellack. Dann darfst du dir die Fußnägel lackieren.«

»Darf ich sie in verschiedenen Farben lackieren?«

»Dafür müssten wir aber ganz viele Fläschchen Nagellack kaufen.«

»Wir könnten Hayleys nehmen. Da sind eine ganze Menge Fläschchen in einer Schublade in ihrem Badezimmer. Wie ein Farbkasten.«

»Suzy, du hast doch nicht herumgestöbert?«

»Tante Agatha hat sie mir gezeigt.« Suzy krauste die Stirn. »Lily, wo ist sie hingegangen?«

Lily schaute in das herzförmige Gesichtchen und die großen, vertrauensvollen Augen. *Arme Suzy*, dachte sie. *Alle lassen dich im Stich.* Lily fragte sich, wie das Mädchen mit diesem aus der Bahn geworfenen Leben zurechtkam. Sie selbst hatte in der Nacht zuvor einen Anruf erhalten, Abbott habe die Stadt verlassen, sie könne zu Agatha zurück. Als sie um sechs Uhr morgens dort ankam, schlief Suzy noch tief und fest. Suzy wusste nichts von den kühnen Plänen, und beim Aufwachen hatte sie nur ein weiteres neues Gesicht gesehen und ein weiteres Verschwinden akzeptieren müssen. Aber sie war aufgeweckt und aufmerksam, war ihrer Mutter an einem Seeufer entlang durch einen dunklen Wald gefolgt. Sie musste die Gefahr gespürt haben.

»Suzy, weißt du eigentlich, was vor sich geht?«

»Mommy ist zornig auf den bösen Mann. Sie ist hingefahren, um es ihm zu sagen. Ist Tante Agatha auch dorthin gefahren?«

»Gewissermaßen. Sie ist auch in New York. Und in ein paar Tagen kommt deine Mommy zurück. Und Agatha und Marc kommen auch wieder.«

»Ich würde gern mal mit dem Flugzeug fliegen. Mommy und Marc sind mit dem Flugzeug geflogen.«

»Und du wirst es auch bald tun. Wenn alles gut geht, könnt ihr beide, deine Mutter und du, in ein Flugzeug nach New York steigen und in eure eigene Wohnung zurückkehren.«

»Ist der böse Mann dann weg?«

»Das hoffen wir, Suzy.«

»Und wo ist Terri dann?«

»Das weiß ich nicht. Ich kenne Terri nicht. Erzähl mir von ihr.«

»Sie ist mutig. Sie hat den bösen Mann an der Nase herumgeführt, und Mommy und ich konnten weglaufen. Aber ich glaube, sie ist böse auf mich.«

»O nein, Suzy. Das glaube ich nicht. Wie kommst du darauf?«

»Sie hat nie …« Die grünen Augen füllten sich mit Tränen. »Sie hat nicht Auf Wiedersehen gesagt. Ich habe sie letzte

Nacht mit Tante Agatha reden gehört, aber sie ist nicht zu mir heraufgekommen.«

Lily war überrascht. Sie hatte gedacht, Teresa, wer immer sie auch sein mochte, sei wieder im Netzwerk verschwunden und habe nichts mehr mit dem Plan zu tun.

»Ich bin ganz sicher, dass sie dich nicht verletzen wollte, Suzy. Sie dachte bestimmt, du würdest schlafen. Das war doch sicher zu einer Zeit, als du schlafen solltest, oder?«

»Können wir jetzt meine Zehnägel lackieren?«

Lily spürte den Stimmungsumschwung. Ablenkung schien die beste Medizin. »Klar. Zeig mir den Farbkasten.«

An Suzys Hand betrat Lily Hayleys Schlafzimmer. Es war noch genauso, wie sie es verlassen hatte, nur dass sie für einen Augenblick lang einen Parfümduft in der Luft wahrzunehmen meinte, aber schon war er verflogen. Suzy zog sie am Arm und führte sie zu der Schatzkiste mit dem Nagellack. Sorgfältig stellten sie eine Farbpalette mit teils blassen, teils juwelenhaft leuchtenden Farbtönen zusammen. Das Mädchen zog Schuhe und Socken aus, und Lily setzte es auf die Frisierkommode.

»So, und jetzt nicht zappeln. Spreiz die Zehen.«

Sie öffnete die Fläschchen eins nach dem anderen und trug die Lackschichten mit der Präzision einer Künstlerin auf die kleinen Nägel auf. Suzy war hingerissen.

»So, Miss, das hätten wir. Wie findest du's? Sieht doch aus wie die Schwanzfedern eines Pfaus.«

»Was ist ein Pfau?«

Während Lily es ihr erklärte, versuchte sie ein wachsendes Missbehagen zu unterdrücken. Erst war da dieser schwache Parfümduft gewesen, dann war ihr aufgefallen, dass der Lack in sämtlichen Fläschchen frisch gewesen war und nicht etwa dickflüssig oder verkrustet, was zu erwarten gewesen wäre, wenn die Fläschchen wirklich mehr als zwei Jahre zuvor Hayley gehört hatten.

»Suzy, ist Terri letzte Nacht hier geblieben? Oder hast du sie aufbrechen gehört, bevor du wieder eingeschlafen bist?«

»Hmm-hmm. Da war so ein lautes Motorgeheul.«

»Ein Motorgeheul? Du meinst, wie von einem wegfahrenden Auto?«

»Nein, lauter. Lily, wollen wir uns nicht ein bisschen verkleiden? Tante Agatha erlaubt es immer!«

Lilys Augen weiteten sich erstaunt. Verkleiden? Mit Hayleys Sachen? Sie öffnete die Flügeltür des begehbaren Kleiderschranks, betrachtete die Reihen von Kleidern, Hosen, Blusen und versuchte sich zu erinnern, ob sich seit ihrem letzten Hiersein etwas verändert hatte. Alles schien wie vorher, aber sicher war sie sich nicht. Sie hatte nicht darauf geachtet.

»Nicht hier, Lily. Im Ballsaal.«

»Wo? Suzy, hier gibt's keinen Ballsaal.«

»Doch, gibt es wohl. Er ist mein Geheimversteck. Tante Agatha sagt, sie ist zu alt, um noch dort hochzugehen, aber sie hat die Tür in der Decke aufgemacht und gesagt, ich dürfe dort spielen. Komm mit, ich zeig's dir.«

Gemeinsam stiegen sie eine enge, steile Treppe hinten im Haus hinauf. Suzy blieb auf der obersten Stufe stehen und zeigte nach oben. Lilys Blick folgte dem ausgestreckten Finger bis zu einer glatt mit der Decke abschließenden Bodenklappe. Ein Speicher?

Suzy streckte ihre Arme aus und drückte mit der ganzen Kraft ihrer sechs Jahre. Die Tür schwang auf und schlug dann rückwärts auf die Dielen des Raums über ihnen.

»Das restliche Stück muss man klettern. Ich schiebe erst die Ellbogen durch und dann krabbel ich irgendwie weiter. Manchmal gibt mir Tante Agatha einen Schubs.«

Auch Lily gab Suzy jetzt einen Schubs und hievte sich dann selbst in den Bodenraum. Noch auf den Knien, schnappte sie nach Luft, während Suzy in Gelächter ausbrach. Es war ein herrlicher, magischer Ort, einen schöneren Platz zum Spielen konnte sich ein Kind nicht wünschen oder auch nur vorstellen. Der Raum war riesig, er erstreckte sich über die gesamte Grundfläche des Hauses, und wurde hell ausgeleuchtet durch vier runde, tiefe Fenster mit getönten Scheiben. Die farbigen Lichtreflexe tanzten in der Luft wie wirbelnde Schmetterlingsflügel. Überall standen mit weißen Tüchern abgedeckte ausrangierte Möbel, doch eine Ecke, mit zwei Schaukelpferden und einem Berg von Plüschtieren, hatte früher offensichtlich als Spielzimmer gedient.

Lily entdeckte sofort, was Suzy hier am meisten faszinierte – einen einfachen Kleiderständer, auf dem wie eine Blumengirlande eine Reihe von Ballkleidern aus Samt, Satin und Chiffon hing. Sie konnte die rosa Nelken einer Corsage förmlich riechen. Rings um einen frei stehenden großen ovalen Standspiegel häuften sich Schuhe und mit Bändern und Federn aufgeputzte extravagante Hüte.

Es war schon sehr lange her, dass Lily einen ganzen Nachmittag mit richtigem, altmodischem Verkleiden zugebracht hatte. Gemeinsam wirbelten sie in eleganten Röcken umher, wühlten in Truhen und zogen Grimassen unter den breiten, wippenden Rändern unglaublicher Hüte. Zum guten Schluss lagen sie erschöpft auf dem Boden und beobachteten, wie die Schatten aus den Ecken ihre langen Finger in die Mitte des Raums streckten.

»Lily?«

»Hmmm?«

»In meinem Zimmer sind Schatten. Unheimliche Schatten. Sie bewegen sich.«

»Kannst du deshalb nicht schlafen?«

Suzy nickte ernst.

»Okay. Zeig sie mir. Aber erst essen wir. Ich sterbe vor Hunger.«

Sie saßen in der Küche und vertilgten einträchtig Hotdogs und Schokoladenkekse. Dann konnte Lily Suzy dazu überreden, zu baden und einen Schlafanzug anzuziehen. Als Suzy schließlich in ihrem Himmelbett lag, stopfte Lily die Decken um sie fest, legte sich neben sie und las ihr das Kapitel über Froschs wilden Ritt aus *Der Wind in den Weiden* vor. Doch selbst Froschs aufregende Abenteuer konnten die Schatten nicht vertreiben. Suzys Augen waren weit offen.

»Weißt du was, Suzy? Die Schatten kommen von den Möbeln. Dieser große Schreibtisch da und die Pfosten des Himmelbetts. Die Schatten bewegen sich, wenn der Mond über den Himmel wandert.« Suzys Gesichtsausdruck blieb unverändert, doch Lily wusste, dass sie gerade eine dieser für Erwachsene typischen Dummheiten von sich gegeben hatte. Sie versuchte es noch einmal. »Okay. Ich hab eine Idee. Wartest du kurz auf mich? Ich geh noch mal in den Ballsaal. Ich glaub, ich hab da was gesehen, womit du dich fühlen wirst wie in Abrahams Schoß.«

»Iiih, ich geh nicht zu fremden Männern auf den Schoß!«

»Es ist nur so eine Redensart. Du wirst es gemütlich finden. Warte.«

Lily suchte in der Küche nach einer Taschenlampe, dann ging sie die enge Treppe hinauf und machte die Falltür auf. Sie richtete den Lichtstrahl auf die Stelle, an die sie sich zu erinnern glaubte. Und da lag er. Ein Schlafsack.

Als sie, den Schlafsack unter den Arm geklemmt, zurück zur Falltür ging, fiel ihr Blick auf eine Gruppe von Plüschtieren, die jemand auf einer Truhe arrangiert hatte, doch die sahen einfach alle zu harmlos aus. Lily räumte sie weg und öffnete die Truhe. Im Schein ihrer Taschenlampe wühlte sie so lange herum, bis sie endlich einen ausreichend kriegerisch wirkenden Gorilla mit flauschigen Fellbüscheln erspähte. Sie griff danach – und erstarrte.

Dort, mitten im Lichtstrahl, lag ein in Leder gebundenes Büchlein mit schwarzen Samtbändern. Jemand hatte es gut versteckt, ganz unten in der Truhe. Ohne zu überlegen, löste Lily die Samtschleife und schlug es auf. Es war ein Tagebuch.

Sie blätterte zur ersten Seite, in der Erwartung, auf eine kindliche Schrift zu stoßen. Doch die Handschrift war schwungvoll und elegant, die Schrift einer jungen Frau. Ihr Blick fiel auf das Datum. Wenn sie Bens Notizen richtig in Erinnerung hatte, begannen die Tagebucheinträge einen Monat nach den Mahoney-Vergewaltigungen. Sie ließ das Tagebuch fallen, als hätte sie sich daran verbrannt. Es ging sie nichts an.

Lily hob es wieder auf, um es in sein Versteck zurückzulegen, doch dann zögerte sie. Und wenn Suzy es fand? Sie konnte lesen. Vielleicht würde sie nicht alles verstehen, aber genug.

Lily stopfte das Tagebuch in den Taillenbund ihrer Shorts, griff wieder nach Schlafsack und Dschungelbewohner und brachte die Taschenlampe in die Küche zurück. Sie legte das Tagebuch auf den Tisch. Etwa eine Minute lang betrachtete sie es still, dann raste sie zurück zu Suzy.

»Raus da aus diesem Riesenbett. Du wirst unter den Sternen schlafen, genau wie Frosch. Na ja, fast unter den Sternen. Und einen Beschützer hab ich dir auch mitgebracht.«

Sie warf den Gorilla in die Luft und entrollte den Schlafsack. Das Kopfende des Behelfsbettes platzierte sie direkt gegenüber dem Fenster, so dass etwaige Schatten nur an der

Wand hinter Suzy zu sehen sein würden. Suzy näherte sich langsam und mit ängstlich vorgestrecktem Zeh, als wolle sie die Temperatur des Badewassers testen.

»Na los. Spring rein. Probier's mal aus.«

Suzy warf noch einen Blick zurück aufs Bett, dann tauchte sie in den Schlafsack, als habe sie sich für das kleinere Übel entschieden.

Lily zog den Reißverschluss hoch und schob ihr noch ein Kissen unter den Kopf. »Na, was meinst du? Besser?«

Ein schwaches Lächeln war die Antwort. »Glaubst du, der Gorilla passt noch rein?«

»Darauf kannst du wetten!« Lily stopfte ihn zu Suzy in den Schlafsack und hockte sich daneben, um ihr Werk zu bewundern.

»Jetzt hast du's wie –«

»Jaja, ich weiß schon, bei diesem komischen Abraham.«

Lily saß allein am Küchentisch, vor sich eine Flasche von Agathas bestem Brandy und das Tagebuch. Sie wusste, sie sollte es nicht lesen. Und dennoch würde sie es tun, das war ihr klar, seit sie es in ihren Hosenbund gestopft hatte.

Sie staunte ein wenig über dieses Labyrinth, in das sie geraten war, darüber, dass sie fremde Tagebücher las und dass über ihr ein Kind schlief, das sich vor Schatten fürchtete. Nie war sie in einer so seltsamen Situation gewesen, und ganz sicher hatte sie noch nie die Polizei an der Nase herumgeführt, um einen Mörder zu überlisten. Sie spürte, dass sie über eine Schwelle getreten war und sich in einer fremden Welt befand, in der die Schwerkraft der Regeln aufgehoben war.

Dann nahm sie das Tagebuch in die Hand und tastete über die Samtbänder.

Sie war ein Dieb, war im Begriff, die geheimsten Gedanken einer Frau zu stehlen, der ungeheuerlichste Diebstahl überhaupt.

Und dennoch: Sie brauchte Antworten auf ihre Fragen. In letzter Zeit hatte sie an zu vielen Gräbern stehen müssen.

Sie öffnete das Tagebuch und begann, still zu lesen.

Alles war da, lebendig beschrieben, als könnten die Schleifen und Windungen der geschriebenen Wörter alle Schmerzen binden, als könnte das Papier das Grauen wie Tinte aufsaugen: Mahoneys Annäherungsversuche in einer Bar, sein aalglatter Charme, das langsame Tanzen, dann die Fahrt zurück zu seiner Wohnung, mehr Alkohol.

Mahoney hatte, wie Lily wusste, die typische Date-Rape-Droge Rohypnol angewandt. Sein Opfer war nackt und hilflos aufgewacht, ans Bett gefesselt und mit einem Knebel im Mund. Er hatte sie mehrfach vergewaltigt. Und dann kamen die Drohungen: *Du bist freiwillig hierher gekommen. Niemand wird dir mehr glauben. Wenn du es erzählst, werde ich dich finden. Das verspreche ich dir. Ich finde dich.*

Als er sie endlich gebrochen hatte, hatte er sie angezogen und, immer noch gefesselt und – mit ihrem eigenen Schal – geknebelt, in seinem Wagen in einen anderen Stadtteil gefahren. Dort hatte er die Fesseln gelöst, ihr den Schal aus dem Mund genommen und sie mit einer letzten Warnung, Schweigen zu bewahren, ausgesetzt.

Aber damit war es nicht vorbei. Die unsichtbaren Fesseln der Angst, der Scham und der Demütigung waren geblieben. Dieses Tagebuch, dachte Lily, war Hayleys Inferno gewesen. *Ich bin stumm. Ich bin Fleisch, das zu Stein gemacht wurde, mein Körper ist mir fremd. Ich habe kein Herz mehr. Ich bestehe aus Muskeln und Knochen und Hass.*

Lily trank einen Schluck Brandy und las weiter. Sie suchte

in den Worten nach einer wunderbaren Gnade, nach einem Zeichen, und sei es noch so schwach, der Heilung. Sie meinte es in den Seiten über Jeanine aufflackern zu sehen. Sie konnte die besänftigende Stimme von Marcs Schwester geradezu hören, wie sie dazu aufrief, zu vergeben. Nicht Mahoney. O nein, keinesfalls. Aber sich selbst. In dem Wissen, dass keine Frau, wie sehr sie sich auch getäuscht haben mochte, eine solche Strafe verdiente.

Das Bemühen, wieder Freude am Leben zu finden, war spürbar, und Lily litt mit. Es gab eine lange Passage über Agatha, über ihre Güte und ihre Enttäuschung. Lily stutzte bei diesem Wort – Enttäuschung –, doch dann fiel ihr ein, dass Hayley ja nicht hatte aussagen dürfen. Wie Agatha gegen diese Ungerechtigkeit aufbegehrt hatte. Und dann gab es Passagen über Hayleys Freundin von Kindesbeinen an, die dieselben Qualen hatte durchmachen müssen. Diese Passagen waren wehmütig, fast lyrisch, als versuche sie, die Melodie der Kindheit, die Energie der Jugend noch einmal einzufangen. Lily dachte an das Foto der beiden Mädchen, wie sie Arm in Arm in eine Kameralinse lächelten und unwissentlich demselben schweren Schicksal entgegenblickten.

Wir teilten jedes Geheimnis, jede Hoffnung. Ich sehe sie vor mir, schlank und geschmeidig. Ein Licht, das im Dunkel tanzt. Ich schließe meine Augen. Ich höre ihr Lachen rings um mich. Sie ist klares Wasser, das über helle Steine fließt.

Doch die Lyrik löste sich auf wie Rauch in der Sommerluft, der Zorn kehrte zurück, immer wieder Bilder des Todes und das Verlangen nach Unsichtbarkeit und Schweigen.

Und dann las Lily die letzten Sätze. Sie rieb sich die Augen und las sie noch einmal. *Ich gehe weg, ich fliege davon, um meine Art von Tod zu wählen. Um mein Leben zurückzufor-*

dern. Wenn Mahoney stirbt, dann, erst dann werde ich ganz frei sein. Vergeltung.

Das letzte Wort hallte in Lilys Ohren nach, als hätte ein Geist es laut ausgesprochen. War dies die Ankündigung eines Selbstmords oder das Versprechen, zurückzukommen und eine Rechnung zu begleichen? Lily war sicher, dass Agatha dieses Tagebuch nie zu Gesicht bekommen hatte. Sie hatte Suzy erzählt, sie könne nicht mehr auf den Speicher hinaufklettern. Seit wann?

Lily saß reglos am Küchentisch und gab sich dem Brandy und ihren Ängsten hin. Sie dachte an den Parfümgeruch und den Nagellack und an das Schlafzimmer, das immer noch aussah wie zu Hayleys Lebzeiten. Langsam ging sie durch die Halle in den mit blauer und grüner Seide ausgeschlagenen Raum und blieb vor Hayleys Porträt stehen. Dann stieg sie die Treppe hinauf zu Hayleys Schlafzimmer und studierte die Fotos an der Wand.

Vielleicht. Aber nur vielleicht. Die Frau, die sie im Restaurant mit Amanda Martin hatte sprechen sehen, war auch blond gewesen.

Trotz aller darauf folgenden Schicksalsfügungen wusste Lily, dass der eigentliche Wendepunkt ihres Lebens jener Augenblick im Zwielicht eines sommerlichen Parks gewesen war, in dem Amanda ihr im Flüsterton ihre traurige Geschichte erzählt hatte. Von diesem Moment an hatten ihre Fragen eine völlig unkontrollierbare Ereigniskette ausgelöst und immer schlimmere Schicksalsschläge. Marie. Ben.

Sie hatte schließlich nicht mehr widersprochen, als Agatha und Marc ihr erklärten, es gebe keinen stichhaltigen Beweis, der Abbott mit Bens Ermordung in Verbindung bringe, und daher könne sie rechtlich nichts unternehmen, um ihn dafür zur Verantwortung zu ziehen. Also hatte sie dem Plan zugestimmt, hatte eingewilligt, das Netzwerk zu schützen und ein gewagtes Spiel mitzuspielen, in dem es darum ging, Abbott unschädlich zu machen, statt ihn verurteilen zu lassen.

Aber sie hatte nicht eingewilligt, sich an der Nase herumführen zu lassen. Tagelang hatte sie im Ungewissen geschwebt, doch jetzt war sie bereit zu handeln.

Sie erinnerte sich an das, was sie bei ihrem letzten Shooting erfahren hatte, bevor all ihre Sinne durch den Schock von Bens Tod betäubt wurden: dass Amanda wieder in Toronto war. Lily würde sie finden. Sie wollte genau wissen, wie Mahoney gestorben war und warum Agatha, die Eigentümerin von *Designer's Edge*, veranlasst hatte, dass Amanda die Stadt verließ.

New York, Samstag, 14. August

Eine schwere Wolke von Auspuffgasen hing über der schmutzigen und mit Unrat gepflasterten Straße, doch die glänzend polierten Türen der Bank leuchteten wie ein Signal. Von der gegenüberliegenden Straßenseite aus beobachtete Ruby Abbotts Bank in Upper Manhattan. Tags zuvor war Eva aus Toronto gekommen und hatte die Nachricht mitgebracht, Abbott sei mit Marley in die Stadt gefahren. Der reparierte Jaguar stand wieder auf seinem angestammten Platz in der Tiefgarage. Ruby wünschte, sie hätte Abbotts Gesicht sehen könnte, als er vor der Unordnung in seinem Penthouse stand, doch das Schwelgen in solch kleinen Triumphen blieb ihrer Phantasie vorbehalten. Jetzt kam es nur auf genaues Timing an. Sie waren beim gefährlichsten Teil des Plans angelangt, und jetzt kam es nicht nur auf Intuition, sondern auch aufs Glück an.

Mit Hilfe des Onlinedetektivs hatte sie zwar Gelder von

Abbotts Bankkonten überweisen und einige Offshore-Anlagen auf den Cayman-Inseln ausfindig machen können, doch trotz sorgsamsten Suchens hatte sie im Penthouse keinen Schlüssel zu dem Bankschließfach finden können, das er, wie sie wusste, in dieser Bank hatte. Ohne diesen Schlüssel konnten sie nichts unternehmen. Sie mussten hoffen, dass Abbott das Schließfach für sie öffnete.

Er würde Bargeld brauchen, doch das war nebensächlich. Kurz nach Abbotts Abflug Richtung Toronto hatte Harry seine Kreditkarten gestohlen gemeldet. Sollte Abbott versuchen, damit zu bezahlen, würde es Ärger geben. Sie hatten ihm nur noch einen Ausweg gelassen, nämlich den, den Ruby jetzt bewachte.

Ruby hatte großes Vertrauen zu Eva. Sie war geschickt und hatte Grips. Allein ihr Anblick weckte Rubys Lebensgeister, von Harrys Lebensgeistern ganz zu schweigen. Doch an diesem kritischen Punkt hing der Plan von mehr ab als nur von genauer Kenntnis der menschlichen Natur und statistischen Wahrscheinlichkeiten. Ab jetzt konnte sehr viel schief gehen. Abbott konnte beispielsweise einfach in die Bank spazieren und sofortigen Ersatz für seine Kreditkarten fordern. Oder er konnte sich Geld bei Marley leihen. Sie wussten, dass es in Connecticut einen Safe gab, und zu ihrer Überraschung war Abbott zuerst dorthin gefahren. Aber immer noch klammerten sie sich an einen Hoffnungsfetzen. Wenn er den Eindruck hatte, dass ihm das Netzwerk auf die Haut rückte, würde er vielleicht Angst genug bekommen, um das Bankschließfach zu leeren. Vor allem, wenn er die Pistole behalten hatte, mit der er Marie Forrest getötet hatte. Wenn sie nicht in irgendeinem Fluss oder Abwasserkanal im Staate New York lag, musste sie in diesem Bankschließfach sein, nicht in Connecticut. Denn sie waren sich fast sicher, dass er sie in gewisser Entfernung, aber jederzeit zugänglich aufbewahren würde. Und Abbott war zu clever, als dass er versucht hätte, eine Waffe durch die Sicherheitskontrollen am Flughafen zu schmuggeln, also hatte er die Pistole nicht mit nach Toronto genommen. Ruby wusste, dass die Gelddaumenschrauben ihnen nur für kurze Zeit Sicherheit verschafften, sie Zeit gewinnen ließen und Abbotts Aufmerksamkeit fesselten – entscheidend aber blieb die Waffe. Sie war eine Lebensversicherung.

Als der Jaguar in die Einfahrt der Tiefgarage einbog, überquerte Ruby die Straße, um die Bank kurz vor Abbott zu betreten. Sie verzog sich in eine Ecke, wo sie unschuldig Formulare ausfüllen und ihn gleichzeitig im Auge behalten konnte. Er ging an einen Schalter auf der anderen Seite und sprach mit einer jungen Frau. Wenige Minuten später wurde er zu einem verglasten Büro geführt.

Ruby wartete. Ein Formular war fertig und sie machte sich an ein weiteres, während Abbott und ein Herr von der Bank in einem Flur verschwanden. Einer der Wachleute betrachtete sie aufmerksam. Rasch schob sie die Formulare zusammen und stellte sich an der längsten Schlange an. Als sie fast an der Reihe war, sah sie Abbott wieder aus dem Korridor auftauchen, und zwar mit einem schwarzen Aktenkoffer. Sie verdrückte sich aus der Schlange und kam gerade noch rechtzeitig nach draußen, um ihn zur Tiefgarage gehen zu sehen. Dann griff sie nach ihrem Handy.

Harry nahm den Anruf in seinem wenig vorschriftsmäßig geparkten Wagen entgegen und verständigte den Garagenwächter in Abbotts Wohnblock. Inzwischen waren sie geradezu Busenfreunde, wenngleich die Freundschaft wohl nur bis zum nächsten Schmiergeld reichen dürfte. Er sah Kathleen an und drohte ihr mit dem Finger: »Falls irgendwer kommt und den Wagen abschleppen will, halten Sie ihn hin. Ich bin gleich wieder da. Und immer schön im Hintergrund bleiben. Wenn Marc erfährt, dass ich Sie mitgenommen habe, zieht er mir bei lebendigem Leib das Fell ab.«

»Versprochen, Harry. Machen Sie sich meinetwegen keine Gedanken.«

Harry ging zu der Tür, die aus der Tiefgarage ins Wohnhaus führte. Eva und Marc erwarteten ihn vor dem Aufzug.

»Es ist so weit. Ruby hat gerade angerufen, er trägt einen schwarzen Aktenkoffer. Der Parkhauswächter gibt Ihnen ein Zeichen, Marc, und dann können Sie sich hinter einen Wagen ducken, damit er Sie nicht sieht. Verdammt noch mal, Eva, warum warten Sie nicht im Wagen und lassen Marc und mich die Pistole holen?«

»Er wird Sie beide auf Anhieb erkennen, Harry. Mich hat er das letzte Mal bei Mondlicht gesehen, und da sah ich ganz anders aus. Der Überraschungseffekt wird uns einen Vorteil verschaffen.«

Harry runzelte die Stirn und betrachtete Evas kurze, kupferne Locken. Möglicherweise würde Abbott sie tatsächlich nicht sofort erkennen. Möglicherweise …

Eva lächelte, als hätte sie seine Gedanken gelesen. »Keine Sorge, Harry. Vielleicht lässt er den Koffer ja im Wagen, dann kann Marc ihn ganz allein holen. Warten Sie mit dem Wagen am Haupteingang auf uns. Es wird ganz schnell gehen.«

Harry nickte. Die Strategie war einfach genug. Wenn Abbott, was sie hofften, im Penthouse nur einen kurzen Zwischenstopp einlegte und gleich weiter nach Connecticut wollte, würde er den Koffer vielleicht für kurze Zeit im Wagen lassen. Dann würde Marc das Fenster einschlagen, den

Koffer schnappen und Evas Handy einmal klingeln lassen. Zwei Klingelzeichen würden bedeuten, dass sie noch eine letzte Chance hatte, Abbott den Koffer zu entreißen, bevor er seine Wohnung erreichte.

Ein schriller Pfiff des Parkhauswächters schreckte sie auf, der Jaguar war in Sicht. Harry machte sich auf den Weg zum Ausgang, Eva verdrückte sich in die Fahrstuhlkabine, und Marc ging in die Garage, wo er sich zwischen zwei Wagen quetschte und möglichst klein zusammenkauerte.

Marc konnte nichts sehen, doch nach ein paar Sekunden war das sanfte Vibrieren des Jaguar-Motors zu hören. Die Zündung wurde abgestellt. Ein Klicken, die Tür wurde geöffnet. Marc wartete mit angespannten Muskeln, bis Abbotts Schritte verklungen waren und wieder Stille herrschte.

Dann stürzte er zum Wagen, doch weder auf den Vorder- noch auf den Rücksitzen war etwas zu sehen. Rasch schob er einen dünnen Metallstreifen zwischen Wagenfenster und -tür, um das Schloss zu öffnen. Er griff in den Wagen und zog am Hebel für den Kofferraum. Aber auch da lag kein schwarzer Aktenkoffer. Fluchend zog Marc sein Handy aus der Tasche.

Eva wartete im sechsten Stock auf Marcs Zeichen. Beim zweiten Klingeln drückte sie auf den Fahrstuhlknopf und steckte ihr Handy zurück in die am Gürtel befestigte Tasche. Ihre Finger streiften ihre Pistole. Wieder dachte sie, wie einfach es wäre, ihn zu töten. Sie trug einen Augenschirm gegen die Sonne, der ihr Gesicht beschattete, und einen Jogginganzug und Sneakers, für den Fall, dass sie rennen musste. Aber jetzt war es zu spät. Kathleen, Marc, Harry – sie alle würden es wissen. Und Agatha.

Eva hörte den Aufzug näher kommen. Das Gebäude hatte

nur einen Fahrstuhl, und sie konnte sicher sein, dass Abbott auftauchen würde, wenn sich die Türen öffneten. Sie hatte vor, ihr Gesicht abgewandt zu halten und sich rasch an die Rückwand der Fahrstuhlkabine zu stellen. Wenn Abbott aussteigen würde, um zu seiner Wohnung im neunten Stock zu gehen, würde sie hinter ihm herschleichen.

Die Tür glitt auf. Eva hielt den Kopf gesenkt, doch sie konnte Abbotts Füße und eine Hand sehen, die den Griff des Aktenkoffers umklammerte. Sie schob sich in die richtige Position, rechts hinter ihm, und fühlte, wie der Aufzug ruckte, um weiter nach oben zu fahren. Ihr Herzschlag beschleunigte sich, sie zählte die Sekunden, bis die Kabine stoppte. Ihre Hand schloss sich um die Pistole.

Als Abbott den Fuß nach vorn setzte, folgte sie ihm ohne zu zögern und drückte ihm den Pistolenlauf in den Nacken.

»Lassen Sie den Koffer fallen, sofort.«

In einem Sekundenbruchteil wirbelte Abbott herum und benutzte dabei den Koffer zugleich als Schild und als Waffe. Instinktiv versuchte sie sich zu schützen, aber der Koffer traf sie mit voller Wucht an der linken Schulter und an der linken Seite des Gesichts. Sie fühlte keinen Schmerz, hörte aber einen Knochen brechen; dennoch trat sie heftig in Abbotts Richtung. Der Koffer fiel auf den Boden der Fahrstuhlkabine, und Abbott taumelte rückwärts, als die Tür langsam zuglitt. Sie sah ihn noch nach vorn hechten, doch er kam zu spät.

Als der Fahrstuhl sich in Bewegung setzte, fiel Eva auf die Knie. Die Wirkung des Adrenalins ließ nach, eine Woge von Schmerz und Übelkeit überflutete sie. Abbotts geschickte Reaktion auf ihren Angriff bewies, dass er ihn erwartet hatte. Vielleicht hatte er sie doch erkannt, oder er war auf einen Hinterhalt gefasst gewesen. Blut floss über ihre Stirn und nahm ihr die Sicht, als sie nach dem Koffer tastete. Es war nicht mehr wichtig. Sie hatte genug gesehen, um zu wissen, dass keine Pistole darin war. Abbott hatte sie bereits herausgenommen. Er hatte sie gezogen, als sich die Fahrstuhltür geschlossen hatte.

Kathleen saß auf dem Rücksitz und beobachtete durch die Windschutzscheibe, wie Marc und Harry sich stritten. Armer Harry. Marc war wütend, weil er sie mitgebracht hatte, aber sie hatte darauf bestanden. Sie war zu weit gegangen, als dass sie sich noch hätte verstecken wollen. Sie hatte versprochen, nicht im Weg zu sein.

Plötzlich sah sie, wie Marc Harry zur Seite schob.

»Platz da«, herrschte er ihn an. »Sehen Sie nicht, dass sie verletzt ist?«

Kathleen beugte sich vor. Die Frau stand vor dem Gebäude, aus einer Platzwunde an der Stirn lief ihr Blut übers Gesicht. Kathleen sah, wie sie einen Schritt nach vorn machte und dann zur Seite sank. Marc konnte sie gerade noch auffangen, und auch Harry stürzte zu ihr. Sie zogen sie halb bewusstlos zum Wagen, und Kathleen schob sie auf den Rücksitz, wobei sie den verletzten Kopf so gut wie möglich zu schützen versuchte. Sie zog ein Päckchen Taschentücher aus ihrer Handtasche und begann das Blut wegzuwischen.

Ihre Hand erstarrte.

Terri? Das Haar war anders, aber dies war Terri.

Erstaunt wandte sie sich an Marc, doch der sagte nur warnend: »Ducken, sofort, unten bleiben, da ist Abbott.«

Kathleen kauerte sich zusammen. Sie hörte, wie Harry auf dem Vordersitz schwer atmete. »Wo ist er?«, zischte er.

Als sie sich über Terri kauerte, hörte sie ein schwaches Flüstern.

»Kathleen?«

Kathleen sah misstrauisch in Terris Augen. Sie stand immer noch unter Schock. Terri und Eva waren ein und dieselbe Person. Die Person, die ihr das Leben gerettet hatte. Sie drückte Terris Hand.

»Kathleen«, flüsterte Terri. »Hör zu. Er trägt die Pistole bei sich. Sag es ihnen.«

Und dann wurde Eva ohnmächtig. Kathleen setzte sich gerade auf und schüttelte Harry.

»Sie müssen sie ins Krankenhaus bringen, schnell.« Dann öffnete sie die Wagentür und stieg aus. So viele andere hatten sich in Gefahr begeben, um sie zu schützen. Damit war jetzt Schluss.

Ihr wurde eiskalt, als sie Abbott auf der anderen Straßenseite sah. Langsam wandte er den Kopf von einer Seite zur anderen, wie ein Hund, der Witterung aufzunehmen versucht. In wenigen Sekunden würde er sie sehen. Hinter ihr hörte sie Marc noch »Nein!« schreien, doch es war zu spät. Sie rannte schon.

Sie rannte, bis sie dachte, ihre Lungen würden platzen. Doch sie wusste, er war irgendwo hinter ihr. In der sommerlichen Menge vor dem Guggenheim Museum blieb sie kurz stehen, um wieder zu Atem zu kommen. Wohin sollte sie sich nun wenden? Wo konnte sie sich verstecken? Sie überlegte, ob sie in das Museum gehen sollte, fühlte sich aber dazu nicht in der Lage. Die Spirale im Inneren erschien ihr plötzlich bedrohlich wie eine Kulisse in Hitchcocks *Vertigo*. Sie fühlte sich schwach.

Marc würde ihr folgen. Sie musste ihn finden, bevor Abbott sie fand. Sie blickte über die Straße hinweg zum Central Park und versuchte zu überlegen, was Terri an ihrer Stelle tun würde. Wenn sie jetzt wieder losrannte, wäre das viel zu auffällig. Aber sie musste in den Park gelangen. Dort konnte sie sich verstecken.

Langsam schob sie sich an den Rand der Menge. Sie kniete sich hin, als wolle sie ihre Schnürsenkel neu binden und bewegte sich dabei unauffällig auf den Bordstein zu. Als die Autos hielten, wartete sie, bis die Leute auf die Straße strömten, und zwang sich, im selben langsamen Schritt mit ihnen zu gehen.

Abbott beobachtete aus dem Park heraus, wie sie auf ihn zukam. Sie sah sich häufig um, blickte jedoch nie nach vorn, um ihn zu suchen. Fast bewunderte er ihre Umsicht. Der Central Park war der nächstliegende Zufluchtort. Er und Kathleen hatten dieselbe Wahl getroffen.

Als sie in einen der vielen Pfade einbog, die vom Eingang abgingen, trat er aus dem Schatten eines Ahorns auf sie zu, schob seinen Arm unter ihren und hielt sie fest an seiner Seite.

»Hallo, Kathleen. Lange nicht gesehen.«

Sie keuchte, sagte jedoch nichts. Abbott ließ eine längere Stille eintreten; es versetzte ihm fast einen körperlichen Schock, als er ihre weiche Haut unter seiner Hand spürte.

»Ich habe eine Pistole bei mir, nur so nebenbei. Also kein Geschrei, bitte. Lass uns doch einen kleinen Spaziergang machen.«

Sie brachte es fertig, neben ihm herzugehen, seine Hand, die ihren Arm umklammerte, zwang sie vorwärts. Ringsum waren Leute. Kathleen betrachtete ihre Gesichter, in der Hoffnung, sie fände Marc, und ihre Augen bettelten um Hilfe. Einige wenige begegneten ihrem Blick und sahen dann schnell weg.

Sie liefen und liefen. Abbott hielt sich zwar noch auf den

Wegen, aber Kathleen wusste, dass er sie immer tiefer in den Park hineinführte. Mit jedem Schritt wurden ihre Chancen geringer. Sie brachte kein Wort heraus. Sie war wie benommen.

»Marley erzählte mir, du seist jetzt eine reiche Frau, Kathleen. Aber dein Anwalt ist nicht sehr clever. Ich sah, wie er eine Eintrittskarte fürs Guggenheim Museum löste, gerade als du in den Park gingst. Zu dumm.«

Kathleen spürte, wie sich ihr Körper versteifte. Es war also so weit. Nach allem, was sie durchgemacht hatte, nach allem, was sie getan hatte, um Suzy zu schützen, war sie nun allein mit Abbott.

Das lange Martyrium – die Monate der Belästigungen, die Flucht nach Kanada, der mitternächtliche Weg an einem schwarzen See entlang, ein verängstigtes Kind an ihrer Hand – hatte sie verändert. Die Menschen, die bei dem Versuch, sie zu schützen, gestorben waren, hatten sie verändert. Terri und Agatha und Marc hatten sie verändert. Abbott kannte sie nicht mehr. Er hielt sie für schwach. Und das war ihre einzige Waffe.

Er beschleunigte den Schritt, ihre Passivität brachte ihn auf. Sie waren schon eine ganze Weile keinem Menschen mehr begegnet, aber hier und da hörte sie noch Musikfetzen und in der Ferne das Brausen des Verkehrs.

Plötzlich blieb er stehen und wirbelte sie herum, so dass sie ihm gegenüberstand.

»Du verdammte Hure. Du hättest alles haben können. Ich werde dafür sorgen, dass du das bitterer bereust, als du dir je hast träumen lassen!«

Für einen Augenblick starrte sie ihn völlig ausdruckslos an. Dann senkte sie den Blick und vergrub ihr Gesicht in den Händen. Sie begann zu schluchzen.

»O bitte, Paul, bitte. Ich habe das Geld nie gewollt. Sie haben mich gezwungen.« Ihre Stimme war ein leises Klagen.

»Es ist zu spät, Kathleen, du hast mich verraten.«

»Nein, nie. Ich war überfordert. Verwirrt.« Die Worte drangen gehetzt und halb erstickt durch ihre Hände.

Als er sich über ihr Gesicht beugte, trat sie mit aller Kraft zu, sie traf ihn genau in die Leiste. Er schrie auf und krümmte sich, sie rammte ihm das Knie unters Kinn. Er taumelte zurück, und die Pistole, die er aus seiner Jacke hatte ziehen wollen, flog ihm aus der Hand. Kathleen verfolgte die Flugbahn und erreichte sie Sekunden, nachdem sie auf dem Boden aufgeschlagen war.

Sie war schwer und strahlte noch seine Körperwärme ab. Abstoßend. Fast hätte sie sie fallen lassen.

Dann rannte sie auf die Musik zu. Sie wusste nicht, wohin mit der Pistole. Sie überlegte kurz, ob sie sie verstecken sollte, aber sie wagte nicht stehen zu bleiben. Sie rannte und rannte.

Als sie Stimmen hörte, stopfte sie die Waffe in den Ausschnitt ihres T-Shirts und verdeckte die Ausbuchtung, indem sie die Arme um den Oberkörper schlang. In der Nähe der Gruppe, die sich um die Skateboarder geschart hatte, fand sie eine öffentliche Toilette.

Dort blieb sie sehr lange, vergeblich versuchte sie sich selbst zum Gehen zu bewegen. Eine Stunde verging, vielleicht auch zwei. Sie hätte es nicht zu sagen vermocht. Endlich wagte sie sich wieder nach draußen und machte sich auf die Suche nach einem Ausgang oder einem öffentlichen Fernsprecher.

Es war fast sechs Uhr abends, als Ruby sie auf einer Bank fand, immer noch mit verschränkten Armen und starr in die Ferne blickend.

»Na, schau einer an. Bewundern Sie gerade die Aussicht? Marc und ich rennen hier die ganze Zeit herum wie geköpfte Hühner!«

»Hallo, Ruby. Wie geht es Terri?«

»Sie hat eine dicke Beule an der Stirn, eine mit vier Stichen genähte Wunde und ein gebrochenes Schlüsselbein, aber sie wird wieder so hübsch wie eh und je.«

»Und Abbott?«

»Das Letzte, was wir hörten, war, dass er zu seinem Jaguar zurückhinkte. Wahrscheinlich flitzt er jetzt mit seinem Autochen nach Connecticut. Harry beschattet ihn. Und wie geht's Ihnen?«

»Niemand war mehr da, Ruby. Am Ende musste ich mich selbst retten.«

Tränen stiegen ihr in die Augen, doch sie lächelte und öffnete die Arme.

»Ich hab's geschafft, Ruby. Ich hab die Pistole.«

Connecticut, Sonntag, 15. August

Harrys Muskeln waren steif geworden, und seine alten Gelenke knirschten. Er war eigentlich an komfortablere Beschattungssituationen gewöhnt, etwa in einem geparkten Wagen, neben sich ein paar Proben von Rubys Kochkunst und eine Thermoskanne mit dampfendem Kaffee. Doch dafür war keine Zeit geblieben. Nachdem Eva verletzt war und mit einer leichten Gehirnerschütterung im Krankenhaus lag, musste Harry einspringen. Er hatte den Wagen in einem von Laubbäumen abgeschirmten Seitenweg stehen lassen und musste noch froh sein, dass er hier am Hang einen gut geschützten Aussichtspunkt gefunden hatte.

Er unterdrückte ein Stöhnen, als er zum Rand der Senke

kroch und sich auf den Bauch rollte. Dann stützte er sich auf die Ellbogen und richtete sein Fernglas auf Oakwood Manor.

Der große zweistöckige Bau aus behauenen Steinen schien auf ihn zuzuspringen. Er konnte den an der Südwand üppig rankenden wilden Wein sehen, der eine Art grünsamtenen Wandteppich bildete.

Altes Geld, dachte Harry. *Die Hütte sieht aus wie auf einer verdammten Postkarte.* Die Rasenflächen, die sich zu einem Waldsaum hinunterschwangen, waren nicht gemäht, sondern getrimmt, die Hecken sauber geschnitten, die geometrisch angelegten Beete schmuck bepflanzt. Harry stellte sich vor, wie sich Abbott in einem riesigen warmen Bett zwischen Seidendecken kuschelte. Seine Ellbogen schmerzten, und sein Magen knurrte zum Erbarmen.

Der Jaguar parkte immer noch in der kreisförmigen, von riesigen Eichen umstandene Auffahrt. Es gab keinerlei Zeichen von Aktivitäten.

Harry rutschte in die Senke zurück und erwog, ob er wohl noch ein paar Stunden schlafen könne. Aber jetzt, wo er einmal wach war, fand er seinen Hunger allzu bohrend und den Untergrund allzu hart.

Er setzte sich auf, streckte die Beine weit von sich und horchte auf die Geräusche des anbrechenden Morgens. Die Vögel vollführten einen Höllenlärm. Bald würden die Leute aufstehen, heiß duschen und sich an einen reich mit Speck und Eiern, knusprigem gebutterten Toast und eiskaltem Orangensaft – so kalt, dass die Gläser beschlugen – gedeckten Frühstückstisch setzen. Er liebäugelte mit dem Gedanken, zum Wagen zurückzuschleichen und in eine der Kleinstädte zu fahren, die er in Abbotts Kielwasser durchquert hatte. Dort, in einem dieser netten kleinen Lokale auf einer dieser idyllischen Hauptstraßen bekäme man bestimmt Blaubeerpfannkuchen mit Ahornsirup.

Ihm war schon ganz schwindlig vom Sirenengesang seiner erträumten Versuchungen, als sein Handy klingelte. Rubys Stimme war erfrischend wie ein Glas Wasser.

»Wie geht's Eva?«, fragte er.

»*Mir* geht's gut, danke, Harry, und Eva schläft fest. Die Ärzte mussten ihr was geben, sie hat einen regelrechten Aufstand gemacht, wollte dich unbedingt auf deinem Wachtposten ablösen. Ich habe ihr versichert, du kämst prima zurecht. Du kommst doch prima zurecht, oder, Harry?«

»Darauf kannst du wetten.«

»Wo genau bist du?«

»Ich musste den Wagen verstecken. Jetzt sitze ich mitten in einem Loch in einem Hang in Gottes schöner Schöpfung und habe einen wunderbaren Blick auf die Abbottschen Besitzungen. Er hockt irgendwo in seinem Haus und ist still wie ein Mäuschen.«

»Armer Harry. Hast du Hunger?«

»Ein ganz klein wenig.«

»Hast du die Fernglastasche mitgenommen?«

Harry schaute sich um und entdeckte sie unter einem Felsbrocken. Er erinnerte sich, dass sie ihm während einer langen und ungemütlichen Nacht als Kopfkissen gedient hatte.

»Ja, hier ist sie.«

»Sieh mal in die Reißverschlusstasche. Und halt durch, Harry. Marc und Agatha sind schon auf dem Weg.«

»Wer ist Agatha?«

Doch die Verbindung war schon unterbrochen. Er stolperte zu der Tasche und öffnete sie. Zwei leicht zermatschte Roastbeefsandwichs. Manna vom Himmel. Das Klügste, was er je getan hatte, war Ruby Zaplacinski zu heiraten. Das Leben war schön.

Punkt 8.30 Uhr fuhren sie in die kreisförmige Einfahrt vor Abbotts Haus. Marc saß am Steuer, er stellte den Miet-Mercedes vor Abbotts Jaguar ab. Das schien ihm eine vernünftige Vorsichtsmaßnahme, sie wussten schließlich nicht, was sie erwartete. Sie wussten überhaupt nicht viel, nur dass Abbott im Haus war, und zwar allein.

Kathleen hatte ihnen alles erzählt, was sie noch über den Grundriss und das Innere des Hauses wusste. Ein Vorder- und ein Hintereingang, eine Seitentür, die von der Küche in einen Blumen- und Kräutergarten führte. Keine im Haus wohnenden Angestellten. Holzvertäfelte Wände, schwere Vorhänge, Orientteppiche, alte Möbel. Das Herrenhaus war noch so wie unter der Herrschaft von Abbotts Großvater. Kathleen hatte viel über das Porträt erzählt, über das höhnische Gesicht, das von seinem erhöhten Platz aus über den Raum blickte. Agatha hoffte, dass sie es zu ihrem Vorteil nutzen konnte. Es würde nur ein Treffen geben, nur eine Chance.

Marc bewegte sich als Erster, die Autotür fiel hinter ihm ins Schloss. Er umklammerte die Waffe an seinem Gürtel. Dann öffnete er die Beifahrertür, half Agatha aus dem Wagen und ließ auch diese Tür wieder ins Schloss fallen. Für Harry in seinem sicheren Beobachtungsloch klang das zweimalige Zuschlagen der Autotüren wie zwei Pistolenschüsse, die durch den Morgen hallten.

Auch Abbott schreckte hoch. Er verschüttete ein wenig von seinem Kaffee, erhob sich aber relativ ruhig. Sie waren also da. Endlich. Er wartete auf das Klingeln. Er hatte gewusst, dass sie kommen würden. Kathleen würde kommen, um sich an seinem Unglück zu weiden, und Forrest würde

Geld wollen. Doch Abbott würde weiterspielen, den richtigen Zeitpunkt abwarten. Noch war er nicht am Ende, noch lange nicht. Seine Kiefer spannten sich.

Langsam räumte er sein Frühstücksgeschirr weg. Er ließ Wasser ins Spülbecken laufen und gab Spülmittel dazu. Sollten sie doch warten. Er trocknete sich die Hände ab. Ordnung beruhigte ihn.

Als die Küche tadellos aufgeräumt war, nickte er befriedigt und ging durch die Halle zur Eingangstür. Im Spiegel übte er kurz ein Willkommenslächeln. Nicht zu breit und zu herzlich, nur ein entspanntes Heben der Mundwinkel. Keine Überraschung.

Er öffnete die Tür, und das Lächeln fiel in sich zusammen.

Forrest hatte die Waffe erhoben. Keine Kathleen, sondern eine alte Frau. Seine Augen wurden groß vor Überraschung. Die Morgensonne fiel ihm direkt ins Gesicht, er drehte es leicht zur Seite, dabei fiel sein Blick auf den Hang hinter den beiden. Der Mann, der dort stand, war bewaffnet.

Die Begrüßungsworte, die er sich zurechtgelegt hatte, erstarben ihm auf den Lippen. Er suchte nach neuen Worten und trat dabei einen Schritt zurück.

Diese Bewegung war sein Unglück. Marc drängte sofort vorwärts, immer noch die Waffe auf ihn gerichtet. Abbott wich weiter zurück, ging rückwärts, immer blasser werdend, was die dunkelrote Schwellung unter seinem Kinn deutlicher hervortreten ließ. Die Frau folgte ihnen, ihre Stimme war in Anbetracht der Umstände erstaunlich ruhig, sie akzentuierte jedes Wort.

»Guten Morgen, Abbott. Wir müssen uns an einem ruhigen Ort unterhalten. Am besten im Wohnzimmer, denke ich.«

Er drehte sich um und führte sie dorthin, seine Gedanken rasten. Zum ersten Mal fühlte er die eisige Berührung von

Angst, die an seiner Wirbelsäule entlanglief. Sie würden ihn töten. Ihn töten und das Haus plündern.

Er ging ins Wohnzimmer und dann zu den Fenstern, um die Vorhänge aufzuziehen; die lebenslang vertraute Bewegung würde die Unsicherheit seiner Hände verbergen. Dies war sein Heim. Er würde es verteidigen. Mit Hilfe eines größeren Adrenalinstoßes und purer stählerner Willenskraft zwang er sich zu sprechen.

»Ihr Besuch erscheint mir rücksichtsloser als erwartet, muss ich sagen. Ich bin nicht bewaffnet. Was immer Sie wollen, sprechen wir darüber.«

Agatha ging zur Mitte des Raums und warf einen kurzen Blick hinauf auf das Porträt von Abbotts Großvater. Sie stellte sich absichtsvoll mit dem Rücken zum Bild, so dass Abbott, wenn er sie ansah, auch dem Blick seines Großvaters nicht ausweichen konnte.

»Wir haben Ihre Waffe mitgebracht. Die Pistole, die Mr. Forrest in der Hand hält, ist ein 45er Colt, die Waffe, mit der Sie seine Mutter getötet haben. Erkennen Sie sie nicht wieder? Setzen Sie sich, Abbott.«

Er wollte sprechen, doch Agatha hob die Hand, um ihn zum Schweigen zu bringen, und deutete auf einen Sessel. Marc machte einen Schritt vorwärts, immer noch unverwandt auf Abbott zielend, also setzte Abbott sich. Er hatte erwartet, dass Forrest die Führung übernehmen würde, doch der ragte nur stumm vor ihm auf, sein Gesicht kalt und steinern. Mühsam riss er seinen Blick von Forrest los und wandte ihn wieder der Frau zu. Sie betrachtete ihn verachtungsvoll.

»Wer sind Sie?«, bellte er. »Wenn Sie Geld wollen, ich bin bereit, für Kathleen zu zahlen.«

Marc schnellte auf ihn zu, und Abbott zuckte zurück, senkte den Kopf und versuchte sich mit den Armen gegen den erwarteten Schlag zu schützen. Doch es passierte nichts. Er öffnete die Augen, spürte an seinem Hinterkopf den kalten Stahl des Colts. Agatha ging auf ihn zu, beugte sich drohend über ihn.

»Dachten Sie wirklich, wir würden Ihnen Kathleen verkaufen?« Sie sah ihn lange an, er wand sich unter ihrem prüfenden Blick. Dann schüttelte sie seufzend den Kopf. »Ich brauche Ihr Geld nicht. Das hilft Ihnen hierbei nicht weiter.«

Abbotts Gedanken jagten hin und her. Er war sicher gewesen, dass sie eine Art Handel mit ihm hatten abschließen wollen. Wenn es nicht um Kathleen ging, worum dann? Er versuchte, ruhig zu bleiben, jeden Ausdruck aus seinen Augen und seinem Gesicht zu verbannen, obwohl seine Hände schweißnass waren. Zunächst musste er herausfinden, was sie wollten, dann würde er wissen, wie er reagieren sollte. Er räusperte sich und sprach mit ruhiger, tiefer Stimme.

»Sind Sie hergekommen, um mich zu töten? Ich wollte sie nicht verletzen, die Frau damals. Es war ein Unfall. Sie fing an zu schreien. Die Pistole ging einfach los. Ich wollte nur Kathleen finden.«

»Und was war mit Mr. Kelter? War das auch ein Unfall? Und Lily Ross? Sie sind ihr gefolgt.«

»Ich kenne niemanden namens Kelter. Ich kenne keine Lily Ross.«

»Bitte, Abbott. Das ist doch kindisch. Setzen Sie sich ordentlich hin und hören Sie mir zu. Wir wissen alles über Sie und über das, was Sie getan haben. Sie belästigen Frauen und Sie sind ein Mörder. Sie verdienen den Tod, aber wir sind nicht gekommen, um Sie zu töten. Hören Sie auf zu lügen.«

Diese Worte lähmten Abbott. Während sich die Lippen der Frau bewegten, sah er in ihr Gesicht und, hinter ihr, in das Gesicht seines Großvaters. Einen Moment lang schienen sich die Züge der beiden aufzulösen, die beiden Gesichter verschmolzen zu einem. Sie sprach mit ihm, wie sein Großvater mit ihm gesprochen haben könnte, zornig und voll bitterer Abwehr.

»Sind Sie jetzt bereit, mir zuzuhören?«

Abbott nickte, seine Augen glitten unwillkürlich zwischen ihrem Gesicht und dem seines Großvaters hin und her.

»Wir sind hier, um Ihnen Ihre Freiheit anzubieten, zum Preis von Lilys und Kathleens Freiheit. Wir haben Ihnen ein Alibi für den Mord an Marie Forrest verschafft, eine gefälschte Trauungsurkunde. Das ist Ihre Versicherungspolice. Bestätigen Sie diese Ehe und leiten Sie unverzüglich die Scheidung ein. Noch während ich hier spreche, fließt Ihr Geld bereits auf Ihre Konten zurück. Ihr Geld wollten wir nie haben, nur Sie. Jetzt weiß Marley natürlich von Ihren Steuerhinterziehungen mit Hilfe der Konten auf den Cayman-Inseln, aber das ist Ihr Problem. Wenn er Geld ebenso heftig liebt wie Sie, dürfte er leicht käuflich sein. Aber jetzt kommt der springende Punkt. Hören Sie mir zu?«

Marc stieß ihm den Pistolenlauf gegen den Hinterkopf.

»Ich höre zu.«

»Wenn Sie je wieder in Kathleens oder Suzys Nähe auftauchen, dann werden wir die Lügengeschichte auffliegen lassen. Wir haben Ihre Pistole. Sie ist unter dem Namen Ihres Großvaters registriert. Eine simple ballistische Untersuchung wird beweisen, dass Sie der Mörder sind. Das ist *unsere* Versicherungspolice. Wenn wir Sie auffliegen lassen, hat das für uns lästige, für Sie jedoch fatale Folgen. Haben Sie verstanden? Lassen Sie sie in Ruhe. Keine Anrufe, keine Privatdetektive, keine Fotos, keine Überwachung. Sollte Kathleen Sie je wieder sehen oder von Ihnen hören oder auch nur irgendeine Einflussnahme Ihrerseits vermuten, gehen wir mit der Pistole und einem Zeugen zur Polizei.

Ja, Abbott, wir haben einen Zeugen. Lily Ross hat ihre Geschichte bereits der Polizei erzählt. Aber das wissen Sie schon, nicht wahr? Deshalb haben Sie Toronto so überstürzt verlassen. Sie hat der Polizei alles gesagt, nur nicht Ihren Namen. Glauben Sie, dass man Sie finden wird, Abbott? Dass einer Ihrer Bekannten Ihr Bild in der Zeitung erkennt? Keine Sorge. Sie haben ein Alibi. Solange Lily sicher ist, sind auch Sie sicher. Sollte ihr etwas zustoßen, und sei es noch so geringfügig, dann, das verspreche ich Ihnen, wird die Polizei genug Material haben, um Sie mit dem Tod von Ben Kelter in Verbindung zu bringen.«

Abbotts Gesicht war eine Totenmaske, starr und kalkweiß. Solange sie die Pistole seines Großvaters hatten und ihre Augenzeugin, waren sie die Stärkeren. Er achtete auf jedes Wort, wie ein Angeklagter, der das Urteil des Richters hört, und erkannte sofort den Schwachpunkt ihres Plans. An diesem Punkt musste er ansetzen, das war seine einzige Chance. Schließlich konnten sie nicht ahnen, was er alles wusste.

»Wenn Sie sich so sicher sind, was die Fakten angeht, warum gehen Sie dann nicht sofort zur Polizei?« Er versuchte vergeblich, den Sarkasmus in seiner Stimme zu unterdrücken. »Ich denke, Sie tun das nicht, weil es für Sie ein bisschen mehr als nur lästig werden könnte.«

Agatha starrte ihn in Grund und Boden.

»Da täuschen Sie sich. Es gibt Menschen, die ich schützen muss, über die Sie nichts wissen; dennoch werde ich nicht zögern, Sie zu zerstören, wenn Sie mich dazu zwingen. Ich lasse andere nicht über mich bestimmen. Sie haben einen ebenbürtigen Gegner gefunden, Abbott.«

»Sie auch. Oder sollte ich sagen, Forrest hat den seinen gefunden?«

Abbott hörte, wie der Mann hinter ihm sich zur Seite bewegte, immer noch die Pistole in der Hand. Abbott atmete tief ein, hatte aber nicht den Mut, Forrest direkt anzusehen. Er hörte das metallische Klicken des Entsicherns. Seine Eingeweide schienen sich zusammenzukrampfen, während er um seine Selbstbeherrschung kämpfte.

»Marc! Stopp!« Die alte Frau griff ein. »Wovon reden Sie, Abbott?«

»Ich denke, das weiß Forrest genau. Fragen Sie ihn nach dem Mann namens Mahoney, der seine Schwester vergewaltigt hat. Fragen Sie ihn nach Amanda Martin.«

Die Frau trat zurück, als hätte man sie geohrfeigt. Marc trat schnell an ihre Seite und starrte Abbott wütend an.

»Was wissen Sie über Amanda, Sie verdammter Hurensohn? Wenn Sie ihr etwas getan haben, erschieße ich Sie auf der Stelle.«

»Aber doch nicht mit dieser Pistole. Die ist doch Ihre Versicherungspolice.«

»Wir brauchen sie nicht mehr, wenn Sie tot sind.«

»Das stimmt natürlich.«

Marc hob die Waffe. »Na los.«

»Nun gut. Ich sah, wie Sie sich mit ihr in Toronto trafen. Ich sah, wie Sie ihr etwas gaben, was sehr nach einer Bezahlung aussah. Daher folgte ich ihr zu dem Haus mit den Eigentumswohnungen und fand ihren Namen auf der Liste der Bewohner. Sobald ich wusste, wer sie war, war alles ganz einfach. Sie ist eine charmante Gesprächspartnerin.«

»Nett gelogen, Abbott. Sie hätte sich nie freiwillig mit Ihnen unterhalten.«

»Sie wusste ja nicht, wer ich in Wirklichkeit war. Das wäre unvorsichtig gewesen. Ich erzählte ihr, ich sei Reporter, ein Freund von Kelter. Ich sagte ihr, meiner Ansicht nach stehe sein Tod im Zusammenhang mit einem alten Vergewaltigungsfall und ich hätte Notizen von ihm gefunden, aus denen hervorgehe, dass sie in der Nacht, in der Mahoney starb, von ihm überfallen worden sei. Sie war sehr ... verzweifelt. Nach und nach kam alles heraus. Wie Sie sie gerettet haben, Forrest. Wie galant von Ihnen. Außerdem sagte sie –«

Abbott unterbrach sich. Er konnte spüren, dass die Aufmerksamkeit der Frau sich verlagerte. Gerade noch hatte sie ihm konzentriert zugehört, doch jetzt hatte sie sich von ihm abgewandt und starrte das Porträt seines Großvaters an. Ihre Interesselosigkeit brachte ihn aus dem Konzept.

Marc trat vor und drückte ihm den Pistolenlauf an die Stirn. »Haben Sie sie verletzt?«

»Nein.«

»Sind Sie sicher?«

»Nein. Ich meine, nein, ich habe sie nicht verletzt. Als Zeugin ist sie für mich viel nützlicher. Sie haben Ihre Lily Ross als Zeugin. Ich habe jetzt meine eigene Zeugin. Auf Band. Ich biete Ihnen einen Mord für einen Mord an, Forrest. *Quid pro quo.*«

»Nein, Abbott.« Das war die Frau. »Nur *mein* Vorschlag steht zur Debatte. Halten Sie sich von Kathleen Landers und Ms. Ross fern, oder ich gehe zur Polizei.«

»Das würden Sie nicht wagen, Forrest hat ja schon Angst bekommen.« Er zögerte kurz, dann setzte er alles auf seine wertvollste Karte. »Kelter half ihm dabei, sich eine neue Identität zu basteln. Ich hab seine Spur bis zu den Regierungsbehörden verfolgt. Ich sah, wie er sich mit Leuten traf, die dort arbeiten.«

Sie lächelte. Ihr Ton war eiskalt, als sie jetzt mit ihm sprach. »Sie sind sehr schlau, aber Sie haben einen fatalen Fehler begangen. Sie haben zu früh zu viel ausgeplaudert. Ms. Martin hat das Land bereits verlassen, und ich werde dafür sorgen, dass Sie sie nie wieder finden. Ihr illegal aufgenommenes Tonband wird nie das Innere eines Gerichtssaals sehen. Wissen Sie, Ihr Großvater – das ist doch Ihr Großvater, da auf dem Bild? – sieht aus wie ein enttäuschter Mann. Waren Sie es, der ihn so enttäuscht hat?«

Abbott fuhr zusammen. Mit Rücksicht auf die Pistole unterdrückte er den Impuls, sie zu schlagen. Eine Woge von Hass schlug über ihm zusammen. Sie verhöhnte ihn. Dieses widerwärtige Weib. Er saß in seinem Sessel, als hätte ihr kalter Blick ihn in Stein verwandelt.

»Kommen Sie, Marc. Bringen Sie ihn später um, wenn Sie es nicht lassen können, aber tun Sie es nicht hier.«

Er hörte sie auf die Tür zugehen, seine Muskeln begannen sich zu entspannen, sein Körper lockerte sich. Doch die beiden blieben noch einmal stehen. Wieder hörte er ihre überhebliche Stimme, die mit einem unartigen Kind zu sprechen schien.

»Sie haben drei Tage Bedenkzeit. So lange beobachten wir Sie, Abbott.«

Er drehte sich nicht um. Er bewegte sich nicht.

Marc und Agatha verließen das Haus rasch und ohne einen Blick zurück. Als sie die Tür öffneten, schlug ihnen nach dem Halbdunkel des Hauses strahlender Sonnenschein entgegen. Sie winkten Harry zu, der wieder mit dem Hügel verschmolz. Obwohl sie getan hatten, was sie konnten, empfanden sie weder Freude noch Triumph.

Als sie sich wieder auf die lange Rückfahrt nach New York machten, schlug Marc mit der Faust aufs Lenkrad.

»Ich hätte den Bastard töten sollen.«

»Wahrscheinlich. Aber damit hätten wir eine Reihe Unbeteiligter in Schwierigkeiten gebracht.«

»Haben wir ihn überhaupt stoppen können?«

»Sicher wissen wir das erst, wenn wir sehen, was er als Nächstes tut. Zumindest ist ihm auch nicht annähernd klar, worüber er gestolpert ist.«

»Nein, das wenigstens nicht. Amanda hat das toll gemacht. Sie muss furchtbare Angst gehabt haben, und trotzdem hat sie ihn in eine Sackgasse hineingelockt. Wie zum Teufel ist er auf sie gestoßen? Selbst wenn er unser Treffen in Toronto beobachtet hat, wie konnte er wissen, dass es eine Verbindung zu Mahoney gibt?«

»Hat Ben vielleicht wirklich Notizen gehabt?«

»Sehr unwahrscheinlich, würde ich sagen. Und Lily hat bestimmt niemandem etwas gesagt. Sind Sie sicher, dass Amanda das Land verlassen hat?«

»Keine Ahnung. Es war reiner Bluff. Aber sie hatte das Geld und das Flugticket, das Sie ihr gegeben haben. Und was wichtiger ist, sie hat Abbott auf eine falsche Fährte gelockt. Ich glaube nicht, dass aus ihrer Richtung etwas zu befürchten ist.«

»Aber?«

»Selbst wenn Abbott einige falsche Schlüsse gezogen hat, ist er der Wahrheit doch gefährlich nahe gekommen. Er kann mehr Menschen gefährden, als er denkt. Ich finde, wir sollten das Netzwerk warnen. Eine Weile muss es ganz still bleiben. Wollen Sie mir helfen?«

»Sagen Sie mir, wie.«

»Ungeachtet meiner Drohungen an Abbotts Adresse wäre

es sehr gefährlich, schon jetzt zur Polizei zu gehen, auch wenn wir die Pistole als Beweismittel haben. Wie dürftig seine Argumente auch sein mögen, man wird sich merken, was er über Mahoney zu sagen hat. Ich brauche ein wenig Zeit, um mich um diesen Aspekt der Angelegenheit zu kümmern.«

»Sicher. Aber ich habe nicht vor, zur Polizei zu gehen. Wer –« Marc stöhnte. »Warum vertrauen Sie Lily nicht?«

»Ich traue ihr. Aber sie traut uns nicht.«

»Das wird sie bald tun.«

»Haben wir so viel Zeit? Sie hat gerade einen engen Freund verloren, Marc. Was wir getan haben, reicht für Kathleen und Suzy. Es reicht vielleicht sogar, um Maries Geist zu beschwichtigen. Aber Lily ist verwirrt, und sie fühlt sich schuldig. Ein Patt mit Abbott, auch wenn es funktioniert, ist in ihren Augen vielleicht nicht genug.«

»Ich weiß nicht, was Sie von mir erwarten. Lily ist sehr unabhängig, bildet sich gerne eine eigene Meinung.«

»Genau das meine ich. Sie ist mindestens so klug wie Abbott, und ihr Ego steht ihr weit weniger im Weg. Deshalb ist das wenige, das sie über Mahoney weiß, so gefährlich. Sprechen Sie mit ihr, Marc. Sie soll mitmachen. Um ihrer selbst willen, und um Ihretwillen, Marc.«

Toronto, Montag, 16. August

Lily hob Suzy auf ihre Schultern, damit auch sie einen guten Blick auf die ankommenden Passagiere hatte. Jedes Mal, wenn sich die automatischen Türen zur Gepäckabholung öffneten und ein kleiner Pulk Reisender herauskam, spürte Lily, wie sich Suzys Vorfreude steigerte. Es war fast ansteckend. Dennoch empfand Lily alles andere als freudige Erwartung. Sie platzte fast vor Zweifeln und Fragen und rüstete sich zu einem Kampf. Marc war eindeutig kein Verbündeter mehr, und auch über Agatha war sie sich nicht mehr ganz im Klaren.

Kathleen tauchte als Erste auf, kurz hinter ihr Marc und Agatha. Lily setzte die atemlose Suzy schwungvoll über die Barriere und sah zu, wie sie sich in die ausgebreiteten Arme ihrer Mutter warf. Das Paar verschmolz zu einem Durcheinander von Umarmungen, Küssen, Lachen und Streicheln. *Unkomplizierte Liebe*, dachte Lily traurig und mit einer Spur Neid.

Sie hob den Blick, begegnete dem Lächeln Marcs und wich ihm aus. Sie war noch nicht bereit. Dies waren weder der rechte Ort noch der richtige Zeitpunkt.

Als sie sich von Marc abwandte, bemerkte sie, dass Agatha sie beobachtete, ihr Gesicht wirkte abgespannt und verhärmt, ihr Lächeln rätselhaft. Lily errötete, sie dachte daran, dass sie als Agathas Gast unrechtmäßigerweise das verborgene Tagebuch gelesen hatte. Jetzt schien Hayley wie ein ruheloser Geist zwischen den beiden Frauen zu schweben. Lily trat vor und streckte ihre Hand aus, als wolle sie eine Kluft überbrücken, doch Suzy warf sich dazwischen und umarmte Agatha. Lily ließ ihre Hand wieder fallen.

Die Leute begannen sich um sie zu drängen und erinnerten sie daran, dass sie sich an einem öffentlichen Ort aufhielten. Lily begann gesenkten Kopfs die Gepäckstücke aufzusammeln. *Später,* dachte sie. *Ich will ihn in einem geeigneteren Moment zur Rede stellen.*

Die Fahrt vom Flughafen zu Agathas Haus verlief ruhig; ein- oder zweimal begegnete Lily Marcs prüfendem Blick im Rückspiegel, doch sie blickte ruhig weg. Als sie ankamen, beeilte sie sich, Agatha den Arm um die Schultern zu legen, um sie zum Haus zu führen.

»Sie sehen müde aus«, sagte sie leise. »War es sehr schlimm?«

»Ja, meine Liebe. Das war es. Aber Marc wird Ihnen mehr erzählen, wenn Sie es wirklich wissen wollen. Und Sie? Sie wirken unruhig. Ist Ihnen das Warten schwer gefallen?«

Lily antwortete nicht und hoffte, Agatha würde ihr Schweigen fehlinterpretieren.

»Haben Sie etwas von Detective Meyers gehört?«

Lily zuckte die Achseln. »Nur, dass der Bursche, der Abbott den Wagen verkauft hat, ihn auf dem Bild nicht erkennen wollte oder vielleicht auch wirklich nicht erkennen konnte. Sie hatten also Recht. Abbotts Chancen stehen gut, dass die Polizei nie die nötigen Beweise findet, um ihn mit Bens Tod in Verbindung zu bringen.«

»Und das macht Ihnen immer noch zu schaffen? Auch wenn wir ihm vielleicht Einhalt geboten haben?«

Kathleen bog um die Hausecke und winkte ihnen mit einem Strauß Gladiolen und Löwenmäulchen zu, die Suzy am Morgen gepflückt hatte.

»Es ist so schön, die beiden zusammen zu sehen, Agatha. Aber sind sie wirklich von ihm befreit?«

»Ich hoffe es. Bleiben Sie zum Mittagessen?« Sie lächelte, als Lily zögerte. »Nein, natürlich nicht. Sie möchten nach Hause. Marc bringt Sie.«

Lily wollte protestieren, besann sich aber anders. Am besten, ich bringe es hinter mich, dachte sie.

»In Ordnung. Aber ich möchte mich noch von Suzy verabschieden. Aus ihrem Leben sind schon zu viele Leute einfach verschwunden.« Agatha gab nicht zu erkennen, ob sie die Ironie in Lilys Stimme bemerkt hatte.

Die Birch Avenue erschien ihr wie eine Oase. Lily drehte den Schlüssel im Schloss und betrat ihr Wohnzimmer, als müsse sie wieder davon Besitz ergreifen. Marcs Koffer stand überdeutlich unten an der Treppe. Sehr passend, wie sie fand.

»Hast du nicht vielleicht etwas vergessen?«, sagte sie.

Er verstand die Anspielung.

»Okay, Lily. Ich weiß, dass du wütend bist. Gibst du mir noch eine Chance?«

»Ich habe dir schon zu viele Chancen gegeben, und du hast sie alle genutzt. Du musst mein Schlafzimmer durchsucht haben und meine Unterlagen. Sag doch, hattest du je vor, Ben und mir zu helfen, oder hast du nur im Auftrag des Netzwerks spioniert?«

»Nicht schuldig.«

»Natürlich, Marc. Wie auch immer. Aber willst du mir, bevor du gehst, noch sagen, wen du beschützt hast? Ich weiß, dass es dir weder um mich noch um Ben ging.«

»Ich habe dich nicht betrogen, Lily, auch wenn es so aussieht. Ich hab nicht in deinen Sachen geschnüffelt, allerdings weiß ich jetzt, wer es getan hat. So hat er die Sache mit Amanda erfahren.«

Lily starrte ihn an. »Was? Willst du damit sagen, Abbott war hier im Haus? In meinem Schlafzimmer?« Sie schauderte, als sei sie im Dunkeln in ein Spinnennetz gelaufen.

»Hattest du Notizen über Amanda und ihre Verbindung zu Mahoneys Tod? Notizen über die früheren Vergewaltigungen und Bens Artikel über Jeanine?«

Lily nickte. »Aber wie? Wann?« Stirnrunzelnd versuchte sie sich zu konzentrieren. »Als du anfangs hier wohntest, da hatte ich einmal das Gefühl, jemand sei in meinem Schlafzimmer gewesen. Ich hab es einfach darauf geschoben, dass ich nicht an die Anwesenheit anderer im Haus gewöhnt war.

Hätte ich bloß auf meinen Instinkt gehört und Ben davon erzählt. Ich hätte ihn warnen können.«

»Es hätte keinen Unterschied gemacht. Es hätte ihn nicht gerettet.«

Sie fühlte, dass ihr Tränen in die Augen stiegen, und versuchte die Trauer um Ben zu verdrängen. »Vielleicht nicht. Aber du hättest mir vertrauen sollen. Wusstest du die ganze Zeit über Agatha und das Netzwerk Bescheid? Wusstest du, dass Agatha Amandas Mexikoreise arrangiert hatte? Es muss Spaß gemacht haben zuzusehen, wie ich im Dunkeln tappte.«

»So war es ganz und gar nicht.«

»Nicht? Warum hast du Amandas Anruf bei mir abgefangen? O ja. Ich erfuhr von einer gemeinsamen Bekannten, dass Amanda mich zu erreichen versucht hat, als sie das erste Mal nach Toronto zurückkehrte. Was sollte sie mir nicht erzählen?«

Marc schien etwas aus der Fassung gebracht, aber er blieb standhaft.

»Okay, das hätte ich dir sagen sollen. Aber ich hatte dabei keine finsteren, verborgenen Motive. Dir ging es einfach nicht gut.«

»Ach bitte!«

»Und Agatha bat mich um das Treffen mit Amanda.«

»Warum?«

»Lily, hör auf, darauf herumzuhacken. Was immer deiner Vorstellung nach in der Nacht passiert ist, in der Mahoney starb, es hat nichts mit Abbott oder mit Bens Tod zu tun. Es hat auch nichts mit dem Netzwerk zu tun.«

»Tut mir Leid, aber das glaube ich dir nicht. Und ich stütze mich auf weit mehr als meine Vorstellungskraft.«

Plötzlich verlor Marc seine Ruhe. Wütend packte er sie

bei den Schultern. »Wovon redest du überhaupt? Was zum Teufel kann es dir bedeuten, wer Mahoney getötet hat? Glaub mir, er verdiente den Tod. Kannst du dir vorstellen, was er diesen Frauen angetan hat?«

»Ja, das kann ich. Ich habe Hayleys Tagebuch gefunden.«

Marc ließ seine Hände von ihren Schultern fallen. Lily sah, dass er tief getroffen war, und eine Woge von Mitgefühl milderte ihren Zorn auf ihn. Immerhin war seine eigene Schwester von Mahoney gequält worden. Und er selbst war einmal mit Hayley liiert gewesen. Sie führte ihn ins Wohnzimmer und drückte ihn in einen Sessel.

»Geht's?«, fragte sie.

Er nickte.

»Dann hör mir zu, Marc. Es bedeutet mir etwas, weil ich es Ben schulde, genau zu wissen, dass das Netzwerk nichts mit Mahoneys Tod zu tun hat. Um Kathleens und Suzys willen und zum Besten all der Frauen, die vom Netzwerk versteckt werden, habe ich mich damit abgefunden, dass Agatha sich mit Abbott außergerichtlich einigt, obwohl das bedeutet, dass Bens Mörder frei bleibt. Aber ich kann kein Stillschweigen bewahren, wenn das Netzwerk einen Mörder schützt.«

»Und in dem Tagebuch steht etwas, das dich vermuten lässt, das Netzwerk sei darin verwickelt?«

»Ja.«

»Erzähl's mir.«

»Ich fand das Tagebuch in Agathas Haus, als ich mich um Suzy kümmerte. Und … ich habe es gelesen. Es war in der ersten Person geschrieben, und es erzählt von der Vergewaltigung und von einem schrecklichen Abstieg in Wut und Selbsthass. Und Marc, es endet so furchtbar zweideutig. Ich habe mir die letzten Worte gemerkt. Sie lauten: *Ich gehe weg, ich fliege davon, um meine Art von Tod zu wählen. Um mein Leben zurückzufordern. Wenn Mahoney stirbt, dann, erst dann werde ich ganz frei sein. Vergeltung.* Dem Datum nach schrieb sie es, kurz bevor sie nach Antigua flog. Weißt du, was dort wirklich passiert ist, Marc? An jenem ersten Abend, als wir bei Agatha waren … Ich habe gesehen, dass dich die Nachricht von Hayleys Tod geschockt hat. Wäre es nicht möglich, dass sie noch lebt?«

»Das ist eine kühne Vermutung. Sie könnte diese Worte in der Absicht geschrieben haben, Rache zu nehmen, und trotzdem bei einem Verkehrsunfall ums Leben gekommen sein. Menschen sagen oder schreiben in Tagebüchern manchmal Dinge, die den Schmerz des Augenblicks widerspiegeln. Du darfst diese Sätze nicht als Tatsachenbeschreibung lesen.«

»Aber was bedeutet *meine Art von Tod zu wählen*? Für mich klingt das nicht nach Selbstmordabsichten. Lässt es nicht eher vermuten, sie wollte ihren eigenen Tod inszenieren oder sogar vortäuschen?«

»Das weiß ich nicht, Lily. Aber Hayley kann nicht mehr am Leben sein. Das würde Agatha wissen, und ich kann nicht glauben, dass sie mit einer solchen Lüge leben könnte. Glaubst du wirklich, sie sei dazu imstande?«

Lily fühlte sich elend. »Aber welche Regeln haben noch Geltung, Marc? Wenn man alles Erdenkliche tut, um Frauen und Kinder zu schützen, die man noch nicht einmal kennt, würde man dann nicht auch die eigene Tochter schützen? Ich möchte es ja auch nicht glauben. Aber was wäre, wenn Hayley die Frau wäre, die Amanda Martin in jener Nacht gesehen hat? Was wäre, wenn sie Mahoney getötet hätte?«

Während sie sprach, hatte Lily vor Marc auf dem Boden gekniet und ihm fest in die Augen geblickt. Sie sah, wie sie dunkel wurden unter dem Ansturm seiner Gefühle, und als er schließlich anfing zu sprechen, klang er so erschöpft, als müsse er sich jedes einzelne Wort abringen.

»Kathleen und Suzy verlassen morgen mit dem Flugzeug das Land. Wir dachten, es sei das Beste, sie fortzuschaffen, solange wir nicht wissen, was Abbott tun wird. Hier gibt es keine Möglichkeit mehr, sie länger zu verstecken oder sie mit neuen Identitäten zu versorgen. Ich werde sie bis Paris begleiten und dann in Frankreich bleiben, um Jeanine zu besuchen. Kommst du mit, Lily?«

Ohne Vorwarnung streckte er die Hand aus und berührte ihr Gesicht, strich ihr mit den Fingerspitzen von der Stirn über die Wange bis zum Kinn. Diese Berührung weckte Erinnerungen: die Zärtlichkeit seiner Hände, als sie sich geliebt hatten, das gleichmäßige langsame Heben und Senken seiner Brust, als sie über ihm gelegen hatte, die Wärme seines Körpers unter ihrem.

Jäh erhob sie sich und wandte ihm den Rücken zu. Es ging nicht. Es durfte nicht sein.

»Kommst du mit?«, fragte er noch einmal.

»Ich kann nicht«, flüsterte sie.

»Lily, sieh mich an.« Er wartete keine Antwort ab, sondern stellte sich vor sie. »Hayley hat Mahoney nicht getötet. Das ist nicht wahr.«

»Das kannst du nicht sicher wissen.«

»Doch, ich kann. Ich habe mit Amanda gesprochen. Sie sah eine Frau mit einer Pistole, es war dunkel, und sie war halb verrückt vor Angst. Sie rannte weg. Sie hat nicht gesehen, wer geschossen hat. Es könnte irgendwer gewesen sein. Sogar ich.«

»Warum sagst du das? Warum tust du das?«

»Weil ich will, dass du damit aufhörst, dass du weiterlebst.

Lily, hör zu. Vor einigen Monaten hast du eine Story geschrieben, die andere verletzt hat. Am meisten hat sie dich verletzt. Mach nicht denselben Fehler noch einmal. Komm mit mir.«

Lily schwankte. Sie sehnte sich danach, neu anzufangen, sich von all den Zweifeln und Fragen zu befreien. Aber sie konnte es nicht. Noch nicht. Sie schüttelte den Kopf.

Lange Zeit standen sie reglos da, dann ging Marc zur Tür und griff nach seinem Koffer.

»Geh behutsam vor, Lily. Agatha ist alles Mögliche, aber wie immer die Wahrheit aussehen mag, sie ist nach wie vor eine Mutter, die ihr Kind verloren hat. Adieu, Lily Ross.« Und damit ging er.

Lily schlug die Hände vors Gesicht.

Über Nacht war es kühl geworden, in der Luft lag eine erste Ahnung von Herbst. Wieder einmal betätigte Lily den Türklopfer an Agathas Tür, diesmal war sie allein. Sie hatte halb gehofft und halb gefürchtet, dass Marc sie vor dem Abflug noch einmal anriefe, dass sie seine Stimme noch einmal hören würde, doch als sie zum Telefon gehechtet war, war es nur Agatha gewesen, die sie zum Tee einlud.

Agatha führte Lily in das blaue und grüne Gartenzimmer und ließ sich dann auf dem Sofa neben ihr nieder. »Endlich«, sagte Agatha und lächelte. »Endlich Ruhe. Ich hatte ganz vergessen, wie anstrengend eine Sechsjährige sein kann. Und Kathleen ist fast genauso aufgeregt. Sie hat mindestens ein Dutzend Mal in ihren Pass geschaut. Ich weiß gar nicht, was sie mehr begeistert hat – dass sie sich nicht mehr verfolgt fühlen muss oder dass sie einen Pass auf ihren eigenen Namen hat.«

»Daran hab ich auch schon gedacht«, gestand Lily. »Hätte

ihr das Netzwerk nicht eine neue Identität verschaffen können?«

»Ja, nach einer gewissen Zeit. Ich fürchte, Ihr Freund Ben hat ziemlich viel über diesen Teil unserer Aktivitäten herausgefunden. Sollten sie aufgedeckt werden, hat das für uns schwerwiegende Folgen, aber nicht annähernd so schwerwiegende wie für die Frauen, die wir verbergen.«

»Wie viele Frauen sind es?«

»Es ist wirklich besser für Sie, wenn Sie es nicht erfahren. Ich bin sicher, dafür haben Sie Verständnis. Übrigens habe ich Sie unter anderem eingeladen, um Ihnen zu versichern, dass die Arbeit des Netzwerks zeitweise eingestellt wurde.«

»Sie sind nicht überzeugt davon, dass wir Abbott außer Gefecht gesetzt haben?«

»Ich bin überzeugt davon, dass wir vorsichtig sein müssen, das ist alles. Und Sie, Lily, klingen manchmal so, als sähen Sie es gern, wenn der Plan misslänge.«

Lily wurde rot. »Das ist es nicht. Ich fände es nur besser, wenn er öffentlich und vor Gericht für das, was er Ben angetan hat, zur Rechenschaft gezogen würde.«

»Und Sie glauben immer noch, er wäre verurteilt worden?«

»Die Risiken sind mir klar, auch der Preis, den wir hätten zahlen müssen, und doch glaube ich es tatsächlich. Oder ich möchte es glauben. Es ärgert mich, dass Abbott noch über die Erde läuft, während Ben darunter liegt.«

»Ach Lily, Sie möchten gern einen Schuldigen finden für all die schrecklichen Dinge, die uns zustoßen.«

»Ich bin kein Kind mehr. Ich habe auch früher schon Verluste erlitten. Aber ich habe noch nie in diesem Ausmaß Gewalt und Angst erlebt, und nun sind all meine Gewissheiten ins Schwanken geraten. Ben war für mich eine Art Bruder.

Ich kann mich nicht damit zufrieden geben, weniger als mein Bestes für ihn zu tun.«

»Verzeihen Sie mir, aber ich glaube, hier geht es nicht um Ben. Es geht um Sie. Sie wünschen sich eine Katharsis und einen Abschluss. Aber das wird Ihnen auch das Gesetz nicht verschaffen. Sie werden wenig Trost darin finden und weit weniger Sicherheit. Abbott könnte nach einer förmlichen Anklage sehr gut mit einer viel harmloseren Bestrafung davonkommen, als wir ihm zugedacht haben.«

»Aber ich bin schuldig, Agatha. Wenn ich bloß Ben nicht mit hineingezogen hätte.«

»Wir alle sind darin verwickelt. Aber auch Ben hat seine Entscheidungen getroffen. Er hat beschlossen, Ihnen einen Platz in seinem Leben zu geben und Ihnen zu helfen. Diese Entscheidungen müssen Sie respektieren. Er wäre nicht damit einverstanden, dass Sie die Nichtbestrafung Abbotts dadurch auszugleichen versuchen, dass Sie sich selbst strafen.«

»Dann helfen Sie mir, Agatha. Helfen Sie mir zu lernen, wie man mit der Ungerechtigkeit lebt. Wie haben Sie gelernt, mit dem zurechtzukommen, was Mahoney getan hat? Die paar mickrigen Jahre Gefängnis dürften kaum angemessen gewesen sein. Haben Sie sich nicht gefreut, als Sie von seinem Tod erfuhren?«

Agatha sah sie unerschütterlich ruhig an.

»Nein. Oh, es hat Zeiten gegeben, da sehnte ich seinen Tod herbei. Aber als es dann so weit war, war es zu spät, und sein Ende konnte mir keine persönliche Genugtuung mehr verschaffen. Ich hatte bereits verstanden, dass er die Ereignisse nicht rückgängig machen oder Verlorenes ersetzen konnte. Wie alle gewalttätigen Männer hat Mahoney schließlich sein Leben verspielt.«

»Nicht so ganz. Er wurde ermordet.«

»Mord. Was heißt das eigentlich? Was macht Töten zum Mord? Der Vorsatz? Der niedrige Beweggrund? Der Eigennutz? Ich glaube, das Böse ist das Entscheidende am Mord, und Abbott ist böse. Es macht ihm Freude, anderen Leid zuzufügen. Aber wie steht es mit dem Töten ohne böse Absicht? Dem Töten aus Mitleid oder zur Selbstverteidigung? Was würden Sie tun, Lily, wenn Sie ein Leben retten könnten, indem Sie ein anderes beendeten? Würden Sie absolute moralische Ansprüche in den Vordergrund stellen und den Dingen ihren Lauf lassen, wenn junge Frauen, manche von ihnen kaum erwachsen, leiden und sterben? Oder würden Sie handeln und alles riskieren?«

Lily starrte sie an. »Was wollen Sie damit sagen, Agatha? Dass Töten gerechtfertigt ist?«

»Nein. Nur dass der Kontext nicht unwichtig ist. Dass man den Frieden, den Sie suchen, nicht in moralischen Gewissheiten findet. Manchmal müssen wir in Extremsituationen Entscheidungen treffen. Stellen Sie sich vor, Sie hätten einen lieben Freund, dessen siebzehnjährige Tochter von einem älteren Mann zu seinem Vergnügen und zu seinem geschäftlichen Nutzen verführt wird. Er verspricht ihr eine strahlende Karriere von der Sorte, die sich junge Mädchen erträumen, dann macht er sie von Drogen abhängig und lässt sie in Pornovideos auftreten. Als sie sich wehrt, wird sie geschlagen, und schließlich stirbt sie einen elenden Tod an einer verschmutzten Nadel. Und sie ist nicht die Einzige.

Endlich ermitteln die Behörden gegen den Mann, doch das Rechtssystem, das er zu umgehen gelernt hat, kann nichts gegen ihn ausrichten. Die jungen Frauen, die er zerbrochen hat, sind zu verängstigt oder zu zerstört, um gegen ihn auszusagen. Dann wird der Mann auf illegale Weise in eine Falle gelockt, der Polizei werden Informationen über seine Drogenhandelspartner zugespielt. Einer dieser Partner tötet ihn aus Rache. Wie würden Sie das nennen, Lily, Mord auf Distanz oder nur eine gerechte Exekution?«

Lily setzte zum Sprechen an, doch Agatha beachtete sie nicht.

»Oder stellen Sie sich vor, Sie wüssten von einem Psychiater, der das Vertrauen seiner Patientinnen systematisch ausnutzt. In Wahrheit ein Serienvergewaltiger, der sich mit einem Titel und einem akademischen Grad schmückt. Dann begeht eine junge Frau Selbstmord, seine Übergriffe haben sie dazu gebracht. Er wird bei der Ärzteschaft angezeigt, doch die sehen weg, die schmutzige Wäsche ist ihnen peinlich. Schließlich sind seine Patientinnen ja definitionsgemäß psychisch labil. Er siedelt in einen anderen Staat um. Und alles fängt von vorn an. Sie brechen in sein Haus ein, um Beweise zu finden, mit denen er überführt werden könnte, und er überrascht sie. Sie hatten nicht das Recht, da zu sein, aber Sie erschießen ihn. Ist das Mord, Lily, oder Notwehr?«

Lily war verwirrt und erschrocken. »Ich … Ich weiß nicht. Wollen Sie sagen, all diese Dinge sind wirklich passiert, diese Szenarios sind Wirklichkeit?«

»Natürlich ist das Wirklichkeit. Solche Dinge passieren täglich. Die Statistiken über Gewalt gegen Frauen sind umfassend und erschreckend, und die einzelnen Schicksale finden selten ein so passendes Ende. Ich will damit nur sagen, Lily, dass es nicht immer einfach ist zu urteilen. Ich *könnte* Mahoneys Tod geplant haben – aber ich habe es nicht getan. Das Netzwerk ist nicht verantwortlich dafür.«

»Ich habe nie gedacht –«

»Sie hatten den Verdacht.«

»Ich hatte die Befürchtung. Ich habe ein Recht darauf, die ganze Geschichte zu erfahren. Ich hätte gern die Möglichkeit, meine eigenen Entscheidungen zu treffen, ohne manipuliert zu werden. Ich möchte Sie gern schützen, Agatha, so wie Sie mich geschützt haben. Doch wenn Detective Meyers genauer nachforscht, findet er dann etwas, irgendetwas, das er nicht erfahren darf?«

Agatha sah sie überrascht an. »Es freut mich, dass Ihnen so viel daran liegt, Lily. Es freut mich mehr, als ich zu sagen vermag. Aber er wird nur eine alte Frau finden, die ins Philosophieren geraten ist.«

Lily fühlte sich besänftigt, aber nicht ganz beruhigt.

Agatha nahm ihre Hand. »Lassen Sie sich Zeit. Denken Sie in Ruhe und gründlich nach. Ich bin sicher, Sie werden Ihren Weg finden.«

Connecticut, Mittwoch, 18. August

Abbott hatte alles auf Kathleen gesetzt, und alles war schief gegangen. Sie hatte ihm gehören sollen, und sie gehörte ihm nicht. Sie hatte ihm dankbar sein sollen – und statt dessen hatte sie ihn herausgefordert. Sie hatte dafür büßen sollen – und statt dessen war sie seiner Strafe ausgewichen. Stunden, Tage und Nächte hatte er mit seinem Versagen leben müssen. Wieder und wieder war sein Geist gegen dieses Versagen angerannt wie stürmische Wellen gegen einen grausamen, unerschütterlichen Felsen.

Mehrere Tage lang irrte er wie ein Fremder durch sein eigenes Haus. Alles, was er sah, alles, was er berührte, hatte seinen Wert verloren. War nur noch Staub unter seinen Händen, schmutzig, lästig. Er hatte nichts erreicht. Nichts gewonnen. Der Hohn der alten Frau hatte ihm das Gefühl gegeben, schwach und nutzlos zu sein.

Nach Schweiß riechend, wie seine Mutter früher nach

Gin gerochen hatte, versuchte er nachts in seine Kindheitserinnerungen zurückzukriechen. Er war der Auserwählte. Er war der Erbe. Er sollte die Inkarnation seines Großvaters sein. Er betete, dass sich die Bruchstücke der Bilder aus seiner Jugend in der Erinnerung verwischen würden, dass die harten Kanten runder würden. Aber das hielt nie lange an. Immer wieder schnitt er sich an den Scherben, wenn er sich zu weit in die Vergangenheit zurückwagte. Er sah in die Augen seines Großvaters, die Augen, die erbarmungslos aus dem Porträt starrten, und wand sich. Über den ganzen Raum hinweg spürte er seinen finsteren Blick.

Wer war die Alte überhaupt? In welchem Verhältnis stand sie zu Kathleen? Er sah ihr Gesicht vor sich, und manchmal verschmolz es mit dem seines Großvaters, die Falten rings um ihren Mund, wenn sie sprach, die sprühende Verachtung. Er hörte noch ihre Stimme, papierdünn und hell, wie ein Moskito summte sie in seinem Kopf. *So lange beobachten wir Sie. Wir beobachten Sie.* Die dachten, sie hätten ihn aufs Kreuz gelegt und er würde den Schwanz einziehen wie ein räudiger Hund, der sich vor einem Fußtritt fürchtet. Doch niemand hatte das Recht, ihn zu demütigen.

Am dritten Tag fing er sich wieder. Im Arbeitszimmer seines Großvaters zog er langsame Runden. In diesem Raum hatten die Lektionen ihren Anfang und ihr Ende genommen; Belohnung, wenn er Herausragendes geleistet hatte, hart erarbeitete Äußerungen des Lobs und der Zuneigung; Strafe, wenn er versagt hatte, schneidende Worte und eine versteinerte Miene des Abscheus. Kühl und methodisch begann Abbott Dinge zu zerstören. Eine exquisite, hauchzarte Vase aus venezianischem Glas zerschellte vor seinen Füßen. Er öffnete die Porzellanvitrine mit der Sammlung antiker Tabaksdosen und warf sie eine nach der anderen gegen die Wand.

Er zerrte Bücher aus den Regalen und riss ihnen bündelweise Seiten aus. Dieses zerstörerische Wüten tat ihm gut. Allmählich fühlte er sich besser.

Eher zufällig fiel ihm ein Taschenmesser in die Hand, und er stach damit in einen Ledersessel. Dann packte er den Sessel bei den Beinen und warf ihn um. Sein Atem ging schnell, ein schmales Lächeln verzog seine Lippen. Er verwüstete den Raum.

Später ging er erschöpft, aber gelassen summend ins Obergeschoss und ließ seine malträtierten Hände über das polierte Holz des Treppengeländers gleiten. Er duschte, rasierte sich und scheitelte sein Haar, zog eine schwarze Hose und ein schwarzes Hemd an. *Fast fertig,* dachte er, *fast da*. Er sagte die Worte laut vor sich hin, in einer Art leisem Singsang. Telefonisch traf er die nötigen Vorkehrungen, dann setzte er sich hin und wartete.

Toronto, Mittwoch, 18. August

Lily schleppte die letzte Kiste nach unten und schüttete den unordentlichen Inhalt auf den Fußboden im Wohnzimmer. Dann setzte sie sich mitten in das Durcheinander von Akten, Negativen und Kontaktabzügen und begann rücksichtslos auszusortieren. Sie fühlte sich leichter. Entlastet. Das hier war ein kreativer Akt, es zwang sie, Entscheidungen über ihre Zukunft und Urteile über ihre Vergangenheit zu fällen.

Allerdings weigerte sich die Zufallscollage auf dem Fußboden hartnäckig, ein Muster zu ergeben. Die Bilder hatten Lichtveränderungen eingefangen, Schattenzeichnungen und subtile Farbveränderungen – lauter flüchtige, nicht stoffliche Momente, oft von zarter Schönheit, doch ohne eine Bindung an irgendeinen Zweck. Lily saß inmitten der Erinnerungen an

Tausende eingefrorener Momente und versuchte zu erlauschen, was die Bilder ihr sagten.

Sie hatte mit Verstand, Leidenschaft und Tiefe gesehen, aber nicht so gelebt.

Sie hatte durch einen Sucher geblickt, durch Oberflächen hindurch hatte sie nach den Nuancen von Stimmungen und Gefühlen gesucht, und das Klicken der Blende war dabei eine Art akustisches Signal zum Aufbruch und Weitergehen gewesen.

Sie hatte einen Artikel veröffentlicht, der diese Gefühle nicht respektiert hatte. Vielleicht würde sie das eines Tages gutmachen können. Vorerst sehnte sie sich nach einem Neuanfang.

Sie nahm eine Abfalltüte und begann alle Ablenkungen und Lasten hineinzustopfen, die sie nicht mehr brauchte. In dem freien Raum, den sie auf diese Weise schuf, würde sie ein Ziel und eine Richtung für ihr Leben finden. In den letzten Tagen hatte sie viele Stunden im Gespräch mit Agatha verbracht und dabei, vielleicht weil sie beide viel durchlitten hatten, Trost und Zuspruch erfahren. Marc hatte Recht. Es war an der Zeit weiterzugehen. Ihr fiel ein Foto in die Hand, das sie zwei Jahre zuvor gemacht hatte. Während sie es ansah, stieg die Erinnerung in ihr auf, wie sie bei Tagesanbruch aus dem Bett gestiegen war, um den Monduntergang aufzunehmen. Sie hatte versucht, die hauchdünne Mondscheibe auf den Film zu bannen, hatte aber nach dem Entwickeln nur einen flachen weißen Himmel vor sich gehabt. Sie hielt inne. Eigentlich müsste sie das besser können.

Als es klingelte, war sie überrascht, sprang aber trotzdem ohne zu zögern auf und lief zur Tür.

Sie war nicht weniger erschrocken über Detective Meyers Anblick, als dieser es über ihr plötzliches Erscheinen zu sein schien. Erst mit einer gewissen Verzögerung bemerkte Lily, dass es im Laufe des Vormittags offenbar zu regnen angefangen hatte. Der Polizeibeamte sah nass und übellaunig aus. Sie trat von der Tür zurück.

»Entschuldigung, kommen Sie doch herein. Ich war nicht auf Besucher gefasst.«

Detective Meyers nickte, blieb jedoch stumm, während er seinen nassen Mantel auszog. Ein rascher, aufmerksamer Blick glitt über das Chaos im Wohnzimmer und ihre zerzauste Erscheinung.

»Ich dachte, ich schaue mal vorbei, Ms. Ross. Um zu sehen, wie Sie mit allem zurechtkommen. Ich muss schon sagen, Sie haben sehr schnell aufgemacht. Aus der Sicht eines Polizisten sogar unvorsichtig schnell.«

In seinen Worten lag ganz klar ein Vorwurf, und Lily bedachte etwas spät, dass sich die Lage in Meyers Augen ja nicht verändert hatte. Er hatte annehmen müssen, dass sie sich in ihrem Haus versteckte und jederzeit mit dem Auftauchen des Pistolenschützen rechnete. Stattdessen hatte sie die Tür aufgerissen wie für einen vertrauenswürdigen Freund, was Meyer – auch daran erinnerte sie sich –, keineswegs war.

»Ich habe vorher durch den Spion geschaut«, log sie. »Außerdem ist kaum zu erwarten, dass er an der Tür klingelt.«

Meyers zog zweifelnd eine Braue hoch, sagte jedoch nichts. Verlegen wechselte Lily das Thema und rettete sich in die sicheren Phrasen gastgeberischer Höflichkeit.

»Ich mache rasch einen Kaffee, wenn Sie nichts dagegen haben. Mögen Sie auch einen? Ich habe den ganzen Morgen Papierkram sortiert, aber bahnen Sie sich doch einen Weg zum Sofa. Es geht ganz schnell.«

Noch eine Lüge. Lily floh in die Küche und trödelte beim Kaffeekochen so sehr sie konnte, ohne Meyers noch misstrauischer werden zu lassen. Sie stellte Milch und Zucker bereit, arrangierte umständlich Tassen auf einem Tablett und versuchte sich zu beruhigen, indem sie im Geiste die Geschichte, die sie auswendig konnte, noch einmal wiederholte und sich ein Dutzend harmloser Gründe dafür ausdachte, dass ein gewissenhafter Gesetzesvertreter, dem sie diese Geschichte aufgetischt hatte, zu ihr kam.

Als sie sich wieder etwas gefasst hatte, servierte sie den Kaffee, nahm auf einem Stuhl gegenüber Meyers Platz und lächelte – wie sie hoffte – aufmunternd.

»Ich bin Ihnen sehr dankbar für Ihre Fürsorge. Ich habe die Streifenwagen gesehen. Einige Nachbarn haben sich schon über die verstärkte Polizeipräsenz in der Birch Avenue geäußert. Vielleicht hatten Sie Recht, und die ganze Wachsamkeit hat ihn vergrault.«

»Vielleicht. Sie haben also nichts Ungewöhnliches gesehen? Oder das Gefühl gehabt, dass Sie jemand beobachtet oder verfolgt?«

»Nein, nichts.«

»Und Sie und Mr. Forrest, Marc, Ihnen ist nichts eingefallen, was den Mann, den Sie sahen, mit seiner Familie oder mit Little Falls in Verbindung bringen könnte?«

Lily schüttelte den Kopf. »Tut mir Leid.«

»Wohnt Mr. Forrest jetzt bei Ihnen?«

»Nein, er ist gestern nach Frankreich gereist, um seine Familie zu besuchen.«

»Tatsächlich? Bleibt er lange?«

»Ich denke schon. Vielleicht sogar mehrere Monate lang. Das ist doch kein Problem, oder?«

Meyers seufzte. »Nein, natürlich nicht. Es ist nur … Wissen Sie, es scheint Ihnen bemerkenswert wenig auszumachen, allein zu sein. Ich finde das seltsam.«

»Ich frage mich, ob Sie es auch seltsam fänden, wenn ich ein Mann wäre«, bemerkte Lily aufmüpfig.

»*Sie* sind zu *mir* gekommen, Ms. Ross.«

Die beiden starrten sich wütend an. Dann fuhr Meyers fort: »Ich bin heute zu Ihnen gekommen, um Ihnen zu sagen, dass wir beim Kelter-Fall in einer Sackgasse stecken. Wir haben natürlich nach der Veröffentlichung des Phantombilds eine Reihe von Anrufen bekommen. *Das ist mein Zahnarzt* oder *der Mann aus meiner Autowerkstatt* oder *der Lehrer meiner Kinder. Ich habe gesehen, wie er mir gefolgt ist*... und dergleichen irres Zeug. Aber nichts Substanzielles. Was jedoch Ihre Theorie glaubwürdiger erscheinen lässt. Wenn er vorher in Toronto gelebt oder sonst wie agiert hätte, würde ihn jemand erkannt und sich gemeldet haben. Was mir nur nicht in den Kopf will, ist, dass er Sie laufen lässt – den einzigen Zeugen der Geschehnisse in Little Falls – und stattdessen Mr. Kelter verfolgt.«

Lily zuckte die Achseln. »Da kann ich Ihnen auch nicht helfen, tut mir Leid.«

Meyers sah sie aufmerksam an, doch sie hielt dem Blick stand. Der Polizist stand auf.

»Nun ja, danke. Tut mir Leid, dass ich Sie gestört habe.« Dann schien er seine Meinung zu ändern und ließ sich langsam wieder aufs Sofa sinken. »Eine Frage noch, Ms. Ross.«

»Ja, bitte?«

»Wie gut kennen Sie Agatha Quinn?«

»Agatha? Das habe ich doch schon erzählt, nicht wahr? Wir lernten uns alle etwa um die Zeit der Mahoney-Vergewaltigungen kennen. Jeanine machte uns miteinander bekannt.«

»Dann haben Sie auch Hayley Quinn und ihre Freundin Bonnie Morgan kennen gelernt?«

Lily zögerte. Müsste sie sie gekannt haben? Was klänge am überzeugendsten? Was hatte Marc ihr über die beiden erzählt? So nahe wie möglich an der Wahrheit bleiben, lautete die Regel.

»Ja, ich habe sie kennen gelernt. Aber wir verloren uns aus den Augen, als Jeanine nach Paris ging, um zu studieren. Dann, nach Hayleys Unfall, zog Bonnie an die Westküste. Seither bin ich Agatha näher gekommen. Sie ist jetzt sehr allein.«

»Ach ja, dieser Autounfall. Seltsame Sache.«

Lilys Herz stockte. »Seltsam? Wieso?«

Meyers beugte sich vor. »Hat Mrs. Quinn Ihnen nie von den näheren Umständen erzählt?«

»Nein. Es war alles sehr schmerzlich. Ich glaube, sie fragte sich, ob Absicht hinter dem Unfall steckte, ob Hayley Selbstmord begangen hat, aber was letzten Endes entscheidend war: Sie war wohl auf der Stelle tot.«

»Das ist interessant. Ich habe mit der Polizei in Antigua gesprochen, und die haben mir den Unfallbericht gefaxt. Auch dort hat man sich nämlich gefragt, ob Absicht dahintersteckte. Es gab ein paar entschieden ungewöhnliche Details und Abweichungen in den Zeugenaussagen.«

Lily zog ihre dunklen Brauen zusammen, wagte aber nicht aufzublicken.

»Als da wären?«, fragte sie sanft.

»Hayley und Bonnie –«

»Bonnie?«, fiel Lily ihm ins Wort.

»Ja, Bonnie war dabei. Wussten Sie das nicht?«

»Nein, das hat Agatha nicht gesagt.«

»Also, die beiden wohnten im St. James Club zwischen

English Harbour und Willoughby Bay, auf der südwestlichen Seite der Insel. Alles sehr elegant, mit privatem Yachtclub und Kasino. Sehr abgeschottet, wie solche Einrichtungen eben meistens sind. Aber in der Nacht des Unfalls fuhren Hayley und Bonnie quer über die Insel nach St. John's. Die Straßen auf Antigua sind bekannt für ihren schlechten Zustand – holprig und manche sogar ohne Fahrbahnmarkierung. Die meisten Touristen nehmen nachts lieber ein Taxi und überlassen das Fahren den Einheimischen. Der Manager vom St. James Club versuchte sie davon abzubringen, doch Hayley war fest entschlossen. Sie fuhren zu einem Kasino in St. John's, aber Zeugen berichten, sie hätten nicht viel gespielt. Anscheinend waren sie in eine ernste Diskussion vertieft, manche nannten es auch einen Streit. Wie auch immer, Bonnie verließ das Kasino und fuhr mit dem Taxi zurück nach St. James.

Danach wird das Bild etwas unscharf. Manche Zeugen behaupten, Hayley habe ein Gespräch mit einer anderen jungen Frau begonnen, und die beiden seien zusammen weggegangen, nachdem sie recht viel getrunken hätten. Andere meinen, Hayley habe das Kasino allein verlassen. In jedem Fall passierte der Unfall auf der All Saints Road, in einer scharfen Kurve in der Nähe der Sea View Farm. Keine Schleuderspuren. Der Wagen überschlug sich mehrmals und ging dann in Flammen auf. Ms. Morgan identifizierte den Leichnam anhand mehrerer Schmuckstücke, die Hayley an jenem Tag trug.«

»Arme Bonnie«, seufzte Lily.

»Ja. Anscheinend war es ein schwerer Schock für sie. Sie sagte der Polizei, Hayley habe sicher nichts getrunken, da sie Antidepressiva genommen habe. Und ihre Diskussion – sie bestritt, dass es ein Streit war – habe sich um ihre Zukunftspläne gedreht, Hayley habe in den Ferien viel Energie und Optimismus zurückgewonnen. Sie selbst sei gegangen, weil sie Kopfschmerzen gehabt habe, aber Hayley hatte ihr anscheinend versprochen, den Leihwagen in St. John's zu lassen und nicht allein über die schlechten Straßen zu fahren. Sie hatte erwartet, auch Hayley würde ein Taxi nehmen.«

»Vielleicht hat sie ihre Meinung geändert. Sie war sehr eigensinnig. Was sagte die andere Frau?«

Meyers lehnte sich auf dem Sofa zurück und breitete die Arme aus. »Das ist eben das Problem. Die Polizei hat sie nie gefunden. Touristen kommen und gehen. Sie hatten keinen Namen und nur eine ungefähre Beschreibung, in mancher Hinsicht sogar widersprüchlich, wie es bei Beschreibungen durch Zeugen oft der Fall ist. Sagen Sie mir doch, wie sieht Bonnie aus?«

Lily setzte sich auf. »Warum wollen Sie das wissen?«

»Ich vermute einfach, dass die Zeugen vielleicht die Zeiten durcheinander gebracht haben. Dass es überhaupt keine dritte Frau gab, dass sie sich in Wirklichkeit an Bonnie erinnerten. Darauf ist die Polizei in Antigua nicht gekommen. Andererseits jedoch, Ms. Ross, wenn es eine dritte Frau gab, könnte sie nicht im Wagen gewesen sein? Eine Autopsie wurde für überflüssig gehalten, sie wäre ohnehin kaum möglich gewesen, auch das Gebiss wurde nicht verglichen. Wenn ich Agatha Quinn wäre, würde ich es genau wissen wollen.«

Lily war sich eines dumpfen Drucks in ihrer Brust bewusst, der ihr alles Denken und sogar das Atmen erschwerte. »Ich … ich halte das nicht für möglich, was Sie da andeuten. Agatha würde nie … Ich meine, sie hat so viel durchgemacht. Hayley ist auf dem Mount Pleasant Cemetery begraben. Marc hat ihr Grab besucht, als er hier war. Er hat es mir erzählt. Die dritte Frau muss Bonnie gewesen sein.«

»Dann helfen Sie mir«, drängte Meyers. »Wie sieht sie aus?«

Lily schloss die Augen und versuchte sich an die Fotos in Hayleys Zimmer zu erinnern. »Sie ist hübsch und schüchtern. Etwa so groß wie Hayley und eher schmal. Sie hat blondes Haar und blaue Augen. Ich fürchte, viel mehr kann ich Ihnen nicht erzählen. Ich habe sie nur wenige Male gesehen, und, ehrlich gesagt, Hayley war eine so blendende Erscheinung, dass sie sie überstrahlte. Ich glaube, die Menschen neigen dazu, sich von der Schönheit faszinieren zu lassen und alles andere gar nicht mehr wahrnehmen.«

Meyers nicht. »Tja, das ist ziemlich vage. Aber die Beschreibung könnte passen.«

Lily wurde von einer leidenschaftlichen Wut erfasst, die sie sich selbst nicht erklären konnte. Am liebsten hätte sie Meyers angeschrien, ihn eindringlich gebeten, seine Neugier zu zügeln. Nur wenige Tage zuvor hatte sie im selben Raum gestanden, und Marc hatte genau diese Bitte an sie gerichtet. Inzwischen hatte sie sich entschieden. Sie war weitergegangen, oder etwa nicht? Mit jeder Faser ihrer Willenskraft zwang sie sich zu sprechen.

»Ich kann nicht erkennen, was Hayleys Tod mit Ben zu tun haben könnte oder mit dem, was ich in Little Falls sah. Agatha hatte Recht, es war besser für mich, die Details nicht zu kennen, es tut mir Leid, dass ich danach gefragt habe. Und jetzt seien Sie mir nicht böse, aber ich bin sehr müde. Und ich muss noch sehr viel aussortieren.«

Auf diesen deutlichen Hinweis hin erhob sich Meyers, doch er wirkte weder überrascht noch verletzt. »Es tut mir Leid, dass ich Sie aus der Fassung gebracht habe. Ich finde den Weg zur Tür allein.«

Er ging durch den Raum, ohne dass einer der beiden Anstalten zu einem Händedruck gemacht hätte. An der Tür angekommen, sah er sich noch einmal nach ihr um; sie saß starr in ihrem Sessel.

»Wissen Sie, Ms. Ross, eigentlich ist es komisch, dass Sie die nächstliegende Frage nicht gestellt haben.«

»Und die wäre?«

»Sollte Hayley durch irgendein Wunder noch *leben*, warum könnte ihr dann daran liegen, dass die Leute sie für tot halten?«

Er zog die Tür hinter sich zu, und Lily schloss die Augen, als könne sie so ihre verräterischen Zweifel ausschließen.

Viel später, am frühen Abend, starrte Lily lange auf ihr Telefon. Dann nahm sie den Hörer ab. Ihre Hand zitterte leicht, sie fühlte sich sehr elend. Ihre Vorsicht gegenüber Meyers hatte sich zu Feindseligkeit verhärtet, aber vor allem fand sie bedrohlich, dass er auf anderen Wegen zu demselben Verdacht gekommen war: dass Hayley irgendwie und irgendwo noch lebte. Sie war fest entschlossen zu beweisen, dass dieser Verdacht unbegründet war, und sich damit inneren Frieden zu verschaffen.

Die Stimme am anderen Ende klang jung und fröhlich, wenngleich etwas besorgt um das Kleinkind, das man im Hintergrund hörte.

»Ist da Bonnie Morgan?«, fragte Lily.

»Am Apparat.«

»Bonnie, mein Name ist Lily Ross. Entschuldigen Sie, dass ich Sie störe. Der Vermittlungsdienst in Sechelt gab mir Ihre Nummer. Ich bin eine Freundin von Agatha Quinn. Ich weiß, dass ich Sie damit aus heiterem Himmel überfalle, aber ich würde Sie gern fragen, ob ich mit Ihnen über Hayley und den Unfall in Antigua sprechen darf.«

»Geht es Agatha gut?«

»Ja, prächtig. Noch jedenfalls. Aber da war gerade ein Polizist hier und hat Fragen gestellt. Und –«

»Ein Polizist?«

»Ja, es ist schwer zu erklären. Aber er scheint zu denken, dass … Es tut mir Leid, Bonnie, aber er scheint zu denken, es sei möglich, dass Hayley bei diesem Unfall nicht umgekommen ist.«

Lily hörte, wie jemand am anderen Ende nach Luft schnappte. Sie wartete, der Hörer wurde schwer in ihrer Hand. Endlich sprach Bonnie.

»Es … Es tut mir Leid. Ich kann Ihnen nicht helfen. Bitte lassen Sie mich in Ruhe.«

Mehrere Sekunden vergingen, bis Lily realisierte, dass die Verbindung unterbrochen war. Sie legte auf und starrte das Telefon an.

Angst. Es bestand kein Zweifel daran, dass Bonnies letzter Satz voller Angst gewesen war.

Verwirrt und irgendwie benommen ging Lily nach oben und zog sich Jeans und einen dicken Sweater an. Jetzt war ihr alles schrecklich klar. Ganz egal, was Amanda Martin gesehen oder, wie Marc nahe gelegt hatte, nicht gesehen hatte, niemand hatte ihr je erklärt, warum Agatha für diese Mexikoreise gesorgt hatte. Und da waren die Kleider und Kosmetika in Agathas Haus. Das Porträt und die Fotografien von Hayley. Und vor allem das Tagebuch. Lily hatte nicht nach den fehlenden Puzzleteilen, den Ereignissen in Antigua, gesucht; jetzt aber, da Meyers sie damit konfrontiert hatte, musste sie mit diesem Wissen leben.

Mit einem letzten Blick zurück auf die Haustür ging Lily in die dunkelblaue Dämmerung hinaus. Der Regen hatte sich in einen milchigen Dunst verwandelt, und sie genoss seine Kühle auf ihrer Haut. Sie ging langsam, als könne jeder Schritt sie einer Entscheidung näher bringen. Was hatte Agatha noch über Entscheidungen gesagt? Jetzt musste ihr Herz eine Entscheidung treffen.

Vor dem großen schmiedeeisernen Tor des Mount Pleasant Cemetery zur Yonge Street blieb sie stehen, es war verschlossen. Sie musste also nicht hineingehen, konnte sich umdrehen und nach Hause gehen. Doch sie fühlte sich gezwungen weiterzumachen. Der Friedhof war groß, mitten im Getriebe der Stadt erinnerte er an die Flüchtigkeit menschlichen Lebens. Sie würde um den ganzen Block gehen müssen, erst nach Norden und dann nach Osten, um zu dem zweiten Tor an der Mount Pleasant Road zu gelangen.

Im langsam verblassenden Licht der Dämmerung ging sie den Hang hinunter. Wieder erschien ihr seltsam, dass auf der einen Seite des Bürgersteigs Autos an ihr vorbeifuhren, während auf der anderen Grabsteine und Marmorengel Wache über die stillen Felder der Toten hielten. Endlich erreichte sie das Tor an der Mount Pleasant Road, und wieder war ihr der Weg, wie schon erwartet, versperrt. Doch dieses Tor war niedriger, sie konnte leicht darüber klettern.

Eine Zeit lang hielt sie sich auf den breiten gepflasterten Wegen. Tagsüber gingen die Leute hier spazieren oder fuhren Fahrrad, zu ihrem Vergnügen oder zu stiller Kontemplation.

Das Gelände wirkte einladend, überall waren Bäume, Eichen, Pappeln, Ahorne und Tannen, gepflanzt worden. In der regenfeuchten Luft lag der Geruch nasser Kiefernäste, und das nächtliche Dunkel wirkte überhaupt nicht feindselig.

Sie begann über die schmaleren Wege zu wandern, vorbei an langen Reihen von Grabsteinen; sie zeugten sowohl von

Menschen, die man noch in liebevoller Erinnerung hatte, als auch von den vielen, die offensichtlich in traurige Vergessenheit geraten waren. Im Vorübergehen las sie deren Namen halblaut ab, als könne sie ihnen dadurch ein bisschen Leben schenken. Viele Steine waren verwittert, die eingemeißelten Buchstaben von Flechten und Moosen halb ausgelöscht. Andere waren neu, und die Inschriften stachen ins Auge mit ihren scharfen Konturen.

Dann fand sie ihn. *Hayley Quinn, geliebte Tochter und Freundin.* Ein einfacher, würdiger Stein, wie eine sanfte marmorne Rose, auf der die Feuchtigkeit glitzerte. Sie kniete nieder und zeichnete die Buchstaben mit den Fingerspitzen nach. Sie schienen weder Leugnen noch Widerspruch zuzulassen.

»Wer bist du?«, murmelte Lily.

Sie lauschte auf die Regentropfen, und in diesem Schweigen traf sie ihre Entscheidung. Als sie einen Finger an die Lippen legte, war diese Geste zugleich ein Versprechen.

Connecticut, Mittwoch, 18. August

In seiner Kuhle am Hang sah und hörte Harry nichts. Hin und wieder lugte er über den grasbewachsenen Rand hinunter auf Oakwood Manor, doch im nachlassenden Tageslicht war keine Veränderung zu entdecken. Drei Tage lang war von Abbott nichts zu sehen und zu hören gewesen. Nachts waren seine Bewegungen im Hausinnern noch nicht einmal anhand beleuchteter Fenster zu verfolgen. Alles lag dunkel und still.

Harry sah auf die Uhr. Fast 10.00 Uhr. Die Konturen des Hauses und der Bäume ringsum verschmolzen schon mit der tieferen Schwärze der Nacht. Wolken verdunkelten den

Mond, der Wind wurde böig. Harry hatte wenig Lust, sich von einem Augustgewitter durchnässen zu lassen. Zudem dachte er, es könne nicht schaden, den Hang hinunterzuschleichen und durch ein oder zwei Fenster zu spähen.

Er pirschte sich an den zur Küche führenden Nebeneingang an, der, so vermutete er, abgeschlossen sein würde. Erschrocken prallte er zurück, als er sah, dass die Tür offen war. Die Luft im Inneren war klamm und abgestanden, als hätte man längere Zeit weder die Fenster geöffnet noch die Klimaanlage angestellt.

Hatte Abbott sich aus dem Staub gemacht?

Dieser Gedanke ernüchterte Harry so sehr, dass er den Mut aufbrachte, weiter ins Haus vorzudringen. In den ersten Räumen, er sah sich eher beiläufig darin um, fand er keine Spuren von Abbott. Leise ging er die Treppe hinauf, seine Beine waren zittrig und sein Kopf voller Bilder von der Treppe aus *Psycho*, auf der der Privatdetektiv ermordet wurde.

Trotzdem ging er weiter. Die Duschkabine im Bad, das zu Abbotts Schlafzimmer gehörte, war noch beschlagen. Er fand ein feuchtes Handtuch und im Waschbecken eine dünne Schicht von Bartstoppeln. Er drehte sich um, das Bett war sichtlich unbenutzt.

Als er wieder auf dem Weg nach unten war, gaben seine Beine auf halber Treppe fast unter ihm nach. Von seinem Standpunkt aus hatte er sehr gute Sicht ins Arbeitszimmer. Es war verwüstet, der Boden voller zerknüllter Papiere und Glassplitter, die Möbel umgestürzt und mit hässlichen Stich- und Schnittspuren. Oberhalb des Mahagonischreibtischs, dessen polierte Platte von einer scharfen Klinge zerkratzt worden war, stand die Tür des Wandsafes weit offen. Harry bahnte sich einen Weg durchs Chaos und sah in den Safe. Er war leer, wie befürchtet.

Der offene Safe verriet, dass Abbott Geld und einen Pass hatte. Und die rituelle Zerstörung des Raums verriet, dass Abbott die Nerven verloren hatte. Doch warum nur in diesem Raum? Warum war das übrige Haus unangetastet?

Harry ging leise ins Wohnzimmer hinüber. Alles war ordentlich und normal, die Möbel standen unberührt an ihrem Platz. Dabei war dies der Raum, in dem Agatha ihr Ultimatum gestellt hatte. Harry schloss kurz die Augen und versuchte sich die Szene vorzustellen. Das war der Sessel, in dem Abbott gesessen haben musste. Er drehte sich um und ging ein paar Schritte. An dieser Stelle musste Agatha gestanden haben. Er hob den Blick zu dem Porträt und bekam eine Gänsehaut. Ohne weiter nachzudenken, stürzte er aus dem Raum.

Die Stiche auf Evas Stirn juckten noch, und sie rieb im Dunkeln darüber. Sie war von einem Geräusch geweckt worden, das sie nicht gehört hatte. Es war kurz nach 11.00 Uhr, und das Telefon hatte nicht geklingelt. Harry hatte sich nicht gemeldet.

Sie schwang sich aus dem Bett und hüllte sich in Rubys Bademantel. Er wogte um ihren schlanke Körper, und sie raffte die weiten Falten zusammen, trotzdem sah es aus, als fließe sie die Treppen hinunter. Ruby hörte sie nicht kommen. Sie saß im blassen Schein einer einzelnen Lampe und starrte, eine Hand um den Hörer des Telefons in ihrem Schoß gekrampft, ins Leere.

»Irgendwas stimmt nicht«, sagte Eva.

Ruby sah sie an und lächelte traurig. »Ja, das glaube ich auch. Harry steckt vermutlich in der Klemme. Er würde keinen Anruf auslassen. Nicht, nachdem er es versprochen hat.«

»Er ist erst seit einer halben Stunde überfällig. Vielleicht …?«

Als das Telefon klingelte, zuckten beide Frauen zusammen. Ruby nahm ab, und Eva beugte sich zu ihr hinunter, um alles mitzuhören. Doch Ruby sagte nichts. Langsam wich die Farbe aus ihrem Gesicht.

»Er ist weg«, flüsterte sie. »Harry sagt, er ist verschwunden.«

In Eva kochten Adrenalin und Zorn hoch. Sie hätten Harry nie allein als Wache zurücklassen dürfen. Trotz ihrer Verletzungen hätte sie mit ihm gehen müssen. Wütend griff sie nach dem Hörer und schrie hinein.

»Verdammt, Harry. Was ist passiert?«

Seine Worte trafen Eva ins Mark, sie ließ das Telefon los und rannte die Treppe hinauf, immer zwei Stufen auf einmal nehmend. Während sie in ihre Jeans schlüpfte, konzentrierte sie ihre Gedanken auf Abbott. Keine Sekunde lang ging sie davon aus, er wolle sich verstecken. Sie riss die Armschlinge weg und zwängte ihren Arm in eines der dicken Sweatshirts, die Ruby ihr geliehen hatte. Der Schmerz war kaum zu ertragen. Sie biss sich auf die Unterlippe, suchte ihre Handtasche und nahm die Pistole heraus. Wenigstens ihre Hände funktionierten ruhig und sicher, ganz anders als ihr Herz. Dann raffte sie das Sweatshirt, das ihr bis zu den Knien reichte, hoch und schob die Pistole in den Hosenbund. Der Stahl lag hart und kalt an ihrem flachen Bauch.

Als sie die Haustür erreichte, setzte Ruby schon den Wagen aus der Garage. Evas Lebensgeister erwachten wieder. Es war ein schnittiger Porsche.

»Wie schnell fährt dieses Ding?«, keuchte sie.

»Wart's ab. Steig ein, Schätzchen, ich fahre.«

Eva gab sich alle Mühe, doch jedes Mal, wenn sie in die

Kurve gingen und ihre Schulter belastet wurde, stöhnte sie, und ein oder zwei Mal schrie sie sogar auf. Ruby wollte anhalten, doch Eva drängte sie weiterzufahren.

»Nicht langsamer fahren«, flehte sie. »Wenn wir bloß schon da wären!«

»Wo denn?«, fragte Ruby.

»An der Grenze. Er will zu Lily, ich weiß es.«

Sie wussten nicht, wie groß sein Vorsprung war, doch Harry hatte ihr gesagt, dass er den Jaguar stehen gelassen hatte. Würde er es riskieren zu fliegen? Nein, am Boden würde er leichter über die Grenze kommen. Das hieß, er würde einen Wagen stehlen, borgen oder mieten. Ein – von Marley? – geborgter Wagen wäre weit sicherer als ein gestohlener oder gemieteter. Man brauchte Stunden, um ihn aufzuspüren. Dennoch: Es war reichlich Zeit, Lily anzurufen und sie zu warnen. Die schlichte Tatsache, dass zwischen Connecticut und Toronto eine große Entfernung lag, würde sie retten.

Musste sie retten. Denn Eva wusste, dass Abbott nicht mehr von Vorsicht oder Verstand geleitet wurde. Er plante nicht mehr kühl und methodisch für die Zukunft, sondern schlug wild um sich in einem irrationalen Chaos aus Vergangenheit und Gegenwart. Harry hatte sie gewarnt. Abbott war vor dem Porträt seines Großvaters dermaßen in Wut geraten, dass er ihm die Augen ausgestochen hatte.

Toronto, Donnerstag, 19. August

Abbott lag gut verborgen im nassen hohen Gras an der steilen Wand der Schlucht und sah zu, wie die Sonne aufging und gelblichrosa Streifen auf den kobaltblauen Himmel malte. Nach dem heftigen Sommerunwetter, das in der Nacht zuvor über die Stadt hereingebrochen war und Bäume entwurzelt und Strommasten gefällt hatte, wirkte die Ruhe geradezu übernatürlich.

Die Heftigkeit des Unwetters hatte Abbott gebremst, aber nicht gestoppt. Die Grenzposten hatten ihn, während sie seinen Pass kontrollierten, vor dem Sturm gewarnt, und er hatte versprochen, im nächsten Motel zu übernachten. Stattdessen war er durch so starken Regen gefahren, dass er sich wie unter Wasser fühlte, als einzige Wegbeleuchtung zackige Blitze, die plötzlich und grell aus dem tiefen Schwarz aufzuckten. Sein Wagen hatte in den stürmischen Böen hin- und hergetanzt, die Reifen hatten auf den zu Flüssen mutierten Autobahnen kaum noch Halt gefunden. Selbst jetzt, in der unheimlichen Morgenstille, konnte er noch das Donnern des in östlicher Richtung abziehenden Sturms hören. Viel näher und viel lauter waren die Sirenen der Feuerwehr- und Krankenwagen zu hören, die der Stadt halfen, sich vom nächtlichen Überfall zu erholen.

Er hätte erschöpft sein müssen, fühlte sich aber ganz im Gegenteil jugendlich frisch. Sein Verstand war hellwach, sein Körper voller Kraft und Leben. Nachdem er den Wagen verlassen hatte und in die Schlucht geklettert war, hatte ihn der Regen bis auf die Haut durchnässt, und im Wind zitternd hatte er sich zwischen die aufragenden Baumwurzeln gekauert. Doch ob das Zittern von der Kälte kam oder ob es die Schauer der Erregung waren, die seine Glieder schüttelten und seine Sinne aufs Äußerste anspannten, das konnte und wollte er nicht mehr unterscheiden.

Die Sonne, das wusste er, würde ihm gefährlicher werden als der Sturm. Je höher sie stieg, desto mehr würde ihn die schläfrig machende Wärme einlullen. Er rollte sich auf den Bauch und grub seine Finger in die feuchte Erde, während er sich in das Unterholz am Rand der großen Wiese verkroch.

Von dort aus sah er zu, wie die undurchsichtigen Schatten sich langsam im unbarmherzigen Licht auflösten.

Der Garten lag in Trümmern, hohe Stämme waren umgestürzt, Blütenblätter waren verstreut wie Konfetti. Zweige, Blätter und Äste lagen auf dem Rasen. Abbott betrachtete die hellen, frischen Holzsplitter. Wie scharf sie aussahen. Wie leicht sie die Haut durchstechen würden.

Er war zu klug, um sich Lilys Haus zu nähern. Jetzt wo die Polizei seine Beschreibung hatte, war das Haus eine Falle. Er würde hier auf sie warten. Früher oder später würde sie kommen. Wie konnten sie nur so dumm sein zu glauben, er würde sie nicht finden.

Sie hatten Leute ausgesandt, um ihn aufzuspüren, wie Hunde, die eine Witterung aufnehmen. Und auch er hatte einen Spürhund angeheuert, lange bevor sie ihn aus Toronto vertrieben hatten. In der Nacht, in der er die Stadt verlassen hatte, hatte er angerufen, um sie überwachen zu lassen, und Lily hatte ihn in aller Unschuld direkt zu diesem Haus geführt.

Er lächelte, drehte den Kopf und schmiegte die Wange auf den glitschigen Untergrund. Der größte Teil seiner Vergangenheit war weg, da war nur Leere. Er musste sich neu formen, um den aufrechten Gang kämpfen wie der erste Mann, der sich auf der Erde aus dem Schlamm erhoben hatte. Seine Zukunft flackerte unruhig in der Ferne. Sie hatten sein Geld auf den Cayman-Inseln gefunden, aber sie hatten es nicht anrühren können. Es war genug da, um sich lange zu verstecken. Zum Beispiel in Brasilien, wo die Straßen voller Leben waren und Fremden wenig Misstrauen entgegengebracht wurde.

Aber sein Geist weigerte sich, über diesen Ort hier und diesen genauen Zeitpunkt hinauszugehen. Seine ferne Zukunft hatte keine Struktur, er konnte sich keine Einzelheiten vorstellen. Er stellte sich vor, wie er als körperloser Geist durch die Wände schwebte und gegen Menschen stieß, die ihn weder sehen noch hören konnten – eine Vorstellung, die ihm Angst machte, ihn sich auf den Boden pressen und Halt im Soliden und Greifbaren suchen ließ.

Im Hier und Jetzt. Dieses Haus. Lily Ross. Das süße Gift Hass, das durch seine Adern floss.

Toronto, Donnerstag, 19. August

Nach einer unruhigen Nacht schlug Agatha die Augen auf, ihre Muskeln waren müde und schwach, sie konnte den Kopf kaum vom Kissen heben. Sie lauschte und war beeindruckt von der Stille des Morgens. Sogar die Vögel schienen erschöpft und gedemütigt vom Sturm – sie selbst jedoch hatte sich keineswegs gefürchtet oder gestört gefühlt. Schon seit jeher hatte sie die dramatischen Effekte von Unwettern genossen, und auch letzte Nacht war sie gewissermaßen ehrfürchtig durchs Haus gewandert, bevor sie ins Bett gegangen war. Gegen drei Uhr morgens waren Strom und Telefonverbindung ausgefallen. Ersteres war lästig, doch sie hatte schon Schlimmeres überlebt. Was ihr zu schaffen machte, war die unterbrochene Telefonleitung, das Gefühl, wenn auch nur zeitweilig, abgeschnitten zu sein. Gerade dann fühlte sie ihr Alter und die damit verbundene Verwundbarkeit.

Langsam rappelte sie sich aus dem Bett hoch und tastete sich zum Badezimmer. Wie immer sorgsam auf ihre äußere Erscheinung bedacht, zog sie einen dunklen Paisley-Rock und eine langärmelige dunkelblaue Bluse an, bevor sie ihr Haar im blassen Licht der Morgendämmerung hochsteckte. Dann legte sie die Bürste hin, faltete ihre Hände und betrachtete sich im Spiegel. Normalerweise mied sie ihr Spiegelbild. Es erstaunte sie immer wieder. Wo waren die Jahre geblieben? Oft meinte sie, keinen Tag älter als vierzig zu sein, aber das Gesicht, das ihr entgegenstarrte, sprach eine andere Sprache. Sogar das einst tiefdunkle Braun ihrer Augen war zu einem helleren Haselnussbraun verblichen.

Macht nichts, dachte sie seufzend, und wirklich hatte es wenig zu bedeuten. Wichtig war das Wesen der Person unter der Haut. Das hatte sie durch Eva gelernt. Eva konnte nach Belieben die Farbe ihrer Augen und ihres Haars ändern, die Art, wie sie ging und wie sie sprach. An manchen Tagen wusste Agatha noch nicht einmal, welchen Namen sie gerade benutzte. Und doch blieb sie immer Eva, und Agatha liebte sie glühend. Sie war immer schon ein Chamäleon gewesen, hatte Stimmen und Gewohnheiten mühelos nachahmen können. In letzter Zeit hatte Agatha sie allerdings mit Sorge beobachtet, hatte mit ansehen müssen, dass Eva ein wenig von ihrem Schwung verloren hatte, dass die schwierigen Entscheidungen und die zu häufigen und zu realen Gefahren ihren lebhaften Geist geschwächt hatten. Dass sie schwerwiegende Fehler machte. Jetzt war sie auch noch verletzt – und diese Verletzung beschränkte sich vielleicht nicht nur auf eine Platzwunde und einen Knochenbruch.

Agatha fühlte den verzweifelten Wunsch, Eva zu schützen, ihre Stimme zu hören. Sie nahm den Hörer des Telefons ab und warf ihn dann unwillig wieder auf die Gabel. Jetzt bereute sie, dass sie in ihrer Halsstarrigkeit Handys immer abgelehnt hatte. In diesem Moment hätte sie alles darum gegeben, Evas Stimme zu hören, wenn auch begleitet von einer piepsenden und knisternden Kakophonie.

Ihr blieb nichts anderes übrig als zu warten. Inzwischen konnte sie in den Garten gehen und das Ausmaß der Sturmschäden besichtigen. Und bald käme sicher Lily, um nach ihr zu sehen. Die ernste Lily, in der sie so viel von sich selbst wiedererkannte. Die so viel richtig vermutet und es trotzdem irgendwie fertig gebracht hatte, so viel fehlzuinterpretieren. Anders als Marc befürchtete, traute Agatha Lily und wusste besser als diese selbst, wie viel Kraft und Loyalität in ihr steckte. Und sie hatte vor, ihr die eigene Zukunft und die des Netzwerks anzuvertrauen.

Sie ging zuerst in die Eingangshalle, stellte die batteriebetriebene Alarmanlage aus und öffnete die Vordertür. Einen Augenblick lang blieb sie entsetzt auf der Schwelle stehen. Eine der Weiden an der Auffahrt war umgestürzt, der Blitz hatte ihren Stamm aufgerissen, und die schwere Krone blockierte jetzt den Weg zum Tor. Agatha ging hinüber, hob einen der abgebrochenen Äste auf und ließ die gefiederten Blätter durch ihre Hände gleiten. Sie liebte diese Bäume und hatte gedacht, sie würden sie überleben. Sie war froh, dass sie diesen hier nicht hatte fallen sehen.

Sobald das Telefon wieder in Ordnung wäre, würde sie den Gartendienst anrufen, damit er aufräumte. Sie ging zum Tor und öffnete es, damit die Gärtner ihren Lieferwagen in die Einfahrt stellen konnten.

Dann wandte sie sich um und sah zurück aufs Haus. Zu beiden Seiten der offenen Haustür hatte der Wind Spaliere und Weinranken losgerissen. Auch im rückwärtigen Garten hatte er schlimm gewütet und Agatha schlug kurz die Hände vors Gesicht. Nun, sie würde einiges zu tun haben.

Sie suchte sich einen Weg über die Wiese und schloss eine der Fenstertüren auf. Bevor sie das Gartenzimmer betrat, schlüpfte sie aus den Schuhen. In der Küche suchte sie sich einen Eimer und die Gartenhandschuhe, dann öffnete sie die Schublade mit den Gartenscheren.

Ihre Finger krampften sich um den Schubladenknauf. Das Knarren war fast unhörbar gewesen, aber sie kannte das Haus und all seine leisen Geräusche. Sie wusste, sie wäre zu langsam, um noch rechtzeitig aus dem Haus rennen zu können. Also blieb sie still stehen und hob nur den Blick zum Küchenfenster, vor dem sie stand. Dort spiegelte sich eine unscharfe Silhouette, ein Schatten hinter ihrem Rücken.

Jetzt, wo der Augenblick gekommen war, den sie schon immer erwartet hatte, fühlte sie eine seltsame Ruhe. So viele Menschen, die sie liebte, hatten eine Prüfung durchmachen müssen. Jetzt war es an ihr.

Sie zwang sich, mit fester Stimme zu sprechen. »Sie sind also gekommen, Abbott«, sagte sie und wandte sich zu ihm um.

Seine Haut unter den Schlammspuren war leichenblass, sein blondes Haar verfilzt und feucht. Für einen Moment sah sie Triumph in seinen kalten Augen glitzern.

»Ja, jetzt bin ich da.« Seine Stimme klang hämisch. »Wo ist Lily?«

Agatha schüttelte den Kopf.

Sehr lange, vielleicht fünfzehn Sekunden lang, standen sie in einem Abstand von höchstens einem Meter voreinander und starrten sich an. Dann hob er den abgerissenen Ast, den er in der rechten Hand hielt, und schlug ihr damit ins Gesicht.

Sie krümmte sich vor Schmerz und fiel zu Boden; dennoch behielt sie die Schere in der Hand, konnte sie gerade noch in der Rocktasche verstecken, bevor sie am Arm hochgerissen wurde. Unbeholfen schob er sie zur Kochinsel, zog ein Messer aus dem Messerblock und stieß sie dann Richtung Treppe.

Sie konnte sich kaum auf den Beinen halten und strauchelte mehrmals auf dem Weg nach oben. Er fluchte jedes

Mal und trat nach ihr, bevor er sie hochzerrte und weiterstieß. Oben angekommen, fiel sie durch die Tür ins Arbeitszimmer. Er ließ sie eine Weile liegen, und sie versuchte sich mit aller Kraft wieder zu sammeln.

Dann hob sie langsam den Kopf. Sie war in dem Raum, in dem das Netzwerk entstanden war, in dem sie einen neuen Lebenssinn gefunden und anderen Frauen – Frauen, die sie liebte, aber auch Frauen, die sie nie gesehen hatte – neuen Lebenswillen und ein neues Leben gegeben hatte.

Er hatte sich entfernt, wohl um das Haus zu durchsuchen, wie sie vermutete, doch jetzt hörte sie seine Schritte wieder näher kommen.

»Aufstehen!«, brüllte er.

Sie erhob sich wankend und bewegte sich auf einen Sessel am Kamin zu. Dort strich sie ihren Rock glatt und steckte die Hände in die Taschen, wagte jedoch nicht, ihr Gesicht zu berühren und das Blut wegzuwischen. Als sie den Kopf hob, versuchte sie, Angst und Abscheu aus ihren Augen zu verbannen.

»Lily ist nicht hier. Aber sie kommt bestimmt. Während wir auf sie warten, werden Sie mir ein paar Fragen beantworten. In welchem Verhältnis stehen Sie zu Kathleen?«, fragte er. »Sind Sie eine Verwandte? Oder warum hat sie bei Ihnen Zuflucht gesucht?«

Sie schüttelte den Kopf, und ihre Stimme schien von weit her zu kommen. »Ich habe Kathleen nie gesehen, bis ich sie vor einigen Wochen kennen lernte.«

»Sie lügen. Sie und die Forrests helfen ihr schon seit Monaten. Warum sollten Sie das für eine dahergelaufene Schlampe tun, die Sie noch nicht einmal kennen?«

»Sie war eine verängstigte junge Frau. Sie brauchte mich. Dass Sie das nicht verstehen, leuchtet ein.«

Abbott lachte und bewegte sich auf sie zu. Sie machte sich auf den nächsten Schlag gefasst, doch er ging an ihr vorbei und trat hinter ihren Sessel, so dass sie ihn nicht mehr sehen konnte. Eine Hand glitt sanft unter ihr Kinn, dann zog er ihren Kopf so weit nach hinten, dass die Haut über ihrer Kehle straff gespannt war. Sie fühlte, wie die Messerklinge auf ihre Luftröhre drückte.

»Und wie steht es mit Ihnen? Sind *Sie* verängstigt? Erzählen Sie mir endlich, wo sie ist.«

»Niemals.« Es kam halb erstickt heraus, kaum vernehmbar, doch Abbott hatte es gehört.

»Wie du willst, du alte Hexe.«

Sie spürte, wie sich der Druck der Klinge verstärkte, dann den ersten Einschnitt. Hätte sie sprechen können, so hätte sie ihm vielleicht zu erklären versucht, dass es Dinge gab, die es wert waren, dass man für sie starb. Doch dazu blieb ihr nicht die Zeit. Sie packte die Schere und schwang sie blind, aber mit aller ihr noch verbleibenden Kraft nach hinten.

Buffalo, Donnerstag, 19. August

Eva war verzweifelt. Ihre Reise wurde zum Alptraum. Ein Dutzend Mal hatte sie Lily anzurufen versucht. Weitere Dutzend Mal hatte sie es bei Agatha versucht. Alle Welt schien sich verschworen zu haben, nicht erreichbar zu sein.

Sie sehnte sich nach der guten alten Zeit zurück, als Handys noch etwas Besonderes waren und man sie immer und überall bei sich trug. Inzwischen jedoch hatten die Menschen gelernt, ihre Privatsphäre zu schützen, sich ihren kleinen Telefonen nicht mehr völlig zu unterwerfen. Und das, dachte Eva wütend, sollte nun das Zeitalter uneingeschränkter Kommunikation sein. Wo steckten sie bloß alle?

Autos rasten vorbei und blendeten sie mit ihren Scheinwerfern. Der schräg fallende Regen, der an Heftigkeit zugenommen hatte, strömte über die Windschutzscheibe und nahm ihr zusätzlich die Sicht. Als sie und Ruby sich der Grenze näherten, sah sie, wie sich eine Reihe großer Bäume im Wind krümmte. Sie steuerten das nächste Motel an. Eva berechnete, wie viel Zeit sie verloren hatte, eine schreckliche Addition, die sich zu einem Desaster summierte. Wenn sie es nicht über die Grenze schafften, war alles verloren.

»Sieh dich doch um, Eva«, sagte Ruby drängend. »Wir können nicht weiterfahren. Abbott wahrscheinlich auch nicht. Wir warten das Ende des Sturms hier ab.«

Als Ruby wenig später im Badezimmer verschwand, nahm Eva den Arm aus der Schlinge und band Rubys Schal zu einem Stirnband, das die frische Narbe verdeckte. Für die Pistole, die noch im Hosenbund steckte und nur vom Sweatshirt verdeckt wurde, fiel ihr keine zusätzliche Camouflage ein. Sie schob sie auf den Rücken und hoffte, dass man sie an der Grenze nicht durchsuchen würde. Dann schnappte sie sich die Schlüssel und rannte zum Wagen.

Der Grenzposten war ein griesgrämig dreinblickender und sehr beleibter Mann mittleren Alters. Zu dieser späten Stunde und bei dem Hundewetter hätte man fast annehmen können, er sei allein, doch Eva erspähte aus dem Augenwinkel noch zwei Uniformierte am Zollgebäude. Sie wusste, dass sie ziemlich aufgelöst aussah, und da sie ihre Nervosität kaum verbergen konnte, beschloss sie, sie sich zunutze zu machen.

Der Grenzposten stand schon an ihrem Fenster und musterte ihr Gesicht.

»Wirklich keine gute Zeit zum Autofahren. Wo, zum Teufel, wollen Sie hin?«

Eva fühlte sich keineswegs eingeschüchtert, Grenzposten waren schließlich selten freundlich und lächelten praktisch nie. »Ich versuche nach Hause zu kommen, nach Toronto. Meine kleine Tochter ist krank. Sie wurde in die Klinik eingeliefert.«

»Ihre Papiere, bitte.«

Eva reichte ihm ihren Führerschein aus Ontario und wartete mit angehaltenem Atem.

»Ist das Ihr Wagen?«

»Nein, er gehört einer Freundin, Ruby Zaplacinsky. Ich konnte keinen Rückflug von New York bekommen, deshalb musste ich fahren. Bitte, ich hab's wirklich eilig.«

Der Grenzer zögerte, er sah ihre Sorge. Einen Augenblick lang glaubte Eva, er werde sie durchwinken. Aber dann blickte er zu den anderen Uniformierten hinüber und änderte offensichtlich seine Meinung.

»Tut mir Leid. Wir haben unsere Vorschriften. Fahren Sie da rüber. Sie müssen Formulare ausfüllen wegen des Wagens. Ich nehme an, Sie haben den Fahrzeugschein dabei?«

Hatte sie ihn dabei? Eva hatte keine Ahnung. Ihre schlimmsten Erwartungen wurden übertroffen.

Sie parkte den Porsche in dem vorgeschriebenen Bereich vor dem Zollgebäude und stieg aus. Um zu verbergen, dass sie den linken Arm praktisch nicht bewegen konnte, drückte sie ihn angewinkelt vor ihren Bauch. Ein Mann im Mechanikeroverall begann den Wagen zu begutachten. Er bat sie, den Kofferraum zu öffnen. Eva schauderte bei dem Gedanken, was Ruby dort alles verstaut haben mochte. Sie drehte den Schlüssel um und trat einen Schritt zurück. Er war peinlich sauber und fast leer, denn es lag, Ironie des Schicksals, nur ein weiteres nutzloses Handy darin.

»Ganz schön schnittig. Und der Fahrzeugschein?«

Sie schob ihre Bedenken beiseite, ging selbstbewusst zum Handschuhfach und ließ es aufschnappen.

Leer.

»Sie haben den Fahrzeugschein nicht dabei?«, fragte der Mann ungläubig.

Ihre Gedanken rasten. *Denk nach, Eva, los, denk nach.*

Dann klappte sie die Sonnenblende auf der Beifahrerseite herunter und hätte vor Erleichterung fast aufgeschrien. Nie zuvor hatte sie der Anblick eines Stückchen Papiers so beglückt.

Während sie im Dienstzimmer die Formulare ausfüllte, informierte man sie über die üble Lage. Der Sturm tobte jetzt südwestlich von Ontario und knickte Bäume und Telefonmasten um wie Zahnstocher. Wenn Lily nicht endlich ans Handy ging, käme Eva vielleicht zu spät.

Von der Grenze aus dauerte es noch vier Stunden, vier elende, einsame Stunden. Endlich vor Lilys Haus angekommen, stellte sie den Motor aus. Doch die stumme Fassade verriet nichts. Eva stolperte aus dem Auto, klingelte und trommelte gegen die Haustür. Vielleicht war Abbott schon hier gewesen. Vielleicht kam sie zu spät. Vielleicht erwartete er sie auch im Haus. Egal. Sie schlug weiter gegen die Tür.

Im rechten Nachbarhaus ging die Haustür auf, ein Mann starrte Eva wütend an. Sie wandte ihm das aufgelöste Gesicht zu, ihre dunkelblauen Augen war hell und glasig vor Schmerz und Angst. Seine Wut schlug in Mitgefühl um.

»Sie sehen aber gar nicht gut aus, Miss. Fehlt Ihnen was? Kann ich Ihnen helfen?«

»Lily. Ich muss sie finden. Ich bin die ganze Nacht durchgefahren – der Sturm.« Sie hatte es hervorgekeucht, dann sank sie auf die oberste Treppenstufe.

»Machen Sie sich keine Gedanken. Es ist alles in Ordnung. Lily geht's gut. Heute Morgen habe ich mit ihr gesprochen. Sie ist nur einkaufen gegangen.«

»Einkaufen?« Eva konnte es nicht glauben. Nach der qualvollen Nacht konnte sie sich etwas so Harmloses nicht mehr vorstellen. Sie brach in Lachen aus, in das helle Kichern, das der Hysterie vorangeht.

Der Mann beobachtete sie zunehmend besorgt, dann schien er einen Entschluss zu fassen. »Sie sind verletzt. Warum kommen Sie nicht herein und warten bei uns auf Lily? Meine Frau ist auch da. Wir machen Ihnen einen Tee.«

Seine Güte trieb Eva die Tränen in die Augen, die hysterische Aufwallung fiel in sich zusammen. Sie lächelte, zum ersten Mal seit Stunden.

»Nein. Vielen Dank. Jetzt geht es mir schon besser. Und ich weiß, wo ich hingehen kann, ganz in der Nähe. Funktioniert Ihr Telefon?«

»Noch nicht. Wir hören immer nur das Besetztzeichen. Aber wenn Sie möchten, versuch ich's noch mal.«

»Schon gut.« Eva glaubte nicht, dass sie, und sei es nur aus zweiter Hand, noch einmal dieses Geräusch würde ertragen können, das sie von New York bis zur kanadischen Grenze etwa alle hundert Kilometer zur Verzweiflung getrieben hatte. »Aber darf ich Sie um etwas anderes bitten? Es ist wichtig.«

»Natürlich.«

»Würden Sie nach Lily Ausschau halten? Und ihr, sobald sie auftaucht, sagen, sie möchte sofort zu Agatha kommen? Dort erwarte ich sie.«

Der Mann nickte, und Eva ging zurück zum Wagen.

»Ach, einen Moment noch, Miss. Wer sind Sie? Ich meine, in wessen Namen soll ich es Lily ausrichten?«

Ja, in wessen Namen? Eva versuchte sich zu erinnern.

»Terri«, sagte sie schließlich. »Ich heiße Terri Mordelli.« Zum ersten Mal sprach sie den Namen ohne innere Überzeugung aus. Verlegen entzog sie sich seinem Misstrauen, indem sie rasch wegfuhr. Jetzt wollte sie nur noch schlafen. Wollte sich in Agathas Arme flüchten und zu der Person erwachen, die sie wirklich war.

Als sie auf das Haus zufuhr, sah sie, dass das Tor offen war, die Auffahrt jedoch von einem umgestürzten Baum blockiert wurde. Sie parkte den Wagen auf der Straße, blieb am Tor stehen und sah zum Haus.

Im strahlenden Mittagslicht konnte Eva die Haustür am anderen Ende der blockierten Auffahrt klar erkennen. Sie schluchzte auf, erkannte voller Schrecken, dass die Tür nicht ganz geschlossen war.

Natürlich konnte es tausend harmlose Gründe dafür geben, doch Eva wusste augenblicklich, dass sie nicht in Betracht kamen. Eine winzige Kleinigkeit, die nicht am rechten Platz war, ließ alle Alarmsirenen in ihrem Kopf aufheulen. Sie fischte die Pistole unter dem schlabberigen Sweatshirt hervor. Die Waffe lag in ihrer Hand, als wäre sie nur eine Fortsetzung ihres eigenen Körpers, das Gewicht ernüchterte sie. Ihr Verstand wurde wieder klar. Ihre trainierten Muskeln reagierten automatisch auf die Gefahr. Sie fühlte sich schwerelos und glitt völlig unhörbar über die Wiese und durch die Fenstertür ins Haus.

Im Innern legte sie den Kopf schief und lauschte. Es war zu ruhig. Sie schlüpfte aus ihren Sneakers und ging barfuß durch die Eingangshalle. Durch jeden Raum, an dem sie vorbeikam, ließ sie rasch einen Blick gleiten, und um jede Ecke schob sie den Pistolenlauf. Sie betrat die Küche und erfasste die düsteren Zeichen mit einem einzige Blick. Leise ging sie die Treppe hinauf und ließ dabei die dritte und die achte

Stufe aus, deren altersbedingtes Knarren sie hätte verraten können.

Auf dem oberen Treppenabsatz, vor der offenen Tür zum Arbeitszimmer, kauerte sie sich zusammen. Einer der Sessel am Kamin hatte eine ungewohnte Position, er war jetzt direkt dem Kamin zugewandt, während der zweite seitlich davon stand. Sie schob den Pistolenlauf über die Schwelle und erhob sich abrupt, um den ganzen Raum überblicken zu können. Der Rundblick wurde gestoppt von Agathas Kopf, der ein wenig über die Rückenlehne ragte. Sie machte einen Schritt, und ihr Fuß trat in eine feuchte Lache, die sich nicht vom granatroten Teppich abhob. Blut.

Schreckliche Angst presste ihr das Herz zusammen, ihre Augen brannten, sie ließ die Pistole fallen und streckte die Hand aus. Sie war wieder ein kleines Mädchen, das die Arme nach Agathas Umarmung ausstreckte, nach Agathas Trost, der alles wieder gutmachte. Sie berührte Agathas Schulter.

Agatha rutschte zur Seite und fiel über die gegenüberliegende Armlehne, ihr Kopf hing über den Rand, und an ihrem Hals sah man eine hässliche Schnittwunde.

Eva prallte zurück, ihre Knie gaben nach, sie rang nach Luft. Ohne nachzudenken, kroch sie zu Agatha und nahm ihr geschundenes Gesicht sanft in beide Hände. Ganz langsam und vorsichtig verhalf sie dem Körper wieder zu einer aufrechten Haltung, als hielte die alte Dame nur einen kleinen Schlummer in ihrem Lieblingssessel.

Kaum war so für die Tote gesorgt, da überkam Eva mit einem Mal eine so heiße Wut, dass sie meinte, bei lebendigem Leibe zu brennen. Ihre Sinne flammten, sie brauchte sich nicht umzudrehen, um zu wissen, dass Abbott da war. Im selben Zimmer. Sie konnte ihn riechen.

Plötzlich schien sich die Luft um sie zu verfestigen, sie

spürte, wie sich die Härchen in ihrem Nacken aufrichteten. Der Ast traf sie an der rechten Schläfe, doch sie rührte keinen Finger, um sich vor dem Schlag zu schützen.

Toronto, Donnerstag, 19. August

Lily war nur zwanzig Minuten entfernt. Sie war nach dem Einkaufen nicht mehr nach Hause zurückgekehrt, sondern direkt zu Agatha gefahren. Getrieben von dem Wunsch, ihr zu sagen, welche Entscheidung sie getroffen hatte, und auch von der Sorge, Agatha könne nach dem Sturm Hilfe brauchen. Sie war nicht zu Hause gewesen, also hatte der Nachbar ihr nicht von der verzweifelten jungen Frau erzählen können, die an ihre Tür gehämmert hatte. Sie hatte auch den Namen nicht gehört, Terri Mordelli, der sie hätte warnen können.

Als Lily vor dem Haus ankam, tat sie dasselbe wie Eva: Sie sah das offene Tor und den umgestürzten Baum. Dann stellte sie ihren Wagen hinter einem schnittigen Porsche ab. Als wären ihre Bewegungen zeitversetzt gespiegelt, als hätte dieselbe Gefahr die beiden Frauen zusammengekettet.

Doch Lily wurde stutzig, als sie den Porsche mit dem New Yorker Kennzeichen sah. Sie glaubte nicht mehr an Zufälle, in New York war zu viel geschehen, sie war vorsichtig geworden. Dennoch – als sie dort am Ende der Zufahrt stand und die offene Tür sah, fühlte sie sich nicht alarmiert, sondern ging ums Haus herum in den Garten, wo sie Agatha bei Aufräumarbeiten vermutete. Agathas Schuhe vor der Fenstertür bestätigten sie nur in ihrer Vermutung, also trat sie zuversichtlich ins Haus und wollte nach ihr rufen.

Gerade noch rechtzeitig blieb ihr der Ruf in der Kehle stecken, denn sie sah die schlammigen Fußspuren.

Stirnrunzelnd dachte sie an das New Yorker Kennzeichen.

Sie würde nicht rufen. Sie würde überhaupt kein Geräusch machen. Sie würde die Polizei holen. Sofort.

Sie begann, sich fortzuschleichen, doch dann erstarrte sie. Da waren Stimmen. Mit gespitzten Ohren ging sie langsam durch die Eingangshalle, in die Küche, dann an die Treppe, bis sie einzelne Wörter verstehen konnte.

Evas Arme waren mit dem Schal, der erst als Armschlinge, dann als Stirnband gedient hatte, hinter ihrem Rücken zusammengebunden. Der Schmerz war so heftig, dass ihr Körper schließlich taub geworden war und alles bis auf das flache Atmen eingestellt hatte. Sie spürte, dass sie außerhalb ihres Körpers schwebte, irgendwo unter der Decke, und alles beobachtete. Da unten war sie, lehnte mit ausgestreckten Beinen an einem Bücherregal. Abbott saß ihr mitten auf dem Fußboden gegenüber und spielte mit der Pistole.

»Warum mussten Sie sie töten?« Ihre Stimme war belegt, sie sprach undeutlich.

Abbott zuckte die Achseln. »Sie hat mich herausgefordert. Ich bin vorher gar nicht auf ein Messer gekommen. Dabei ist es so viel geräuschloser als Pistolen.«

Er zielte auf sie und entsicherte klickend.

Sie starrte ihn an, weigerte sich, die Augen zu schließen.

Im letzten Augenblick zuckte er mit dem Lauf zur Seite, als der Schuss detonierte. Eva schrie auf, die Kugel schlug in die Wand hinter ihr. Er warf die Pistole weg, als interessiere sie ihn nicht mehr.

Lily stand auf der Treppe und fühlte, wie ihr Körper kraftlos wurde. Sie hatte genug gehört, um zu wissen, dass Abbott im Arbeitszimmer war. Aber wer war die Frau, die geschrien hatte? Am liebsten wäre sie losgerannt, um die Polizei zu alarmieren, doch dafür war es jetzt zu spät. Sie durfte keine Verzögerung riskieren. Sie durfte nicht weglaufen. Unter der akustischen Deckung des betäubenden Schusses und der Schreie der Frau zwang sie sich die letzten Treppenstufen hinauf. Sie lehnte sich so schwer an die Außenwand des Arbeitszimmers, dass sie meinte, ihr Körper müsse sich durch die Wand drücken und in den Raum taumeln.

Da war wieder Abbotts Stimme. »Wo ist Kathleen?«, fragte er leise.

Eva seufzte und schwamm weiter in ihrer seligen Fühllosigkeit. Ich müsste kämpfen, dachte sie und lächelte über Abbotts zerrissene Hose und die lange, klaffende Wunde in seinem Bein. Agatha hatte sich nicht kampflos ergeben. Doch Eva hatte etwas verloren und war einfach nicht in der Lage, es zurückzugewinnen. »Ich will das nicht mehr tun«, sagte sie und war selbst überrascht, dass sie die Worte laut ausgesprochen hatte.

»Was? Alles was Sie tun müssen, ist mir sagen, wo sie ist. Das ist doch ganz einfach. Und es wird Ihnen so viele Schmerzen ersparen.«

Eva schüttelte den Kopf, und bei dieser Bewegung sah sie den Schatten. Jemand war gekommen. Lily. Jäh und leidenschaftlich schlug der Lebenswille in ihr hoch. Ihr Blick suchte nach der Pistole und fand sie knapp vor der Türschwelle, wo sie nach einer Schlitterpartie über die Bodendielen, die seitlich unter dem Teppich hervorschauten, gelandet war. Als sie den Blick wieder auf Abbott richtete, lächelte er wieder, dasselbe leere, irre Lächeln. Er lächelte und in der Hand hielt er ein Messer mit Agathas Blut daran. Sie schloss die Augen, damit sie die aufflackernde Hoffnung nicht verrieten, und zwang sich zu einer lakonischen Sprechweise.

»Na schön. Wenn Ihnen so viel daran liegt. Kathleen ist in Frankreich.«

Abbott fixierte Eva mit zusammengekniffenen Augen. »Das glaube ich Ihnen nicht. Sehen Sie mich an!«

Ein letztes Mal tauchte Eva tief in ihr Inneres und fand den Hass, der fast verwittert war, ein welkes Blatt mit aufgerollten Rändern, herbstlich spröde von der Sonne eines endlosen Sommers. Sie rief diesen Hass in ihre Augen und sah Abbott an.

»Wie Sie wollen. Aber sie ist nach Frankreich gegangen, ob Ihnen das gefällt oder nicht. Mit ihrem Geliebten, mit Marc Forrest.« Sie suchte nach den Worten, die ihn am tiefsten verletzen würden, nach allem, was ihn davon abhalten würde, die Tür am Rande seines Gesichtsfeld wahrzunehmen.

Lily stand im Flur, hörte die Lüge und verstand, was diese Frau versuchte. Nun musste sie handeln. Etwas tun. Aber nichts war real. Sie suchte Halt an etwas Festem – der Wand, dem Boden oder der Pistole kurz hinter der Türschwelle – aber alles schwankte und verharrte in einem Zustand der Auflösung.

Lautlos fiel sie auf die Knie.

Die Pistole kurz hinter der Türschwelle.

Sie streckte sich aus und robbte auf dem Bauch vorwärts.

Wenn sie nur die Pistole erreichen könnte, sie in die Hand nehmen, sie heben könnte.

Sie musste sich einreden, dass dies alles nicht wirklich geschah. Es war nur eine schreckliche Gameshow, bei der man viel wagen und sich ganz unauffällig bewegen musste. *Hol dir die Pistole.*

Wie eine Schlange schob sie ihre Hand über den Boden, erst die Handfläche, dann das Handgelenk, dann den Unterarm, die Haut glitt über die gebohnerten Dielen. Näher, immer näher.

»Nein!«, schrie Abbott.

Lilys Hand erstarrte.

Und dann fiel Abbott über die Frau her und schlug mit den Fäusten auf sie ein.

Sie packte die Pistole, sah die Frau an, und für den Bruchteil einer Sekunde begegneten sich ihre Blicke: In den blauen Augen der Frau lag ein Flehen, ihre eigenen waren schreckgeweitet.

Lily versuchte, ihr Gewicht gleichmäßig auf beide Beine zu verteilen, hob dann mit beiden Händen den Revolver. Sie öffnete den Mund – den Mund dieser gefährlichen Fremden, zu der sie geworden war, und doch war es ohne jeden Zweifel ihre eigene Stimme, die sie jetzt hörte, laut und gebieterisch.

»Lassen Sie sie in Ruhe, Abbott.«

Sie sah den Schrecken in seinem Gesicht, als er sich zu ihr umdrehte.

»Sie!« Er ließ Eva liegen und trat auf sie zu.

»Stehen bleiben!«

Er sah auf ihre Hände. Sie zitterten. Er machte einen weiteren Schritt.

Sie schoss. Die Kugel pfiff an seinem Ohr vorbei und schlug in die Decke ein.

Der Rückschlag ließ sie nach hinten taumeln. Er war schon fast bei ihr, als sie erneut schoss. Unter der Wucht der Detonation drehte er sich um die eigene Achse. Überrascht griff er sich an die Seite. Als er die Hand wegzog, war sie hellrot. Er schrie auf, wimmerte noch einmal und stürzte sich auf sie.

In panischer Angst betätigte sie den Abzug. Wieder und wieder.

Eine seiner Hände krallte sich vorn in ihr T-Shirt. Sein Gesicht war so nah an ihrem, dass sie seinen Atem spürte. Warmes Blut spritzte auf ihre Wange, seine Hand erschlaffte und glitt an ihrem Körper herab, als er in sich zusammensackte und schließlich reglos vor ihren Füßen lag.

Lily schrie auf vor Grauen, ließ die Pistole fallen und verlor das Bewusstsein.

Als Erstes erlangte sie ihren Tastsinn zurück und fühlte, dass die Frau sie in den Armen hielt und ihr mit einem kühlenden Tuch sanft das Blut vom Gesicht wischte. Lilys Lider zuckten, sie sah, dass sie von Abbotts Leiche weggezogen worden war. Jetzt erst bemerkte sie vor dem Kamin am anderen Ende des Raums Agathas leblosen Körper und schrie erneut auf. Die Frau schloss die Arme fester um sie. Lily schaute zu dem geschwollenen, verletzten Gesicht auf.

»Hayley?«, flüsterte sie.

Evas Augen weiteten sich erschrocken. »O Gott, war es das, was Sie vermuteten? Nein, Lily. Ich bin nicht Hayley. Hayley ist tot.«

»Sie kann nicht tot sein. Denn wenn sie es wirklich ist, wer sind dann Sie?«

»Ich bin Eva. Und Rosa und Terri, und vor langer, langer Zeit war ich Bonnie. Bonnie Morgan.«

Lily und Eva saßen zusammen im Salon. Von hier aus waren die Fußspuren nicht zu sehen, die an die Schrecken der letzten Stunden erinnerten, doch die Bilder würden sie nie verlassen, sie waren unauslöschlich.

Lily hatte ihr Möglichstes getan, um Eva Linderung zu verschaffen. Sie hatte ihr beim Baden und Umziehen geholfen, Schmerzmittel gesucht und sie ihr mit einer Mischung aus Brandy und Wasser verabreicht. Sie hatte sogar eine solidere Armschlinge für sie gebastelt, aus einem Schal Agathas, der noch von ihrem Duft durchtränkt war.

Für einen Moment vergrub Eva trostsuchend ihr Gesicht darin, dann seufzte sie. »Ich glaube, sie wusste es.«

»Dass er hier war?«

»Dass er kommen würde. Vielleicht nicht so bald, aber letzten Endes doch.«

»Wie hat er sie gefunden?«

»Wir hätten es uns denken können. Er ließ Sie beschatten. Wir waren alle so damit beschäftigt, uns seine Pistole zu beschaffen und Kathleen zu befreien, dass wir das Nächstliegende übersehen haben. Aber Agatha hat es nicht übersehen, denke ich.«

»Aber warum? Warum wollte sie sich ihm allein stellen?«

»Weil sie auf Recht und Gesetz nicht hoffen konnte. Weil sie uns befreien wollte. Weil sie als Einzige von uns nie einer Prüfung unterworfen worden ist.«

Lily nickte und fuhr sich mit gespreizten Fingern durchs Haar. Es war unbesonnen gewesen, sogar tollkühn, aber die Erklärung war glaubwürdig. Sie selbst durfte sich kein Urteil über Agatha erlauben, die in einen Raum gedrängt worden war, in dem es keine klaren Grenzen mehr gab, keine absoluten Regeln. Oben im Arbeitszimmer war auch Lily in diesen ungewissen, zweifelhaften Raum geraten. Als sie schoss, hatte sie in Notwehr gehandelt und um Eva zu schützen, doch vor ihrem inneren Auge war auch kurz Bens Gesicht aufgetaucht. Nicht nur Angst hatte sie angetrieben, sondern auch Hass. Sie war froh, dass Abbott tot war. Sie gehörte nicht zu den Reinen, den Schuldlosen. Und konnte damit leben, so glaubte sie zumindest.

»Was sagen wir Detective Meyers?«, fragte sie.

»Die Wahrheit?«

»Lieber nicht, Eva. Zumindest nicht die ganze Wahrheit.« Sie lächelte und nahm Evas Hand. »Wenn er Sie hier findet, wird er Sie nach Antigua fragen und nach Mahoney.«

»Sie wissen Bescheid?«

Lily lachte. »Nicht so sehr, wie ich dachte. Ich fand Ihr Tagebuch und hielt es für Hayleys. Es tut mir Leid, aber alles, was ich über Hayley wusste, war so dramatisch. Die schüchterne Spielkameradin kam mir gar nicht in den Sinn, obwohl Sie mir doch aus all diesen Fotos entgegenlächelten.«

»Ja, so war es immer. Hayley war die Anführerin. Wenn ich mehr von ihrem Temperament und von ihrem Mut gehabt hätte, hätte ich sie vielleicht rechtzeitig warnen können, nachdem mich Mahoney vergewaltigt hatte. Und vielleicht hätte ich auch Jeanine retten können.«

»Und stattdessen haben Sie Amanda gerettet?«

»Ja. Aber ich kannte sie nicht. Ich bin lediglich Mahoney gefolgt, aus Angst, er könne wieder einer Frau etwas antun. Ich dachte, ich hätte den Hass überwunden. Aber es ging alles so schnell. Er überfiel sie. Ich tötete ihn. Es war kein Unfall.

Ich habe es Agatha gestanden, und um mich zu schützen, bat sie Amanda, den Job in Mexiko zu übernehmen, nachdem Sie uns beide zusammen gesehen hatten. Wir fürchteten, Sie könnten die Wahrheit entdecken.«

»Und Marc?«

»Auch er versuchte mich zu schützen. Agatha erzählte ihm bald nach jenem ersten Abend, an dem Sie beide bei ihr waren, was ich getan hatte. Sie legte ihm einen Zettel, auf dem sie ihn um einen Anruf bat, in einen Gedichtband. Sie fand, er habe ein Recht, von der Sache mit Mahoney zu erfahren. Später traf er sich mit Amanda und erzählte ihr die ganze Geschichte, aber ohne meinen Namen zu nennen.«

»Wusste er auch von Anfang an über das Netzwerk Bescheid?«

»O nein. Gar nicht. In diesem Punkt hat er Ihnen die Wahrheit gesagt, Lily. Noch nicht einmal seine Eltern wussten von Agatha. Es hat nie eine direkte Verbindung zwischen dem Netzwerk und Mahoney gegeben. Nur mich. Es war ganz allein meine Schuld.«

»Aber die Polizei behauptet, in Britisch-Kolumbien mit einer Bonnie Morgan gesprochen zu haben. Auch *ich* habe mit Bonnie gesprochen. Wenn Sie es nicht waren, wer dann?«

»Sie ist die Frau in Antigua, die von der Polizei nie aufgespürt werden konnte, die erste Frau, die durchs Netzwerk geschleust wurde. Agatha kannte ihre Familie und wusste, dass ihr Mann sie missbrauchte und bedrohte. Sie wusste auch, dass ich nicht mehr als Bonnie Morgan leben wollte. Deshalb gab sie ihr Geld für einen Flug nach Antigua, und Hayley und ich reisten für ein paar Tage dorthin, um uns mit ihr zu treffen. Wir tauschten die Identitäten. Sie wurde Bonnie, und ich wurde Eva. Wir haben beide ein neues Leben begonnen. Doch Hayley kam nicht zurück.«

»War es ein Unfall, oder war es Selbstmord?«

»Ich bin mir nicht sicher. Sie wirkte fröhlicher, so als freute sie sich über das Netzwerk und als wollte sie etwas ändern. Agatha und ich haben uns diese Frage immer wieder gestellt. Sie war wie ein Komet, der eine Lichtspur durchs Leben zieht. Sie sprach nie über ihre tieferen Gefühle, nicht einmal mit mir. Sie hätte auch nie ein Tagebuch geführt.«

Eine Zeit lang schwiegen sie. Dann hob Lily das Kinn. »Sie müssen jetzt gehen, Eva.«

»Ich kann Sie nicht mit Meyers allein lassen, Lily. Es sind

auch andere Menschen durch mich zu Tode gekommen, nicht nur Mahoney.«

»Das hat keine Bedeutung. Agatha hat versucht, es mir zu sagen. Jetzt verstehe ich es. Wenn Sie bleiben, wird alles nur noch komplizierter. Sie müssen an sich denken und sich retten, Eva. Um meinetwillen, und um Agathas willen. Werden Sie es schaffen?«

Die beiden Frauen standen auf und sahen sich an; beide wussten, was es für Eva bedeutete, sich selbst zu retten.

»Wohin werden Sie gehen?«, fragte Lily.

»Zuerst in ein Motel an der Grenze. Dort wartet jemand auf mich. Dann zu Bett. Und danach – ich weiß es noch nicht. Und Sie?«

»Nach Frankreich, wenn Marc es noch so will. Werde ich Sie wieder sehen?«

»Vielleicht.«

Eva ging zur Tür und blieb noch einmal stehen, um sich zu Lily umzuwenden. »Wenn Meyers fragt, warum Sie nicht sofort die Polizei gerufen haben, sagen Sie ihm, die Telefonleitungen waren unterbrochen.«

Sie lächelte kurz und verschwand.

Epilog

Der Brief

Frankreich, Montag, 11. Oktober

Goldenes Licht zitterte in der Luft, es duftete nach reifen Getreidefeldern und nach Trauben. Lily saß auf der Terrasse, blickte über die Wiese und versuchte das Blau des Himmels zu bestimmen. Madonnablau, entschied sie schließlich, ebenso makellos wie der gemalte Mantel der Madonna in der alten Dorfkirche in Jeanines Wohnort bei Dieulefit.

Lilys Arme und Beine waren gebräunt, und die spätsommerliche Sonne hatte helle Strähnen in ihr Haar gebleicht. Seit sie im August hierher gekommen war, waren ihre Locken gewachsen und gebärdeten sich nun widerspenstiger denn je. Sie drehte eine der Locken um ihren Finger und sah zu Marc auf, der gerade gekommen war und ihr jetzt die Hand auf die Schulter legte.

»Kann ich helfen?«, fragte sie.

Jeanine hatte sich in der Küche eingeschlossen, um ein Thanksgiving-Essen für die im Exil darbenden Kanadier vorzubereiten. Ihr Baby hatte sie der gesammelten Obhut von Mann, Vater und Bruder anvertraut und Lily gebieterisch auf die Terrasse verbannt, wo sie ihren Träumen nachhängen solle. Und Lily fühlte sich keineswegs im Exil. Sie fühlte sich, als sei sie endlich nach Hause gekommen.

»Nein, du kannst nicht helfen. Ich riskiere mein Leben, wenn ich dich in die Küche lasse. Jeanines Essen soll doch eine Überraschung werden.« Er setzte sich neben sie. »Lily, da ist ein Postbote aus Dieulefit. Er hat einen Einschreibebrief für dich, aus Toronto, du musst den Erhalt bestätigen.«

»Aber wieso denn das? Niemand weiß, dass ich hier bin.«

»Ein Mensch hätte es gewusst, Lily. Ich vermute, es hat etwas mit Agatha zu tun.« Er streckte die Hand aus, um ihr aus dem Liegestuhl zu helfen, und sie gingen ums Haus bis zur Eingangstür, wo der Postbote geduldig wartete.

»*Bonjour, Mademoiselle Ross. Cette lettre est pour vous, mais il faut remplir cette fiche.*«

Lily nahm das kleine Formular, kreuzte die entsprechenden Kästchen an und kritzelte ihre Unterschrift auf den unteren Rand. »*Merci, Monsieur.*« Ebenso neugierig wie furchtsam reichte sie ihm die offizielle Empfangsbestätigung.

»*Bien, le voici. Au revoir.*«

Sie winkten ihm nach und schlenderten dann zurück zur Terrasse. Der Brief lag schwer in Lilys Hand. Marc sah den Schatten schmerzlicher Erinnerungen in ihren Augen und entfernte sich rücksichtsvoll.

Als Lily den Brief in ihren Händen drehte und ihn dann behutsam öffnete, sah sie Agatha vor sich, wie sie damals in der Tür ihres Hauses in Rosedale gestanden hatten, an jenem ersten Abend, der nur einige Monate und doch ein ganzes Leben zurücklag. Eva hatte sie gebeten, Agathas Leiche nicht anzusehen, und sie hatte Evas Rat befolgt. Sie hatte sie in Erinnerung, wie sie gewesen war, anmutig und würdevoll. Ein kleinerer, dünnerer Umschlag fiel ihr in den Schoß. Darauf stand mit Füllfederhalter und in der eleganten Handschrift einer Generation, die auf solche Dinge noch Wert legte: *Für Lily Ross. Vertraulich.*

Zunächst überflog sie das Begleitschreiben. Dann las sie es, ungläubig, noch einmal.

Sehr geehrte Ms. Ross,
in der Anlage erhalten Sie ein vertrauliches Schreiben, das wir gemäß den letztwilligen und testamentarischen Verfügungen der verstorbenen Agatha Quinn an Sie weiterleiten. Zugleich möchten wir Ihnen mitteilen, dass Sie im vorgenannten Testament als einer der Erben des Vermögens benannt sind, das sich auf 12,4 Millionen beläuft. Zusätzlich hat Mrs. Quinn bestimmt, dass Sie jedweden persönlichen Gegenstand und/oder Einrichtungsgegenstand, den Sie behalten möchten, aus dem Hauptwohnsitz der Verstorbenen entfernen dürfen, bevor das Haus und der Besitz verkauft werden. Der Erlös wird an verschiedene Frauenhäuser in Toronto verteilt.
Bitte setzen Sie sich baldmöglichst nach Ihrer Rückkehr nach Kanada mit unserer Kanzlei in Verbindung. Dann wird Ihnen einer unserer Mitarbeiter bei den nötigen Vorkehrungen gern behilflich sein.

Lilys Hände zitterten, als sie das offizielle Schreiben zur Seite legte, ohne recht auf die Schlussformel, die Unterschrift oder den Namen der Kanzlei zu achten. Irgendwie erschien ihr das Ganze zu irreal. *Da liegt doch ein Irrtum vor,* dachte sie. *Es muss eine Erklärung dafür geben.*

Sie starrte auf Agathas Brief, auf die schwarze Tinte, die sich vom cremeweißen Bütten abhob. *Sag doch, Agatha, was hast du getan?*

Sie drückte den Brief an die Brust, als könne sie die Absenderin noch spüren, und mehr, als sie sie las, hörte sie die Abschiedsworte.

Meine liebe Lily,
bitte seien Sie nicht erschrocken. Hören Sie mir ein letztes Mal zu.
Jeder wartet auf diesen Anruf mitten in der Nacht, der einem das Herz abschnürt, der einen hilflos macht. Meiner kam an einem strahlend sonnigen Tag.
Eine Polizeibeamtin rief an und sagte, man habe Hayley am Straßenrand gefunden, betäubt, geschlagen und vergewaltigt. Dann warf sich Bonnie in meine Arme und erzählte mir alles, woran sie sich in ihrem Schmerz noch zu erinnern vermochte. Die Welt war nicht nur einfach für eine Zeit lang aus dem Lot geraten. Sie hatte sich grundlegend geändert. Nichts würde mehr wie vorher sein, für Hayley nicht und auch nicht für uns, die wir nicht dasselbe erlitten hatten.
Von jenem Augenblick an kann ich unzählige dunkle und lichte Fäden verfolgen. Das Licht kommt von Bonnie, die Sie sicherlich inzwischen als Eva kennen, vom Netzwerk, von den befreiten und geretteten Leben, von der langsamen Wiederkehr der Freude, die man noch tiefer empfindet, weil man um ihre Zerbrechlichkeit weiß.
Über das Dunkle, das Irrationale und Böse brauche ich nicht zu sprechen, es hat auch Sie berührt. Und es ist, manchmal, unwiderstehlich. Man darf sich nicht zu lange in seinem Schatten aufhalten, sonst färbt es auf die Seele ab.
Und daher setze ich all mein Vertrauen auf Sie und Ihre besondere Gabe, das Licht einzufangen. Eva hat zu lange mit dem Dunkel gerungen, und ich fürchte, das Gute in ihr nimmt Schaden, wenn sie nicht in die Freiheit entlassen wird. Genau wie Sie muss auch Eva sich neu erfinden. Und ich traue Ihnen beiden zu, dass es Ihnen gelingt.
Wir haben einmal über Entscheidungen gesprochen. Das ist mein eigentliches Vermächtnis an Sie, Lily. Vielleicht war es

überheblich von mir, die Entscheidungen in meine eigenen Hände zu nehmen. Aber ich tat es nicht leichtfertig, und ich mache mir deshalb keine Vorwürfe. Vielleicht bin ich immer noch überheblich, denn ich lege das Netzwerk und seine beträchtlichen Finanzmittel in Ihre Hände, Sie sollen es nach Ihrem Gutdünken leiten, auflösen oder umorganisieren. Es gibt Frauen, die Ihnen helfen werden, wenn Sie zu bleiben beschließen, doch niemand wird es Ihnen übel nehmen, wenn Sie diese Last nicht tragen wollen.
Während ich diese Worte schreibe, sehe ich, wie Sie Ihre ernsten Brauen runzeln. Um Eva brauchen Sie sich keine Sorgen zu machen. Ich habe schon vor langer Zeit für ihre Bedürfnisse vorgesorgt, soweit es in meiner Macht lag.
Und warum Sie, Lily Ross? Weil es überall spontanes Vertrauen gibt, wenn man nur daran glaubt. Was immer Sie tun, tun Sie es aus vollem Herzen und mit meinem Segen.

Unterzeichnet war der Brief mit einem schlichten *Agatha.*

Lily hielt ihn lange in der Hand, ihr Gesicht war tränennass. Dann kam Jeanine, um nach ihr zu sehen.

»Der Brief ist tatsächlich von Agatha?«, fragte sie sanft.

»Ja.«

»Sie war eine unmögliche Frau. Aber ich habe sie immer gemocht.«

»Ich auch.«

Lily faltete den Brief sorgsam zusammen und steckte ihn in die Tasche. Als sie über die Terrasse ging, voller Vorfreude auf die anderen und auf das Festessen, dachte sie einen Augenblick lang an Eva und fragte sich, wo sie wohl sein mochte und ob auch ihr Himmel wolkenlos war.

Danksagung

Ich möchte meinen ersten Lesern für ihre Kritik und ihre Unterstützung danken: Janet Broomhead, Fran Cohen, Alan Davies, Kate Ney, Ellen Saslaw, Trish Swanson, Richard Telekey und Betty Tully. Dank auch an die Frauen von Sumach Press für ihre Risikobereitschaft. Aber vor allem und noch einmal Dank an Arthur Habermas für Paris, fürs Ausnahme-Sein und für die beiden Wörter.